도향

사랑, 그 설렘에 취하고 향기에 물들다.

사랑, 그 설렘에 취하고 향기에 물들다.

센티멘털리즘

리밀 장편 소설

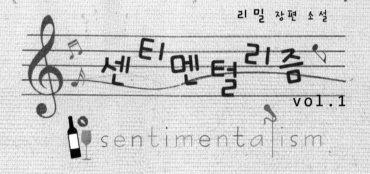

센티멘털리즘

vol.1

sentimentalism

목차

[sentimentalism]
: 1. 감정주의, 감상주의 2. 다정다감, 감격성, 감상벽(癖)

있잖아.

누가 누구를 엄청 좋아해서 그 사람밖에 안 보인다고 쳐.

근데 상대방은 좋아하는 마음 알고도 안 받아 준다고 치자.

그럼 결국 길들여지는 건 누구일까.

바라보는 사람일까?

아니면, 바라봐지는 사람일까?

서로가 서로에게 길들여지고 있다는 것을,

우리는 언제쯤 확실히 깨달을 수 있을까.

사랑이 사랑인 줄 언제 알게 될까.

궁금하지 않아……?

프롤로그
여는 이야기

"여보세요?"

진동이 채 두 번 울리기도 전에 통화 버튼을 누른다. 핸드폰을 귀에 가져감과 동시에 빛의 속도로 몸을 일으킨다. 집중해서 경청할 것. 말하는 내용 하나도 허투루 넘기지 말 것. 되묻는 짓은 금할 것. 아주 간단하고 쉬운 지침들.

"어. 어. 어. 알았어."

나지막한 목소리로 답하고 전화를 끊는다. 제가 분명히 알아들었음을 상대에게 고하고서 빠르게 마저 짐을 챙긴다. 대답을 하면서 이미 챙기고 있던 터라 시간은 오래 걸리지 않는다. 어디선가 쯧쯧쯧, 하고 혀 차는 소리가 들려온다.

"또야?"

"갈게."

"너 언제까지 그러고 살래."

"나중에 보자. 간다."

"야, 서하은. 야!"

조용하던 도서관 안에 쩌렁쩌렁 목소리가 울린다. 일시에 주목된 시선들에도 아랑곳 않는 수진이 헐레벌떡 뛰어나가는 하은의 뒷모습을 본다. 저게 진짜 언제 정신을 차리려고 저래. 한숨을 내쉬며 고개를 절레절레 젓는다. 딱하다는 듯이.

계단을 마구 뛰어내린다. 두 개씩 세 개씩, 자칫 잘못하면 넘어질 법한 가파른 계단임에도 속도를 늦추지 못하고 달린다. 목소리가 영 좋질 않았다. 언제는 밝고 맑은 목소리였냐마는 그래도 신경이 쓰여 살 수가 없다. 얼른 택시를 잡아탔다.

요금을 치르고 내린 하은이 택시 문을 닫으려다 멈칫한다. 잘 여닫지 않은 가방에서 책들이 우르르 쏟아져 나동그라진다. 바빠 죽겠는데 진짜. 마음이 급하니 사소한 게 다 말썽이다. 서둘러 대충 가방에 쑤셔 넣고서 택시 문을 닫고 돌아서서 뛴다.

"계산이요. 얼마예요?"

"잠시만요."

"빨리요, 빨리. 얼마냐고요."

"아, 그러니까."

입구에 있는 편의점 안으로 들어가 능숙하게 이것저것 가져다 카운터에 늘어놓았다.

반갑게 인사하려던 아르바이트생이 죽어라 서두르는 하은의 기세에 눌려 일단 바코드부터 찍는다. 맥주, 탄산수, 그리고 담배까지. 8천 얼마, 하는데 만 원을 휙 던져 주고 가 버린다. 볼 때마다 어쩌면 저럴까 싶다. 거스름돈도 못 챙기고 서두르는 하은을 보며 그가 안타깝다는 듯 혀를 찬다.

한 층에 한 집밖에 없는 만큼 사생활 관리와 보안이 삼엄한 곳이라지만 하은만은 예외다. 하루가 멀다 하고 정신없이 뜀을 안쓰럽게 보는 경비아저씨께 인사를 하고 황급히 엘리베이터로 향한다. 미친 듯이 버튼을 누르고 몹시도 초조하게 기다린다. 기다리는 걸 세상에서 가장 싫어하는 녀석이니까 어쩔 수 없다. 왠지 더딘 것 같아 더 조급해진다. 차라리 계단으로 뛰어가? 23층은 결코 호락호락하지 않다.

또 화내는 건 아니겠지? 저번처럼 소리 지르면 어쩐다? ……아, 무서워. 어떡해. 으으.

서둘러 엘리베이터에 올라 변명을 생각하던 하은이 문이 열리자마자 쏜살같이 뛰어내린다. 그리고는,

"미안."

"……."

"완전 서둘렀는데 지금 왔어. 미안해. 중간에 사거리에서 택시가 꼼짝을."

"……시끄러. 다물어."

혼나기 싫어 먼저 꼬랑지를 내렸다. 혹 큰소리가 터져 나올까 싶어 몸을 움츠렸더니 다행히도 버럭만은 삼가해 준다. 낮게 내리깔린 목소리. 싸늘하고 무미건조한 허스키보이스. 표정을 살피려고 시선을 들자 벌써 돌아서서 안으로 걸어가고 없다. 듣기 싫으니 변명 따위 말고 그냥 들어오라는 신호다. 안도의 한숨을 내쉰 하은이 신발을 벗는다.

소리 나지 않게 문을 닫고 거실로 들어간다. 대낮인데도 불구하고 커튼이 잔뜩 드리워진 집 안은 한밤중이라고 해도 믿길 정도로 어둡고 음침하고 조용하다. 그래도 오늘은 어제보다 한 시간 일찍

일어났네. 괜히 기특하다는 생각을 하고 있는데,

"야."

"어?"

"빨리 안 가져오냐?"

"아, 미안."

오피스텔이 원체 넓어 올 때마다 구경하느라 얼이 빠지는 하은이 다그치는 소리에 얼른 부엌으로 향한다. 싱크대 위에 잘 말려 놓은 행주를 들어 맥주와 탄산수 병의 겉면을 꼼꼼하게 닦아 가져간다. 소파에 앉아 테이블 위에 다리를 길게 꼰 채 눈을 감고 있는 녀석에게 내밀었다. 성의 없게 한쪽 눈만 뜬 녀석이 그딴 거 말고 담배부터 달라며 손가락을 까딱한다.

포장을 뜯어 꺼낸 담배를 손가락에 쥐여 주었다. 그러고 보니 라이터를 어디다 뒀더라. 아까 택시에서 내리다 가방을 엎은 기억이 나서 머뭇거리는 하은의 행동에 무거운 한숨이 흘러나온다. 움찔. 저도 모르게 어깨를 움츠린 하은이 돌아본다.

"성질 돋우지."

"그게."

"화나게 만들지, 자꾸."

"우현아."

"와 봐."

들고 있던 담배를 거칠게 바닥으로 집어 던진 우현이 고개를 뒤로 젖힌다. 제 옆으로 오라는 말을 알아들었음에도 하은은 섣불리 다가가지 못하고 그저 망설인다. 안 들려? 오라고. 살짝 더 힘이 실린 목소리에 결국 쭈뼛쭈뼛 몸을 움직였다.

설마. 때리지는 않을 거야. 아무리 개우현이라고 해도 그건 아

10

니지.

오만 가지 생각을 다하는데 별안간 우현이 손목을 확 당긴다. 채 말릴 틈도 없이 끌려간 하은이 그대로 우현의 무릎 위에 앉혀 진다. 너무 놀라 그만 우현의 목에 두 손을 둘러 버렸다.

"……."

"……."

어둡고 조용한 거실에서 우현과 눈을 맞췄다. 여자와의 스킨십을 유난히도 싫어하고 꺼리는 녀석을 잘 안다. 어쩌다 누군가와 스치듯 어깨라도 닿으면 몸서리를 친다. 예의상 인사로 악수라도 했다간 종일 손이 닳도록 씻어 대는 별난 녀석이 바로 민우현이다.

하은은 순간 제 손을 도로 떼어야 하는지 무던히도 고민했지만 눈이 마주치는 순간 아무 생각도 할 수가 없어 잠자코 있었다. 1분이 1시간 같은 착각. 세상 모든 순간들이 멈춰지는 아득한 경험. 우현이 느릿하게 눈을 깜빡거린다.

이따금씩 이럴 때가 있다. 아무 이유 없이 우현은 제 곁으로 와 보라며 다짜고짜 손을 잡아끌고 제 무릎 위에 앉히곤 한다. 이해 안 되는 행동과 태도. 해서 어쩌면, 이게 남들이 말하는 조련이 아닐까 하은은 홀로 생각한다.

떨어져 나가지 않게끔만 적당히 당겨 주는, 그래서 아주 돌아서지는 못하게 만드는. 다정하지는 않아도 손을 잡아 주고, 상냥하지는 않더라도 눈을 맞춰 바라봐 주는 우현의 행동에 벌써 길들여져 버렸다. 그래서일 거다. 이렇게 멋대로 굴어도 외면하지 못하는 이유는.

필요하단 거 일일이 사다 바치고, 언제 어느 때고 부르면 쪼르르 달려오고. 명령 같은 부탁들 다 들어주고. 햇수로 벌써 5년째. 병신 짓 좀 그만하라며 주변인들이 욕해도 민우현의 팬질을 그만두지 못하는 건. 아마도.

그래. 계속할 거다. 앞으로도. 나는. 마음이 식지 않는 한. 식을 기미도 보이지 않는데 말해 뭐해. 잔인해. 넌 정말 잔인한 녀석이야. 그걸 알고도 이러는 내가 우스워. 알아. 아는데,

……우현아…….

"똑바로 말해."

"어?"

"혹시 남자 생겼냐."

뭐……?

슬쩍 손을 뻗어 하은의 허리를 부여잡은 우현이 읊조리듯 묻는다. 느껴지는 감촉에 움찔 놀랐던 몸이 뜬금없는 질문에 한 번 더 크게 놀란다. 태연한 말투. 서늘하게 식은 목소리. 전혀 아무렇지 않다는 듯 보이는 무감한 표정. 그럴 리가 없다는 걸 알면서 떠보듯 던지는 무심한 말들. 너무 어이가 없어 말문이 막혀 버린 하은을 향해 우현이 거듭 입을 연다.

"그렇잖아. 요즘 들어 늦고. 거슬리고."

"무슨, 아니야."

"그럼 왜 이래. 짜증나게."

"……실은 시험 기간이라."

"그래서. 예전에는 시험 기간인 적 없었어?"

별 같잖은 이유를 댄다며 미간을 찌푸린 우현이 한층 더 싸늘해진 눈빛으로 노려본다. 그래 봤자 많이 늦은 것도 아닌데. 민우현의 인내심이란 참으로 편협한 탄성을 지녔다.

하긴, 그때도 딱 5분 늦은 거 가지고 사람을 쥐 잡듯이 잡아 댔었지.

"나 졸업반이잖아."

"근데."

"리포트가 좀 많아. 시험도 자주 보고, 또."

"그래서. 그래서."

"……."

뭐 어쩌라고, 라는 식으로 뚱하게 쳐다보는 우현의 태도에 하은이 입을 다문다. 네 녀석 사정 따위 왜 내가 들어 줘야 되냐. 씨알도 안 먹힌다는 속내가 고스란히 느껴져 그 어떤 변명과 해명의 의지도 생겨나질 않는다.

잔말 말고 오라면 와. 내가 오라면 다른 건 다 집어치우고 와야 하는 거 아냐? 사거리에서 택시가 꼼짝을 안 하면 뛰어내려서라도 달려왔어야지. 아니냐?

어디 할 말 있으면 더 해 보라고 눈을 부라리는 우현에게서 시선을 거뒀다. 혼날 일이 아님에도 혼나고 있는 이 기막힌 처지를 대체 누가 알아줄까. 고개 들어, 하는 위압스러운 목소리에도 미적거리고 있자 우현이 손에 힘을 준다. 제 쪽으로 확 강하게 이끄는 통에 더 버텨 보지 못한 하은이 시선을 든다. 더욱 가깝게 자리하고 있는 우현의 눈빛에 호흡이 절로 멈춘다.

초점이 분명한 까만 눈동자가 어둠 속에서 빛난다. 어느새 눈에 익어 버린 흐릿한 조명에 기대어 우현의 얼굴을 바라봤다. 반듯한 이마와 짙은 눈썹과 매끈하게 잘생긴 콧날을 차례대로 살폈다. 물기를 머금은 듯 뽀송뽀송 결이 고운 피부에마저 시선을 빼앗기던 하은이 은연중 침을 꿀꺽 삼킨다. 살짝 벌어진 도톰하니 붉은 우현의 입술에 멍해졌다.

무슨 맛일까. 궁금해 미치겠어.

보면 자꾸 욕심이 난다. 손잡고 무릎에 앉혀 눈 맞추는 것만으로 만족할 수 있을 줄 알았는데 오산이다. 그래도 가질 수 없는 사람을 탐낼 만큼 주제를 모르지는 않는 하은이라서 그저 영화를 보듯 드라마를 보듯 지금에 충실하려 하염없이 우현을 보고 또 본다.

참 잘생긴, 예쁘게도 생긴, 어찌 보면 소년 같고 또 어찌 보면 남자 같은, 근사한 녀석. 민우현을.

"하긴, 네가 무슨 남자냐."

눈 한 번 깜빡이는 것도 도도하고 시크한, 눈동자의 빛깔마저 한 폭의 풍경화처럼 다채롭고 영롱한,

"생긴 것도, 하는 짓도 선머슴 같은 네가 무슨. 말이 돼?"

가끔씩 짓는 썩소마저 가슴을 세차게 두근거리게 하는, 낮은 목소리로 조곤조곤 말할 때면 귓가를 아득하게 만드는, 귀를 살짝 가리는 검은 빛깔의 머릿결마저 탐스럽게 찰랑이는, 180이 훌쩍 넘는 훤칠한 키로 걸어 다니는 화보라고 불리는. 게다가,

"그래도 생기면 말해. 버려 줄 테니."

절대 맘에 없는 소리 따위 할 줄 모르는, 남에게 상처 주는 말을 생각 없이 툭툭 잘도 던지는, 가식은 없지만 싸가지도 없는, 팬이 많지만 안티도 그만큼 많은. 그래서,

대단해 보이면서도 한없이 안쓰럽고 안됐고 가여운, 처음 만났던 열아홉 때의 외로운 느낌이 고스란히 간직된. 그런,

"딴 놈 좋다는 녀석 필요 없어. 그러니까 바로 말해. 알았어?"

남자. 남자라. 너 말고 다른 남자? 나한테? 진짜 남자 생기면

나 버릴 거야……?

　……그렇구나. 너한테 나는, 정말 고작, 언제든 버리겠다 말할 수 있을 만큼의, 그런…….

　우현아. 우리 뭘까.

　나, 너한테 대체 뭐니. 응……?

1
기이한 관계

"뭐긴 뭐야, 꼬붕이지."

꿀꺽꿀꺽 목으로 넘겨지는 알코올의 기운이 싸하다. 가볍게 한 잔하려 고른 맥주임에도 오늘따라 무겁고 씁쓸하다. 소리 나지 않게 병을 내려놓은 하은이 들릴 듯 말 듯 한숨을 내쉰다. 습관처럼 혀를 차는 수진이 하은을 향해 눈을 흘긴다.

"더해 줘? 다른 표현으로는 병신, 쪼다, 천치, 팔푼이."

"그만해."

"뭘 그만해. 자각은 드냐? 찔러 주니 감은 와? 네가 뭔 짓을 하고 있는지?"

"정수진."

"그래, 관두자. 그만하자. 좋아서 병신 짓 한다는데 내가 무슨 상관이겠니."

고개를 절레절레 젓는 수진이 항복의 의미로 두 손을 들어 보인다. 비아냥이 가득 담긴 눈빛이 어째 거슬려 하은의 미간이 일그러진다.

알아. 아니까 그만하란 거야. 알면서도 어쩌지 못하겠으니까, 내가 날 어찌할 수 없을 정도로 곤란하니 그만해.

다시금 맥주병을 입으로 가져간 하은이 크게 한입 머금는다. 술 때문인지 괴로운 심정 탓인지 마구 얼굴을 찌푸리는 하은을 수진은 그저 안쓰럽게 쳐다볼 뿐이다. 대체 언제까지 저럴까 싶다.

하여간에 그놈의 개우현 자식, 사람 다 버려 놓는다니까. 저가 잘나면 얼마나 잘났기에 이 지랄이야. 그 장단에 놀아나는 이 녀석은 또 어떻고. 코미디가 따로 없다니까. 쳇.

"그래서. 힘들게 구한 과외 또 잘리셨다고?"

그새 바닥을 보이는 병을 치우고 한 병씩을 더 주문했다. 받은 맥주병의 마개를 돌려 딴 하은이 티슈를 들어 입구를 꼼꼼히 닦는다. 닦고 닦고 또 닦고. 한참이나 닦다가 본인이 마실 거란 걸 뒤늦게 깨닫는다.

아, 이런. 우현이 줄 것도 아닌데. 하하.

"어떻게 일주일을 못 가냐. 대체 몇 번째야?"

"그러게."

"심부름시켰으면 그것만 딱 해 주고 나오면 되지. 별 쓸데없는 핑계로 붙잡는 걸 간다 소리도 못 해?"

"그게 좀."

"그 새끼 그거 일부러 그러는 거야. 모르겠어?"

무르다 무르다 해도 세상에 너 같은 바보천치도 없을 거라며 수진이 혀를 찬다. 뻔하다. 제 말 듣지 않는다며 성질부리는 떼쟁이 애 같은 짓이 수진의 눈에는 훤히 보이는 듯했다. 그걸 역시나 알면서 당해 준다는 것이 가장 큰 문제지만 도저히 답이 없다. 같은 일이 반복되다 보면 사람은 처한 상황에 스스로 적응하는 법을 알아서 터득하기라도 하나 보다. 하은이 작게 웃고 만다.

과외 있는 날만 골라서 전화질을 해 대는 것도 웃기고, 아무 볼 일 없음에도 붙잡아 혼자 우두커니 집 지키는 개꼴로 만드는 것도 웃기고, 이런저런 걸 다 떠나서 수진의 말마따나 간다는 소리 한 번 하지 못하고 묵묵히 있다가 꺼지라는 말을 듣고서야 나와 버리는 것도 우습다. 애초에 말 안 들은 게 잘못이지, 뭐. 그깟 과외 뭐하러 하느냐고 성을 내던 우현이었다.

뭐든 제 뜻과 어긋나는 것은 질색이다. 사소한 것까지 간섭하는 타입은 아니지만 일단 심기에 거슬리면 죽어라 싫어한다. 민우현이 서하은의 인생에 있어 질색팔색을 했던 것에는 이제껏 딱 두 가지가 있었다. 대학에 간다고 했던 것과 아르바이트. 대학이야 부모님 뜻이라 거역할 수 없는 거였고, 아르바이트는 시간 활용에 대한 욕심과 등록금에 대한 부담 때문이었는데도.

이유가 뭘까. 가끔씩은 못 견디게 궁금할 때도 있다. 왜 민우현이 자신의 모든 시간들을 제 것인 양 굴고 싶어 하는지. 뭐, 어차피 그렇게 되고는 있다. 수업을 툭 하면 빠지는 터라 결국 출석일수가 모자라 계절학기까지 신청해 겨우 때워 왔다. 아르바이트도 구하는 족족 녀석에게 불려 다니느라 잘려 버리고. 커피숍, 호프집, 식당, 그나마 가장 널널하다는 과외까지.

나 진짜, 민우현 팬질만 해야 되는 건가 봐. 이렇게 평생, 네가 이제 그만 오라고 할 때까지. 그치? 싫지 않아. 싫다는 건 아닌데. 그냥. 요즘 들어 조금 그러네. 어쩐지, 두렵달까. 네가.

"솔직히 불어. 너 뭐 약점 잡힌 거 있지?"

아무리 생각해도 정상적인 관계는 아니다. 심심하면 불러들여 이것저것 시키는 사악한 녀석과 그걸 군말 않고 따르는 그녀. 물론 처음엔 상상도 못 했다. 그저 뭔가 일이 생겼다 둘러대던 하은이 어딘가 수상쩍어 집요하게 물고 늘어져 얻어 낸 결과에 수진은 어이가 없어 말도 나오지 않았다.

툭 하면 바쁘다, 일 있다 빠져나가는 하은의 곁에 친구라고 붙어 있을 리가 없었다. 그나마 일방적으로 모든 사정을 다 봐주는 수진만이 유일하게 고등학교 때부터 지금까지 하은의 옆자리를 지켜 주고 있을 뿐.

하루 이틀 일이 아니란다. 고등학교를 졸업한 후로 수진으로서는 코빼기도 볼 수 없던 민우현의 수발을 들어 주고 있는 것이. 담배 심부름, 술심부름, 여타 잡다한 것들을 사 오라고 사람 똥개 훈련을 시켜 대는 민우현의 행태를 속속들이 알게 된 것도 실은 불과 1년 전이었다. 그걸 자그마치 5년이나 하고 있다는 서하은. 그래서 헷갈린다. 이게 뇌는 있는지. 무슨 생각인지.

비밀 지킬 테니 이제라도 속 시원히 털어놓으라는 수진의 말에 하은이 기가 찬 듯 웃는다. 뭔 소리야. 약점이라니, 무슨. 그런 거 없다고 손사래를 치고서 맥주병을 집어 들었다. 대충 얼버무려 넘어가려는 하은의 손을 수진이 늦지 않게 잡아챈다.

"돈 빌렸어? 빌린 거 못 갚아서 이래?"

"줘. 간만에 좀 마시게."

"말해 봐. 아님 뭐, 걔한테 못 볼 꼴이라도 보였어? 그런 거야?"

"헛소리 말고 술 달라고."

"좋아한다고 이런다는 게 말이 되냐 말이야. 네가 진짜 무슨 그

새끼 좋이야?"

　세상 사람들 어느 누구도 너처럼 그러지는 않는다며 수진이 인상을 쓴다. 제아무리 지독한 사랑을 하고 있다 해도 이렇게 납작 엎드려 기는 꼴이 얼마나 우스운지 아느냐며 다그치듯 혼을 낸다. 싫어서. 안타까워서. 귀엽고 착하고 머리까지 꽤 똑똑한 제 친구가 그깟 사내 녀석 하나에 휘둘리는 꼴이 너무도 볼썽사나워 수진은 오늘에야말로 짚고 넘어가자 다짐한다.

　안쓰러움이 역력한 수진의 표정에 하은이 입을 다문다. 불쌍한가 보다. 가엾고 안됐다는 듯 쳐다보는 시선에 입안이 몹시도 쓰다.

　그렇게 보지 마. 나도 내 마음을 어쩔 수가 없단 말이야.

　하은은 맥주병을 뺏으려던 손을 도로 거두고 고개를 떨궜다. 수진이 거듭 말을 잇는다.

　"설마, 아니지. 아닌 거지."

　"뭐가."

　"너한테 막, 그런 막 이상한 거 시키고 그러는 건."

　살짝 목소리를 낮춰 묻는 모습에 곧바로 이해했다. 조심스럽고도 불안스레 보는 시선으로 하은은 수진의 의중을 고스란히 읽었다. 혹 남자로서 여자에게 요구하는 이상한 짓들을 말하는 것이리라. 잠시 대답을 아끼고 있자 수진이 성을 낸다.

　"그런 거면 진짜 가만 안 둬, 그 새끼. 죽여 버릴 거야."

　"정수진."

　"아냐, 이참에 그냥 신고하자. 그럼 되잖아. 신고해 버려."

　"수진아."

　"민우현 이 개새끼를 내가 확 아주."

"기억나? 우현이 전학 오고 다음 날?"

혼자 흥분해 씩씩대던 수진이 갑작스런 하은의 말에 템포를 늦춘다. 민우현 전학 온 다음날? 아아, 혹시 그때 그 일 말이야? 머지않아 알겠다는 표정으로 응수하는 수진을 향해 하은이 씩 웃는다. 아직도 어제 일처럼 생생한 그날. 참 요란했던 사건.

여름방학이 끝나고 가을로 접어들던 무렵의 뒤숭숭한 고3 교실에 일대 파란이 일었었다. 학기가 다 끝나 가는 시점의 전학이 흔치 않아서라기보다는 범상치 않은 존재감의 전학생이 그 이유였다. 보는 순간 사람 혼을 쏙 빼놓을 만큼 기가 막히게 잘도 생긴 녀석이었다.

오똑한 콧날에 매끈한 눈매, 사내 같지 않게 뽀얀 피부와 도톰한 붉은 입술, 턱 선이 어찌나 날카롭고 예리하던지. 거기에 훤칠한 키와 다부진 몸매는 추가 옵션. 얄쌍하니 긴 팔과 다리까지 그저 근사했다.

장난 아닌 성격을 드러내듯 시니컬한 무표정과 차갑고 도도한 자세를 유지하던 민우현. 쏟아지는 질문들에 단 한 마디 대답조차 않고 무시하던 냉정하고 까칠한 녀석. 국내 최대 유명기획사의 연습생이라는 소문이 돌자 다들 은연중 녀석의 무시를 수긍할 수밖에 없었다. 잘났다. 연예인이 되실 몸이라 이거지. 남자들은 못내 부러워 시기를 했고 여자들은 더욱 열광했다.

침묵으로 일관하다 방과 후 곧장 사라진 우현에게 다음 날 용기 내어 고백을 한 여자애가 있었다. 정성스레 쓴 편지와 선물을 내미는 여자애를 우현은 눈 하나 깜짝 않고 무시했다. 지켜보는 수많은 관중들을 의식했는지 이대로는 안 되겠다 판단한 여자애가 우현의 팔을 붙들었고, 순간 미간을 구긴 우현이 거칠게 여자애를 밀쳤다. 참, 흉하게도 나가떨어지던 여자애였다.

"뭐랬더라. 딱 한마디 했는데."

"더럽게."

"맞아, 더럽게. 진짜 무슨 벌레 보듯 쏘아보면서. 와."

수진이 고개를 절레절레 저으며 혀를 찬다. 더럽게. 싸늘하게 식은 낮은 목소리에 몰려들었던 모든 이가 경악을 했었다. 차마 감추지 못한 경멸이 우현의 눈빛에는 가득했다. 내쳐진 여자애뿐 아니라 그 외 모든 여자들의 가슴에 비수가 꽂히던 순간이었다.

그 뒤로도 여러 번 더 고백이 이어졌지만 우현은 지나치리만큼 모질게 내쳤다. 덕분에 게이가 아닐까란 소문까지 돌았었다. 그런 녀석이니까 걱정 말라는 하은의 말에 수진이 희미하게 웃는다.

"하긴, 여자라곤 손톱만큼도 관심 없어 하는 녀석이니."

"응."

"밉상진상 얄미워 죽겠는 새끼가 그거 하난 맘에 든다니까. 근데 왜 그러는 거래? 넌 알아? 왜 여자를 질색하는지?"

"아니."

"무슨 팬이 이러냐. 물어보지도 않았어?"

"언제는 꼬붕에 불과하다며."

"쳇, 보나 마나 뻔해. 연예인병 걸려서지, 뭐. 안 그래?"

데뷔하실 귀한 몸이라 이미지 관리 차원에서 몸 사린 걸 거라며 수진이 툴툴댄다. 대외적으로 관심 없는 척하는 거고, 사실은 알 아주는 변태일지도 모른다며 어쨌거나 조심하라 이른다. 이유가 어쨌든 문란한 녀석은 아니라는 것에 내심 감사해 왔던 하은이다. 그것까지 참아 주지는 못했을 것 같다.

이 여자 저 여자 막 만나고 다니는 녀석이었다면, 그렇게까지 맘을 아프게 하는 녀석이었으면 지금처럼 고분고분 말들 다 들어 줄 자신은 결코 없으니까.

혼자 고개를 주억거리는 하은을 향해 맥주를 마저 비운 수진이 화장실을 다녀오겠다 한 후 총총 사라진다.

몇 시쯤이나 됐으려나 싶어 핸드폰을 꺼내 든 하은이 밤 10시를 막 넘어서는 시각을 확인하고서 도로 주머니에 넣는다. 헤어진 지 고작 한 시간밖에 안 됐는데 그새 보고 싶다. 중증이다. 병도 이런 병이 없다는 생각에 쓴웃음이 절로 나온다.

부르는 대로 쪼르르 달려가는 가장 큰 이유란 바로 이거다. 보고 싶으니까. 건조한 시선이든 서늘한 표정이든 툭툭대고 쏘아보든 그저 좋아서. 그리워서. 돌이켜 보면 처음부터 그랬던 것 같다. 민우현이라는 녀석 자체가 하은은 참, 좋았었다.

― 야.

― 어?

― 나 멋있지.

― ……어.

― 그럼 가서 콜라 좀 사 와 봐. 자.

손가락을 세워 맥주병 입구를 빙그르르 만진다. 눈앞에 어느샌가 예전의 그날이 떠오른다. 엄밀히 말해 옥상에는 하은이 먼저 와 있었다. 다만, 순간 너무 놀라 저도 모르게 몸을 숨긴 탓에 결국 몰래 훔쳐본 게 되었을 뿐.

나갈 타이밍을 놓쳐 고스란히 봐 버렸다. 우현을, 우현의 춤을, 우현의 모습을. 하은은 그대로 넋을 놓았다. 기가 막히게 멋져서.

화면이 아닌 바로 앞에서 보는 현란한 몸놀림에 반해 버렸다. 태어나서 저렇게 춤을 잘 추는 사내 녀석은 본 적이 없었다.

하도 거만하고 당당한 말투라서 뭐라 반박도 못 하고 주는 돈을 받아 들고서 매점으로 뛰었다. 콜라를 사다 주자 우현이 픽 한쪽 입가만 올리며 작게 웃었다. 그리고 건네어진 말. 잘했다. 겉치레로 내뱉었을 말. 동시에 세게 두근거리던 심장.

아마 그게 시작이었을 거다. 녀석의 춤에 반하고, 녀석의 미소에 반했던 열아홉 살의 가을로부터 지금까지 하은에게 민우현이라는 호출이 꼬박 5년째 계속되고 있는 거였다. 바보 같지만 좋아서. 한심하지만 녀석이 좋아서. 바라는 것 없이 마냥 좋았어서.

근데 슬슬, 욕심이 자란다. 좋아하는 마음만 자라는 줄 알았더니 그 이면에 기생해서 욕심까지 함께 자라고 있다. 단 한 번만이라도 좋으니 여자로 보일 수는 없을까. 여자라면 질색인 녀석을 알지만 그래도 안 될까. 안 되려나.

갑잖은 생각을 하며 웃던 하은이 고개를 떨군다. 어쩌면 조금씩 지쳐 가는 건 아닌지. 마음은 물론, 여전하지만. 앞으로도 계속 커질 것만 같아 불안하다. 두려운 건 사실 이 마음이다. 이대로 너무 많이 자라날까 봐. 그게 참, 무섭다.

"꺼요."

"뭐?"

"음악 끄라고. 꺼."

갈수록 썩어 가는 표정이 심상치 않다 했더니 결국 사달이 난다. 못마땅한 얼굴로 눈을 부라리며 내뱉는 싸늘한 목소리에 댄서들이 일시에 동작을 멈춘다. 오디오 쪽에 서 있던 남자 하나가 얼른 달려가 음악을 끈다.

침묵. 정적. 넓은 안무 연습실이 한순간 냉기에 휩싸인다. 후우. 흘러나오는 무거운 한숨. 다리를 꼬고 앉은 우현이 미간을 일그러뜨린다.

"뭐하자는 건데요."

"왜, 문제 있어?"

"그걸 나한테 물으면 안 되지. 장난해요?"

눈이 있으면 한 번 보라며 우현이 성을 낸다. 최대한 태연하게 물으려던 단장의 얼굴이 하얗게 질린다. 반말 존댓말 섞는 것도 모자라 씹듯이 비죽이는 화려한 말솜씨에 부글부글 속이 끓는다. 하여간에 싸가지하고는. 나이도 한참 어린 새끼가.

상대의 기분이 상하는 것 따위 개의치 않는다. 연습할 시간을 넉넉히 줬을 텐데 여태 못 맞추는 인사가 있다는 게 영 거슬린 우현이 거울 속으로 시선을 돌려 맨 뒷줄을 째린다. 움찔. 눈이 마주치자 여자의 얼굴이 붉어진다. 우현이 고개를 젓는다.

그러게 여자는 빼라니까. 말 더럽게 안 들어 처먹지, 씨발. 하마터면 욕부터 뱉을 뻔했다. 힘겹게 자제하며 말을 이었다.

"저 여자 꼭 넣어야 해요?"

"말했잖아, 사람이 모자란다고."

"그럼 더 뽑으시든가. 아님 다른 팀한테 도와 달라고 하든가요."

"우현아."

"쇼 케이스 일주일 뒤로 미룰게요. 내가 쪽팔려서 안 되겠네."

더 볼 것도 없다는 듯 우현이 몸을 일으킨다. 옆자리에 벗어 둔 카디건을 신경질적으로 확 낚아챈 우현이 핸드폰을 꺼내어 버튼을 누른다. 형, 어디야? 집에 갈래. 머쓱해진 댄서들이 서로서로 눈치를 본다. 우현이 인사 한 마디도 없이 연습실을 나선다.

주먹이 부들부들 떨릴 정도로 단장의 화가 치밀어 오른다. 춤에 관해 어디 가서 주눅 들지 않는 실력자이건만 저 어린놈만 나타나면 맥을 못 추는 게 분해 견딜 수가 없다. 인정하기 싫어도 할 수 없다. 어쨌거나 저 녀석, 민우현이 짠 안무로 가게 결정된 거니까. 심혈을 기울여 대표한테 보였다가 말 그대로 보기 좋게 까인 제 탓을 하며 화를 삭인 단장이 겨우 다시 연습을 잇는다.

"왜 벌써 끝나?"

"왜겠어."

"뭐?"

"몰라. 가기나 해."

지하주차장으로 내려간 우현이 짜증스레 얼굴을 구기며 밴에 오른다. 신경질적으로 여닫히는 문소리를 듣던 진호가 알 만하다는 표정으로 고개를 주억이며 시동을 건다. 뭐가 또 맘에 안 드셨을까, 우리 스타양반. 우현이 한숨을 푹 내쉰다.

"쇼 케이스 미룰 거야."

"또?"

"성에 안 차. 완전 개판이야. 각도 딱딱 못 맞추고 진짜."

"웬만하면 대충 좀 해, 인마. 그래도 우리나라 제일가는 댄서팀인데."

"저 단장이 몇 살이랬지, 형?"

험상궂도록 미간을 찌푸린 우현이 뒤로 한껏 기대어 앉는다. 반쯤 내리감긴 우현의 눈을 룸미러를 통해 마주한 진호가 나랑 같은

서른, 하고 답한다. 어쩐지. 춤이 영 올드해. 맘에 안 든다며 우현이 혀를 찬다. 진호가 눈썹을 들었다 놓는다.

뭐라 뭐라 혼자 툴툴대던 우현이 시트에 뒷머리를 퍽퍽 쳐 댄다. 그리고는 쯧, 하고 혀를 차고서 입술까지 마구 깨문다. 저래서 완벽주의 근성을 지닌 사람이 피곤하다는 말을 듣는 거다. 대표님께 어찌 얘기하나 고민하며 진호가 액셀을 밟는다.

타의 추종을 불허하는 춤과 노래로 우현은 연습생 시절부터 꽤나 유명했다. 이미 전속으로 계약이 된 상태에서도 위약금까지 물어 주겠다며 손을 내미는 기획사들이 많았다. 단순히 생긴 걸로만 봐도 이해가 가지만 그보다 더 뛰어난 건 그의 실력이었다.

미성에 가까운 허스키한 목소리로 리듬을 갖고 노는 노래 실력도 모자라 춤마저 독보적이다. 국내 모든 댄서들을 통틀어서 우현의 춤을 능가하는 자는 감히 없을 정도. 거기에 탁월한 작사, 작곡, 편곡 능력까지 겸비한 만능이 바로 민우현이었다.

연습생 생활 6년. 데뷔한 지 채 1년이 안 됐음에도 불구하고 우현은 유일무이 가장 핫한 가수로 한창 떠오르고 있다. 반응을 보려 발표한 싱글들이 모두 차트를 휩쓴 대박신인. 그런 상태에서 만든 첫 정규앨범에 우현이 예민한 건 당연한 일.

그래도 사람이 완벽할 수는 없거나, 아님 하늘이 공평하거나. 잘한다 잘한다 떠받들어 준 영향인지 우현의 성격은 사실 문제가 많다. 안하무인. 유아독존. 까칠, 건방, 도도. 더러운 성격이 아직 실력을 덮을 정도는 아니지만 앞으로는 또 모를 일이다. 그렇다고는 해도 지금의 회사에선 우현을 신 모시듯 대접해 준다는 사실. 그만큼 우현의 영향력은 가히 대단스러운 수준이다.

"어째 한동안 잠잠하다 했네."

"잠깐 세워 봐, 형."

"참아, 인마. 내가 혼나. 놔둬."

"······짜증나."

오피스텔 근처에 다다르자 교복 입은 여학생들 무리가 눈에 띈다. 보자마자 인상을 구기는 우현을 만류한 진호가 속도를 조금 더 높여 주차장 쪽으로 향한다. 까아! 방음이 제법 되는 밴 안으로 고스란히 들려오는 환호성들에 우현이 인상을 쓴다.

이사 가는 곳마다 아주 귀신같이 알고 찾아들 온다. 밤이고 낮이고 몰려오는 통에 너무 성가셔 오지 말라고 성질을 부린 적이 몇 번 있었지만 당시에만 쉬쉬할 뿐 금세 또 저리들 바글댄다. 여기도 오래는 못 있겠네. 주차장 안으로 들어서는 차 안에서 우현이 뒷머리를 벅벅 긁는다. 갑자기 피곤이 급 몰려온다. 싫은 건 진짜 죽어도 싫은 성격.

슬쩍 눈치를 살피며 진호가 입을 연다.

"그렇게 보기 싫으냐?"

"말이라고. 난 세상에서 여자가 제일 싫어."

"여자가 아니라 네 팬이다, 인마."

"팬이든 뭐든. 귀찮은 건 딱 질색이야."

"그럼 설마 진짜 남자가 좋은 거야, 너?"

놀리듯 툭 내뱉은 말에 우현이 발끈해서 노려본다. 농담 농담. 서둘러 달래 주려 애쓰지만 이미 골이 날 대로 난 우현이라서 진호는 어색하게 웃기만 한다. 그러게 누가 매번 과민반응하랬냐고. 차를 세워 주자 우현이 구시렁거리며 서둘러 내린다.

"잘 거야, 작업할 거야?"

"작업 좀 하다 늦게 잘 거야. 내일 깨우지 마."

"쉬엄쉬엄해라. 다음 앨범 것까지 미리 다 해 놓을래?"

"내가 알아서 하거든요. 가, 형."

"너 참, 장 볼 때 되지 않았어? 먹을 거 있나?"

대꾸도 안 해 주려다 선심 쓴 우현에게 진호가 묻는다. 일주일에 한 번씩 장을 봐다 주는 진호라서 우현이 잠시 고민한다. 일단 됐어. 필요하면 전화할게, 가. 대충 손을 흔들고 돌아서는 우현을 물끄러미 보던 진호가 이내 차를 출발시킨다.

건물 안으로 들어간 우현이 엘리베이터 버튼을 누른다. 1층에 있던 터라 금세 도착한 엘리베이터에 올라 23층을 누른다. 늘어지는 몸을 뒤쪽 벽에 기대고 싶지만 참는다. 방금 버튼 누른 손가락 끝이 왠지 찝찝한 것도 같아 한참을 내려다본다.

결벽증까지는 아니다. 사내자식이 유난스럽게 깔끔 떨고 싶은 마음 추호도 없다. 그냥, 혹시나 여자가 건드린 버튼일까 봐. 얼굴도, 이름도 모르는 사이라 해도 여자가 건드렸을 거라고 생각하면 괜히 등골이 서늘해진다. 불쾌하고 이상하게 싫다.

언제부터였을까. 스쳐 지나가는 여자들의 높은 목소리에마저 미간을 찌푸리게 된 건. 연예인이 될 거라 자기관리를 한답시고 여자를 멀리했지만 근본은 그게 아님을 우현은 아주 잘 알고 있었다. 그렇다고 남자가 좋다는 건 결코 아니다. 절대. 네버.

……뭐, 아주 그렇지마는 않은 것도 같지만. 내가 지금 뭐라는 거야. 에이씨.

갈수록 진짜 기분이 왜 이러는지. 왜 하필 이럴 때 또 그 녀석이 떠오르는 건지. 나 원.

— 와, 너 춤 진짜 잘 춘다.

― 알아.

― 어?

― 안다고. 나 멋있는 거.

― 그래. 멋있어. 진짜 멋있다, 너. 아, 난 서하은이라고 해. 반가워.

집으로 들어가자마자 우현은 욕실로 가 손을 씻었다. 물을 적시고 세정제를 묻혀 벅벅 닦고서 옷을 벗고 샤워를 했다. 남들보다 샤워하는 시간도 제법 걸린다. 절대 깔끔 떠는 성격이라서가 아니라고 자신을 위로하며 물기를 닦고 나왔다.

물을 한 잔 마시고서 바로 작업실로 들어가 컴퓨터를 켰다. 미디 프로그램을 화면에 띄우고서 이것저것 악기들을 조합해 음을 만들던 우현의 손이 한순간 멈춰진다. 멋대로 찾아 잡는 핸드폰. 밤 11시 반. 집에 갔을 거다. 어쩌면 잘 수도. 아마.

"……."

한 번도 가 본 적 없던 녀석의 방을 상상한다. 침대에 누워 이불을 덮고 새근새근 잠들었을 얼굴을 떠올리자 기분이 괜스레 묘해진다. 잘 땐 뭘 입고 잘까. 잠옷이 따로 있을까. 생긴 것도, 하는 짓도 선머슴 같은 녀석이니 대충 아무거나 입으려나.

여자란 걸 알면서도 거슬리지 않는다. 그러고 보면 처음부터 그랬던 것 같다. 전학 간 학교 옥상에서 마주쳤던 그 순간부터 자신에게 녀석은 그저 녀석이었다. 남자건 여자건 그딴 걸 따지는 게 부질없다는 생각이 태어나 처음으로 들었었다.

진짜 요즘 힘들기는 한가 보구나. 어느새 또 하은의 생각에 빠져들던 우현이 습관처럼 미간을 구긴다. 데뷔 이래로 불러 대는 횟수가 늘었다. 더불어 갈증은 좀처럼 가시질 않고 있지만.

망설이던 끝에 통화 버튼을 눌렀다. 그냥 목소리만 들으려고. 집에 잘 들어간 거 확인만 하려는 차원에서. 뭐 어쩌자는 거 아니니까. 야밤에까지 심부름은 너무하잖아. 그렇지?

그러니까, 그냥 잠깐, 잠깐만……

[여보세요?]

"……너 밖이냐?"

신호가 채 두 번을 넘기기 전에 전화를 받는다. 어디서 뭘 하든, 심지어 수업 중이라 해도 튀어나와 받으라고 세뇌를 시킨 보람이 있다. 그 보람을 만끽하기도 전에 우현의 얼굴이 굳는다. 명백히 들려오는 차 소리. 수화기 너머 하은이 당황한다.

[어, 그게……]

"왜? 뭐하느라 여태 밖인데?"

[안 그래도 지금 집에 가는.]

"대답이나 해. 여태 어디서 뭐했냐고."

있는 대로 힘이 실린 싸늘한 목소리로 우현이 묻는다. 굳이 이렇게까지 쏘아붙이려던 건 아니었는데 저절로 그리되었다. 거슬려서. 화가 나서. 왠지 모르게 기분이 무척이나 나빠졌으니까. 곧장 대꾸를 못 하고 쩔쩔매는 하은 때문에 새삼 더욱 열이 받는다. 요즘 진짜 이 녀석이 성질을 돋우려고 작정을 한 것 같다. 그렇지 않고서야 안 하던 짓을 할 리 없을 텐데.

거칠게 욕하고 전화를 끊어? 욕도 아까우니 그냥 이대로 무시해?

여러 갈림길 앞에서 우현이 단호해진다. 봐야겠다. 목소리만 잠깐 들으려고 했더니 성질이 나서 도저히 못 참겠다. 천천히 몸을 일으킨 우현이 고개를 뒤로 젖힌다.

"와."

[어?]

"오라고. 당장."

[지금? 너무 늦었어…….]

"10분 준다. 튀어 와."

띠릭. 일방적으로 통화를 마친 우현이 느릿하게 눈을 감았다 뜬다. 웬만하면 밤에는 부르지 않으려 했던 노력들이 허사가 되어 버렸다. 불러서 뭘 어쩌겠다는 건 아니지만 그래도. 지금 같은 마음으로 부르는 게 안전하지 못하다는 건 알지만, 그래도.

터덜터덜 옆쪽으로 걸어간 우현이 작업실 한쪽에 마련된 소파에 털썩 드러눕는다. 올까? 당연한 그 생각에 확신이 실리진 않는다. 늘 이랬다. 하은은 모르겠지만, 단 한 번도 제 말을 어긴 적 없는 하은을 보며 우현은 늘 이렇게 불안하기만 했다.

왜? 왜지? 왜 나는 네가 내 말을 들어줄 때마다 그 이상으로 맘이 초조해지지? 왜 나는 자꾸 너를 괴롭히고 싶을까. 왜 나는 계속 너한테 이런저런 것들을 요구하고 싶을까. 예쁘지도 않은 네 녀석이 왜 자꾸만 눈앞에 아른거리고 틈만 나면 신경 쓰일까. 대체 왜. 어째서.

……몰라. 모르겠으니까 와. 일단은 와 봐. 혹시라도 안 오면 알아서 해. 빨리 와, 서하은. 빨리.

"헉, 헉……."

역시 23층까지 걸어 올라가는 건 무리다. 몇 번이나 이 짓을 해 보고도 또 하는 걸 보면 수진이 말한 대로 바보가 맞나 보다. 층

층이 서면서 아주 더디게 내려오는 엘리베이터를 보다 못해 비상구로 향한 하은이 계단 난간을 부여잡고 낑낑댄다. 턱 끝까지 차오른 숨을 간신히 조금 가라앉히고서 다시 계단을 올랐다. 이제 겨우 13층. 다리가 벌써 후들거리기 시작한다.

안 그래도 얼른 집에 가야지란 생각은 했었다. 과외에 잘렸단 소리를 듣고 길길이 날뛰며 당장 얼굴 좀 보자던 수진이 저를 불러내지만 않았어도 곧장 집으로 갔을 거다. 아니지. 하필 맥주 다 마시고 나가려던 참에 우현의 노래가 흘러나온 게 가장 큰 문제였을 터다. 우현의 싱글앨범 노래들이 메들리처럼 주르륵 이어서 나와 버리는 통에 완전히 꼼짝을 할 수 없었으니까.

녀석의 목소리에는 묘한 힘이 있다. 데뷔하자마자 스타덤에 오른 가장 큰 이유는 매력을 넘어선 마력적인 목소리 탓이었다. 허스키한 미성은 듣는 순간 정신을 차릴 수 없게 만든다. 뿐만 아니라 귓가를 간지럽히듯 살랑살랑 곱다가도 강렬하게 내지를 땐 더할 나위 없이 짙은 호소력을 연출한다. 음 하나하나 리듬 하나하나에 혼을 실어 부르는 듯한, 마치 온몸을 다해 노래를 부르는 것 같은 창법을 구사한다고 할까. 현란하고 과감한 멜로디 라인에 심장을 울리듯 쿵쿵 뛰는 비트는 물론 당연한 얘기고 말이다.

안무 연습을 간다기에 내심 마음을 놓았었다. 한 번 연습에 몰입하면 새벽까지 이어지는 게 보통인 우현을 안다. 제 맘에 들지 않는 한 끝내지 않는, 어떻게든 원하는 목표치까지 해야 직성이 풀리는 고집스런 우현이 벌써 집이라는 사실에 적잖이 놀란 하은이다.

뭔가에 심사가 뒤틀렸거나 성에 차지 않아 아예 일찍 접었나 보다. 그렇다면 당연히 기분이 안 좋은 상태라는 건데. 이러고 있을 시간이 없다며 이를 악문 하은이 계단을 마구 뛰어오른다. 22층. 한 층만 더 올라가면 된다. 한 층만. 한 층만 더.

숨을 헐떡이며 드디어 23층에 도착한 하은이 막 고개를 들려는 순간,

"하아, 하아……."

"……."

"저……. 그게, 하아……."

"들어와."

어쩐 일로 우현이 복도에 나와 있었다. 골이 잔뜩 난 얼굴로 벽에 기대어 선 채 담배를 뻑뻑 피워 대는 녀석을 보는 순간 하은이 어쩔 줄을 모른다. 그런 하은을 귀찮은 기색이 역력한 표정으로 쏘아보던 우현이 대충 바닥에 담배를 던져 버리고 먼저 들어간다.

미친 듯이 힘들지만 나름 효과가 있다. 편하게 엘리베이터를 이용하지 않고 기를 쓰고 계단을 올라온 모습을 보여 주면 그나마 화가 누그러지는 것도 같은 우현이다. 머리를 굴린 게 아닌데 굴린 꼴이 되었다. 숨을 마저 고르고 걸음을 옮기는 하은이 조심스레 문손잡이를 잡는다. 조금 전 우현이 잡았던 거라는 생각에 가슴이 두근거린다. 입술을 살짝 깨물었다.

"뭐했는데."

"어?"

"어디 있었는지 말해."

현관에 우두커니 세워 둔 채로 우현이 취조를 시작한다. 갑작스럽다기보다는 아직 힘든 기운이 가시질 않아 하은이 잠시 뜸을 들인다. 커다랗게 어깨를 들썩여 숨을 몰아쉬는 하은을 향해 우현이 너른 시선을 준다. 하은이 눈을 이리저리 굴린다.

"집으로 간다더니. 거짓말이었어?"

"아냐, 가려고 했는데, 그게…….."

"과외시간 지나서 내가 보내 준 걸로 기억하는데."

"어?"

"설마 안 잘렸냐? 전화 오는 거 못 받게 했는데도?"

"……."

그럴 리가 없을 텐데, 라는 식으로 우현이 눈을 깜빡인다. 여유롭게 팔짱까지 끼고서 쳐다보는 폼이 시니컬하기 그지없다. 우월감에 가득 찬 우현의 표정에 할 말이 잃어진다. 그 새끼 그거 일부러 그러는 거야. 모르겠어? 수진의 말이 되뇌어진다.

변명이든 해명이든 얼마든지 말하라는 태도가 사실은 정반대임을 깨닫는다. 그 어떤 말로도 한껏 뒤틀린 이 녀석 심사를 풀어 줄 순 없단 걸 하은은 이미 파악했다. 원래가 그런 녀석이니까. 무조건 미안해, 잘못했어, 가 아니면 뭐라고 말하든 곧이곧대로 들어 주지 않는 냉정한 인간이 바로 민우현이니까.

별수 없어 고개를 떨구려는데 우현이 바짝 다가온다. 움찔. 놀란 하은이 숨을 멈췄다.

"뭐야, 술 마셨냐?"

바로 앞으로 다가와 치켜뜨는 강렬한 눈에 하은이 입을 다문다. 한 치의 흔들림도 없는 까만 눈동자에 긴장해 버린다. 서서히 치미는 화가 고스란히 느껴진다. 살짝 미간을 구기기까지 한 우현이 하은을 째린다. 하은이 주먹을 꼭 말아 쥔다.

"묻잖아. 술 마셨냐고, 너. 마셨어?"

"……아니."

"이게 진짜 어디서 자꾸 거짓말을. 아니라고? 안 마셨다고? 어?"

"……."

"어딜 도망가. 이리 안 와?"

좁혀지는 거리에 겁을 덜컥 집어먹은 하은이 슬슬 뒷걸음질을 친다. 자꾸만 얼굴을 들이미는 우현 때문에 심장이 터지기 일보 직전이었다. 그마저도 딱 세 걸음 후에 멈춰지고야 만다. 문에 다다라 등을 대고 선 하은이 어찌할 줄 몰라 쩔쩔맨다.

화낼 거다. 소리 지를 거다, 분명. 술 마시는 걸 끔찍이도 싫어하는, 물론 저는 되지만 하은은 안 된다는 녀석이 바로 민우현이니까. 예전에 신입생 환영회 땐가 한 번 주는 대로 마셨다가 취한 적이 있던 이후로 하은은 다시는 술을 입에도 대지 않겠다고 굳게 맹세를 했었다. 전화로 어찌나 우현이 소리를 질렀던지 생각만 해도 귀가 웅웅거리는 착각에 하은이 난 몰라, 하며 어깨를 움츠린다.

오라고 했더니 되레 더 물러난다. 열이 오를 대로 오르고 기분까지 괜스레 불쾌해진 우현이 미간을 심하게 일그러뜨린 채 손을 뻗는다. 삐리릭. 현관문의 잠금장치를 누르자 놀란 하은이 급히 고개를 든다. 일렁이는 눈동자. 하얗게 질린 얼굴. 할 말을 잃어버린 입술.

대수롭지 않다는 듯 쳐다보던 우현이 두 팔을 들어 올려 문을 짚고 하은의 얼굴을 가둔다. 이도저도 못하고 갇혀 버린 채로 하은이 물끄러미 우현을 올려다본다. 즉각 반응. 이 녀석 놀라는 건 진짜 매번 재밌다. 너무 재밌어서 어쩐지, 화가 난단 게 문제지만.

"술 냄새 나는데. 뭐냐."

"……."

살며시 얼굴을 내린 우현이 하은의 입가에 코를 대고 킁킁거린다. 숨도 제대로 못 쉴 정도로 긴장해 버린 하은이 마른침을 꿀꺽 삼킨다. 너무도 가까운 거리였다. 당장이라도 닿을 것처럼 우현의 입술이 가깝다는 사실에 하은의 눈동자가 미세하게 떨린다.

"이래도 안 마셨다는 말이 나오지, 너는."

"딱 두 병 마셨어. 수진이랑 맥주."

"이제야 실토를 하네. 혼나려고 용을 쓰네, 아주."

"미안. 잘못했어. 미안해."

습관적으로 사과를 건넨 하은이 시선을 피한다. 더는 우현의 눈을 마주할 자신이 없어 궁여지책으로 피하는 것을 택한다. 눈만 보는 것도 위험한데 자꾸 입술로 시선이 가니까. 앞뒤 안 가리고 확 입 맞춰 버리면 큰일이니까. 하은이 눈을 깜빡인다.

연거푸 감았다 떠지는 하은의 눈꺼풀을 우현이 가만히 바라본다. 이리저리 괜히 딴 곳으로 돌려지는 시선 끝을 따라가 본다. 난 감해서 어쩔 줄 몰라 하는 하은이다. 지금 이 상황을 어떻게 모면해야 할지에 대한 궁리보다는 그저 안절부절못하는 것뿐.

머리를 쓰지 않아서 맘에 든다. 영악하게 굴지 않아서. 제 말이면 뭐든 들어줘서. 알아서 사과할 줄 알아서.

근데 서하은, 어디까지 참을래. 언제까지 내 옆에 붙어 있을래. 궁금한데 이상하게 불안해. 알고 싶으면서도 알기가 겁나. 왜일까. 부르는 대로 달려 나오는 네가 나는 사실 두려운 거야. 길들여진다는 거, 그거 너 말고 나한테 해당하는 말이란 거 알아?

하나만 묻자. 나 아직도 좋아해? 좋아하는 거 맞아, 나를? 여전히 서하은한테, 민우현뿐인 게 맞는 거냐.

……아직은……?

"너 이러다 벗겠다."

"뭐?"

"내가 벗으라면 벗겠다고. 너."

"……."

고분고분 말 잘 듣는다는 얘길 이런 식으로 비꼰다. 한심하단 듯 혀를 찬 우현이 얼굴을 조금 떼어 내며 손을 움직인다. 대체 어디서부터 뛰어온 거냐. 혼잣말처럼 중얼거린 우현이 느릿하게 하은의 이마를 건드린다. 하은이 움찔 긴장한다.

가늘고 긴 우현의 손가락이 하은의 이마에 돋아난 땀을 훔쳐 낸다. 스치듯 가볍게 지나가는 촉감에 용기를 낸 하은이 조심스레 우현의 눈을 올려다본다. 무감한 표정. 심드렁한 눈빛. 아무렇지 않아 보이는 태연한 얼굴에 가슴이 설렌다.

타인과 몸만 살짝 부딪쳐도 성질을 부리는 녀석이 더럽다는 듯이 얼굴을 구기지 않는다. 그것만으로도 다행이다. 괜히 넘겨짚고 기대를 하는 건 무리지만 두근거리는 마음만은 어쩔 수가 없다. 우현이 하은의 머리를 손으로 턱 누른다.

"작업할 거야."

"어."

"기다려."

"그래. 알았어."

무뚝뚝하게 내뱉은 우현이 그대로 제 작업실로 들어간다. 여태 신발도 못 벗고 현관에 서 있던 하은이 천천히 거실로 들어선다. 조용하고 휑한 집 안. 넓은 평수 이상으로 적막한 오피스텔 안에서 한참을 더 그렇게 우두커니 서 있는 하은이다.

아마도 우현은 헤드폰을 썼을 거다. 한 번 집중하면 밖에서 무슨 일이 일어나든 신경도 안 쓰는 녀석이니 언제쯤 끝날지 기약도 없다. 그래도 기다리라고 했으니까. 가라는 말 안 했으니 가면 안되는 거라며 하은이 아무렇지 않은 얼굴로 가방을 내려놓는다.

언제 와도 우현의 오피스텔은 늘 처음인 것처럼 낯설고 설렌다. 뻔히 아까 낮에 다녀갔는데도 와 본 적 없는 것 같은 생경한 마음에 하은은 천천히 안을 둘러봤다. 원체 어지럽히는 성격이 아니다. 들를 때마다 하은이 알아서 청소를 해 주는 덕분도 있지만 우현 자체가 깔끔하게 구는 경향이 좀 있다. 물건이 제자리에 있지 않으면 불같이 화를 내는 성격이기도.

별다른 장식 없이 휑하게 비워진 벽과 단조롭고 심플한 가구들을 보다가 테라스로 향했다.

자정이 넘은 시각에 우현의 집에 와 보는 건 사실 몇 번 되지 않는다. 게다가 작업할 땐 절대 누구도 들이지 않는 까다로운 녀석이라 매니저가 와도 문전박대하기 일쑤라는 걸 하은은 알고 있다. 근데 그런 녀석이 기다리란다. 언제 끝낼지도 잘 모르면서.

그러니 어쩌겠어. 기다려야지. 방해 안 되게 조용히 얌전히. 그렇지, 우현아. 그게 좋지? 응?

— 야, 서하은.
— 응?
— 저 계집애들처럼 너도 나 좋아하냐?
— ……안 돼?
— 딴소리 말고 대답해. 나 좋아하냐고.

어두컴컴한 바깥을 바라보며 하은이 생각에 잠긴다. 화려하게 빛나는 야경의 모습들이 고스란히 눈동자 속에 담긴다. 주변 건물들을 월등히 뛰어넘는 고층의 한 지점이 생각보다 아릿하다. 반복해서 눈을 감았다 뜨며 하은이 유리문에 볼을 기댄다.

— 응. 좋아해.
— 진짜?
— 어. 왜?
— 그냥. 계속 좋아하라고. 알았지?
— 응?
— 내가 그만 좋아하라고 할 때까지 나만 좋아해. 그럴 수 있겠어?

작게 웃은 하은이 유리문에 입김을 분다. 하아, 하고 뿌옇게 만든 그 위에 조심스레 손가락을 갖다 댄다. 우……현……. 천천히 움직여지는 손가락 끝에서 동글동글 귀여운 글씨체를 한 그의 이름이 만들어진다. 이름만 봐도 좋다. 당장 눈앞에 마주하는 것만 같이 가슴이 벌렁거리고 난리다. 약도 없다. 어떻게 해도 고쳐지지 않는 불치병. 가슴앓이란 다 이럴까 싶은.

하염없이 그의 이름을 바라보던 하은이 눈을 감는다. 넌지시 이마를 유리에 대고서 조용히 숨을 고른다. 허락을 받았다. 좋아해도 된다는, 아니, 계속 더 많이 좋아하라는. 그 말이 아니었어도 이미 넘치도록 가득 담고 있다. 마음속이 모조리 민우현 하나로만 온통 채워진 하은이라서 다른 누구도 바라볼 수 없어졌다. 지금도, 앞으로도. 아마도 평생. 이대로 쭉.

그만 좋아하라는 말은 제발 안 했으면 좋겠다. 하늘이 두 쪽이 나도 그런 일은 없었으면……. 하은이 두근두근 뛰어대는 심장을 가라앉히려 한숨을 내쉰다.

마주 보는 것까지는 바라지 않아. 그냥 이렇게 계속 네 곁에 있는 게 좋아. 충분해.

입가를 말아 올린 하은이 은근하게 웃는다. 같은 하늘 아래, 같은 공간 안에 있다는 것만으로도 벅찬 마음이라서. 우현아.

"……."

작업실 문을 열고 거실로 발을 내딛던 우현이 멈춰 선다. 저만치 앞에 보이는 광경. 보는 순간 아, 하고 터져 나오는 탄식. 얼마간 더 멍하게 서 있던 우현이 문을 마저 닫고 거실로 나간다.

저벅저벅. 조용한 오피스텔 안에 낮은 발소리가 울린다. 무려 5시간이나 꼼짝을 않고 틀어박혀 있었다. 날이 밝아 오는 시점이라는 걸 확인하고서 물이나 한 잔 마셔야지 했을 뿐이다. 어쩌면 이렇게까지 주변 사물 인식이 힘든지, 원. 일에 한 번 빠지면 사람이 죽어나도 모를 인간이 바로 민우현 본인일 거다.

들릴 듯 말 듯 한숨을 내쉰 우현이 잠시 아래를 내려다본다. 거실 소파에 모로 누운 채 곤히 잠들어 있는 하은을 한참이나 쳐다본다. 기다리라고 했으니까. 언제 끝날지 기약 없는 그 말에 이 녀석은 또 고분고분 말 잘 듣고 기다리다 잠이 들었다.

차라리 보낼까도 생각했지만 보내기는 또 싫었다. 잘은 몰라도 순간적으로 그런 기분이 들어 무턱대고 하은을 붙잡았다. 너도 참 대단하다. 명색이 여자라 외박하는 거 싫을 녀석이 간다는 말도 못 하고 이렇게.

우현이 침실에서 이불을 가져온다.

잘도 자네. 입까지 헤, 벌리고. ……바보가.

혹시라도 잠이 깰까 싶어 조심조심 덮어 준 우현이 천천히 몸을 숙인다. 그러다 아예 앞쪽 바닥에 털썩, 하고 앉아 버린다. 두 팔을 무릎 위에 얹고서 얼굴을 앞으로 쭉 빼내고는 유심히 하은을 본다. 쌕쌕 흘러나오는 약한 숨소리에 귀를 기울인다.

알 수 없는 감정. 알기 싫은 마음. 그냥 얽히고설킨 대로 놔두고 싶은 이기적인 본심. 그러면서도 드는 허전함.

분명하지 않은 건 질색이다. 내려진 결론 앞에서 미적거리는 취향도 아니거니와 일을 복잡하게 꼬는 것도 달갑지 않다. 그래도 여전히 모르겠다. 단순한 호기심인지, 아니면 진짜 감정인지. 미간을 찌푸린 우현이 얼굴을 조금 더 가까이한다.

— 거슬려.
— 응?
— 머리 말이야. 기를 거냐?
— 아니, 안 그래도 자르려고.
— 내가 잘라 줘?
— 진짜? 자를 줄 알아?
— 대충 자르면 되지, 별거 있어. 와 봐.

눈썹을 살짝 가리는 앞머리를 들춘다. 그 너머의 뽀얀 이마를 보던 시선을 내려 감긴 두 눈을 바라본다. 가지런하게 말린 긴 속눈썹이 꽤 촘촘하다. 눈처럼 하얀 피부에는 그 흔한 잡티조차 찾아볼 수가 없다. 봉긋하게 솟은 동그랗고 귀여운 콧날을 지나 입술을 본다. 살짝 벌어진 도톰하니 붉은 입술. 전체적으로 귀여운 인상. 뭐랄까. 오밀조밀하다는 표현이 맞을까.

머리도 짧은 데다 볼 때마다 교복 치마가 아닌 체육복 바지를 입고 있어서 처음에는 사내인 줄 알았었다. 사내치고 곱상하니 예쁘장하다 했던 하은이 실은 여자란 걸 안 후에도 우현은 거부감이 들지 않아 이상하다 싶었다. 스치듯 어깨가 닿고, 실수로 손을 잡고 나자 자연히 얼굴마저 만지고 싶어지던 기억. 자를 줄도 모르면서 잘라 주겠다 머리카락에마저 욕심냈던 우현이다.

기분이 나쁘면 순간의 착각이었다고 여기려고 했더니 그게 아니다. 이따금씩 이유도 없이 하은의 손을 잡고 제 무릎에 앉히고서 눈을 맞추는 일이 근래 들어 더 빈번해졌다. 이게 뭘까. 세상 여자 전부 다 싫은데 어떻게 된 게 너란 녀석만큼은 싫지가 않아. 너무도 가까웠던 아까 하마터면 입을 맞출 뻔했다. 만약 그랬다면 하은은 가만히 있었을까. 아님, 피했을까.

진짜 벗으라면 벗을까. 그것까지 네가 내 말을 얌전히 들을까.

······젠장. 짜증나 돌겠네, 아주. 뭐가 진짜. 에이.

신경질적으로 얼굴을 구긴 우현이 서둘러 몸을 일으킨다. 묘하게 간질거리는 가슴이 거슬려 괜히 더 사납게 인상을 쓰면서 돌아섰다.

나는 저 녀석을 좋아하지 않아. 저 녀석만 나를 좋아하면 돼, 그뿐이야.

우현이 혼잣말을 툴툴거리며 부엌으로 향한다. 미간이 말도 못하게 구겨져 버렸다.

응······?

어느 순간 눈이 떠졌다. 가물거리는 시야를 확보하려 애를 쓰다가 도로 눈을 감던 하은이 오래지 않아 다시금 번쩍 눈을 뜬다.

낯선 광경. 어색한 기분. 제집이 아니라는 판단을 내림과 동시에 벌떡 몸을 일으킨다.

이런, 깜빡 잠이 들었었나 보다. 검게 드리워진 커튼 덕에 시간을 파악할 수가 없다. 주머니를 뒤적여 핸드폰을 꺼내어 든 하은이 도착해 있는 수진의 문자와 부재중 전화를 확인하고 기겁한다. 대체 얼마나 잔 건지 기가 막혀 말도 안 나온다. 8시 반 교양수업은 당연히 결석 처리고.

바닥으로 발을 내리려던 하은이 그제야 이불을 발견한다. 덮고 잔 기억은 없는데. 자는 거 보고 덮어 준 건가, 우현이가? 왠지 녀석답지 않은 친절이라 여기며 가지런히 이불을 정리한 하은이 욕실로 들어가 간단히 얼른 세수를 하고 나온다.

물론 나오기 전 세면대의 물기 닦는 것 또한 잊지 않는다. 제 물건 쓰는 걸 몸서리치게 싫어하는 터라 이것마저도 눈치가 보인다. 비상으로 들고 다니는 구강 청결제를 웅얼거리다 뱉은 하은이 거울을 들여다본다.

샤워하고 싶은데, 안 되겠지? 헝클어진 머리를 대충 손으로 흐트러뜨린다. 짧은 머리가 유용하긴 하다. 화장하기 싫어하는 성격 역시 꽤 도움이 된다.

"우ㅎ……."

욕실을 나오는데 마침 수진에게서 다시 문자가 왔다. 원래 일찍 끝내기로 유명한 교수가 다음 주 휴강이라며 시간을 꽉꽉 채울 것 같다는 말에 늦게라도 가 보려 마음을 먹었다. 그래도 간다는 말은 해야겠기에 작업실을 노크한 하은이 대답을 기다리다가 문을 연다.

두 개를 이어 붙인 커다란 모니터가 고스란히 켜져 있다. 불과 조금 전까지도 열심히 돌아갔다는 듯이 방안의 열기가 제법 느껴진다. 밤을 꼬박 새어 버렸구나, 란 생각을 하며 고개를 돌리던 하은이 멈칫한다. 소파에 엎드려 누운 우현이 보인다.

"우현아."

"……."

"자?"

"……."

묵묵부답. 나긋한 목소리로 조용히 불러 보던 하은이 대꾸 않는 우현을 유심히 살핀다. 죽은 것처럼 미동이 없다. 숨소리가 들리는지조차 확인이 되질 않아 더욱 상세히 보던 끝에 아예 문을 닫고 들어가 살그머니 우현의 앞에 쪼그리고 앉았다.

살짝 피곤해 보이긴 해도 안색이 나쁘진 않다. 눈 밑이 조금 퀭한 것 빼고는 평소처럼 여전히 근사한 우현이다. 가만히 내리감겨진 눈꺼풀이 당장이라도 들어 올려질 것만 같아 괜스레 긴장이 된다. 숨을 죽인 하은이 느릿하게 눈을 깜빡이며 우현을 본다.

진하게 숱이 많은 눈썹이 참 잘도 생겼다. 가늘지만 곧은 눈매가 더없이 매끄럽다. 코가 진짜 어쩜 저리 높아. 오뚝한 게. 도저히 남자의 피부라고는 믿겨지지 않게끔 뽀얗고 보송보송하다. 하다못해 귓불마저 앙증맞다. 예리한 턱 선은 또 어떻고.

굳게 다물어진 도톰하고 붉은 입술을 한참 보고서 시선을 든다. 흐드러지듯 가지런히 쏠린 검은 머릿결을 보고 또 본다. 이마를 가린 앞머리를 부드럽게 쓸어 올려 주고픈 충동을 느낀다. 꿈속에서도 화를 내는지 미간 사이의 주름이 살포시 엿보인다.

저도 모르게 손을 들어 올린 하은이 아주 천천히 우현의 얼굴로 가져간다. 만지고 싶어서. 만져 보고 싶으니까. 손대는 거 엄청 싫어하는 걸 알지만 자고 있으니 괜찮지 않을까. 주춤주춤 망설이며 손을 뻗는데 순간, 우현이 눈을 뜬다.

아, 이런……

움찔 놀란 하은이 손을 멈춘다. 모양새가 참 우습게 됐다. 어쩌나 고민도 못 하고 거두려는 손을 우현이 확 잡아챈다. 놔주지 않을 것처럼 강하게 부여잡은 우현이 뚫어져라 하은을 본다. 여전히 엎드려 누운 채로, 고개만 비튼 채로 그렇게.

잡힌 손이 너무 따뜻하고 부드러워 할 말을 잃어버린다. 가늘고 긴 손. 늘 느끼지만 역시나 남자라고 아귀힘은 장난이 아니다. 하은이 머뭇거리며 입을 연다.

"아, 저, 나 가 봐야 해서. 미안."

"……"

"수업 있거든. 그래서 간다고 인사하려고 했어."

"……"

"우현아?"

말을 하든 말든 우현이 무감한 표정으로 눈을 깜빡인다. 사정이 있다고 설명을 해 줘도, 충분히 늦었다고 말해 줘도 우현은 계속 하은을 붙잡고 있었다.

어쩌라고. 너 늦은 걸 나보고 어쩌라는 거야. 건조하고 서늘한 시선으로 우현이 하은을 응시한다. 잡힌 손을 뿌리치지도 못하고 우물쭈물 곤란해하는 하은의 모습이 눈에 들어온다.

곤하게 자더니 언제 일어났을까. 쌕쌕 고르게 내뱉어지던 새벽녘 하은의 숨소리가 귓가에 감겨든다. 눈을 뜨자마자 제 앞에 있는 하은이 우현은 왠지 생경한 느낌이다. 그래 놓고 가겠단다. 그놈의 수업 타령을 하며 간다는 인사를 하러 왔다는 말에 기분이 별로인 건 왜일까. 굳이 더 볼일도 없으면서. 왜.

몰라. 다 모를 거야. 내가 왜 네 녀석 사정을 일일이 봐줘야 해. 가지 말라면 안 갈 거잖아. 그렇잖아. 아니냐?

밤새 작업하고 더는 안 되겠어서 조금 전 쓰러지듯 누웠다. 피곤이 몰려와서인지 맘이 영 제 맘 같지를 않다. 가려면 가든가, 맘대로 해. 이내 힘없이 하은의 손을 놔 버린 우현이 지갑 줘 봐, 한다.

지갑? 갑자기 지갑은 왜? 하은이 모니터 옆에 놓인 지갑을 가져다주자 우현이 받아 들며 바로 눕는다. 대충 뭉텅이로 지폐를 꺼내어 내미는 우현이다.

"택시 타고 가."

"괜찮아."

"말 들어. 받아."

"……."

간간이 수표도 섞인 지폐 뭉치를 보며 하은이 입을 다문다. 또 이런다. 됐다고, 괜찮다고, 좋게 좋게 말하는 것들이 결코 들리지 않는 모양이다. 버럭 소리 지르기 전에 그냥 받는 게 낫겠지. 느릿하게 뻗는 하은의 손에 우현이 억지로 들려 준다.

일정하진 않아도 한 번씩 이렇게 돈을 건네는 우현의 의도를 솔직히 잘은 모르겠다. 굳이 저 잘사는 걸 과시하는 성격은 아닌데. 그렇다고 돈이 남아돌아서 이렇게 매번 큰 액수를 건네는 것도 아닐 거고. 그렇다면 뻔하다. 이것저것 사 오라고 심부름시키는 것에 대한 대가. 멋대로 하수인 부리듯 하는 평소 제 행실에 대한 일종의 보답 차원. 딱 그 정도일 거다.

좋아서 하는 일에 돈이 얽히는 게 싫어서 어떻게든 거절하다가 여러 번 혼쭐이 났다. 그랬다가 하은이 얻은 결론. 안 쓰면 된다. 여태 받았던 돈들 다 모아 두고 있다는 걸 이 녀석은 알까. 나중에 돌려줄게. 그럴게. 씁쓸히 웃은 하은이 곧 돌아선다.

"몇 시에 끝나냐."

문손잡이를 막 잡는데 우현이 묻는다. 돌아보는 하은의 눈에 느릿하게 일어나 앉아 담배를 입에 무는 우현이 보인다. 한 4시쯤? 공강 시간을 합하면 그 정도 될 거라서 넉넉하게 부르자 우현이 불을 붙인 담배를 빨아들이며 고개를 끄덕인다.

"끝나고 와."

"어?"

"곧장 오라고. 집으로."

"저기, 나 수진이랑 리포트."

"더 말 안 해. 와."

"……."

할 거 있으니까 오라면 와, 라고 딱딱하게 읊조린 우현이 연기를 내뱉는다. 훅, 하는 소리에 뭐라 더 못 한 하은이 이내 알겠다고 답하고 방을 나선다. 달칵. 저벅저벅. 닫힌 문 너머로 작아지는 하은의 발소리를 들으며 우현이 담배를 피운다.

후렴 뒷부분을 손봐야 하지만 이따 일어나서 해도 충분하다. 4시에 수업이 끝난다니 1시쯤 일어나서 마무리하면 딱이겠다. 간만에 마트 구경 좀 하자, 너하고. 마지막으로 길게 빨아들인 담배를 비벼 끈 우현이 그대로 눕는다. 노곤함이 몰려든다.

"왜 이렇게 안 와?"

마냥 넋을 놓고 기다리다가 정신이 퍼뜩 들었다. 분명 24라는 숫자를 확인하고서 버튼을 눌렀던 하은이 여전히 24라고 되어 있는 층수를 확인하고 고개를 갸웃거린다. 그래 봤자 한 층 위인데 이렇게나 오래 걸릴까 싶다. 무슨 일이 생겼나? 혹 점검 중인 건가.

어찌할까 고민했다. 계단으로 내려가야 하는지 무던히도 망설이다가 돌아서자 기다렸다는 듯 땡 소리가 들려온다. 뭐야, 사람 놀리는 것도 아니고. 타이밍 참 기가 막힌다는 생각을 하며 열리는 문으로 고개를 돌리다가 주춤했다.

"내려갈 거 아닙니까?"

"아……."

"타요. 이래 봬도 얘네들 가벼워요."

그러니 부담 갖지 말고 타라며 씩 웃는 남자를 하은이 멍하니 쳐다본다. 그다지 작지 않은 엘리베이터 안에는 어떤 남자와 함께 거대한 곰 인형들이 자리하고 있었다. 각자 공간을 차지하고 쪼르르 줄 맞춰 서 있는 모습을 보자니 신기할 따름이다. 거의 사람만 한 크기인 하얀 털의 곰 인형들은 귀엽다기보다는 되레 무섭다.

뭐하는 사람이지. 인형을 파나? 인형장수? 왠지 이상해서 타도 될까 고민하는 하은의 팔을 남자가 덥석 잡아끈다. 얼떨결에 올라탄 하은의 뒤로 문이 닫힌다.

"내 거 아닙니다. 짐이 잘못 왔어요."

"네?"

"혹시 이상한 사람으로 오해할까 봐 그래요. 남자가 이딴 인형이라니. 게이도 아니고."

안 그래요? 하고 되묻던 남자가 다짜고짜 품, 하고 웃음을 터뜨린다. 저 혼자 말하고 저 혼자 웃는 남자가 이해되지 않아 물끄러미 쳐다보자 아주 웃겨 죽겠다는 듯 고개마저 숙이고 끅끅댄다. 뭐지. 불안한 얼굴로 쳐다보는 하은을 향해 남자가 얼른 사과를 건넨다. 친구 중에 진짜 게이가 있는데 그 녀석이 갑자기 생각나서요. 웃느라 버벅거리며 남자가 해명을 한다.

별 싱거운 사람 다 보겠다며 문 쪽으로 돌아서는 순간 엘리베이터가 멈춰 선다. 21층. 젊은 남녀 한 쌍이 올라탔고, 다시 내려가던 엘리베이터가 얼마 못 가 또 멈춰 선다. 그러더니 층마다 한 명 이상씩을 태우는 통에 점점 공간이 부족해지고 있었다.

사람만 타도 모자랄 엘리베이터에 곰 인형까지 잔뜩 있음에 사람들이 투덜댄다. 밀리는 하은을 남자가 살며시 끌어당긴다. 어찌할 바를 몰라 하다가 남자와 마주 본 자세가 되어 버렸다.

다음 층에서 한 명이 또 타자 부쩍 더 남자에게 가까워졌다. 몰랐는데 키가 꽤 크다. 눈앞에 가슴팍이 보이는지라 조심스레 고개를 들었다. 내려다보고 있던 남자가 씩 웃는다.

"안 힘들어요? 몸에 쥐 나겠네."

"네?"

"편하게 안겨요, 그냥. 괜찮으니까."

힘주고 버티지 말고 얼마든지 제게 기대라며 남자가 눈꼬리를 내린다. 말갛게 살살 눈웃음을 치는 남자의 얼굴에 하은이 입을 다문다. 우유에 데친 것처럼 보들보들 뽀얀 피부가 꽤 어려 보인다. 스물다섯? 아니다, 어쩌면 저보다 더 어릴 수도.

동그랗고 귀여운 눈매가 인상적이다. 곧게 솟은 콧날도 볼만하지만 하얀 피부 탓인지 유난히도 입술이 더 붉게 느껴진다. 적당히 마른 듯 고운 목선과 더불어 목울대가 도드라져 보인다. 갈색 빛깔이 도는 중간 길이의 머리는 약한 베이비 펌을 했다. 전체적으로 유들유들 웃는 상이랄까. 성격이 꽤 좋을 것 같다는 생각이 든다. 웃음이 많다는 건 성격이 모나지 않단 뜻이니.

됐다고 만류하려는 순간, 근처에 섰던 여자가 커다랗게 재채기를 하며 휘청거린다. 너무 놀라 몸이 살짝 기우뚱하는 하은의 어깨를 남자가 얼른 양손으로 부여잡는다. 잡아 준 덕분에 넘어지지는 않았지만 더 가까워져 버렸다. 하은이 침을 삼킨다.

잘 모르는 이와 이런 식의 스킨십은 익숙하지 못하다. 관심도 없고, 그럴 생각도 없고. 우현만 생각하기에도 벅찬 마음이라. 반사적으로 남자의 손을 떼어 낸 하은이 어떻게든 남자로부터 몸을 멀리한다. 남자의 표정에 한순간 서운한 기색이 스친다.

"저기요."

1층에 도착하자마자 사람들이 우르르 빠져나간다. 맨 마지막으로 내리려던 하은이 남자의 목소리에 고개를 돌린다.

"잠깐 문 좀 잡아 줄래요? 얘네들도 내리게."

"아, 네. 그러세요."

"미안해요, 바쁠 텐데. 안 바쁜가? 바쁘죠? 바빠요? 많이?"

참 일찍도 물어보는 남자가 서둘러 곰 인형들을 밖으로 끄집어낸다. 그래도 머리를 낚아챈다거나 대충 밀어내는 게 아니라 하나하나 두 손으로 번쩍 들어서 엘리베이터 밖에 가지런히 놓아둔다. 인형을 인형 같지 않게 다루는 남자가 실실 웃으며 하은을 본다. 미안해서 어쩌냐는 듯. 그래도 조금만 더 미안한 짓을 하겠다는 듯이. 머쓱할까 봐 하은은 그저 따라 웃는다.

인형들을 다 내린 남자가 그만 가 보시라며 하은에게 인사를 건넨다. 이걸 이제 어쩌려는 걸까. 혹시 버리는가 싶어 보자 남자가 품에 하나를 안고 밖으로 나간다. 유리문 너머에 서 있는 이삿짐

센터의 차량이 눈에 들어왔다. 아무래도 오늘 이사를 온 것 같은데.

혼자 하기는 좀, 버거우려나. 흠.

"도와 드릴게요."

"엇, 괜찮은데. 그래 주면 고맙고요."

몇 시간씩 걸리는 것도 아니고 재빨리 옮겨 주고 가자며 하은이 인형 하나를 집어 든다. 이래 봬도 가볍다더니 사람만 한 인형이 그럼 그렇지. 하마터면 뒤로 넘어질 뻔한 하은이 조심조심 인형을 안고 남자의 뒤를 따라서 차 쪽으로 향한다.

그렇게 몇 번 오가지 않아 인형들이 다시 차로 옮겨졌다. 짐이 잘못 왔다는 말이 빈말은 아니었던 듯 인형을 싣자마자 차를 보내 버리는 남자다. 어라, 이건요? 마지막으로 들고 나온 인형을 아직 못 실었다며 놀라는 하은을 향해 남자가 씩 웃는다.

"그건 선물. 그쪽 가져요."

"전 필요 없는데요."

"인형 싫어해요?"

"네, 별로."

"무슨 여자가 인형을 싫어해. 오늘부터 좋아해 봐요, 그럼."

뭐라는 건지. 필요 없다는데 굳이 들려 주는 남자에게 하은이 한 번 더 됐다고 말하고 인형을 내민다. 남자의 얼굴에서 순간 웃음기가 걷힌다. 몰라보게 진지해진 얼굴로 쳐다보는 남자의 시선이 무척이나 심각하다. 하은이 괜스레 긴장을 한다.

"실은 이 인형 보통 인형이 아니에요."

"네?"

"굉장한 비밀이 있는 인형이라는 말입니다."

"비밀이요?"

"소원을 들어줘요. 어떤 것이든 다."

에?

두 눈이 동그래져서 쳐다보는 하은을 향해 남자가 다시금 웃는다. 입가만 말아 올리는 웃음이 어쩐지 사악한 것도 같다. 허풍이라는 걸 알면서도 이상하게 믿음이 실린다. 눈빛이 진지해서일까. 정말이냐고 되묻는 하은에게 남자가 속삭인다.

"정말이고말고. 내가 아까 말한 그 게이 친구 있잖아요."

"네."

"그 친구가 진짜 오랫동안 짝사랑을 했었는데, 그게 글쎄 이루어졌지 뭡니까. 더군다나 상대방은 노멀, 즉 정상이었는데 말이죠. 남자를 받아 줬다니까요."

"네? 그럼……?"

"이 인형 덕분인 거예요. 밤마다 빌었대요, 그 녀석. 아주 간절하게."

"아……."

조곤조곤 속삭이는 목소리가 굉장히 조심스럽다. 급조한 걸로는 보이지 않는 진중한 표정과 말투에 하은이 고개를 끄덕인다. 팔랑팔랑 얇다 못해 습자지 같은 제 귀를 그새 잇는다. 그런 하은의 머릿속을 불현듯 스쳐 지나는 얼굴 하나가 있었다.

반사적으로 우현을 떠올린 하은이 시선을 내려 곰 인형을 빤히 쳐다본다. 굉장한 비밀. 정상적인 사람까지 게이로 만드는! 집에 갖다 놓고 오늘부터 빌어 볼까. 나도 아주 간절하게?

눈을 깜빡이며 열심히 곰 인형을 쳐다보는 하은에게 남자가 슬쩍 시선을 준다. 처음 보고 예쁘장하게 생긴 사내 녀석인 줄 알았건만 가까이서 보니 천상 계집애다. 귀여운 눈코입. 게다가 속눈썹이 어찌나 긴지 눈을 깜빡일 때마다 바람 불까 걱정될 정도다.

고맙다는 인사 대신 얼렁뚱땅 둘러댄 얘길 믿는 눈치다. 누가 봐도 말이 안 되는 허풍에 이 녀석은 발목을 잡힌 것 같다. 꽤 순진하네. 귀엽기도.

남자가 터지려는 웃음을 참으며 하은을 흘낏거린다. 마냥 생각에 빠져 있다 핸드폰을 살핀 하은이 별안간 화들짝 놀라 서둘러 남자에게 인형을 건넨다.

"죄송한데 다음에요. 지금은 제가 너무 늦어서요."

"응? 어디 가는데요?"

"학교요. 바로 가야 해서 들고 갈 수가 없어요. 이거 갖고 계시다가 나중에 주세요. 아셨죠?"

"나중에? 언제?"

"꼭 주세요. 꼭이요, 꼭!"

"저기요!"

후다닥 달려간 하은이 길가로 나가 택시를 잡아탄다. 그래도 나중에 달란다. 그것도 꼭. 간곡히 빌 소원이라도 있는지. 멍한 표정으로 하은의 뒷모습을 바라보던 남자가 제 품에 안긴 곰 인형을 보며 웃는다. 여차하면 갖다 주지, 뭐. 23층이랬나?

아직 통성명도 못 했다는 걸 깨닫자 허탈감이 밀려든다. 서두를 거 없으니까. 남자는 하은이 사라진 곳을 오래도록 보다 돌아섰다. 기분이 뭔가, 상큼해진 것 같다.

2
자각, 시작되다 I

"하다하다 이젠 외박까지 시킨다 이거지?"

얼마나 강의에 집중했는지 살금살금 뒷문으로 들어온 하은을 교수는 눈치채지 못했다. 덕분에 다행히 지각이 아닌 정상 출석으로 인정됐음에 쾌재를 부르던 하은이 수진의 말에 멈칫한다. 쯧쯧. 한심하다는 듯 혀를 차는 수진이 팔짱을 낀다.

"배짱도 좋아. 어제랑 같은 옷 입고 잘도 온다, 너."

"빨래를 못 해서 그래."

"나님은 너처럼 바보가 아니거든요? 안 속거든요? 에라이."

속일 사람을 속이라며 수진이 새치름히 눈을 흘긴다. 정곡을 찔린 탓에 머쓱하게 웃는 하은이 음료수나 마시자며 수진을 잡아끈다. 다음 수업도 어차피 같은 강의실이라 여유가 있었다. 시원한 음료수 두 개를 뽑은 하은이 하날 수진에게 내민다.

목을 축이며 복도를 걷는데 아는 후배 몇몇이 인사를 건넨다.

그 너머로 얼핏 보이는 앳된 남자애. 키가 크고 말끔한. 쟤도 우리 과였던가. 누구지. 낯이 익은 것도 같은데 왠지 잘 모르겠어서 누구냐고 묻자 수진이 기함을 하며 입을 연다.

"너 쟤 모르냐? 완전 킹카를? 신입학번의 조인성을?"

"조인성?"

"다른 과 다 통틀어서 제일 잘생겼다고 난리난 애를 몰라? 정말 네 머릿속에는 온통 민우현밖에는 없지? 그치?"

"당연한 소리를 해. 알면서."

"어이구, 이 화상아."

그냥 말을 말자, 라고 중얼거린 수진이 음료수를 털어 넣는다. 크게 한입 머금는 수진을 따라 하은도 음료수를 마신다. 목을 타고 넘어가는 시원한 기운에 가슴이 화해진다. 복도 끝까지 걸어간 수진과 하은이 창가 앞쪽에 나란히 선다.

이른 시간인데도 불구하고 햇빛이 약하다. 공기가 어쩌 눅눅하다 했더니 하늘에 연한 먹구름이 드리워져 있었다. 오늘 비 온댔어? 무감하게 묻는 하은에게 수진이 이따 밤에 온다고 했던 것 같아, 한다. 그렇구나. 하은이 조용히 고개를 끄덕인다.

"또 왜 불렀는데."

"그냥."

"그냥?"

물어볼까 말까 하던 수진이 태연하게 흘러나온 하은의 대답에 기어이 인상을 쓴다. 얘가 지금 뭐래. 그냥이라고? 하도 어이가 없어 입까지 떡 벌리고 하은을 쳐다봤다. 제게 향해진 시선을 눈치챈 하은이 애써 아무렇지 않게 웃는다.

"뭘 놀라고 그래. 그냥 부른 적 되게 많은데."

"오밤중에 그냥? 그냥 불렀다고?"

"집에 가는데 전화 온 거야. 집에 있다 나간 거 아니고."

"그럼 뭐가 좀 낫냐? 가던 길에 갔으니 괜찮다 이거야?"

"수진아."

"그래서 뭐했는데. 걔네 집에서 뭐했냐. 빨리 불어."

호기심이 아닌 염려와 걱정을 담아서 수진이 묻는다. 여자에게 치를 떠는 녀석인 거 알아도 엄연히 사내새끼가 오밤중에 여자애를 불러들여 뭔 짓이라도 했을까 싶어 노파심으로 물어보는 거였다. 아무것도. 그냥 부르기만 하고 저는 작업실에 틀어박혀 꼼짝도 안 하더라는 얘기를 들려주자 수진의 표정이 더욱 황망해진다. 그게 진짜 왜 그런다니. 너 갖고 논다니?

그럴지도, 라고 작게 읊조린 하은이 음료수를 마신다. 이럴 줄 알았으면 우현과의 얘기를 어떻게든 비밀로 했을 텐데. 누구라도 우현을 험담하는 것은 싫다. 모든 걸 다 이해해 주는 제일 친한 친구라 할지라도 우현을 나쁘게 보는 건 싫다. 나쁜 녀석인 건 알지만 그래도. 저밖에 모르는 이기적인 녀석인 건 알지만 그래도.

한숨을 내쉰 수진이 다시 말을 잇는다.

"언제까지 그럴 거냐. 말이나 좀 해 봐라."

"글쎄."

"졸업하고도 계속할 거야? 민우현이 꼬붕 짓 계속할래?"

"할 수만 있으면."

"야."

"쟤네 연습한다. 구경 안 갈래?"

"너는 진짜, 에효."

어쩌면 이렇게 물러 터졌을까. 딴 맘이 있는 게 아님이 훤히 보이는데도 어쩜 이렇게 미련하게 질척거릴까. 자식이 생긴 것 좀 반반하다고 사람을 물로 보나. 속이 터져 문드러지는 수진이 뜬금없는 하은의 말에 창밖을 본다.

운동장이 시끌시끌하다. 열린 창문을 통해 작게 음악 소리가 들려온다. 가볍게 몸을 풀며 준비하는 사람들의 모습을 하은이 집중해서 쳐다본다. 그런 하은을 살피며 수진은 작게 인상을 썼다. 참 대단도 하다, 네 녀석의 그 사랑이란 거. 수진이 넌지시 입을 연다.

"아직도 변함없지?"

"응?"

"춤. 정식으로 추고 싶단 거 말이야."

제법 진지해진 수진의 목소리에 하은이 고개를 돌린다. 근심 어린 눈빛으로 쳐다보는 수진을 향해 하은이 씩 웃는다. 곱게 휘어지는 눈꼬리. 민우현 그 새끼한테 바보처럼 착한 것만 빼면 지독히도 매력적인 녀석이 바로 서하은이라는 사실.

가볍게 두어 번 고개를 끄덕인 하은이 당연하지, 한다. 혼잣말처럼 읊조린 목소리가 왠지 쓸쓸해서 수진은 말을 아꼈다. 꿈까지 바꿀 정도로 푹 빠져 버린 이 녀석을 어쩌면 좋을까. 음료수를 입으로 가져가는 수진이 하은을 따라 운동장으로 시선을 준다.

우현의 춤을 본 이후로 하은은 동작들이 머릿속에서 떠나질 않았다. 멋있고 근사한 녀석의 춤동작들을 홀로 곱씹다가 문득 우현의 곁에 있을 수 있는 가장 좋은 방법을 하은은 생각해 냈다. 바로 댄서였다. 우현과 같이 춤을 출 수 있는, 뒤에서 그를 받쳐 줄 수 있는.

연예인이 되는 건 흥미가 없고, 꾸미는 것에 소질이 없어 스타일리스트도 안 되겠고, 유일하게 춤만은 하은도 예전부터 관심이 꽤 있었으니까. 근데 우현과의 만남이 굉장한 기폭제가 되어 버렸달까. 아예 장래희망으로까지.

물론 아직은 욕심일 뿐이다. 그저 언젠가는 우현과 한 무대에 설 수 있지 않을까, 란 생각을 하며 마음속으로만 그려 보는 수준에 불과하다. 혼자 이런저런 안무들을 연습하면서 춤에 대한 감각들을 익혀 왔다. 오직 혼자서만. 우현만을 생각하면서. 어찌 보면 기다려 온 것도 같다. 우현의 데뷔를. 그런 후에 자신 역시 열심히 뒤쫓아 가리라, 다짐하면서 말이다.

함께 있을 수만 있다면 그걸로 족해. 그래서야. 내가 춤을 추고 싶은 이유는. 앞으로도 늘 너와 같이 있고 싶거든.

입가에 미소를 띤 채 운동장의 사람들을 구경하던 하은이 그만 들어가자는 수진의 말에도 잠시 더 시선을 떼지 못한다. 언제 어디서건 춤추는 사람들의 모습 위로 우현이 겹쳐 보이는 착각은 하은으로 하여금 늘 맘을 설레게 한다. 우현을 보는 것처럼, 우현이 제 눈앞에 있는 것처럼. 그렇게 매 순간 아른거리는 우현이라서. 하은의 눈빛이 은연중 아련해진다.

"너 지금 가면 백 퍼센트 걸린다."

세 시간 연속 강의라 중간에 짬이 나자 하은이 슬금슬금 가방을 챙긴다. 다행히도 오늘은 출석을 먼저 불러 준 덕에 이대로 사라져도 괜찮을 거란 짐작을 무참히 깨부숴 주는 수진이다. 너만 조용히 하면 돼, 부탁해. 하은의 말에 수진이 눈을 흘긴다.

"리포트 같이 준비하자던 건 다 잊어버리셨어?"

"미안. 자료 조사 내가 해 올게. 나중에 그냥 합치자."

"너희 어머니 너 이러는 거 아시니? 기껏 딸년 서울 보내 놨더니 애먼 놈 뒤치다꺼리나 하고 앉았단 거?"

"날 보낸 게 아니라 아빠 발령 때문에 두 분이 내려가신 거라니까."

"하은아."

"응?"

"무슨 일 생기면 바로 전화해. 혼자 또 미련 떨지 말고. 알았어?"

좋아서 하는 짓이라니 더 말리진 못하겠다만 그래도 조심하라고 수진이 당부한다. 아무리 죽을 만큼 좋아도 이 이상 너무 바짝 엎드려 기진 말라며 진심을 담아 충고한다.

멋대로 굴고 잡다한 걸 시킨대도 아주 무리한 것까지는 강요하지 않는 우현이다. 하은은 어색하게 웃으며 혹시 출석 다시 부르면 화장실 갔다고 둘러대 달라 덧붙인다. 그리고는 마지못해 고개를 끄덕이는 수진에게 손을 흔들고 돌아섰다.

우현에게 가기 전에 집에 잠깐 들러야 한다며 서둘러 강의실을 빠져나가는 하은의 뒷모습을 수진이 물끄러미 본다. 딱 붙는 바지에 느슨하고 헐렁한 니트 차림. 귀밑에 간당간당한 짧은 머리를 흩날리며 뛰는 하은은 겉보기에 덩치가 왜소한 사내로 여겨진다. 순진하다 못해 어리바리하고 맹하지만 인기도 꽤 많다. 친구 먹자고 달려들던 녀석들이 다 떨어져 나가서 그렇지.

하은이가 만만해서일까. 아니면, 겉보기에 여자 같지 않아서? 아놔. 그 새끼 어쩜, 진짜 게이 아냐? 으으.

졸업 때까지 어느 누구와도 말을 섞지 않던 민우현을 기억한다. 여자는 당연하고 남자 녀석들과도 웬만하면 어울리지 않고 묵묵히 오전수업만 받고 사라지던 녀석의 근황을 아는 사람이 있을 턱이 없다. 기획사 연습실에 틀어박혀 살 거라 막연하게 짐작만 했다가 1년 전쯤 혜성같이 나타난 핵폭탄급 신인가수 민우현이 바로 그 민우현이었다. 유일하게 하은과만 연락하고 지냈다는 얘긴데.

친구도 필요 없다며 이방인처럼 굴던 잘난 녀석이 무슨 꿍꿍이 인지 하은만은 시도 때도 없이 불러들인다. 노예처럼 부려 먹고 있긴 하지만 어쨌든 하은과는 신기하게도 소통을 한다는 거다. 둘 만 있을 땐 다정하게 대해 주나. 그래서 저 바보가 잘라 내지 못 하고 질질 끌려다니나. 그러기나 하면 다행이게. 가볍게 한숨을 내쉰 수진이 생각을 털어 내려 머리를 흔든다.

적당히 하자, 서하은. 너 여기서 더 빠지면 벗어나지 못할 거야. 민우현이라는 그 악마 같은 새끼한테서 말이야. 알았지? 꼭 명심 해라.

……뭐야, 이건.

대충 바지만 갖춰 입고 수건을 머리에 덮어쓴 우현이 인터폰 화 면을 쳐다보며 미간을 찌푸린다. 물기를 더 꼼꼼하게 닦지 못해 부아가 치밀어 오르는 걸 간신히 억누른다. 짜증나 돌겠네. 예상 했던 얼굴이 아니라서 더 화가 나는 건지도 모르겠다.

영문을 알 수 없어 멍하니 있자 한 번 더 초인종이 울린다. 하 은일 거라 생각했다. 오라고 한 시간이 다 되어 가는 터라 조금 일찍 온 줄 알고 문을 열려던 계획이 틀어진다. 뭐든 짐작했던 것 에서 어긋나는 것은 딱 질색이다. 우현이 입술을 씰룩인다.

―실례합니다.

"……."

—저기요. 아무도 안 계세요?

고개를 갸웃거린 남자가 두어 번 더 초인종을 눌러 댄다. 화면 너머로 보이는 남자의 모습이 어쩐지 맘에 들지 않는다. 품에 커다란 곰 인형을 든 채로 방긋방긋 웃는 품이 꽤 거슬린다. 잡상인 출입금지가 아니었나. 꺼지라고 하려는데 남자가 말한다.

—저 윗집이에요. 아침에 뵀던. 알죠? 인형 드리러 왔는데 잠깐 문 좀 열어요.

윗집? 아침? 인형? 이게 다 무슨 소리야. 대체 뭐라는 건지 어이가 없어 우현이 한껏 더 인상을 쓴다. 아무래도 집을 잘못 찾아왔나 보다. 별 또라이 같은 게 귀찮게시리. 무시하고 돌아서려 하자 또 초인종이 울린다. 한계. 우현이 마이크를 누른다.

"뭡니까."

—어?

"뭐냐고요. 뭐야, 당신."

뭔데 자꾸 남의 집 초인종을 눌러 대고 지랄이야. 보일 리 없는 인터폰 화면을 향해 무섭게 눈을 부라리는 우현이 한 손을 뻗어 화면 위쪽 벽을 짚는다. 별거 아니기만 해 봐, 죽여 버릴 거야. 무척이나 당황한 기색의 화면 속 남자가 곧 입을 연다.

—저기, 여자분 안 계시나요?

"무슨 여자."

—여기, 그러니까 아침에 제가, 그 엘리베이터에서.

"시끄럽게 굴지 말고 꺼……."

—아! 이제 오시네! 기다렸잖아요!

횡설수설 버벅거리던 남자의 얼굴에 순간 화색이 돈다. 누군가 온 듯 옆쪽을 보고 반갑게 웃는 남자를 보는데 어째 이상하다. 뭐야. 뭐가 어떻게. 아직 다 마르지 않은 머리끝에서 물방울들이 떨어진다. 바닥으로 떨어지는 물에 우현이 인상을 쓴다.

한편, 엘리베이터에서 내려 바닥만 보고 걸어오던 하은이 갑작스런 인기척에 놀라 고개를 든다. 어라? 당신은? 구세주를 만난 듯 부리나케 달려온 남자가 들고 있던 곰 인형을 하은에게 내민다. 소원을 들어준다는 그 굉장한 인형을.

"자요. 아무래도 내가 자꾸 신경이 쓰여서."

"네?"

"꼭 달라면서요. 정을 쌓아야 소원도 들어주죠."

"아……."

"난 승효예요. 지승효. 그쪽은 이름이?"

"저는……."

"야, 서하은."

받아도 되나, 란 생각에 하은이 잠시 머뭇거린다. 아침에는 받겠다고 했지만 막상 모르는 사람으로부터 다짜고짜 뭔가를 건네받기가 어째 꺼려지는 마음이었다. 그래도 소원을 들어준다는데 마다하기도 그렇고. 살짝 손을 뻗다가 고개를 돌렸다.

무척이나 심기 불편한 얼굴을 한 채로 우현이 노려본다. 문을 반쯤 열고서 팔짱을 낀 위압적인 자세로 우현이 하은을 째린다. 심상치 않은 기류를 눈치챈 승효가 서둘러 우현을 돌아본다. 방금 샤워를 마친 듯 수건을 뒤집어쓴, 웃통을 벗고 있는 얄쌍하니 잘생긴 남자.

둘 사이의 분위기가 꽤 묘하다. 어색한 분위기를 무마시키려 승효는 황급히 하은에게 말을 걸었다.

"하은? 서하은? 와, 이름도 예쁘네. 몇 살이에요?"

"들어와."

"여기 사는 거 아니었어요? 근데 저 남자는 누구?"

"오라고. 안 오냐?"

상당한 힘을 실어 우현이 딱딱하게 쏘아붙인다. 더 봐주기 곤란하다는 우현의 성난 표정에 하은이 얼른 걸음을 옮긴다. 잠깐만요. 달아나려는 하은의 어깨를 부여잡은 승효가 조심스레 하은의 품에 인형을 안겨 준다. 우현이 미간을 찌푸린다.

"그럼 다음에 봐요. 안녕."

"저……."

아직 받을지 말지 결정하지 못했던 하은이 눈치껏 사라져 주는 승효의 뒷모습을 오래도록 좇는다. 이런, 이걸 어쩐다. 당황함을 감추며 뒤를 돌아보자 이미 굳을 대로 굳어진 우현의 싸늘한 얼굴이 눈에 들어온다. 뭐냐, 너. 쯧. 신경질적으로 혀를 찬 우현이 안으로 쏙 들어가 버린다. 더 지체할 수 없어 인형을 안은 채로 하은이 뒤뚱거리며 얼른 따라 들어간다.

신발을 막 벗는데 쾅, 하고 문소리가 들린다. 굳게 닫힌 우현의 침실로부터 이내 드라이기 소리가 들려온다. 샤워했나 보네. 더 잘 줄 알았더니 그새 일어나서 씻기까지 한 우현이었다.

아마도 아침에 하던 작업 마무리 때문에 조금만 자고 일어난 것 같다. 피곤해도 완벽하지 않으면 마음을 놓지 못하는 성격이니까. 잠깐 눈만 붙이고 또 열심히 곡 만드느라 여태 고생했겠지. 이런저런 생각을 하며 하은이 발끝을 바닥에 끼적이고 있는데 문소리가 난다. 옷을 갖춰 입고 나온 우현이 터벅터벅 부엌으로 걸어간다.

"뭔데."

"응?"

"저 자식 뭐냐고. 그건 또 뭐고."

어떻게 설명해야 할까. 왠지 난감해서 머뭇거리던 하은이 작은 목소리로 아침의 일들을 들려준다. 상황 파악이 된 우현이 마신 물잔을 식탁에 내려놓고 하은에게로 다가간다. 거리가 가까워질수록 괜히 긴장되는 하은이 조심스레 우현을 본다.

"그래서. 준다고 덥석 받냐?"

"그냥."

"그냥 뭐. 너 이딴 거 좋아해?"

"좋아하지는 않는데."

"근데."

"소원을 들어준대서."

이게 또 뭐라는 거야. 무슨 소리냐고 우현이 눈을 부라린다. 살짝 상기된 얼굴로 하은이 우현을 향해 말을 잇는다.

"정말이야. 그 사람 친구도 소원을 이뤘대, 얘 덕분에."

"친구?"

"응. 밤마다 간절히 빌었더니 사랑이 이루어졌댔어."

"놀고 있네. 버려."

"어?"

"갖다 버리라고, 그냥. 짜증나니까."

"그건 좀."

"내놔."

"어어."

곰 인형의 머리를 아무렇게나 휘어잡아 뺏은 우현이 성큼성큼 현관으로 향한다. 정말 갖다 버릴 기세의 우현을 하은이 급히 말린다. 안 돼! 내가 집에 갈 때 갖고 갈게, 버리지 마! 사뭇 간절하게 팔을 붙잡는 하은 때문에 우현이 멈칫한다. 놀리려는 심산 같은데. 생각 없이 건넨 말을 곧이곧대로 믿는 걸까. 그렇게까지 머리가 빈 녀석은 아니다. 그렇다면?

손에서 조금 힘을 빼자 하은이 얼른 곰 인형을 두 손으로 잡아챈다. 우현에게 잡혔던 머리 부분을 정성스레 쓸어 준다. 전혀 여성스럽지 못한 녀석이 고작 이딴 인형 따위에 목매는 모습이 낯설면서도 새롭다. 우현이 팔짱을 끼고 넌지시 묻는다.

"뭘 빌려고."

"응?"

"소원 말이야. 뭐 빌 거라도 있어?"

그냥. 네 곁에 있게 해 달라고. 영원히. 평생. 서하은이 민우현 옆에 항상 함께하게 해 달라고. 그거 빌고 싶어서. 헤헤.

대답 대신 작게 웃은 하은이 그저 곰 인형을 열심히 쳐다본다. 그 모습을 잠시 지켜보던 우현이 손을 뻗어 인형을 빼앗는다.

"압수야."

"뭐?"

"압수라고. 여기다 둬."

"왜?"

"나도 소원 있거든."

"진짜? 뭔데?"

서하은이 내 말 잘 듣는 거. 서하은이 계속 나 좋아하는 거. 서하은이 나 말고 딴 놈 안 쳐다보는 거.

……내가 널, 좋아하게 되지 않는 거. 절대로.

차오르는 생각을 떨치며 우현이 몰라도 돼, 한다. 압수라는 말에 멍해졌던 하은이 우현의 소원이라는 것에 대해 가만히 생각해 본다. 아, 혹시 음반 때문에? 자신감으로 가득한 천하의 민우현이라도 정식 데뷔는 떨리겠지. 하은이 곧 수긍한다.

우현이 곰 인형을 질질 끌어다 대충 거실 테라스 앞쪽에 세워 둔다. 너무 성의 없이 세워 둔 탓에 중심을 잃고 픽 쓰러진 인형을 개의치 않고 소파에 앉아 버리는 우현이다. 그렇게 막 대하면 소원 안 이뤄 줄지도 모르는데. 쪼르르 달려간 하은이 서둘러 인형을 반듯하게 세워 준다. 와서 앉아. 리모컨을 든 우현이 텔레비전을 튼다.

"옷이 바뀌었다, 너."

"집에 들렀다 왔거든."

"왜."

"그게, 수업이 좀 일찍 끝나서."

곧장 오랬더니 그새 집엔 왜 간 거냐는 우현의 타박에 하은이 짐짓 둘러댄다. 그래도 늦진 않았잖아. 4시를 넘기지 않고 온 게 어디냐는 하은의 말에 우현이 심드렁하게 한 번 째리고 만다. 앉으라고. 계속 미적거리는 하은의 손을 우현이 확 잡아끈다.

할 거 있다고 불러 놓고 우현은 여유롭게 텔레비전 채널을 돌려 댄다. 괜히 한번 떠본 말이거나 아니면 천천히 해도 되는 일이겠거니 생각한 하은이 자세를 고치려는 순간, 옆으로 더 바짝 끌려 간다. 하은의 어깨에 손을 두른 우현이 고개 돌려 얼굴을 묻는다.

"샤워했네."

"어."

"그렇게 일찍 끝났냐?"

"어, 좀."

"흠."

하은의 머리카락 냄새를 맡아 보던 우현이 살짝 고개를 더 숙인다. 은근하게 풍겨 오는 좋은 향기가 코끝을 간지럽힌다. 보기만 해도 뽀송뽀송 탐스러운 하은의 우윳빛 살결이 바로 눈앞에 있다. 느릿느릿 우현이 하은의 귓가를 서성거린다.

단순히 냄새만 맡으려는 것 같긴 한데 슬쩍슬쩍 입술 끝이 닿는다. 솜털이 쭈뼛 세워질 만큼 긴장한 하은이 점점 과감해지는 우현의 움직임에 호흡을 애써 진정시킨다. 턱 선을 따라 내려간 우현이 고개를 비틀어 하은의 목덜미에 바짝 코를 가까이 댄다.

자연스럽게 스치듯 닿아 버리는 입술. 별 의미 없을 그것에 하은은 순간 눈앞이 새하얗게 비워지는 묘한 기분을 느낀다. 움찔, 하고 굳는 여린 몸이 느껴져 우현이 조용히 눈을 감았다 뜬다. 해 볼까. 빨아 볼까, 한 번만. 딱 한 번만. 아주 잠시만. 나쁘지 않다. 하은의 체취는 언제나 기분 나쁘게 느껴지지 않으니까. 아예 입을 맞추면 어떨지 궁금해진다. 한 번만.

아주 짧게라도. 잠깐이라도. 그래. 한 번만. 딱 한 번, 만…….

"저기, 우현아."

"왜."

"누구 왔나 본데. 밖에."

"……아."

순간적인 충동치고는 꽤 심각하게 빠져 있던 우현이 조심스런 하은의 말에 정신을 차린다. 삐익, 하고 한 번 더 들려오는 초인종 소리에 하은을 품에서 놓고 몸을 일으킨다. 꽤 위험했어, 방금. 후우. 뒷머리를 벅벅 긁은 우현이 인터폰을 본다.

터질 듯이 뛰어 대는 심장을 간신히 가라앉힌 하은이 야, 하는 우현의 부름에 고개를 돌린다. 들어가 있어. 고갯짓을 까딱해 침실을 가리키는 우현의 행동에 더 지체 않고 몸을 숨긴다. 아마도 매니저일 것이다. 하은이 소리 나지 않게 조심조심 문을 닫았다.

"뭐야, 형."

"뭐긴, 이거나 받아. 자."

문을 열자마자 진호가 들고 있던 상자를 내민다. 우현이 얼떨결에 받아 들자 진호는 바닥에 내려놓았던 커다란 봉지 두 개를 마저 들고 오피스텔 안으로 들어왔다. 오지 말라니까 말 꽤나 안 들어. 심기 불편해진 우현이 미간을 잔뜩 찌푸리며 투덜 댄다.

"필요하면 전화한댔지."

"알아서 챙겨 줘도 난리냐, 너는."

"귀찮게 왜 와, 진짜."

"이럴 때 아니면 들어오지도 못하게 하면서. 내가 네 매니저가 맞기는 하냐? 괘씸한 놈."

이렇게까지 매니저를 천대박대하는 인사도 없을 거라며 진호가 불만을 털어놓는다. 다른 녀석들은 매니저와 형 동생 하며 살갑게 지내는데 덧정 없는 민우현 이 자식은 어째 일할 때나 아닐 때나 도통 친근하게 대해 주는 꼴을 못 보겠다. 워낙 차갑고 까칠하기로 유명한 녀석이라 연습생 시절부터 악명은 자자했건만 솔직히 이 정도로 냉랭하게 굴 줄은 몰랐었는데.

우현의 눈 흘김을 외면한 진호가 부엌으로 들어가 봉지들을 내려놓는다. 피곤한 기색이 역력한 얼굴로 따라 들어온 우현이 상자를 식탁 위에 얹어 두고는 진호를 본다. 정리만 해 주고 갈게, 인마. 더 있으래도 안 있겠다며 진호가 짐들을 정리한다.

제 생활 반경에 다른 사람이 들어오는 걸 굉장히 싫어한다. 간섭과 관여. 좋게 말해 관심이라는 말로 포장될 수 있을 그것에 일체 반감을 갖고 있는 우현이다. 하물며 오피스텔을 얻어 준 소속사 대표조차 정작 안에 들어와 본 적은 없다니 말 다 했지.

단순히 사람을 가린다고 여겼던 애초의 생각들이 바뀐 지 오래다. 친한 친구 녀석 하나 곁에 두지 않는 무미건조한 성격의 우현이 진호는 왠지 안쓰럽고 가엾다. 이 녀석 진짜 여자라도 숨겨 놓은 거 아냐? ……말을 말자. 네가 그럴 녀석이냐, 어디.

"참, 대표님께 말씀드렸다. 쇼 케이스 미루는 거."

"전화 받았어. 댄서팀은 사람 구했대?"

"김 단장이 어떻게든 구한다고 하니 기다려 봐야지."

"아니면 아예 팀 바꿔 버려. 거슬려."

"그래도 이 바닥 오래 있은 전문가들이야, 인마."

"전문가는 개뿔, 늙어서 동작들이 축축 처지던데 뭐."

영 맘에 안 든다는 말투로 우현이 혀를 찬다. 그래도 아랫사람으로서 예의를 갖추는 것이 어떻겠냐는 충고를 하려던 진호가 입을 다물고 우현을 본다.

실력에 있어선 단연 월등하다. 어느 누구도 민우현의 춤을 따라갈 수 없다는 게 지금의 현실이다. 성격만 좀 다듬어지면 괜찮을 텐데. 대표도 건드리지 못하는 민우현을 누가 터치하리오. 신발을 신던 진호가 뒤를 돌아본다.

"집 구경 진짜 안 시켜 줄 거냐?"

"다 봤잖아. 가."

"이게 무슨 본 거야. 현관, 거실, 부엌밖에 못 봤는데."

"가라고. 귀찮게 말고."

"영민이가 내일 미용실 예약했대. 머리부터 하자."

쇼 케이스는 미뤄졌지만 나머지 일정은 그대로 진행시킨다는 진호의 말에 우현이 고개를 끄덕인다. 내일 아침에 데리러 올게. 미적거리는 진호를 대신해 손수 문을 열어 준 우현이 전화하고 와, 한다. 두말하면 잔소리, 라고 대꾸한 진호가 작게 웃으며 나간다.

멀어지는 발소리. 조용해진 집 안. 침실 쪽으로 걸어간 우현이 문을 연다. 침대 끝에 걸터앉아 있던 하은이 벌떡 일어난다.

"나와."

"가셨어?"

"갔으니까 나오래지. 와."

우현이 머뭇대는 하은의 손을 잡아끌어 그대로 거실로 향한다. 아까 앉았던 자리에 하은을 앉히고는 옆쪽으로 길게 누워 자연스레 하은의 무릎을 벤다. 후우. 가슴을 들썩여 무거운 한숨을 내쉬는 우현이 눈을 감는다. 미간이 짜증스레 구겨진다.

모르겠다. 그냥 싫다. 저 아닌 다른 사람이 하은을 보는 게 우현은 왠지 내키지 않는다. 이쪽 계통의 사람들은 특히 더 싫고 거슬린다. 수많은 연습생들과 연예인지망생들을 지켜본 결과 우현이 내린 결론은 가볍고 방방 떠 있는 사람들이 많다는 거였다.

매니저든 스태프든 어느 누구와도 하은이 얽히길 바라지 않는다. 그래서 다른 사람과 함께일 때면 단 한 번도 하은을 부르지 않았다. 집에는 원래 누굴 잘 안 들이는 성격인 우현이다. 혼자인 걸 즐기기도 하고. 근데 그게 하은에게만은 예외가 된다.

혼자만의 시간을 방해받고 싶지 않아 친구조차도 사양이던, 음악만 할 수 있다면 상관없던 마음에 한 가지가 더 늘었다. 너. 서하은, 너. 너는 있어야겠어, 내 옆에. 이유가 뭐든 감정이 어떤 것이든 관계없이 너는 필요해. 필요한 것 같아. 네가. 왜인지는 모르겠지만.

"다 글렀네."

"응?"

"마트 가자고 할랬더니 틀렸어. 에이."

시키지도 않는 짓을 해 버린 진호 때문에 계획이 무산됐다며 우현이 툴툴댄다. 사람 북적이는 거 싫어하는 녀석이 웬 마트? 의아한 얼굴로 내려다보며 하은이 고개를 갸웃거린다. 싫어 죽겠는 얼굴로 혼자 중중대는 우현을 향해 하은이 입을 연다.

"살 거 있었어?"

"진호 형이 다 사다 줬잖아."

"직접 사고 싶었던 거야?"

"아니. 돌아다니는 거 해 보고 싶어서."

"마트 갈래?"

"뭐?"

나도. 나도 너랑 매장 안에 돌아다니는 거 해 보고 싶어. 가자.

그냥 구경만 해도 되는 거라는 하은의 말에 우현이 눈을 뜬다. 벌써부터 잔뜩 들뜬 얼굴로 실실 웃는 하은의 모습에 우현이 멍해진다. 귀찮고 피곤하고 그렇지만 뭐, 정 원한다면.

……그럼 한번 가 보든지.

"잠깐만."

"어디 가는데."

명색이 마트에서 살 거 없는 사람인 걸 티 내면 안 된다는 생각에 굳이 카트를 끌고 오는 하은을 보며 우현이 인상을 찌푸린다.

바퀴 굴러가는 소리가 영 거슬려 근처의 다른 사람들마저 째리던 참이었는데. 하여간 눈치도 더럽게 없다. 우현이 툴툴댄다.

"그걸 왜 끌고 오냐."

"이상하게 볼까 봐."

"소리 시끄러워."

"조용조용 밀게. 이렇게, 응?"

힘주어 꼭 잡고서 최대한 느리게 카트를 끄는 하은이 허락을 구한다. 약간 상기된 발그레한 두 볼에, 새치름히 쳐다보는 하은의 눈빛에 마지못해 우현이 그럼 그러든지, 한다. 헤헤. 좋아 죽는 하은이 천천히 카트를 민다. 우현이 옆을 따른다.

콜택시를 오피스텔 지하주차장으로 불렀다. 우현의 개인 차량을 끌고 나갔다간 입구에서 기다리는 팬들에게 쫓기기 십상이다. 엄밀히 말해 유명세를 위해 연예인이 된 게 아니건만 생각 외로 피곤해져 버렸다. 깊게 눌러쓴 검은 모자와 검은 마스크로 아예 중무장을 한 우현이 피곤해 죽겠다며 중중거린다. 빨리 둘러보고 가자, 그럼. 주머니에 두 손을 꽂는 우현이 슬쩍 입을 연다.

"넌 뭐 살 거 없냐?"

"응, 없어."

"있으면 사. 여기 배달도 된댔어, 진호 형이."

"괜찮아. 나중에."

"야, 앞 좀!"

쿵, 하고 마주 오던 카트와 부딪혀 하은이 휘청거린다. 함께 마트에 왔다는 감격에 정신이 팔린 나머지 우현에게서 눈을 못 떼던 하은이었다. 짐이 잔뜩 실린 카트였기에 상대적으로 확 밀리는 하은을 우현이 얼른 붙잡는다. 죄송합니다. 먼저 사과를 건넨 맞은편 사람들이 곧 사라진다.

"놔, 내가 끌게."

"괜찮은데."

"놓으라고. 말 들어."

또 부딪혀서 나가떨어져 봐야 속이 시원하겠냐며 우현이 하은을 째린다. 못 미덥게 쳐다보는 눈빛에 압도당한 하은이 더는 고집부리지 않고 순순히 카트를 넘긴다. 이딴 걸 왜 끄느냐 타박했던 우현이지만 막상 끌어 보니 나쁘지 않다. 오히려 편히 기댈 수도 있고 다리도 덜 아픈 것 같고 꽤 괜찮다. 같이 잡든지. 선심 쓰듯 우현이 하은을 당긴다. 하은이 슬쩍 옆을 잡는다.

저녁 시간이 가까운 금요일 마트에는 제법 사람들이 많았다. 모녀로 보이는 사람들도 있고, 남녀 커플도 있고, 가족 단위로 총출동한 사람들도 여럿 눈에 띈다. 나란히 서서 카트를 같이 끌고 걷자 하은의 가슴 한구석이 간질간질 난리도 아니게 띈다. 밖에 나오는 거 별로 안 좋아하는 녀석이지만 내심 갑갑하긴 했나 보다. 덕분에 이렇게 데이트도 다 하고. 계 탔다. 히.

"우와, 만두다."

"뭐?"

"나 시식하고 와도 돼?"

뭐니 뭐니 해도 마트의 꽃은 시식이지. 어차피 입 짧은 우현은 질색팔색 싫어할 걸 알아서 하은이 얼른 먹고 오겠다고 허락을 구한다. 배고픈 거면 밥을 먹자고 하든가. 곱지 않게 눈을 흘기는 우현에게 금방 올게, 하고 하은이 달려간다.

우현의 시선이 하은에게로 고정된다. 판매원 아주머니께 꾸벅 인사를 건넨 하은이 시식용 이쑤시개를 들고 만두를 집는다. 뜨겁게 모락모락 김이 나는 만두를 후후 열심히 불어 입에 넣고 씹는다. 우현이 그런 하은을 뚫어져라 본다.

아주 신이 났다. 표정만으로도 얼마나 맛있는지가 고스란히 느껴짐에 우현이 허, 웃는다. 만두라면 참 환장을 한다. 아마도 전생에 만두였던 게 틀림없다. 동족상잔의 비극이 벌어지는 현장을 지켜보는 재미가 제법 쏠쏠하다.

맛만 보겠다더니 아예 배를 채울 작정인가 보지. 연거푸 서너 개를 더 집어 먹는 하은을 보던 우현이 설렁설렁 다가간다. 갑작스런 인기척에 돌아본 하은이 혹 화를 내려나 싶어 두려워하며 우현을 올려다본다. 미간을 살짝 구긴 우현이 면박을 준다.

"혼자 처먹고 이게."

"어?"

"달라고, 나도 좀. 아."

진짜? 하는 표정으로 쳐다보던 하은이 누가 보기 전에 달라는 우현의 말에 얼른 하나를 집어서 우현의 입에 넣어 준다. 마스크를 살짝 내리고 받아먹은 우현이 냉큼 도로 얼굴을 가린다. 만두를 가위로 자르던 판매원 아주머니가 깔깔 웃는다.

"누구야? 남자친구야?"

"에? 아니요, 아니요! 남자친구 아니에요!"

"되게 잘생겼다. 키도 훤칠한 게 꼭 연예인 같네."

"아니에요, 연예인은요! 연예인 아닌데! 아닌데!"

"……인마."

모자를 눌러쓰고 마스크로 얼굴을 가렸어도 빛이 난다. 옷걸이가 좋아 차려입지 않아도 태가 나는 우현을 하은이 필사적으로 가려 준다. 눈을 초롱초롱 빛내며 유심히 살피는 아주머니를 피해 우현이 하은을 잡아끈다.

더 먹고 가라고 부르는 아주머니를 뒤로하고 구석으로 피한 우현이 왜 그러냐는 하은을 보며 한숨을 내쉰다. 콩, 하고 가볍게 주먹으로 하은의 머리를 쥐어박는 우현이다.

"광고를 해라. 연예인이라고."

"아니, 난 그냥 아니라고."

"오버하지 좀 마. 너 때문에 더 들키겠잖아."

"미안."

"누가 사과하랬어? 됐으니까 따라와."

앞으로 시식 금지야, 하고 못 박은 우현이 카트를 끌며 앞장선다. 잠깐 시무룩한 표정이던 하은이 빨리 안 올 거냐는 우현의 다그침에 서둘러 옆으로 붙어 카트를 잡는다. 경황이 없어선지 우현과 손끝이 닿았다. 놀라서 떼려는데 우현이 확 잡는다.

아예 하은의 손을 잡은 채로 우현이 카트를 끈다. 전혀 다정하지 않은 손길임에도 하은의 가슴이 미친 듯이 콩닥거린다. 이렇게만 잡아 주면 하나도 안 지칠 것 같다. 그저 이렇게 가끔씩 숨 쉴 수 있게 잡아 준다면, 더도 덜도 말고 우현이 이렇게만 제 곁에 있어 준다면.

난 계속 너만 바라볼 것 같아. 네가 너무 좋거든. 좋아 미치겠거든, 나는. 점점 더. 어쩌지?

"어? 민우현 노래다!"

"와, 나 이거 진짜 좋아하는데."

"목소리 간지대박. 쩐다, 와!"

살 거 없으면 나온 김에 맥주나 사 가자는 우현의 말에 주류 진열대로 향했다. 마침 마트 안에 흘러나오는 노래를 알아채고 반색하던 하은이 요란스런 목소리에 조심스레 뒤를 돌아본다. 걸음까지 멈추고 서서 노래를 듣는 젊은 여자 세 명이 보인다.

우현의 팬들을 길거리에서 만나는 건 신기하고 반가운 일이다. 괜히 기분이 막 들뜨기도 하고 싱숭생숭해지는 게. 신이 나서 떠드는 여자들의 말에 저도 모르게 귀를 기울이는 하은을 우현이 잡아끈다. 티 내지 말랬다, 혼내면서.

시선을 거두고서도 온 신경이 여자들에게 쏠린 하은이다. 뼛속까지 팬이 되어 가나. 참, 대단도 하다.

"음원만 발표했는데도 싱글들 반응 장난 아니야. 정규 나오면 어떨까?"

"말도 마. 난 벌써부터 뮤직비디오 완전 기대 중. 화보영상 봤어?"

"춤 장난 아니게 춘다더라. 외모도 훌륭한데 노래 잘해, 춤 잘 춰, 이야."

내 말이. 뭐 하나 못 하는 게 없어, 어떻게 된 게. 실실 따라 웃는 하은을 우현이 째린다. 얼른 안 웃은 척 하은이 딴청이다.

"근데 쇼 케이스 왜 또 미뤄진 거야? 오늘 기사 났던데?"

"아픈 줄 알고 걱정했는데 스태프 쪽에 문제 생긴 거래. 다음 주에 갈 거지?"

"당연하지! 꼭 가자, 우리! 웅? 아, 민우현∼ 대박∼"

뭐라 뭐라 더 수다를 떨던 여자들이 이내 걸음을 옮긴다. 멀어지는 인기척에 힐끔 뒤를 돌아보던 하은이 매섭게 노려보는 우현을 발견한다. 욕한 것도 아니고 칭찬한 건데도 싫어, 너는? 우현이 들었던 맥주를 도로 놓고 카트를 끈다.

그만 가자는 식으로 성큼성큼 걷는 우현의 뒤를 하은이 쫄래쫄래 따라간다. 그러면서도 자꾸만 우현의 눈치를 살피는 하은이다. 물어볼까, 말까. 물어봐도 되나. 안 되나. 어지간히도 신경이 쓰인 듯 결국 우현이 걸음을 멈추고 미간을 구긴다.

"뭐."

"응?"

"궁금해 죽겠는 얼굴이잖아. 뭐야."

티는 혼자 다 내놓고 안 그런 척하는 하은이 우습다. 막상 멍석을 깔아 주자 또 어쩔 줄을 모르고 난감해한다. 하여간에. 평소에 윽박질러 온 제 버릇이 이럴 때마다 괜히 더 거슬린다. 이렇게까지 애 기를 죽여 놨나 싶어서 우현이 살짝 표정을 푼다.

"물어봐. 뭔데."

"저기."

"뭐. 말해."

"댄서팀 사람 구하는 거, 그거 진짜야?"

아까 방에 숨어 있을 때 진호와 얘기하는 걸 들은 모양이다. 어, 왜. 진짜라는 말에 하은이 더욱 우물쭈물 말을 못 한다.

"구하는데 왜."

"아니, 여자도 되나 해서."

"여자 되면 뭐, 설마 네가 하려고?"

"어?"

"남자 구할 거야. 여자들 각 안 나와서 싫어."

안 그래도 지금 뽑는 게 기존에 있는 여자댄서 때문이라며 우현이 인상을 찌푸린다. 여자에 대한 적대감이 심해지다 못해 급기야 마초 기질까지 생겨 버린 모양인지 어쨌거나 여자는 안 된다는 말을 우현이 몇 번이고 중얼거린다. 남자만 뽑는다는 말에 혹시나 했던 하은의 기대가 여지없이 무너진다. 그렇다고 꼭 뽑힐 거라는 건 아니지만 기회가 원천 봉쇄되자 맥이 탁 풀린다.

눈에 띄게 우울해진 하은의 표정을 살피며 우현이 입을 다문다. 농담 삼아 네가 할 거냐는 질문에 하은이 제법 당황을 했다. 아무리 남 일에 관심 두지 않는 우현이래도 하은에 대해서는 대충 안다. 녀석이 춤에 꽤 관심이 있다는 것 정도는 알고 있는 우현이지만 그저 단순한 호기심 정도겠거니 할 뿐이다. 게다가 이 바닥 일이야. 넌 안 돼. 우현은 대수롭지 않게 시선을 거두었다.

"내가 사 올까?"

"어차피 얼굴 다 가려서 몰라. 있어."

집으로 가려던 발길을 돌려 마트 건물 맨 위층에 있는 극장으로 향했다. 작업할 거 많으면 그냥 가도 된다고 하은은 말했지만 이렇게 밖으로 함께 나온 것도 꽤나 간만이라 시간 있을 때 여유 부려도 나쁠 건 없지 싶다. 표 사 올 동안 기다리라 한 우현이 느릿하게 매표소로 향한다.

민우현과 극장에서 영화라. 흔치 않은 기회라서 하은은 설레는 마음으로 얌전히 자리를 지켰다. 꼭 필요한 일 아니면 우현은 극히 외출을 삼간다. 영화를 봐도 사람 없는 시간대만 고르던 우현이 오늘따라 굉장한 모험을 해 준다. 알게 모르게 스트레스가 많이 쌓였던 건 아닐까. 그럼 안 되는데. 틈만 나면 우현에 대해 걱정인 하은이 또 그러고 앉아 있다.

모르는 사람과 말 섞기 싫어하는 녀석이 애먼 사람 붙들고 시비 걸면 어쩌지. 지나가는 여자와 어깨라도 부딪쳐 인상 벅벅 쓰면 어쩐다. 하은은 오만 가지 걱정을 하며 우현을 살폈다. 역시나 우현은 줄이 제일 긴 남자 직원 앞쪽에서 대기 중이었다. 기다리는 걸 세상에서 제일 싫어하지만 여자한테 표 사는 건 어째 더 싫은가 보다.

"어머나? 안녕?"

걱정스레 우현을 응시하던 하은이 인기척에 뒤를 돌아본다. 보자마자 눈이 커다래지는 하은을 보니 예상했던 반응대로다. 품에 안은 커다란 팝콘 상자. 승효가 씩 웃는다.

"또 보네요? 안녕안녕?"

"아, 네."

"이렇게 반가울 수가. 반갑죠? 반가울 거야. 그쵸?"

"여긴 어떻게?"

"나 이사 왔잖아요. 동네에 뭐가 있나 돌아보고 있는데 극장이 딱 보이더라고. 그래서 일단 구경하러 왔지요."

"아……."

속사포로 다다다다 설명해 주는 승효의 말에 하은이 고개를 끄덕인다. 구경하러 왔다더니 팝콘은 왜 끌어안고 있는 거지. 응, 극장 왔다 간 거 티 내려고. 장난스럽게 승효가 슬쩍 눈꼬리를 내린다. 다시금 느끼지만 저 눈웃음 참 간질간질하다.

"근데 아까 그 남자애, 맞지?"

다짜고짜 몇 살이냐고 묻는 승효에게 스물셋이라고 하자 어, 나 돈데, 한다. 동갑이니 말 놓겠다는 승효를 말리지 못해 당황하던 와중에 하은은 급 질문을 받는다. 무슨? 약간 흥분한 얼굴로 승효가 말을 잇는다.

"나 실은 여기 오피스텔 지인 통해서 얻은 데거든. 럭셔리한 사람들 꽤 산다더니 그게 진짜였구나."

"응?"

"꼭 어디서 본 듯해서 검색해 봤더니 맞더라고. 민우현이던가. 요즘 한창 뜨는 가수. 맞지?"

"아, 저기."

"대박. 연예인이 바로 아랫집이라니. 이거, 와."

"비밀로 좀 해 줄래? 부탁해."

근처를 지나던 사람들이 민우현이라는 말에 힐끔힐끔 시선을 준다. 생각 없이 크게 내지른 승효를 하은이 사뭇 간절한 표정으로 본다. 비밀? 뭔 비밀? 혹시나 했더니 진짜였다. 주변을 살피는 하은에게 승효가 속삭이듯 묻는다.

"왜, 너희 둘이 몰래 사귀는 거야?"

"아냐, 무슨. 그런 거 아니고."

"그럼?"

"그냥. 우현이 거기 산다고 떠벌리지 말아 달라고."

"뭐?"

"이사 많이 했어. 지금도 팬들 꽤 몰려서 우현이가 싫어해. 기자들까지 알고 달려들면 또 집 옮겨야 하거든. 부탁이야."

제 일인 양 간곡하게 부탁하는 하은의 말에 승효가 조금 주춤한다. 단순히 신기한 일이라고 반색한 것뿐인데 그 이상으로 지레 겁을 먹고 걱정부터 하는 하은이었다. 그런 거라면 걱정 마. 말할 사람도 없으니까. 미국에서 오래 살다가 이제 막 들어왔다는 승효가 걱정 붙들어 매라며 작게 웃는다. 그래도 아주 안심은 되지 않아 하은이 떨떠름하게 따라 웃고 만다.

사귀는 게 아니면 그냥 친구인 거냐고 승효가 묻는다. 그렇다고 고개를 끄덕이는 하은의 눈가에 왠지 모르게 그늘이 있다. 흐음?

저절로 세워진 촉이 대강의 상황을 캐치한다. 맞을 수도 있고 아닐 수도 있는 미묘한 감정선이 느껴져 승효가 입을 꾹 다문다. 뭐, 프라이버시는 소중한 거니까.

알 듯 말 듯 어색해진 분위기를 깨려 승효가 팝콘을 한 줌 집어 내민다. 먹을래? 됐다고 고개를 젓는 하은에게 그러지 말고 먹어 보라며 재촉하던 승효가 아예 하은의 입에 팝콘을 넣어 준다. 어때, 맛있지? 기대감에 잔뜩 부풀어 쳐다보는 시선이 어쩐지 부담스러워 하은이 고개를 끄덕인다. 좋다고 따라 웃는 승효가 문득 옆을 본다.

응? 뭐지? 어디서 살기가……?

헐, 이 자식 표정 진짜 대박이다. 뭐 이렇게 무섭게 째려본담. 오금 저리게. 마스크로 반 이상 가려진 얼굴이 그저 사납다.

"뭐하냐."

"우현……아."

"뭐하냐고. 뭐야, 너는. 뭔데."

간만에 매너 좋은 척 좀 할랬더니 다 글렀다. 맨날 부려 먹는 것 같아서 한 번쯤 선심 쓴다고 이러는 게 아니었는데. 제기랄.

실실 쪼개며 하은에게 팝콘을 먹여 주는 승효를 본 순간 열이 뻗쳐 좌석 설명 중이던 티켓을 확 빼앗아 들고 와 버린 우현이다. 입 안 가득 든 팝콘을 씹느라 웅얼대는 하은에게서 우현이 시선을 거둔다. 우현의 째림에 승효가 머쓱하게 웃는다.

"인사 좀 했는데. 거슬렸다면 미안."

"……."

"근데 성격 장난 아니다, 너. 아, 우리 동갑이던데 말 놔도."

"가자."

더 들을 것도 없다는 듯 우현이 하은의 손을 잡아끌고 가 버린다. 괜스레 미안해진 하은이 승효를 돌아보다가 버럭 성을 내는 우현 때문에 얌전히 끌려간다. 아예 확 제 쪽으로 안 듯이 잡아끈 우현이 하은의 어깨에 손을 둘러 데리고 사라진다.

참, 볼 때마다 이해 안 된다. 사귀는 거 아니라더니 저건 뭐지? 그나저나 저 녀석 성격 한번 대단하네. 더럽기가 아주. 와.

멍한 표정으로 우현과 하은이 사라진 곳을 바라보던 승효가 팝콘을 집어 입에 넣는다. 우적우적. 구경만 하고 돌아갈 생각이었지만 뭐, 이왕 온 거 영화도 볼까?

영화 보는 내내 아무 말이 없더니 끝나고 나서도 계속 침묵이다. 사람들이 모두 빠져나가길 기다리는 듯 보이는 우현이라서 하은은 그만 가자는 말을 못 하고 잠자코 있었다. 스치듯이라도 부딪치는 거 싫어하니까. 곧 우현이 일어난다.

계단을 내려가는 우현을 따라 하은이 걸음을 옮긴다. 주머니에 넣어 뒀던 마스크로 얼굴을 가린 우현이 문을 막 나서려다 멈칫한다. 다 빠져나간 줄 알았던 사람들이 아직 상당수 미적거리며 걸어가고 있었다. 미간을 찌푸린 우현을 하은이 살핀다.

"더 있다 갈까?"

"어느 세월에. 그냥 가."

귀찮아 죽겠는 얼굴로 우현이 사람들 뒤를 따른다. 그래도 아주 바짝 붙지는 못하고 어정쩡하게 떨어진 채로 걷는데, 순간 하은의 뒤쪽으로부터 인기척이 들린다. 구석 자리에서 애정 행각을 벌이던 커플 몇 쌍이 뒤늦게 직원에게 쫓겨 나온 모양이었다. 서로 어깨를 부둥켜안고서 낄낄거리며 나오는 사람들을 돌아보던 하은이 갑자기 멈춘 우현의 등에 얼굴을 포옥 박는다.

응……?

"이리 와."

앞뒤로 사람들에 둘러싸인 상황이 짜증난 우현이 하은의 손을 찾아 잡는다. 북적이는 인파에 잃어버리지 않을 의도였겠지만 덕분에 하은의 가슴만 콩닥콩닥 난리가 난다. 따뜻하고 부드러운 우현의 손. 놓치지 않게 꼭 잡는 우현이 천천히 걷는다.

앞서 걷던 사람들 사이에 뭔가 통행이 꼬인다. 정체되는 시간이 길어질수록 하은은 그저 이 상황이 더 오래되었으면, 하고 바라는 마음이 간절해진다. 손을 맞잡고 가깝게 선 우현으로부터 페라리 블랙의 깊고 진한 향이 뭉근하게 전해져 오고 있다.

우현의 향. 우현이 좋아하는 향. 그래서 하은 역시 사랑하는 향. 잡은 손을 작게 꼼지락거리자 우현이 하은을 쓱 돌아본다.

"아, 땀나서."

"싫어?"

"아니아니."

"가만있어. 간지러워."

움직이지 못하게 할 요량인지 우현이 깍지를 낀다. 손가락 하나하나 부드럽게 겹쳐지는 감촉에 하은이 더욱 긴장을 한다. 우현이는 손도 참 좋다. 보들보들 어찌나 부드럽고 따스한지 감동스럽기까지 하다. 머리부터 발끝까지 다 좋아. 하은이 몰래 웃는다.

정체되었던 구간이 끝나자 단번에 로비까지 주르륵 사람들이 빠진다. 엘리베이터를 타려다가 사람들과 같은 공간에 있기 싫다는 우현의 말에 하은이 에스컬레이터로 향한다. 여전히 손을 꼭 잡은 채로 우현이 먼저 탄다. 하은과 키가 비슷해진다.

"집에 가서 밥 먹고 가."

"그래."

"먹고 싶은 거 있어?"

"글쎄."

"없음 말고. 됐어."

그냥 가서 있는 거나 먹자며 우현이 시선을 거둔다. 그것도 좋다고 하은이 고개를 끄덕인다. 뭘 먹어도 맛있으니까. 우현과 함께 먹는 밥은 그 자체로 꿀맛이 따로 없으니까. 멍하니 넋을 놓는데 한 층이 끝났다. 다음 층에도 우현이 먼저 탄다.

마스크가 영 불편한지 다른 손으로 만지작거리는 우현이 매장 안을 둘러본다. 별 감흥 없이 대충 둘러보는 우현의 모습을 하은이 바라본다. 이리저리 휙휙 돌아가는 시선을, 예리하고 날카로우면서도 시니컬한 차가운 눈빛을 가만히 응시한다. 곧게 뻗은 잘생긴 콧날을 보다가 유려한 목덜미로 시선을 내렸다. 각이 진 넓은 어깨가 오늘따라 한층 더 아련하다.

뒤에서 바라보는 사람의 심정은 늘 이렇게 애가 탄다. 그래도 그만둘 수가 없다. 좋아서. 너무 좋아서. 너무, 아파서.

"누군데."

"수진이."

"받아."

받고 얼른 끊어 버려, 라는 우현의 말까지 듣고서 하은이 통화 버튼을 누른다. 우현의 오피스텔을 향해 달려가는 택시가 슬슬 속도를 높여 가고 있었다. 앞자리에 앉은 우현이 창밖으로 고개를 돌린다. 어, 여보세요? 하은이 조심스럽게 목소리를 낸다.

[어디냐. 아직도 그 새끼 집이냐?]

"어. 왜?"

[미친 것. 또 거기서 자면 진짜 알아서 해라.]

"왜 전화했는데."

[다름 아니고 너 ○○ 팰리스라고 혹시 알아?]

살짝 격앙된 수진의 목소리를 혹 우현이 들을까 염려되어 미리 수화음을 낮췄다. 너무 놀라 눈을 치켜뜬 하은이 서둘러 앞쪽 우현을 살핀다. 천하태평 느긋한 얼굴로 창밖을 보고 앉아 있는 우현이다. 그것까진 말하지 않았는데. 수진이 말을 잇는다.

[모르나 보네. 청담동에서 꽤 알아준다던데.]

"거긴 왜?"

[오빠 후배가 이번에 거기로 이사 왔대서. 울 오빠 지금 학회 때문에 지방 가 있잖아. 나보고 좀 들러 보라네.]

"아, 그래?"

[말도 마. 어찌나 극진한 사이신지 동생까지 팔고 이 지랄이다. 사진 보니 기똥차게 생기긴 했는데 그래도 웃기지 않냐? 내가 진짜.]

고작 3년 먼저 나와 놓고 아빠 행세를 하니 기도 안 찬다며 수진이 중중댄다. 예전부터 들어왔던 레퍼토리긴 해도 제법 재미가 있는 탓에 하은은 수진의 푸념이 썩 듣기 싫지만은 않다. 오지랖이 좀 넓긴 해도 수진의 오빠 수훈이 들러 보라고 시킬 정도면 말마따나 둘이 꽤 막역하다는 얘기다. 어떤 후배인지 궁금해지는 마음에 맞장구를 치려던 하은이 돌아보는 우현을 발견한다.

반만 고개를 돌린 우현이 언제쯤 끊을 거냐고 나지막이 묻는다. 미안, 하고 짧게 사과를 건넨 하은이 수진에게 나중에 통화하자고 말하고서 핸드폰을 내려놓는다. 그러고 보면 세상 참 좁다. 수훈 오빠 후배라는 사람은 또 어떻게 생긴 사람이려나.

"맘에 안 들어."

"어?"

"정수진 말이야. 더럽게 끈질겨."

택시가 지하주차장에 멈추자 우현이 요금을 치르고 내린다. 뒤따라 내린 하은이 우현과 함께 엘리베이터에 오른다. 하은이 23층 버튼을 누르자 우현이 기다렸다는 듯 마스크를 벗는다. 어지간히도 답답했는지 입술을 여러 번 훑는 우현이다.

"너 걔랑 왜 친하냐?"

"그냥."

"똑바로 말해. 왜 친하냐고."

"그냥 친하니까 친한 건데. 싫어?"

"어."

"뭐?"

"싫어. 다 싫어. 짜증나."

"……"

똑바로 말하라고 다그칠 땐 언제고 두루뭉술하게 둘러대는 우현이 주머니에 두 손을 꽂는다. 의중을 살피려 쳐다보는 하은의 시선마저 외면한 채로 우현은 제법 성이 난 얼굴로 숫자만 올려다본다. 왜 싫은데? 왜 짜증이 나? 하은이 고개를 푹 숙인다.

외로움이 전염된다는 말을 예전에는 미처 몰랐었다. 그 외로움이 주체를 갉아먹어 지배하게 된다는 것도 이해하지 못했었다. 옮길 바라나 보다. 그래서 저 역시 외로웠으면 싶은 걸까. 우현이는.

어차피 나는 너만 바라보고 있어. 걱정하지 않아도 돼. 네 곁에 있을 수만 있다면 세상 어느 누구도 필요 없어. 내 사랑은 그 정도야. 그러니까 걱정 마. 안심해. 나야말로 두려운 걸. 그만 좋아하라고 할까 봐. 이제 더는 좋아하지 말라고 내칠까 봐. 그러지 않을 거지? 응?

우현아……

"그만 먹을래."

"벌써?"

입맛이 없다며 우현이 수저를 놓고 몸을 일으킨다. 넌 더 먹어. 양치질을 하러 욕실로 들어가며 우현이 말했지만 혼자 먹는 밥이 먹힐 리 없다. 탁, 하고 닫히는 문소리를 듣던 하은이 몇 번 깨작이다 수저를 내려놓고 식탁을 치운다. 많이 해 봐선지 치우는 속도가 무척이나 빠르다. 남은 음식들을 냉장고에 넣고 그릇들을 물에 담가 설거지를 하는데 우현이 욕실에서 나온다.

아직 우현이 나온 줄 모르는 하은이 부리나케 그릇들을 헹군다. 제법 능숙해진 하은의 손놀림을 우현이 조용히 지켜본다. 살짝 떨구어진 고개를, 그 너머의 낮은 눈빛을, 귀여운 콧날과 약간 벌어진 붉은 입술을 우현이 말없이 응시한다.

뒷목을 지나 등과 엉덩이로 떨어지는 선이 곱다. 헐렁한 니트라도 라인은 얼추 파악이 된다. 오목하게 들어간 대략 한 줌의 허리. 만져 보고 싶은 욕구가 치밀어 오른다.

가만 놔둘까 하던 우현이 저도 모르게 한 발 한 발 하은의 곁으로 다가간다. 인기척에 슬쩍 돌아본 하은이 가까워지는 우현을 발견하고 황급히 도로 앞을 본다. 그리고는 애써 모른 척 설거지에 집중한다.

"커피 마실래?"

"……."

"뭐 필요한 거 있어?"

"없어."

굉장히 많이 가까워진 우현의 낮은 목소리에 하은이 바짝 긴장을 한다. 바로 뒤에 선 우현이 슬그머니 하은의 허리 앞으로 두 손을 두른다. 뒤에서 가볍게 안은 자세. 완전히 밀착되지는 않았어도 우현의 뜨거운 숨결이 목덜미에 오롯이 전해진다.

고개를 약간 숙이듯 비튼 우현이 하은의 옆얼굴을 응시한다. 어떻게든 태연한 척 애를 쓰며 바들바들 떠는 눈꺼풀과 입술을 하나하나 세심하게 뜯어보는 우현이다.

왜 너만 보면 이렇게 자꾸 만지고 싶고 안고 싶고 그럴까. 내가 진짜 미쳐 가는 건가.

대답해 봐. 이러다 확 덮치면 너는 어쩔래. 어쩔 거냐. 가만있을래? 그래도 날 좋아할래? 계속? 네가 말했듯이 평생? 자신 있어……?

"다 했는데."

"알아."

"우현아."

"안다고. 다물어."

"……."

물을 잠근 지 한참이 지나도록 우현이 미동을 않는다. 주의를 환기시키려던 하은이 속삭이는 우현의 말에 입을 다문다. 연신 뜨겁게 내뱉어지는 우현의 숨결에 심장이 쪼그라드는 것만 같다. 마른 행주로 물기를 닦고 싱크대 끝을 부여잡았다.

눈처럼 하얗고 보드라워 보이는 하은의 볼이 가깝다. 작정하고 맞추려면 당장에라도 맞출 수 있을 법한 근사치의 거리다. 느릿하게 눈을 감았다 뜬 우현이 은근슬쩍 얼굴을 앞으로 들이민다. 달달한 체취. 불현듯 눈앞에 아른거리는 누군가.

기억도 가물가물한 아주 오래전의 환영이 오버랩된다. 한때는 어머니라고 불렀던 여자. 웃음과 눈물과 몸을 팔던 여자. 끝나 버린 사랑에 집착하며 무너졌던 모습. 상처뿐인 마지막이 또렷이 떠오른다. 우현의 미간이 보기 싫게 일그러진다.

참 위험하지 않냐? 한 가지에 모든 것을 건다는 거. 무모하고 어리석고 되게 한심한 그런. 바보 같은. 우스운. 기가 막힌. 짜증 나는. ……그런.

"서하은."

"어."

"자고 가라. 오늘."

"어……?"

솔직히 말해서 널 정말 안아 보고 싶어. 근데, 널 안고 나서 내가 너한테 집착할까 두려워. 무섭고 끔찍해. 그래 봤자 어차피 언젠가는 끝나. 네가 말하는 영원은 존재하지 않아.

그걸 다 알면서 시작하기란 쉬운 일이 아니야. 그렇잖아. 게다가 내가 널 좋아하면 너는, 너는 분명, 너도…….

……뭐가 이렇게, 거지 같을까. 진짜 위험한 거야. 이런 감정들. 그렇지? 그러니까…….

날 좋아할 거면 계속 좋아해. 나만 좋아해, 죽을 때까지. 너는. 난 널 좋아하지 않을 거야. 절대로. 난 아무도 좋아하지 않을 거야. 아무도. 결코. 아무……도. 나는. 그럴 거야.

"장난이야. 뭘 그렇게 놀라냐."

"아……."

"재미없다. 그만 가라."

픽, 하고 작게 웃은 우현이 하은의 허리를 놓고 돌아선다. 그대로 작업실로 들어가 버리는 우현을 알고도 하은은 망연자실 서 있었다. 괜한 말. 괜한 소리. 떠보는 거라고 해도 상관없을 이야기. 아니, 그런 거면 너무 잔인한 얘기.

이런 취급을 받으면서도 계속 좋아할 수 있을까. 감당하기 벅찬 무리한 요구에도 나는, 저 녀석을 바라볼 수 있을까. 우현이를. 나는.

서서히 뭔가 때가 가까워지는 것을 느낀다. 미친 듯이 빠져 허우적거리던 늪에 가느다란 나뭇가지 하나가 던져진 것만 같다. 저걸 잡으면 나갈 수 있을 거다. 나가면 온전히 숨 쉴 수 있으려나. 이런 식으로 돌려 말하는 건가, 설마. 그만 좋아하라고?

우현……아……?

3
자각, 시작되다 Ⅱ

엘리베이터 문이 열렸다가 닫힌다. 닫히자마자 아래층으로 쏜살같이 내려간다. 밑에서 누가 누른 모양이라고 생각하면서 다시 버튼을 향해 손을 뻗었다. 힘주어 꾹 누르고서 도착하기를 기다리며 하은이 천천히 고개를 떨궈 제 발끝을 본다.

아무 움직임도 없는 신발 끝을 하염없이 본다. 오른쪽과 왼쪽이 크게 다를 리 없건만 왠지 어딘가 많이 달라 보인다. 대체 어디가 다른 걸까 곰곰이 생각에 잠긴다. 깜빡깜빡. 느리게 눈을 감았다 뜨며 보고 또 본다. 곧 엘리베이터 문이 열린다.

올라타야 함을 알지만 몸이 말을 듣지 않는다. 텅 빈 엘리베이터를 물끄러미 쳐다보고 있는데 또 문이 닫힌다. 잠시 그대로 있던 엘리베이터가 이번에는 위로 올라간다. 이렇게 있다가는 꼬박 밤을 새울까 염려되어 하은이 서둘러 버튼을 누른다.

집에 가자. 우현이가 가랬잖아. 대체 얼마나 여기서 머뭇거리고

서 있었는지 가늠조차 되질 않는다. 엘리베이터가 도착했다. 그리고,

"와우."

열린 문을 향해 고개를 들던 하은이 안에 타고 있던 승효를 보고 멈칫한다. 위로 올라가더니 이 녀석을 태우고 내려온 건가. 살짝 눈을 크게 뜨고 쳐다만 보는 하은을 향해 승효가 입가를 말아 올려 씩 웃는다. 하지만 하은은 아무런 미동도 없었다.

"에이요. 왓썹요."

"……."

"뭐해? 빨리 타. 컴 온."

"……."

뭐라 뭐라 혼자 깨방정을 떨어 대는 승효를 그러나 하은은 받아 줄 여력이 없었다. 입을 꾹 다문 채 멍해 있는 하은이 어쩐지 이상하다고 판단한 승효가 뭐라 더 하려는데 문이 닫힌다. 급히 손을 뻗어 열림 버튼을 누른 승효가 얼른 하은을 살핀다.

"어이. 안 타? 안 탈 거야?"

"……."

"뭐 이리 심각해. 타, 빨리."

"……."

여전히 대꾸가 없다. 아무리 기다려도 하은이 꼼짝을 않는다. 성질 급한 승효가 안 되겠다며 하은의 팔을 잡아당긴다. 아침때처럼 또 얼떨결에 끌려 타 버린 하은의 뒤로 스르륵 문이 닫힌다. 곧 1층을 향해 엘리베이터가 빠르게 내려간다.

승효가 살짝 눈만 돌려 하은을 살핀다. 안색이 영 어두운 게 왠지 심상치 않다. 뭐야. 뭔 일이지? 둘이 싸우기라도 했나? 잠깐의

마주침만으로도 우현을 어느 정도 파악해 버린 승효가 혼자 고개를 주억인다. 그놈 성격 참 알아주겠더라니까.

대체 뭐냐, 니들은. 궁금해 미치겠네. 아놔.

"우산은, 없어?"

"……."

"안 가져온 거야? 빌려 줘? 빌려 줄까?"

"……."

"야. 야, 서하은. 얀마."

빌려 주냐고 물어도 들은 척도 않는다. 택시 타고 갈 거냐고, 그럼 잡는 데까지 같이 가주겠다 말을 해도 그저 멍해 있기만 한다. 1층에 도착해서도 내릴 생각을 않기에 끌어낸 승효. 입구까지 잘 걸어가나 싶던 하은이 금세 또 멈춰 서서 넋을 놓는다.

어느새 많이 굵어진 빗줄기에도 불구하고 하은의 손에는 우산이 들려 있질 않았다. 비가 온다는 걸 몰랐나, 이 녀석? 답답해 속이 터진 승효가 얼른 편의점에 다녀올 테니 잠깐 기다리라고 당부한다. 담배만 사 오고 제 우산을 빌려 주려고. 그랬는데.

"저게……."

편의점에 들어가 담배를 주문한 승효가 본능적으로 고개를 돌리다 인상을 찌푸린다. 하은이 터벅터벅 입구로 걸어 나오는 모습이 보인다. 꽤 강한 빗줄기를 고스란히 맞고도 멍한 하은의 표정이 눈에 밟혀 계산을 서둘렀다.

거칠게 유리문을 열어젖힌 승효가 우산을 펼쳐 들고 하은에게로 뛰어간다. 길가에 나와 있음에도 하은은 손을 들어 택시를 잡지 않은 채 우두커니 서 있을 뿐이었다. 승효가 서둘러 하은의 머리 위에 우산을 씌워 준다. 하은이 느릿하게 돌아본다.

"미쳤냐? 이 비를 다 맞고? 너 왜 이래?"

"됐어."

"뭐가 돼. 빌려 준다고 기다리라니까 그새를 못 참아?"

"됐다고. 가."

필요 없다며 하은이 승효를 밀어낸다. 힘이 실리지 않은 약한 손길이었지만 덕분에 하은은 승효의 우산 밖으로 멀어졌다.

살며시 떠밀린 제 가슴팍을 한 번 내려다본 승효가 고개 들어 하은을 본다. 마구 쏟아붓는 빗줄기. 하은의 팔을 잡아당겼다.

"이거 쓰고 가. 나 뛰어가면 돼."

"놔."

"쓰고 가라고. 나중에 줘. 받아."

"놓으라고, 좀. 놔."

"야."

"비키라고!"

건드리지 좀 말라며 하은이 순간 강하게 팔을 뿌리친다. 지나치게 힘이 실린 탓에 승효의 손에서 우산이 나가떨어진다. 덩달아 바닥으로 나동그라진 담배를 내려다보며 승효가 허, 하고 짧게 웃는다. 바람에 굴러간 우산이 차도 위를 뒹군다.

가서 주워 올 생각도 않고 승효가 잠시 생각을 정리한다. 지나가는 차들 사이로 이리저리 휙휙 뒹굴던 우산이 어느덧 차도 반대편으로까지 굴러가 찌그러져 있었다. 여분의 우산이 있을 턱이 없다. 없어도 그만이고. 승효가 하은의 손목을 낚아챈다.

"따라와."

"이거 놔."

"오라고, 좀. 웬 고집이냐? 거참."

고집도 엄청 세네, 라고 중얼거린 승효가 다짜고짜 하은을 잡아 끈다. 안 가려고 버틴 게 무색할 만큼 질질 끌려가며 하은이 승효의 손을 빼려 애썼지만 꼼짝을 않는다. 계속해서 세차게 퍼붓는 빗줄기를 뚫고 승효가 하은을 데려간다.

어느새 오피스텔 입구를 통과해 엘리베이터 앞에까지 간 승효가 버튼을 누른다. 때마침 1층에 있던 엘리베이터 문이 열렸다. 가려고 몸을 돌리는 하은을 억지로 태워 버린 승효가 24층 버튼을 누른다. 뭐냐고 쳐다보는 하은을 향해 승효가 미간을 찌푸린다. 문 닫힌 엘리베이터가 빠르게 위로 올라간다.

"감기 걸려. 옷이나 말리고 가."

"됐다고 했잖아."

"뭔 짓 안 해. 너 내 타입 아냐. 걱정 마."

"뭐?"

"수건으로 좀 닦고 가라고. 그 꼴로 택시기사가 잘도 태워 주겠다."

아주 비 맞은 생쥐 꼴을 해 갖고 밤새도록 서 있을 작정이냐며 승효가 혀를 찬다. 시선을 돌린 하은이 엘리베이터 거울 속 제 모습을 확인한다. 그새 말도 못 하게 흠뻑 젖어 머리고 옷이고 온통 엉망이었다. 한숨을 내쉰 하은이 승효를 응시한다.

너 때문에 나까지 이게 뭐냐, 라고 투덜거린 승효가 한 손으로 제 머리를 부스스 턴다. 사방으로 흩날리는 물방울들을 잠시 쳐다보던 하은이 조용히 눈을 한 번 감았다 뜬다. 한순간 쨍, 하고 맑아지는 머릿속. 그러나 점점 더 가라앉는 기분, 감정들.

이렇게까지 쇼크일 줄은 상상도 못 했는데. 직접 내 귀로 들어 버리니까 기분이 참, 그렇네. 진짜. 하……

"들어와."

"……."

주춤주춤 망설이던 하은이 이내 승효의 뒤를 따라 집 안으로 들어간다. 아직 짐 정리가 다 끝나지 않은 듯 사방에 박스들이 널려 있었다. 몇 개 있지 않은 가구 덕에 휑하니 비어 보이는 넓은 오피스텔이 왠지 쓸쓸하다. 하은이 현관에서 머무른다.

"뭐해? 거기서 닦으려고?"

"물 떨어져."

"괜찮아. 어차피 짐 정리하고 청소 싹 할 거야."

개의치 말라며 승효가 손짓한다. 따지고 보면 만난 지 얼마 안 된 사이고, 아직 이름과 나이와 얼굴밖에는 모르는 남자의 집에 불쑥 들어가도 되려나란 생각에 하은은 조금은 더 망설였다. 너 맹세코 내 타입 아니거든. 승효의 말에 하은이 살짝 인상을 쓴다.

방으로 들어간 승효가 수건 몇 장을 들고 나온다. 그때까지도 현관에서 미적거리던 하은은 안 들어오면 수건 안 줄 거라는 엄포에 결국 신발을 벗고 안으로 들어갔다. 넉넉히 수건을 건네준 승효가 부엌으로 가더니 찬장에서 주전자를 꺼내어 물을 끓인다.

따끈한 차라도 한 잔 줄 요량인지 부산을 떠는 승효를 하은이 가만히 본다. 승효가 두 개의 잔에 녹차 잎을 적당히 담는다.

"밤이니까 커피 말고 차 줄게. 괜찮지?"

"안 그래도 되는데."

"그래도 네가 첫 손님이니까, 이 정도는 대접해야 할 것 같아서."

영광인 줄 알라는 말을 덧붙인 승효가 눈꼬리를 내린다. 사뭇 개구지게 웃는 그 모습에 하은의 경계심이 누그러진다. 너무 마다하는 것도 예의는 아닌 것 같다. 어차피 신세지게 된 거 마음이라도 편히 가지는 편이 낫겠다고 하은이 수긍한다.

수건 한 장을 펼쳐 들어 머리부터 닦아 냈다. 그 짧은 순간 엄청나게도 젖었다. 머리만으로 수건 한 장을 다 쓰고 다른 수건을 펼치려는데 추위가 엄습한다. 파르르 떨리는 입술을 참아 내는 하은의 눈앞에 옷가지가 내밀어진다. 승효가 또 씩 웃는다.

"갈아입어. 빌려 줄게."

"됐어."

"그 됐다는 말 좀 하지 마라. 엄청 정떨어지거든?"

"정은 무슨."

"곧 쌓일 정마저도 떨어진다고, 이 양반아. 사양 말고 받으시지."

몇 번이나 더 제 타입이 아니라고 말해 줘야 알아듣겠냐며 승효가 피곤한 기색으로 힘없이 웃는다. 눈빛만 보고 판단하기란 좀 그렇지만 왠지 불순한 의도라고는 요만큼도 보이지 않는 승효였다.

여자로서 적당한 경계심이 필요하다는 건 알지만 하은은 스스로를 여성스럽지 못하다고 생각한다. 자신감이 현저히 결여된 상태라 더는 고집을 부리기도 쉽지 않다. 망설임을 뒤로하고 옷을 받아 들었다. 화장실 좀 쓸게. 얼마든지 쓰라며 승효가 손짓을 해 보인다.

옷을 벗고 갖고 들어온 수건으로 몸을 닦았다. 속옷까지 벗는 건 아닌 것 같아 수건으로 꼼꼼하게 닦고 승효가 준 옷으로 갈아입었다. 덩치가 크진 않아도 키가 훤칠해서 소매가 많이 남는다.

니트의 소매를 동동 걷어 올린 하은이 바지에 다리를 끼운다. 그래도 센스 있게 발목에 고무줄 든 트레이닝복을 줬다. 무릎도 안 나온 걸 보니 새것인 것 같다는 생각이 든다.

쭈뼛쭈뼛 욕실 문을 열고 걸어 나오는 하은에게 기다리던 승효가 손을 내민다.

"줘. 빨게."

"됐어, 그냥 말려도."

"앞으로 됐어 나오면 만 원 빵이다. 오케이?"

"……."

"말 잘 듣네. 주셔, 얼른. 옳지."

멋대로 규칙을 정한 승효가 억지로 하은의 옷가지들을 받아 세탁기에 넣는다. 적당량의 세제를 넣고 동작 버튼을 누르는 행동이 어찌나 재빠른지 채 말릴 새도 없었다. 드륵드륵 돌아가기 시작하는 드럼 세탁기 속 제 옷들을 하염없이 보는 하은을 승효가 데려다 식탁 앞에 앉힌다. 따끈한 김이 피어오르는 찻잔을 쥐어 준 승효가 저도 옷을 갈아입겠다며 방으로 들어간다.

작은 소음뿐인 조용한 오피스텔 안에서 넋을 놓던 하은이 손에 들린 찻잔을 가만히 내려다본다. 전해지는 따뜻한 온기. 내가 지금 뭘 하고 있는 걸까. 망연자실 상념에 빠지려는데 문소리가 들린다. 반사적으로 돌아보자 승효가 미소 짓는다.

"전화? 받아 봐."

"조용히 좀."

"알아. 쉿 하고 있을게. 쉿."

V넥으로 된 검은색 니트에 회색 트레이닝 바지를 입고 나온 승효가 제 입술에 검지를 대며 하은의 앞자리에 앉는다. 키가 훤칠

한 데다 비율이 좋아서 그런지 떡 벌어진 어깨가 꽤나 도드라져 보인다.

액정에 떠오른 우현이란 글자에 하은은 늘 그래 왔듯 몹시도 긴장을 해 버린다. 말 한 마디 한 마디가 다 신경 쓰이는 굉장한 기분. 그러면서도 설레는, 묘한 심정. 힘들지만 그만둘 수 없는. 절대 그러기는 싫은, 아파도 좋은. 그러니까…….

아까 했던 말 도로 물러 주면 안 될까? 안 될까, 우현아? 응? 제발. 응……?

"여보세요."

[뭐 이리 늦게 받냐.]

진동이 막 울리기 시작했을 때 승효가 방에서 나왔기에 잠시 망설였다. 그래 봤자 신호가 여섯 번 정도 울린 것뿐이지만 우현은 어김없이 성을 낸다.

사나운 말투. 싸늘하게 식은 목소리. 불현듯 목이 멘다. 하은이 슬그머니 시선을 떨군다.

"미안."

[어디야. 집이야?]

"응."

[집으로 바로 간 거야?]

"응."

[뭐 타고 갔는데. 택시?]

계속 툭툭거리긴 해도 평소와 다름없는 말투다. 예리하게 날이 서 있긴 하지만 늘 들어오던 우현의 목소리가 틀림없다. 아주 조금의 차이점도 발견할 수가 없다. 그것만으로 너무 기뻐 하은이 복받치는 울음을 참으려 아랫입술을 베어 문다.

택시를 탔다고 답하자 잘했어, 한다. 비는 안 맞았냐고 물어서 그렇다고 하니까 또 잘했네, 한다. 이런 칭찬들이 너무 좋아서 그만두지를 못하겠다. 이런 말 한 마디 한 마디가 너무 좋고 소중해서 하은은 자꾸만 코끝이 시큰거리고 만다.

돌아보면 하나같이 좋았던 기억투성이다. 남들이 뭐라 하든, 그게 우현이 어떤 마음으로 행한 것이었든 그저 다 소중하고 간절하다. 생각만 해도 눈물이 날 것 같다.

좋아해. 좋아해, 우현아. 아주 많이. 나는 너한테 아무 것도 바라지 않아. 아무것도. 그러니까 그냥, 그냥…….

[서하은.]

"응."

[잊어. 아까 내 말.]

……좋아하게만 해 줘. 제발. 응……?

그렁그렁 차오른 눈물이 기어이 볼 위로 떨구어진다. 뿌옇게 흐려졌던 시야가 맑게 개이자 놀라서 쳐다보는 승효가 보인다. 뭐야. 갑자기 왜 울어, 너? 황망한 표정으로 쳐다보는 승효를 보며 하은이 흐느낌을 참는다. 눈물이 거듭 볼 위로 흐른다.

[내가 요즘 이상하다. 머리가 복잡해서 실수했어.]

"……."

[그냥 헛소리했다 생각해. 다신 안 그래.]

"……."

[왜 대답이 없냐. 알았어?]

낮게 내리깔린 나지막한 목소리로 우현이 다그친다. 조금은 잠긴 듯한 허스키보이스에 하은이 안간힘을 써서 응, 답한다. 그만자. 끊어. 간단한 인사말을 건네고 우현이 사라진다. 끊긴 줄 알면서도 하은은 하염없이 핸드폰을 귀에 댄 채로 있었다.

낭떠러지에서 떨어지자마자 손을 잡는다. 물에 빠져 정신을 잃자 끌어내어 인공호흡을 해 준다. 죽지 않을 만큼만 적당히 불어넣어 준 숨 때문에 또 하루를 버틴다. 버티고 버티고, 이러다 지쳐 힘이 빠지면 또 잡아 주겠지. 밀려나지 않게끔만.

계속 좋아하라는 말에 하은이 웃는다. 그만 좋아하라며 내치지 않은 우현 덕분에 눈물을 가득 매달고서도 웃을 수 있는 하은이다. 곁에만 있게 해 줘. 좋아하게만 해 줘, 제발. 끝내 터져 나오는 하은의 흐느낌에 승효의 표정이 몹시도 딱딱해진다.

"무슨 씨, 영화네, 영화. 대박."

마개를 따기 전, 제가 가진 술들 중에 가장 비싸다는 걸 거짓말 안 보태고 스무 번쯤은 강조했던 승효가 하은의 빈 잔을 채운다. 술이 들어가니 인심이 후해지는 모양으로, 갈수록 가득가득 넘치게 따라 주는 승효였다. 고개를 떨군 하은의 얼굴이 어느덧 새빨갛다.

"그래서, 무려 5년씩이나 사랑해 온 님이시다?"

"응."

"고백을 했다니까 짝사랑은 아니겠고. 그럼 뭐야."

"그냥. 그냥 사랑."

"그냥?"

"응. 그냥."

"그렇구나. 그냥 사랑. 장하다."

두툼하던 얼음들이 그새 많이 녹아 작은 알갱이만 남았다. 이제 겨우 두 잔밖에 마시지 않은 것치곤 벌써 머리가 어지럽고 띵하

다. 그러게 술 잘 못한다니까. 하은이 어깨를 들썩여 한숨을 내쉰
다. 피식 웃은 승효가 얼음을 가져오겠다며 몸을 일으킨다.

한참을 울었다. 울다 지쳐 끅끅댈 때까지 묵묵히 기다려 준 승
효의 괜찮으면 술이나 한잔하자는 말을 하은은 거절하지 못했다.
텅 빈 것처럼 온통 허한 속에 술이라도 들어가면 조금은 낫지 않
을까 해서. 우현이 싫어하는 걸 알면서도 마시고 싶어져서.

마시니까 더 미치겠다. 당장이라도 우현에게 달려가고 싶어 안
달이 난다. 딱 한 층만 내려가면 되는데. 한 층만. 딱. 하은이 시
큰거리는 눈두덩을 두 손으로 마구 비빈다. 어어, 뭐하는 거야. 얼
음을 가져온 승효가 급히 하은의 손을 잡아챈다.

"그만 울어. 또 울면 너 눈 터질지도 몰라."

"거짓말하지 마."

"진짜야, 인마. 눈 터져 죽은 귀신 얘기도 못 들어 봤냐?"

"그딴 게 어딨냐. 이 거짓말쟁이."

"뭐?"

"사기꾼. 모사꾼. 협잡……꾼? 또 뭐 있지?"

"어쭈."

이게 속고만 살았나, 라며 승효가 하은의 머리를 가볍게 쥐어박
는다. 아프진 않지만 불시에 우현에게 맞았던 기억이 떠올라 하은
의 표정이 굳어진다. 실실 개구지게 웃던 승효가 문득 아련해지는
하은의 눈빛을 알아채고 야, 부른다. 하은이 쳐다본다.

"청승 떨라고 술 준 거 아니다. 자제해."

"알았어."

"여차하면 확 아랫집 문 앞에 던져 주고 올 거야. 그 뒤는 나도
몰라."

"알았다고. 안 울면 되잖아. 안 울게."

"눈물이 그렁그렁해서는 이게. 야야야."

미간을 살짝 찌푸린 승효가 서둘러 티슈를 뽑아 내민다. 입술을 삐쭉이며 하은이 티슈를 받아 들어 눈가를 훔쳐 낸다. 너무 대충 훔쳐 낸 탓에 긴 속눈썹 끝에 작은 눈물방울 하나가 매달려 대롱거린다. 보다 못한 승효가 손을 뻗어 쓰윽 닦아 준다.

어떻게 된 게 볼수록 천상 계집애다. 생긴 건 그저 곱상한 사내 녀석처럼 생겨 가지고 파고들수록 아주 그야말로 가관이다. 술 한 잔에 얼굴 빨개질 때부터 알아봤다.

민우현과 대체 무슨 관계냐고 캐묻자 고3 때 알게 된 이후 쭉 좋아해 왔다는 대꾸가 돌아왔다. 이런 어벙한 녀석.

대단하다는 말은 차마 나오지 않는다. 고백은 했지만 받아들여지지 않았으니 이걸 차였다고 봐야 하나? 나 원 참. 사귀지 않는다니 친구로 지내는 것 같기는 한데, 아주 썩 그렇게만 보이지도 않았다 이 말이지. 승효가 입을 연다.

"근데 보통 그런 경우 불편해서 서로 안 보지 않냐?"

한숨을 푹푹 쉬던 하은이 술잔을 집어 든다. 얼음을 넣기엔 술이 너무 가득이라 조금만 마시라는 승효의 조언을 싹 무시하고 오래도록 잔을 입에 대고 있었다. 은근히 고집이 세다 했더니 결국 몽땅 마셔 버린 하은이 승효를 본다. 승효가 말을 잇는다.

"그렇잖아. 고백한 쪽도, 고백받은 쪽도 피차 불편할 텐데. 한 쪽이 이성적 감정이 있다는데 어떻게 친구로 지내냐?"

"글쎄."

"난 그랬는데. 나 좋다고 고백한 여자애 계속 보기 힘들던데. 볼 때마다 생각나서 곤란하더라고. 애인 사귀기도 껄끄럽고."

"혹시 걔 싫어했어?"

빈 잔을 내려놓은 하은이 식탁 위에 두 팔을 얹고 턱을 괸다. 흐느적거리는 느릿한 몸동작을 지켜보던 승효가 얼음을 집어 하은의 잔에 가득 채워 준다. 더 마실 수 있겠냐 물으니 하은이 거침없이 고개를 끄덕인다. 술을 따라 주며 승효가 답한다.

"아니. 친구로선 좋아했었지. 꽤 많이."

"고백에 대한 충격으로 불편해진 거네."

"그렇지. 얠 여자로 봐 줘야 하나 고민이 너무 됐거든. 확 사귈까도 했지만 그런 마음까지는 들지를 않았고."

"그럼 싫어하나 보다, 우현이는."

"뭐?"

"나를, 싫어하나 봐. 친구로서도. 하하."

"……."

아무래도 그런 것 같다며 하은이 웃는다. 마치 몰랐던 엄청난 사실을 깨달은 것처럼 와, 하는 짧은 감탄사도 내뱉는다. 그런 고민조차 하지 않을 만큼 별 감정이 없다는 뜻 아닐까. 하은의 말에 승효가 입을 다문다. 하은이 술잔을 집어 든다.

말리려던 승효가 얼른 제 잔을 가득 채워 건배한다. 미세하게 떨리는 손으로 잔을 입에 가져간 하은이 반만 마시고 내려놓는다. 점점 더 열이 오른다. 얼굴이 불에 덴 듯 화끈거려 손으로 부채질도 해 보고 니트를 펄럭거려 바람도 만들어 본다.

이리 살짝 저리 살짝 기우뚱하는 하은의 모습이 어쩐지 귀엽다. 손가락을 꼼지락거리기도 하고. 행동 자체가 무척 작아진 느낌이랄까. 그런 반면 승효는 주량에 아직 한참이나 못 미친 상태였다.

두 손으로 얼굴을 감싸고 후후 숨을 내뱉는 하은의 모습을 빤히 처다보던 승효가 잔을 가져가 단번에 털어 넣는다. 불쌍하고 귀엽고 아련하고 묘하고. 이 녀석 왠지, 상당히 복합적이다. 그래서일까. 자꾸만 시선이 가는 건.

"내 방 가서 자. 침대 있어."

"됐어."

"불안해? 문 잠그고 자면 되잖아."

"됐어. 싫어."

식탁에 한쪽 팔을 길게 늘어뜨린 하은이 눕듯이 기댄다. 졸리면 자겠냐고 물었지만 괜찮다는 말만 반복한다. 더 마실 거야. 더 마실 수 있어. 혼잣말처럼 웅얼웅얼하는 하은의 눈꺼풀이 깜빡이는 횟수가 줄어든다. 승효가 일어나자 하은도 일어난다.

마지막으로 딱 한 잔만 더 마시자며 하은이 홀딱 잔을 비워 내민다. 얼굴 빨개지고 웅얼이고, 거기에 술 달라고 재촉까지. 이 정도면 썩 나쁘지는 않은 주사라는 생각으로 승효가 도로 몸을 낮춘다. 얼음을 더 채워 주고 술을 잔의 정확히 반만 따랐다.

"왠지 불공평한 기분이야."

"뭐가."

"네 얘기는 하나도 못 들었잖아."

한 모금 들이마신 술을 삼키려 하은이 인상을 찌푸린다. 저 정도로 술이 쓰면 이제 진짜 그만 마셔야 한다는 걸 알고 있는 승효가 하은의 잔을 슬쩍 제 앞으로 잡아끈다. 나 아직 안 취했거든. 새치름하게 눈을 흘긴 하은이 도로 제 잔을 가져간다.

"내 얘기?"

"왜 혼자 사는지, 가족은 어디 있는지, 미국에 오래 살았다면서 갑자기 한국엔 왜 왔는지."

"음, 궁금하냐?"

당연한 걸 묻는다는 듯 하은이 고개를 끄덕인다. 한 번, 두 번, 세 번, 네 번 계속해서 끄덕거리는 하은의 모습에 승효가 픔, 하고 웃음을 터뜨린다. 그만하라고 안 하면 목이 부러질 때까지 계속할 기세다. 승효가 손을 뻗어 하은의 머리를 잡는다.

"일단 혼자 살고, 가족들은 미국에 있고, 나는 미국 생활이 지겨워져서 들어왔고."

"에, 그게 다야?"

"더 있어야 되나. 뭐가 궁금한데?"

"시시하다."

"너 그 표정은 내가 무슨, 사람이라도 찔러 죽이고 도망쳤어야 합당하다는 표정이다?"

"죽였어? 진짜? 진짜로? 누구를?"

"얼씨구?"

슬슬 가는귀가 먹어 간다. 들은 단어들을 멋대로 조합하는 주사마저 더해진 하은을 짐짓 어이없게 쳐다보던 승효가 제 잔을 채워 입으로 가져간다. 말끔히 비우고 내려놓는 승효의 눈에 역시나 잔을 들고 고개를 젖히는 하은이 들어온다. 저저…….

느릿하게 꼴깍꼴깍 술을 마시는 하은의 목덜미에 승효가 잠깐 시선을 준다. 끝까지 다 젖히고도 한참 그러고 있는 하은의 입가로 갈색빛 액체가 주르륵 흐른다. 매끈한 턱 선을 지나 하얀 목덜미를 타고 흐르는 액체를 보던 승효가 몸을 일으킨다.

빨리 재워야 안 되겠다. 차라리 재워 놓고 혼자 마시는 게 마음 편하겠다. 승효가 하은의 어깨를 조심스레 부여잡는다.

"가자, 자러. 일어나."

"싫어……."

"너 졸려. 자야 돼, 얼른."

"싫어어어……."

"서하은. 인마, 야."

정신 좀 차려 보라는 말에 하은이 눈을 감고 늘어진다. 살살 어깨를 흔들자 흔드는 대로 하은의 몸이 이리저리 흔들린다. 별수 없군. 승효가 하은의 목과 무릎 밑으로 두 팔을 집어넣는다. 그대로 하은을 안아든 승효가 서둘러 방으로 향한다.

안으로 들어선 승효가 천천히 하은을 침대에 눕힌다. 목선이 가늘다 했더니 꽤나 가볍다. 머리 밑에 베개를 잘 넣어 주고 이불을 끌어 올려 덮은 승효가 손을 뻗어 스탠드 불빛을 최대한 약하게 튼다. 다음부턴 진짜 적당히 줘야겠다. 얼굴 빨개진 직후부터 두 잔 반이라.

침대 끝에 걸터앉아 잠시 하은을 내려다보던 승효가 소리 없이 웃는다. 순간 하은이 눈을 뜬다. 한 치의 어긋남도 없이 똑바로 와 닿는 하은의 시선에 승효의 가슴이 철렁, 내려앉는다. 괜한 두근거림. 승효가 애써 태연히 하은을 향해 입을 열었다.

"왜."

"현아……."

"뭐?"

"현아아……."

스탠드를 괜히 켰다. 차라리 주변이 어두컴컴했으면 하은의 눈빛을 살필 수는 없었을 텐데. 반쯤 감긴 하은의 눈빛이 무척이나 나른하고 야릇함에 승효가 할 말을 잃고 멍해진다. 고개를 살짝 젖히기까지 한 하은이 가슴을 들썩여 숨을 뱉는다.

"현아, 현아……."

"서하은."

"현아……. 현……아……."

"뭐라는 거야. 현이가 누구."

길래, 라는 말이 승효의 입안으로 삼켜진다. 우현? 설마 민우현을 현이라고 부르는 건가, 지금? 이렇게 다정하게? 이거야말로 서하은 최후의 주사가 아닐까 싶다. 애틋하고 아련하고 끔찍하게도 나긋나긋하게 민우현을 찾는 서하은이라.

그나저나 저 눈빛, 표정, 목소리 어쩔 거야. 술 먹으면 은근 야해지는 녀석이라. ……대박이네.

아까와는 백팔십도 달라진 하은의 모습에 승효가 은근슬쩍 긴장을 한다. 저도 모르게 마른침을 꿀꺽 삼키고서 혀를 내어 입술을 한 번 훑었다. 느릿하게 눈을 한 번 감았다 뜬 하은이 천천히 몸을 일으킨다. 차마 말리지도 못하고 보는 승효다.

취한 사람 같지 않게 행동에는 군더더기가 없다. 위태로워 보이긴 해도 심하게 휘청거리진 않는 하은이 앉은 자세로 한숨을 푹 내쉰다. 떨궜던 고개를 들어 올린 하은을 마주한 승효가 거듭 숨을 멈춘다. 하은이 눈꼬리를 쭉 내린다.

부드럽게 휘어지는 눈매가 가늘게 호를 그린다. 귀여우면서도 왠지 모르게 야릇한 느낌. 한 번 더 두근, 내려앉는 가슴이 느껴졌다. 하은이 승효의 팔을 붙잡는다.

"좋아해."

"……."

"좋아해, 현아."

심하게 풀린 눈으로 하은이 고백한다. 이미 제가 보는 것이 누구인지조차 의식 없는 상태에서 마음을 털어놓는다. 이성을 넘어 본능마저 마비시킨 사람. 무의식을 온통 지배하는 단 하나의 존재. 멍한 표정이 된 승효의 팔을 하은이 살짝 흔든다.

"너무 좋아. 네가 좋아, 현아."

"……."

"나는 진짜, 너만 좋아. 너 아니면 다 싫어."

조곤조곤 속삭이듯 흘러나오는 낮은 목소리에 승효가 거듭 침을 삼킨다. 우습지만 착각마저 일으킬 정도로 가슴이 울린다. 마치 지금 이 순간 제가 민우현이 된 것만 같은 묘한 기분에 사로잡히고 있었다.

정신을 차리려는데 하은이 목에 매달리듯 안긴다. 이건 아니지, 란 생각을 하면서도 승효의 몸이 굳는다. 정말 이건 아닌데, 란 생각이 들었지만 도저히 뿌리칠 수가 없어서 잠시 숨을 골랐다.

5년이나 누군가를 짝사랑했다는 녀석. 아니, 그런 걸 다 떠나서 술에 취해 제정신이 아닌, 불가항력의 상태인.

약간 술이 오르는 중이었지만 승효는 아직 멀쩡했다. 사리분별을 못 할 만큼 욕구만을 우선시하지도 않는 타입이고. 손에 살짝 힘을 주어 하은의 팔을 푼 승효가 그대로 하은을 자리에 눕힌다. 눕히느라 얼굴이 꽤 가까이 자리해 버린다.

"현……아……."

"……."

숨결이 오갈 정도로 가까운 거리에서 하은을 바라보며 승효가 망설인다. 솔직히, 정말 솔직히 말해 제 타입 아니라는 말로 안심시키면서도 슬쩍슬쩍 눈길이 가긴 했다. 어쨌거나 이십 대 초반의 혈기왕성한 사내가 꽤 귀엽고 예쁘장하게 생긴 여자를 아무 사심

없이 보기가 어디 쉬운가. 차림이 좀 사내 같아서 그렇지, 하는 짓이나 행동 모두 천상 계집애인 이 녀석을.

불순한 의도로 이뤄진 초대는 아니었어도 기회를 마다할 생각은 없다. 저를 우현으로 보고 있는 하은에게 무슨 짓을 해도 지금 상황에선 이상함을 알아차리지 못할 거다. 살짝 뽀뽀를 해도, 입을 맞춰도, 진하게 혀를 넣어도, 옷을 벗기고 더듬고 만진다고 해도.

그렇잖아. 근데…….

좋은 게 좋은 거라는 가치관. 방탕한 것까지는 아니더라도 관계에 있어 오는 여자 막는 주의가 아닌 자유로운 승효라지만 지금의 하은은 완벽히 예외였다. 양심의 문제이기도 하거니와 뭐랄까. 너무 애타게 우현만 찾아 대는 통에 뭘 어쩔 수가 없겠다고 할까.

가슴 한구석이 싸해진다. 어쩐지 민우현이란 놈이 조금 부러운 것 같기도 하고. 이렇게까지 귀여운 녀석일 줄은. 결심을 굳힌 승효가 하은의 이마에 가볍게 입을 맞추고 떨어진다. 잘 자. 인사를 건넨 승효가 도망치듯 황급히 방을 빠져나간다.

눈을 떴을 때는 날이 훤히 밝아 있었다. 지끈지끈 욱신거리는 머리 통증에 인상을 찌푸린 하은이 기지개를 켜다가 한순간 놀라 동작을 멈춘다. 비몽사몽인 와중에도 제집이 아니라는 자각은 확고하다. 이틀 연속 외박이라. 한숨이 새어 나온다.

어지러운 머리를 부여잡고 기억을 되돌려 봤다. 비를 맞고, 승효의 집에 와서 술을 마신 것까지 정리를 마치자 하은의 얼굴이 한층 더 일그러진다. 혹시 뭐 실수라도 한 건 아니겠지. 본의 아니게 우현의 말을 어겼다는 것에 대한 죄책감이 이루 말할 수 없이 심하다.

진짜 다시는 술 안 마실게. 미안해, 우현아. 진짜 미안.

"어이."

일단 세수부터 하자 마음먹고 방문을 열어 거실로 나갔다. 고요한 집 안을 확인하자 왠지 소리를 내면 안 될 것 같아 뒤꿈치를 들고 조심조심 걸어 욕실로 향하던 하은이 부르는 소리에 동작을 멈춘다. 거실 소파에 드러누운 채로 승효가 씩 웃는다.

"안녕히 주무셨는가?"

"미안. 어제 나 취했었어?"

"너는 어떻게 된 게 입만 열면 사과를 하냐. 버릇이야?"

"아……."

무슨 그런 덧정 떨어지는 버릇을 다 키우느냐며 승효가 혀를 찬다. 술 먹다 보면 취하는 건 당연한 거지, 뭐 그런 걸로 괜한 사과를 건네느냐고 볼멘소리로 툴툴댄다. 그 말에 또 하은이 기어들어가는 목소리로 미안, 한다. 승효가 기가 찬 듯 웃는다.

욕실 좀 쓰겠다는 하은의 말에 승효가 얼마든지, 라고 응수한다. 대충 세수만 하려다가 입안이 텁텁해서 어쩔까 고민하는 와중에 똑똑 노크 소리가 들린다. 조심스레 문을 연 승효가 세면장에서 여분의 칫솔을 꺼내어 건넨다. 하은이 넙죽 받는다.

칫솔에 치약을 묻히는데 뭔가 낌새가 이상하다. 돌아보니 승효가 잠결인지 변기 커버를 올리고 자세를 취하며 바지 앞섶을 만지작거리는 것이 아닌가.

"야, 너 뭐하는?"

"헐. 실수."

화들짝 놀란 하은이 승효의 등짝을 찰싹 후려친다. 머쓱해진 승효가 제 칫솔에 치약을 묻힌다.

"나 자꾸 깜빡한다. 너 여자란 거."

"뭐, 인마?"

"내가 말 안 했던가? 실은 너 되게 닮았거든."

"누굴?"

"어제 말했던 내 게이 친구."

그 녀석도 너처럼 아기자기하게 생겼어, 라고 덧붙이는 승효의 말에 하은이 눈을 흘긴다. 전혀 위로가 되지 않는다는 듯한 그 표정에 승효는 되게 귀엽고 예쁘장하고 인기도 많았다며 뭐라 더 부연 설명을 늘어놓는다. 그래 봤자 여자로 보이지 않는단 것 같아 이미 상처받은 하은이 인상을 구기며 칫솔을 문다. 따라서 칫솔을 물고 양치질을 하던 승효가 끅끅 웃는다.

또 시작이다. 어제처럼 또 아무 이유 없이 혼자 빵 터져 버린 승효가 웃음을 참으며 양치질을 한다. 뭐가 그리도 재밌는지 눈꼬리를 한껏 아래로 늘어뜨리고는 콧잔등에 주름마저 만든 채로 미친 듯이 킥킥댄다. 자고 일어난 직후라 막 부스스해진 머리로 저렇게 웃어 대니 진짜 꼭 미친 사람 같다. 애써 외면하는 하은이 빠른 속도로 양치질을 마치고 서둘러 입안을 헹군다.

"또 그 게이 친구 생각하면서 웃었냐?"

"응."

"뭐가 그렇게 웃긴대?"

"죽었거든, 그 녀석."

"뭐?"

퉤, 하고 치약 거품을 뱉은 승효가 태연하게 물을 머금는다. 조금 뒤쪽으로 물러나 있던 하은이 예상치 못한 승효의 대답에 눈을 동그랗게 뜬다.

　그러거나 말거나. 여러 번 머금었다 뱉으며 깨끗하게 입안을 헹군 승효가 대충 물을 묻혀 얼굴을 훔친다.

　"죽어 버렸다고. 몇 년 전에."

　"근데 왜 웃어?"

　"울기는 싫으니까."

　"어?"

　"죽은 사람 떠올리면서 뭐 꼭 울어야 해? 웃고 싶으면 웃는 거지. 내 마음 아니야?"

　"……."

　어차피 다른 사람들이 많이 울어줄 텐데 꼭 저까지 울어 줘야겠냐며 승효가 수건으로 물기를 닦는다. 미국에서 같이 고등학교를 다녔던 친군데 살아생전 유쾌한 기억들이 훨씬 많았다며 승효는 얼굴만 떠올려도 자동으로 웃음이 나온다고 말한다. 죽음으로 마무리된 누군가의 인생이 남은 이들에게 있어 계속 우울하고 슬프라는 법은 없잖아. 승효가 입가를 말아 올려 씩 미소 짓는다.

　모나지 않은 성격인 줄만 알았더니 가치관과 사상이 꽤 특이하다. 고작 하루 정도를 알았을 뿐인데도 말하는 태도나 행동이 굉장히 오래된 사이처럼 허물없다. 자신의 치부라고도 할 수 있을 우현에 대한 진심들을 모두 털어놓은 상대라서 더욱 그럴지도 모른다고 하은은 생각했다.

　술김이든 뭐든 속내를 털어놓게 만드는 재주를 지녔다. 그것도 매우 편안하게끔. 그저 유쾌하기만 할까. 어둡고 외로운 부분은 하나도 없이 마냥 밝은 녀석이려나. 문득 승효가 아주 약간 궁금해진다.

"그럼 그거 다 뻥이었겠네."

"뭐."

"곰 인형. 소원 들어준단 거 말이야."

그냥 가겠다는 하은을 군이 붙잡아 식탁 앞에 앉힌 승효가 인스턴트 즉석 국을 끓인다. 전자레인지에 돌린 즉석 밥과 함께 간단히 한 상 차려 낸 승효는 해장까지가 손님 접대의 기본이라며 실실 웃는다.

별생각은 없었지만 성의가 가상해 수저를 든 하은이 후루룩 국을 떠먹다가 승효를 째린다. 아닌데? 사실인데? 갑자기 그 말이 왜 튀어나오냐는 승효의 말에 하은이 입을 연다.

"죽기 전에 소원 이루고 간 거야?"

"응. 멋지게 자살했지. 뻥!"

"자살……을 했다고?"

이건 또 무슨 전개냐. 입만 열면 지뢰를 펑펑 터뜨려 주는 승효다. 밥을 씹다 말고 멍해진 하은을 향해 승효가 엄포를 놓는다.

"난 개개인의 프라이버시를 존중하는 사람이거든. 너무 자세한 건 묻지 마. 친구에 대한 예의가 아냐."

"사랑을 이뤘는데 왜 자살을 해? 소원을 이뤘는데 왜?"

"글쎄. 사랑이 다가 아니었나 보지."

"뭐?"

"아직 우리 시대가 게이 커플을 수용하기에는 좀 무리가 있잖아? 당사자들끼리 마음이 통한다고 모든 게 허락되기에는, 뭐 그런?"

"아……."

여기까지, 라고 선을 그은 승효가 씩 웃고는 밥을 먹는다. 대략

115

적인 얘기만 들었는데도 어느 정도 형상이 그려진다. 서로의 마음을 확인하기까지도 꽤나 힘들었을 텐데 그보다 더 큰 현실적 제약이라니. 시선을 떨군 하은이 국을 떠먹는다.

이름도, 얼굴도 모르는 누군가의 죽음에 대해 전해 듣고 그것을 공감하는 이 마음은 대체 무얼까. 그저 안됐구나, 정도를 떠올리는 연민일지라도 조금은 위로가 되지 않을까 싶다. 죽은 이에게. 그리고 남아 있는 이에게도. 어느 정도는. 그러면서도 드는 살짝 이기적인 생각. 서로 마음이 통하는 단계까지 가려면 얼마나 걸릴까. 얼마나, 힘이 들까. 이 이상.

하은은 예기치 않게 떠오르는 우현의 얼굴을 애써 지우며 밥을 먹었다. 매 순간 우현을 놓을 수가 없다. 숨이니까. 호흡이니까. 녀석이 없다면 저도 없으니까. 당연한 거다. 정말 어느새 이렇게까지 빠져 버렸다. 힘들어도 놓을 수 없을 정도로.

서하은. 진짜 언제까지 이럴래, 너. 응······?

"앞으로 어쩔 셈인지 물어봐도 되냐?"

조심스러운 질문에 하은이 물끄러미 승효를 본다. 물어볼까 말까 무던히도 고민한 듯 승효의 표정이 꽤 진지하다. 뽀송뽀송 잘 마른 본인의 옷으로 갈아입은 하은이 가지런히 갠 옷을 승효에게 내민다. 받아 든 옷을 괜스레 만지작거리며 승효가 말을 잇는다.

"보아하니 계속 좋아할 것 같은데. 맞지?"

"어, 뭐."

"그럼 다시 고백할 거야?"

"글쎄."

"뭐야. 안 할 거냐?"

"······글쎄."

"이거 뭐 이래. 설마 이런 말도 안 되는 상태로 계속 있겠다는 거야?"

둘만 있을 땐 뭘 하는지 모르겠다만 집에까지 들락거리는 처지에 그게 말이 되느냐고 승효가 언성을 높인다. 오지랖 넓게 참견하는 걸로 보여도 할 수 없지만 이건 누가 봐도 답답하고 갑갑한 상황인 거라고 다시금 하은의 정신을 깨우쳐 주는 승효다.

수진에 이어 승효까지. 콤보로 공격을 받으니 하은이 난감해진다. 괜히 얘기했다고 뒤늦은 후회를 하는데 승효가 말한다.

"좋다며. 너무 좋아 죽겠다면서. 그럼 다시 고백해."

"고백해서 뭐하게."

"뭐하긴 인마, 민우현이랑 사귀고 싶지 않아?"

"사귀어서 뭐하는데."

"뭐? 이게 지금 뭐라는 거야."

"바라는 거 없어. 우현이와 어떻게 되길 바란 적 없어, 나는."

"야."

"그냥 좋아서 좋아하는 거고, 곁에 있고 싶어서 있는 것뿐이야. 지금 이대로도 충분히 행복해. 친구든 뭐든 곁에 있기만 하면."

"너 바보냐? 진심이야? 장난해?"

술에 취해 흐트러진 정신에서도 민우현만 찾아 댔으면서 뭐가 어째? 촉촉하게 젖은 눈빛으로 미친 듯이 그 녀석만 목 놓아 불러 놓고 뭐가 어쩌고 어째? 하도 어이가 없어 살짝 열까지 뻗친 승효가 미간을 찌푸린다. 이거야 원, 도통 이해불가다.

분명 그건 사랑받고 싶어 하는 눈빛이었다. 혼자만 바라보는 게 너무 힘들고 아프다며 투정 부리고 매달리고픈 안쓰러운 눈빛과 표정을 어젯밤 하은은 제게 고스란히 보여 줬었다. 그래 놓고 바라는 게 없다니? 이대로도 충분히 행복하다니? 하!

정곡을 찔린 하은이 뭐라 더 변명하기를 관두고 돌아선다. 그만 가 보겠다고 현관으로 향하는 하은을 승효가 늦지 않게 붙잡는다. 돌아 세워 표정을 좀 살피려는데 하은이 시선을 피한다. 하은의 어깨를 세게 부여잡은 승효가 얼굴을 들이민다.

너무 좋아. 네가 좋아, 현아. 나는 진짜 너만 좋아. 너 아니면 다 싫어. 현……아…….

숨결이 잔뜩 섞인 채로 나른하게 뱉어지던 하은의 어젯밤 고백들이 승효의 귓가에 맴돈다. 그 순간 울컥, 치솟던 괜한 질투심도. 뭐가 문제야. 뭐가 걸려서 이렇게 미적거리는 거야, 너. 어쩔 줄 몰라 하며 고개를 떨구는 하은을 향해 승효가 인상을 쓴다.

"왜, 걔 연예인이라서? 까짓, 몰래 사귀면 되잖아."

"그런 거 아냐."

"아니면 뭔데. 뭣 때문에 이렇게 멍청하게 구는데."

"내가 알아서 해. 상관할 일 아니거든."

"야, 서하은."

"갈게."

그만 놔 달라며 손을 뿌리친 하은이 돌아서서 신발을 신는다. 들고 있던 옷을 바닥에 대충 던져 버린 승효가 하은을 거칠게 돌려세운다. 벌겋게 달아오른 얼굴. 두 눈에 가득 차오른 눈물. 이러면서 잘도. 승효가 입을 열려 하자 하은이 선수를 친다.

"귀찮은 거 질색해. 신경 쓰고 복잡해지는 거 싫어하고 꺼려. 여자도 별로 안 좋아하고, 사귀고 이런 거 자체를 싫어해."

"야."

"내 욕심부리자고 우현이 귀찮게 안 해. 내 맘대로 사귀자고,

못 해. 우현이가 하자는 대로만 할 거야. 우현이가 있으라고 할 때까지만."

"이 바보 녀석아."

"우현이를 좋아하고 싶어. 그뿐이야. 그러니까."

바보 같다고 욕해도 좋은데, 하지 말라고는 하지 마. 나도 내 마음을 어쩌지 못하겠으니까, 제발, 제발……

글썽이던 눈물이 또르르 볼을 타고 흐른다. 아랫입술을 힘주어 깨무는 하은이 안쓰러운 나머지 승효가 그대로 품에 당겨 안는다. 미처 다 끝맺지 못한 말들이 하은의 입속으로 삼켜진다. 좋아해. 좋아해, 우현아. 감당하기 벅찬 고백들이 목으로 넘어간다.

가슴팍에 꼭 끌어안은 하은의 뒤통수를 승효가 조심스레 어루만진다. 흐느낌을 참느라 하은의 어깨가 작게 들썩거리고 있었다.

환장하겠네. 어제부터 진짜 이 녀석 우는 거에 왜 이렇게 적응이 안 된담.

한숨을 내쉰 승효가 그만 좀 울라며 하은을 달랜다. 도닥여 주는 승효의 품에서 하은이 오래도록 눈물을 흘렸다.

"주차장에서 기다리지 뭐하러 올라오냐."

와서 전화하라니까 꼭 초인종부터 눌러 댄다. 그래 봤자 안으로 들여 주지 않을 거란 걸 잘 알면서도 습관처럼 이러는 진호를 째리며 우현이 현관문을 닫는다. 띠릭. 잠금장치가 자동으로 닫힌다. 모자를 눌러쓰는 우현에게 진호가 툴툴 말을 건넨다.

"조금이라도 빨리 보고 싶어서 그런다, 왜."

"징그럽게 진짜."

"근데 안색이 어째 그 모양이냐. 또 밤새웠어?"

찰랑이는 머릿결로 보아 샤워도 말끔히 한 녀석이 머리 눌리게 검은 모자를 푹 눌러쓴다. 피곤한 제 기색을 들키지 않으려는 방편임을 알아챈 진호가 작업하느라 그런 거냐며 우현을 본다. 대꾸 없이 걸어간 우현이 엘리베이터 버튼을 누른다. 꼭대기 층까지 올라가 있는 엘리베이터가 괜스레 거슬려 미간을 조금 찌푸린 우현이 주머니에 두 손을 꽂고 삐딱한 자세를 취한다.

"적당히 해, 인마. 전자파 오래 쐬면 일찍 골로 가."

"계약 기간 5년 아니었어? 왜 내 말년까지 책임지려 들어?"

"걱정돼서 하는 소리지. 한 번 꽂히면 몇 시간씩 꼼짝도 안 하잖아, 너."

"꼭 본 것처럼 말하네. 형, 내 방에 몰카 달아 났냐?"

"농담도 참 재미없게 해, 자식이."

진호가 핀잔을 주며 우현에게 눈을 흘긴다. 난 가수지, 개그맨이 아니라고. 재미가 있건 없건 그건 형네 사정이라 말한 우현이 무료함을 달래려 발끝으로 바닥을 까댄다. 그래도 이만하면 선방이다. 꼭 필요한 말 아니면 입 여는 것 자체를 싫어하니까.

같이 엘리베이터를 기다리며 진호는 넌지시 우현의 옆모습을 쳐다봤다. 앨범 믹싱 때문에 녹음실에 가면 종일 꼼짝도 않고 매달리는 녀석이 바로 우현이다. 열정이 넘쳐서라기보다는 대강 하기 싫어하는 독한 성격 탓에 매번 엔지니어들이 고생을 한다. 덧정 없고 무뚝뚝하고 싸가지 제로지만 음악에 대한 프로의식만은 철저한 독종.

땡! 잠시 상념에 잠겨 있는 사이 도착한 엘리베이터 문이 스르륵 열렸다. 그리고,

"……."

별생각 없이 발을 내딛던 우현이 멈칫한다. 안에 누가 있다는 것만이 본질적인 이유는 아니었다. 삐익, 하고 사고회로가 멈춘다. 딱딱하게 굳는 표정. 싸늘하게 식는 눈빛.

멈칫하는 우현이 의아한 진호가 뭐해? 한다. 천천히 올라탄 우현이 한쪽으로 비켜 선 채 살짝 고개를 숙인다. 지하주차장 버튼을 누른 진호는 대수롭지 않은 표정으로 앞쪽을 봤다.

이해 안 되는 상황에 혼란스러워진 우현이 모자챙으로 시야를 가리고서 잠시 생각을 정리한다. 곁눈으로 보이는 남자여자의 다리가 참, 말도 못 하게 거슬리고 있었다.

뭐가, 뭐가 지금, 이게 다, 무슨……?

"배는 안 고파? 가는 길에 뭐 좀 사 갈까?"

"……."

"간단하게 먹을 거, 샌드위치나. 어때?"

곧 느릿하게 우현이 문을 보고 바로 선다. 약간 낮은 허공을 응시한 채 묵묵부답인 우현을 향해 진호가 조심스레 묻는다. 생각을 알 수 없는 차가운 눈빛과 표정. 대충 알아서 사 가야겠다고 중얼거린 진호가 위쪽 숫자판을 응시한다.

한편, 우현과 눈이 마주친 순간 심각하게 창백해진 얼굴로 하은이 입술을 떤다. 갑작스러운 마주침. 어떻게, 어떻……게……. 혹제 숨소리가 거슬릴까 싶어 최대한 조용하게 호흡하며 하은이 손끝을 말아 쥔다. 시야가 빙글빙글 도는 것만 같다. 점차 답답해지는 가슴. 불규칙하게 뛰어 대는 심장. 바싹바싹 타들어 가는 목. 아릿한 혀끝. 그리고, 그리고…….

"괜찮아?"

보다 못한 승효가 작은 목소리로 하은에게 묻는다. 아무것도 들리지 않는 얼굴로 하염없이 넋을 놓는 하은이다. 마주치면 안 됐는데 마주친 것 같은 분위기. 앞쪽의 우현을 흘낏 쳐다본 승효가 미간을 찌푸린다. 상황이 썩 곤란하게 됐다.

정적만이 가득 흐르는 엘리베이터가 빠른 속도로 내려간다. 침이 꼴깍꼴깍 넘어갈 만큼 침묵의 단면은 무겁고 서늘했다. 사람은 넷이나 되는데 누구 하나 말을 꺼낼 형편이 아니었다. 엘리베이터가 이윽고 1층에 멈춰 섰다.

활짝 열리는 문. 내리라는 식으로 시선을 주는 진호를 알아챈 승효가 하은을 본다. 하은이 빳빳이 굳어 꼼짝을 못 한다.

"내리자."

"……."

"내리자고. 어이."

톡 건드리면 그대로 와르르 무너질 것 같은 위태로운 하은의 모습에 승효가 재촉을 관둔다. 심하게 일렁이는 눈동자와 창백하다 못해 납처럼 굳어 가는 안색이 가히 심각하다. 지금 이 녀석한테는 그 어떤 말도 곧이곧대로 들리지 않을 거다. 그래도 이대로 계속 있을 수는 없는 노릇인데.

마침 닫히려는 문을 진호가 열어 주었고, 승효는 최대한 자연스럽게 하은을 데리고서 엘리베이터에서 내렸다. 스르륵, 하고 다시 느릿하게 닫히는 문. 그 틈새로 승효가 저를 노려보는 우현을 발견한다. 죽일 듯이 노려보는, 꽤 날카로운 눈빛을.

"저 녀석 꽤 생겼다. 그치? 옆에 있는 애는 여잘까, 남잘까."

"……."

"요즘 애들은 비율도 좋아. 모델 해도 되겠네. 키가 훤칠한 게 아주."

"형."

굳게 문을 닫은 엘리베이터가 조금 더 아래로 향한다. 그다지 크지 않은 목소리로 중얼거리던 진호가 우현을 보고 식겁한다. 시끄러워 뒈지겠으니까 그 입 좀 닫아 줄래. 사뭇 살기마저 띤 눈으로 무섭게 노려보고 있는 우현이다. 진호가 입을 다문다.

지하주차장에 세워진 밴에 올라탄 우현이 거칠게 문을 닫는다. 뭔가 굉장히 심기가 뒤틀어진 우현을 어렴풋이 눈치챈 진호가 서둘러 시동을 걸고 차를 출발시킨다. 과속 금지. 급정거 금지. 회전은 부드럽게. 육중한 밴이 흔들림 없이 입구로 향한다.

거짓말을 했다 이거지. 네가 나한테. 웃기지도 않게.

다리를 꼬고 앉은 우현이 느릿하게 눈을 감았다 뜬다. 분명한 초점으로 허공을 응시하는 우현의 까만 눈동자가 소리 없이 빛난다. 냉랭한 기운이 얼굴 전체에서 묻어난다. 뒤틀리려는 입술을 간신히 참아 내며 우현이 허공을 본다.

누군 덥석 건네 버린 말에 제대로 집중도 못 하고 밤을 새웠는데. 뭐냐. 밤새 어디서 뭘 한 거야, 네 녀석은. 설마…….

집에 갔다고 한 녀석이 엘리베이터에 있었다. 택시 타고 무사히 잘 갔다던 녀석이 절 보자마자 하얗게 질려 버렸다. 끝내 미간을 일그러뜨리며 뒤쪽으로 기대앉는 우현이 고개를 젖힌다. 매섭게 사나워진 눈매로 밴 천장을 보며 생각에 잠겼다.

인상만 살짝 구겨도 하은은 어쩔 줄을 모른다. 성난 목소리로 버럭 소리라도 지르면 당장이라도 울 것 같은 얼굴로 싹싹 빈다. 미안하다고, 잘못했다고, 말 잘 듣겠다고 납작 엎드려 기는 꼴을 보는 건 우현에게 있어 기분이 좋고 나쁘고의 차원과는 조금 다른 문제였다.

뜻대로 움직여진다는 확신. 녀석의 머릿속 가득 자리하고 있다는 믿음. 그 외에 다른 건 일체 없을 거라는 짐작. 당연한 예상. 그런데 지금 이건 대체.

철석같이 제집에 있을 거라 여겼던 하은이 이런 이른 시각에 오피스텔 엘리베이터에 있다니. 것도 사내 녀석과. 짜증나게시리. 뭐라 한 소리 해 주고픈 심정에 핸드폰을 꺼내어들지만 통화는 곤란하다. 진호만 없었어도 아까 그렇게 보내진 않았을 텐데. 화가 난다.

왜 이러지. 왜 이렇게 기분이 뭐 같지? 뭐야, 진짜 너는. 야, 서하은. 너 뭐냐? 뭔데. 대체 뭐야, 너. 나한테. 어? ……젠장.

"자, 이거 바뀐 콘셉트 시안. 어때? 괜찮지? 죽이지?"
"네가 알아서 해. 우현이 상태 안 좋아."
"또 왜? 밖에 팬 애들 온 것 때문에?"
"쉿."

미용실에 도착한 우현이 영민의 손에 이끌려 자리에 앉혀진다. 어떻게들 알고 쫓아왔는지 입구에서 바글거리는 팬들 때문에 우현의 표정은 더할 나위 없이 딱딱하게 굳어 있었다. 들뜬 목소리로 쫑알대는 영민을 향해 기분 건드리지 말라고 눈짓을 한 진호가 끝나는 대로 연락하라는 말을 남기고 사라진다.

영민이 우현을 데리고 샴푸실로 들어가 재빠르게 머리를 감긴다. 수건을 뒤집어쓴 채로 우현이 거울 앞에 털썩 앉는다. 탑 연예인 전용 VVIP층 전체가 우현의 방문으로 인해 비워져 있었다. 드라이기로 조심스레 우현의 머리를 말리는 영민이 거울로 우현의 표정을 살핀다. 심기를 건드릴까 조심 또 조심하면서.

소란스럽고 북적이는 걸 싫어한다. 명색이 연예인이면서 화려한 것을 기피하는 우현의 취향을 존중해 대표는 최대한 간단히 스태프를 꾸리고 움직이도록 지시했다. 앨범활동은 하되 행사는 모두 우현의 의사에 맞춰 잡기로 했고, 방송활동도 인터뷰나 예능이나 기타 자질구레한 것들까지 우현이 싫다는 것은 결코 강요하지 않는다는 조건으로 계약을 한 이례적인 케이스였다.

그 정도로 실력을 인정받고 있는 우현이다. 단순히 소모품으로 전락하기 위해 연예인이 된 게 아님을 우현을 보면 알 수 있다. 틀어박혀 음악만 하고 싶지만 그러기엔 춤과 노래를 너무 사랑하는, 일개 아이돌이 아닌 아티스트급 대우를 받는 녀석이 바로 민우현이었다.

"차 갖다 줄까?"

"됐어요."

"잡지는? 참, 진호가 샌드위치."

"됐다고요. 얼마나 걸려요?"

"응? 아아."

여자가 거슬려 남자 스타일리스트로 바꿨건만 귀찮게 쫑알대는 건 매한가지다. 이것저것 챙겨 주고 싶어 안달인 영민에게 우현이 시간이나 말하라며 다그친다. 탈색 먼저 하고 색 입힐 거라서 좀 오래 걸려, 한 세 시간 반? 우현이 인상을 찌푸린다.

됐다고 만류했음에도 영민이 직접 차를 가져다준다. 혹시 몰라 잡지도 여러 권 옆에 늘어놓고 아래층으로 내려가는 뒷모습을 노려보던 우현이 거울을 본다. 요상하게 돌아가는 기계 밑에 얌전히 앉아 있는 모습이 왠지 거슬린다. 꼭 바보가 된 듯한 기분. 뭔 놈의 시간은 또 그리 오래 걸린다는 건지.

겪으면 겪을수록 연예인은 할 게 못 된다는 생각 끝에 우현이 주머니를 뒤적인다. 주변에 아무도 없는 지금이라면 통화가 가능하다. 소리를 질러도, 마구 욕을 해도, 누구 하나 제지하는 이 없을 거다. 그런데,

— 괜찮아? 내리자. 내리자고. 어이.

"……"

액정에 하은의 번호를 띄우고 가만 내려다보던 우현이 입을 굳게 다문다. 씰룩이는 입가. 한없이 어두워지는 눈빛, 표정. 원인을 찾았다. 더럽게 언짢은 이유를 이제야 확실히 알 것 같다. 긴가민가했는데 이제야말로 분명히 알겠다.

방긋방긋 웃어 대는 꼴이 손발 오글거리게 한다 했다. 진호 말마따나 꽤 생기기도 했고, 모델인가 싶게 키도 정말 훤칠했다. 신경이 쓰이나. 배알이 꼴리는 건가, 내가. 멍하니 서 있는 하은의 손을 잡아끌던 남자의 모습을 떠올리자 말도 못 하게 불쾌해지고 만다.

하은의 곁에 누군가 있는 게 달갑지 않다. 이유가 뭐든, 속내가 뭐든 간에 그저, 짜증이 솟구칠 만큼 우현은 그냥 다 싫다. 여자건 남자건 하은이 저 아닌 누군가와 있는 건 싫어 죽겠다. 미치도록 거슬린다.

— 야.
— 어?
— 딴 데서 웃지 말랬지, 내가.

— 아, 미안. 잘못했어. 헤헤.

학창 시절, 반에서 하은은 제법 인기가 좋았다. 제법 정도가 아니라 어느 반을 가든 여자남자 할 것 없이 모두 하은을 좋아했다. 곱고 귀엽게 생긴 외모에 털털한 성격도 한몫했지만 하은의 가장 큰 매력은 다른 무엇보다도 개구지게 잘 웃는다는 거였다.

까르르거리며 웃는 하은이 좋아한다고 고백했을 때 우현은 말했다. 너 이제부터는 절대 내 앞에서만 웃으라고. 그런 말에조차 기쁜 듯 눈꼬리를 내리던 하은을 떠올리자 우현의 심기가 더욱 불편해진다. 언제부턴가, 잘 웃지 않는다.

이유가 뭘까. 왜 녀석이 요즘 들어서 잘 웃질 않지? 왜? 어째서……?

눈을 맞추고 손을 잡고, 무릎에 앉히고 허리를 더듬거리면 하은은 당황해 어쩔 줄을 모른다. 머리카락을 매만지고 이마를 쓸고 볼을 튕기듯 건드리면 난감함을 이기려 아랫입술을 질끈 깨물기 일쑤다.

그 모습이 너무 귀여워서 웃음을 잃었다는 걸 미처 깨닫지 못했다. 환하게 눈꼬리를 내려 활짝 웃는 모습이 꽤 오래전에 사라졌다는 사실을 우현은 이제야 깨닫는다. 몰랐던 사실을 알아차리자 기분이 더 엉망이 된다. 하나하나 떠올리고 나니까 당장 목소리라도 듣지 않으면 못 견디겠다.

따지려는 심산도 아니고 캐물으려는 의도도 아니다. 그저 녀석이 간절할 뿐. 왜인지 모르게 서하은이, 유독 그리울 뿐.

가끔씩 이렇게 미쳐 버리게 네가 보고 싶어. 눈에 너무 아른거려서 속이 타. 돌겠어. 짜증나서. 이게 뭘까. ……뭘까. 대체.

[여보세요?]

"뭐해."

신호가 채 한 번을 가기 전에 전화를 받는다. 핸드폰을 내내 손에서 놓지 않았다는 말인 것 같아 우현이 표정을 누그러뜨린다. 작지만 다급한 목소리. 나긋하면서도 어딘가 긴장감이 잔뜩 서린 말투. 계속 기다렸을 거다. 자신의 전화를. 아마도. 분명.

[아, 나 좀 전에 집에 와서.]

"진짜 집이냐?"

[어?]

"어제처럼 또 거짓말 아니냐고."

[…….]

낮게 깔린 목소리로 쏘아붙이자 하은이 할 말을 잃는다. 미안해서 어쩔 줄 몰라 하는 하은의 표정이 눈앞에 고스란히 그려진다. 그런 거 말고 웃으라고. 그딴 우울한 표정 짓지 말고 웃으란 말이야, 인마. 우현이 피곤한 듯 미간을 찌푸리며 말을 잇는다.

"뭐할 거야, 토요일인데."

[그냥, 리포트 쓸 것 좀 찾아보려고.]

"밖에 나갈 거냐?"

[아니. 컴퓨터로 조사만 하면 되는 거라서.]

"우리 집에 가서 해. 번호 알지?"

오피스텔에 가 있으라는 말에 하은이 그래도 돼? 하고 묻는다. 되니까 가라는 거 아냐. 사납게 윽박지르자 또 말이 없어지는 하은이다. 뭔지 잘 모르겠는 감정을 입 밖으로 내려니까 하나부터 열까지 배배 꼬인다. 알았어, 몰랐어. 하은이 알았어, 한다.

오른손을 들어 올린 우현이 거칠게 얼굴을 한 번 쓸어내린다.

그리고는 팔걸이를 괴고서 미간을 짚으며 눈을 뜬다. 돌아간 시선
이 거울 속 자신의 모습을 포착한다. 잔뜩 성이 난. 왠지 모르게
언짢아 보이는. 불쾌하고 짜증나고 온통 신경질적인.

이래도 떨어져 나가지 않는 게 용한 거다. 이렇게 구는데도 좋
다고 곁에 붙어 있는 하은이 신기할 지경이다. 헷갈린다. 복잡한
건 질색인데도 자꾸만 감정이 여러 개로 나뉘려고 한다. 후우. 우
현이 한숨 후에 입을 연다.

"서하은."

[어?]

"나 좋아하냐."

절대 돌려 말하는 법이 없는 우현이 단도직입적으로 묻는다. 나
른하게 잠긴 허스키한 목소리로. 좋으냐고. 아직도 좋아하느냐고.
그 말에 하은이 어, 하고 수줍게 답한다. 됐다. 그거면 됐어. 너만
나 좋아하면 됐어. 앞으로도 계속 좋아해. 나만. 알았어?

웬 같잖은 놈과 함께 엘리베이터에 탔던 걸 잊는다. 기분이 참
거지 같긴 한데, 떠올리는 것 자체로 불쾌해서 굳이 따져 묻기 싫
다. 됐다고 그만 끊자고 말한 우현이 종료 버튼을 누른다. 액정에
반짝거리는 하은의 이름을 말없이 내려다보는데 가슴이 좀 이상하
다.

갈증. 목마름. 이런 걸 뭐라고 하더라. 애가 탄다고 하나? 굳이
볼일도 없는 걸 일부러 만들어서 심부름을 시키고. 부르고.

내가 만약에, 만약에 말이야. 진짜 만약에.

우현은 시선을 들어 올려 다시금 거울을 봤다. 미세하게 흔들리
는 제 눈동자를 똑바로 쳐다보는 것이 어쩐지 생경하다. 습관적으
로 구겨지는 미간을 어쩌지 못하고 인상을 썼다. 느릿하게 눈을

한 번 감았다 뜬 우현이 혀로 입술을 축인다.

만약에. 너를. 내가 너를.

괜한 생각. 괜한 망상. 만약이라는 가정만 해 보는데도 심장 한 켠이 뜨거워지는 것 같은 착각. 어지러운 혼란. 혼돈.

내가 널, 좋아하게 되면 어떻게 되는 거냐.

야, 서하은.

나,

널 좋아하는 거면……? 어……?

4
접촉과 깊어짐

키보드를 누르는 손끝이 조심스럽다. 혹 흠집이라도 날까 살살 눌렀다 떼는 모습이 사뭇 우스꽝스럽기까지 하다. 마우스도 살살, 엔터도 살살, 스페이스 바는 더 살살. 온몸의 신경을 곤두세운 하은이 무척이나 천천히 느릿느릿 자료 검색을 한다.

평소보다 시간이 배는 더 걸리지만 괜찮다. 모니터 화면을 쳐다보는 눈길조차 왠지 경건하다. 우현이 거니까. 우현이 거라서. 실제 우현을 대하는 것처럼 이런 것에마저 조심스러워지는 자신을 어찌하면 좋을까. 하은의 얼굴에 묘한 설렘이 가득하다.

와, 다 모았다. 헤헤.

꾸역꾸역 자료 조사를 마친 하은이 메일 전송을 누른다. 편집에 일가견이 있는 수진의 덕을 보면 리포트는 금방 완성될 것이다. 수진에게 문자로 자료 보냈어, 수고, 하고는 전원을 끄려다 멈칫한다. 머리 한다고 했으니까. 늦는다고 했으니까.

우현이 없는 우현의 공간에 혼자 있는 기분이란 왠지 참 묘하다. 이 기분을 조금은 더 마음껏 만끽해도 되지 않을까 싶다. 이런 기회가 날마다 오는 것도 아니고. 잠시 망설이던 하은이 헤드폰을 쓴다. 우현이 썼던 헤드폰이기에 맘이 또 두근두근한다.

개인 웹 하드로 들어간 하은이 목록들을 훑는다. 우현의 음악을 틀어 놓고서 우현의 영상을 본다. 하염없이. 몇 번이고 계속. 나지막한 허스키보이스가 귓가에 감겨든다. 시니컬한 차가운 눈빛의 매력적인 우현이 화면 속에서 먼 곳을 응시한다. 적잖이 무심한 듯 보이면서도 아련한, 날카롭고 냉철한 이면에 외로운 감정을 담고서 우현이 살며시 눈을 감으며 고개를 뒤로 젖힌다.

석양을 배경으로 펼쳐지는 우현의 모습은 한 폭의 그림 같다. 너무 슬퍼서 눈물이 왈칵 쏟아지는 낭만적인 영화. 어쩌면 이렇게까지 좋을 수 있는 걸까. 조심스레 무릎을 올려 끌어안은 하은이 고개를 옆으로 기울이며 우현을 바라본다.

좋다. 너무 좋다, 네가. 대체 언제까지 좋아질래, 민우현. 이렇게 온통 너뿐인 머릿속에 얼마나 더 차지하고 들어올 거니. 응? 우현아. 우현아…….

"내 노래가 졸리냐?"

처음부터 끝까지 노래들을 무한반복으로 들었다. 듣고 또 듣고 끝도 없이 되풀이해서 듣던 하은은 시간 가는 줄도 모른 채 넋을 놓았다. 눈 뜨고 존다는 말이 딱 들어맞는 표현으로 맥없이 넋을 놓고 있는데 헤드폰이 벗겨진다. 돌아보니 언제 온 건지 우현이 앞에 서 있었다. 계속 화면을 보는 것 같은 느낌.

언제 왔어? 아니, 그보다 너, 머리, 얼……굴……?

"자장가 아니거든. 일어나."

"너."

"메이크업한 거 처음 봐? 입 다물어."

어벙하게 벌어지는 입을 지적하자 하은이 얼른 합! 한다. 아예 입술을 안으로 오므리기까지 하는 하은의 모습에 우현이 픽 작게 웃는다. 씻고 올게, 기다려. 간만에 한 화장이 영 갑갑한지 우현이 서둘러 욕실로 향한다. 하은이 멍해진다.

가끔 현실의 우현이 우현 같지 않게 느껴질 때가 있다. 바로 지금처럼. 화면에서 툭 튀어나온 것만 같이 풀 메이크업을 한 우현의 모습은 여전히 하은을 멍하게 만든다. 멋있어서. 근사해서. 눈을 뗄 수 없도록 너무도 매력적이라서.

곱게 속 쌍꺼풀진 눈에 그려진 아이라인이 연신 아른거린다. 한결 더 뽀얀 피부와 붉은 입술이 사라지질 않는다. 콩닥콩닥. 흥분이 쉬이 가라앉질 않아 하은이 심호흡을 한다. 극진한 자동반사. 우현의 등장이 하은의 심장을 온통 벌렁거리게 한다.

"스튜디오도 갔다 온 거야?"

"어."

"사진 찍었구나. 잘했어?"

"몰라. 지겨워 죽는 줄 알았어."

화장을 지우고 샤워까지 마친 우현이 욕실에서 나온다. 물기를 잘 닦고서도 마른 수건으로 머리를 탈탈 털어 내는 우현을 향해 기다리던 하은이 쪼르르 달려간다. 눈이 부실 정도로 탐스러운 금발머리가 촤르르 흩어진다. 하은이 작게 웃는다.

"왜."

"그냥."

"그냥 왜."

"예뻐서. 잘 어울려, 머리. 완전."

눈이 거의 하트 모양이 된 하은이 다시금 멍하니 넋을 놓는다. 무지하게 들뜬 기색이다. 자신의 변화를 고스란히 체감하고 대단스럽게 받아들이는 하은을 우현이 물끄러미 내려다본다. 다행이네. 이상하지 않아서. 우현이 모르는 척 방으로 들어간다.

바지만 입고 있던 우현이 붉은색 후드티를 꺼내 입는다. 그때까지도 뭘 할지 결정하지 못해 우물쭈물하던 하은의 눈과, 조금 열린 문틈으로 보이는 우현의 눈이 마주친다. 보고 있던 걸 들킨 것 같아 민망해서 소파로 가려는데 우현이 이리 오라고 손짓을 한다.

아주 피곤해 죽겠는 기색의 우현이 머리 좀 말려 달라며 하은에게 드라이기를 내민다. 싫다는 말이 나올 리가 없다. 기다렸다는 듯이 받아 든 하은은 털썩 침대 끝에 주저앉는 우현의 뒤에 자세를 잡고 선다.

위이이잉. 드라이기를 틀고 머리카락을 만진다. 조심조심. 무척이나 심혈을 기울여 하은이 정성껏 우현의 머리를 말려 준다. 살살 쓸어 올리고 조심스레 넘기고 하면서. 부드럽고 미약한 손놀림에 우현이 점차 나른해진다. 졸려. 미간을 살짝 찌푸리며 눈을 감는 우현이 하은을 데려다 제 앞에 세운다.

"기댄다."

"아……."

"말려. 계속."

"……."

자신의 배에 이마를 대는 우현의 행동에 하은이 움찔 놀란다. 갑작스러움에 당황한 사람은 아랑곳 않고 계속하라니. 에휴. 민감하게 반응하기도 그렇고, 비키라며 밀어낼 수도 없고. 애써 태연한 척 하은은 우현의 머리를 더욱 조심스럽게 말려 준다.

이렇게 있으니까 살겠다. 뜨거운 조명 아래에서 찰각대는 소리를 들으며 내내 서 있다가 집에 오니 이렇게나 좋구나. 천국이 따로 없네. 그냥 이대로 자 버릴까 생각하던 우현이 도로 눈을 뜬다. 마침 그치는 드라이기 소리. 우현이 하은의 손을 잡아끈다.

"뭐……."

"잠시만."

뭐하는 거냐는 말이 채 나오기도 전에 우현이 하은을 잡아당긴다. 졸지에 침대에 같이 누워 버린 하은이 우현의 품에 갇혀 눈을 질끈 감는다. 피곤해 보인다. 졸린 것 같다. 그럼 자겠다고 말하든가, 나가라거나 집에 가라고 해야 평소의 우현이다, 근데.

저까지 데리고 침대에 눕는 우현이 이해되지 않아 하은은 잠시 더 얌전히 상황을 정리하려 애썼다. 쌔근쌔근. 고른 숨소리. 조심스레 눈을 떠 보니 우현의 가슴팍이 바로 앞에 보인다. 은근하게 풍겨 오는 감미로운 향. 우현의 체취에 하은이 긴장한다.

이유 없이 손을 잡고 무릎에 앉히고, 그윽하다 못해 강렬한 눈빛으로 쳐다보고 허리를 감아 만지고. 갈수록 더 과감해지는 우현이 이제는 품에 안고 눕기까지 한다. 이게 대체 뭘까. 어리바리 단순한 하은이지만 우현에게만큼은 그리되질 않는다.

별거 없을 거라 여기면서도 생각이 복잡해진다. 벌렁거리다 못해 아릿하게 아파 오는 심장이 힘겨워 연신 마른침을 삼켰다. 가빠지는 숨소리를 들킬까 봐 하은이 이를 악문다. 우현은 너무나 태연한데 저만 이러는 걸까 봐. 그걸 또 들키기는 싫어서.

이제 와 같잖은 자존심 챙기려는 게 아니라 그냥. 어쩐지 좀, 창피한 것 같아서 말이지.

"불편해?"

"아니."

"근데 왜 이렇게 꼼지락거려."

"……."

불편하다고 말하면 내칠까 봐 불편하지 않다고 말했다. 놔 달라고 말하면 진짜 놔 버릴까 봐, 자꾸 움직이면 성가셔 할까 봐서 어떻게든 꼼지락거리는 것을 참아 본다. 점점 뻣뻣하게 마비되는 몸이 느껴지는 하은이었지만 티 내지 않으려 무던히도 노력 중이었다.

가만있으라는 말에 어떠한 미동도 않는 하은이 느껴져 이내 우현이 눈을 뜬다. 움직이지 말라면 숨까지 멈출 녀석이니까. 걱정스런 맘에 우현이 살짝 몸을 떼어 내며 고개를 숙인다. 황급히 올려다보는 하은과 눈이 마주치자 우현이 입을 다문다.

"……."

"……."

거실 불이 환해서 침실에는 불을 켜지 않았다. 옷을 입고 머리만 말리고 나가려 생각했기에, 조금 열린 문틈으로 들어오는 빛만으로 충분한 것 같아 켜지 않은 것뿐이었는데. 그런데 웬걸, 덕분에 적당히 어둡고 은밀한 분위기가 연출되어 버렸다.

서로의 표정과 눈빛은 살펴지는 어둠. 그 너머의 진심과 속내는 완전히 다 드러나지 않는, 조용하고 침착한 어둠.

제 품 안에 얌전히 갇혀 있는 하은을 보는 우현의 한쪽 눈가가 미세하게 일그러진다. 이상한 기분. 묘한 떨림. 불안한 설렘.

점점 좁혀지는 우현의 미간을 알아챈 하은이 퍼뜩 정신을 차리고 시선을 피한다. 벗어나려 일어나던 하은을 우현이 잡는다. 졸리면 그만 자라고 자리를 피해 주려던 하은이 우현의 손에 의해 확 끌려간다.

털썩!

하은의 몸이 균형을 잃고 쓰러지며 우현의 밑에 그대로 깔려 버렸다.

"우현……아?"

"……."

두 손목을 단단히 잡혀 꼼짝할 수 없게 된 하은이 조심스레 우현을 부른다. 기어들어 가는 목소리라도 듣지 못한 건 아닐 거다. 겁에 질린 표정도 충분히 다 보일 텐데.

어둠을 틈타 쳐다보는 우현의 눈빛이 한층 더 그윽하다. 마냥 근사한 얼굴은 초근접한 거리에서마저 반짝반짝 빛이 난다. 두근대던 심장이 지나치게 빨리 뛰는 통에 귓가가 살짝 아득해진다. 어떻게든 정신을 차리려 애쓰며 하은이 눈을 깜빡인다.

맞닿은 아랫배가 너무 뻐근해서 우현이 자세를 고쳐 잡는다. 몸이 닿으니 기분이 더 뒤숭숭함에 무릎을 세우고 얼굴만 더 가까이 내렸다. 똑바로 서서 마주 볼 때와는 천지 차이다. 누워 있는 하은의 얼굴이 말로 표현할 수 없을 만큼 뭔가 야릇하다.

그리고 지금 자세가 좀, 고친다고 고쳤건만 그래도 이건 좀. 뭔가 당장이라도 어떤 일을 벌일 사람 같다는 느낌이었다. 여자를 제 아래에 가둬 본 적이 없는 우현이라서 적잖이 당황한다. 모르고 헷갈리지만 상당히 위험하다는 것만큼은 알겠다.

근데 너, 이렇게 생겼었던가. 원래……?

잔잔히 일렁이는 하은의 눈을 우현이 가만히 내려다본다. 깜빡일 때마다 파닥거리는 걸 고운 긴 속눈썹을 보다가 시선을 옮겼다. 매끈하고 보드라워 보이는 이마를 훑었다가 동글동글 귀여운 콧날을 지나 파르르 떨리는 붉은 입술을 주시했다.

살짝 벌어져 어찌할 바 모르는 하은의 입술에서 눈이 떨어지질 않는다. 다물었다가 벌렸다가, 뭔가 말을 하고 싶어서 자꾸 들썩이는 입술이 우현의 시선을 강하게 사로잡는다. 난감함을 이기지 못한 하은이 입술 끝을 문다. 우현의 이성이 툭, 하고 끊어진다.

밀어. 밀어 버려, 그냥. 싫다고 비키라고 해. 참지 마라, 서하은. 부탁이니까 나 좀 어떻게 해 봐, 제발. 어?

……그냥 한 번만. 해 보고 싶어. 너한테는. 한 번……만. 안 돼?

아주 느릿한 속도로 우현이 얼굴을 내린다. 조금씩 더 가까워지는 하은의 입술로부터 옅은 숨이 전해져 온다. 간지럽다. 너무 간지러워서 심장마저 아프다. 저 숨결을 진득하니 빨아 보고 싶다는 강한 충동에 우현이 계속 더 가까이 다가간다.

간당간당 두 개의 입술 끝이 닿는다. 해도 되나, 란 생각을 하며 망설이는 우현을 여전히 이해하지 못하는 하은은 그저 쉴 새 없이 눈만 깜빡일 뿐이었다. 간신히 닿아 있음에도 뜨거운 온기는 고스란히 느껴진다. 이게 대체, 대체 뭔가, 무슨…….

꼬로로로록.

……?

살짝 더 입술 끝에 힘을 실으려는 찰나, 불청객이 끼어든다. 반쯤 감긴 눈으로 지그시 응시하던 우현이 동작을 멈춘다. 순식간에 새빨개지는 하은의 얼굴. 당황해서 어쩔 줄 몰라 하는 하은을 보자 정신이 돌아온다. 우현이 도로 입술을 뗀다.

"밥 안 먹었냐?"

"어? 어."

"시간이 몇 신데 여태 뭐하고."

"그게."

입까지 헤 벌리고 넋을 놓던 아까의 하은이 떠오른다. 제가 들어오는 줄도 모르고 하염없이 음악을 듣고 있던 하은이었다. 순전히 우현 자신만 나오는 음악에, 영상에. 그럼 하루 종일 그러고 있었다는 얘기냐. 기가 찬 우현이 짧게 웃으며 일어난다.

"나와."

"어?"

"뭐라도 먹자고. 일어나."

미적거리는 하은을 데리고 부엌으로 간 우현이 하은을 식탁 앞에 앉힌다. 괜찮다는 말을 꺼내기에는 자신의 배가 저지른 만행이 너무 낯간지러워 잠자코 있는 하은이 조심스레 우현을 살핀다. 뭐 먹을래? 냉장고 문을 연 우현이 안을 뒤적거린다. 귀찮아서 제 끼니도 잘 안 챙기는 녀석이 뭐라도 해 줄 것처럼 냉장고를 뒤진다.

꽉꽉 채워 주고 간 진호 덕분에 이런저런 먹을 것들이 가득했지만 조리가 간단한 즉석식품이 대부분이었다. 아무거나, 라고 말하는 하은을 흘낏 쳐다본 우현이 일단 우유부터 꺼내어 한 잔 따라 준다. 뭐, 만두라도 데워 줘? 만두라면 사족을 못 쓰는 하은이 반색을 하며 고개를 끄덕거린다.

이걸로 밥이 되겠냐고 말하면서도 우현이 포장된 즉석만두를 꺼내어 든다. 여차하면 다른 걸 더 먹이면 되겠다고 생각하며 싱크대 끝에 위치한 전자레인지 쪽으로 다가간다. 벌써 오후 5시가 훌쩍 넘었다. 설마 이게 점심 겸 저녁이려나, 저 녀석.

"뭐해, 안 마시고."

전자레인지 버튼을 누른 우현이 아직 미적거리고 있는 하은에게 핀잔을 준다. 랩을 벗겨 넣고 버튼을 누르는 근사한 뒤태를 훔쳐보고 있던 하은이 화들짝 놀라며 얼른 컵을 입으로 가져간다. 꿀꺽꿀꺽. 안 마시냐니까 또 한 번에 마셔 버린다. 쉬지 않고 우유를 마신 하은이 컵을 내려놓는다.

대충 손등으로 입가를 훔쳐 내는 하은을 가만 쳐다보던 우현이 느릿하게 다가가 손을 뻗는다. 묻었어, 여기. 윗입술 중앙에 남은 우유를 살짝 닦아 내 준 우현의 손가락이 계속 제자리에 머무른다.

아……

오른쪽으로 슬쩍 움직인 엄지손가락을 다시 왼쪽으로 옮긴다. 그러더니 얌전히 다물어진 아랫입술로 내려가 살살 만진다. 식탁을 한 손으로 짚은 채 다른 손을 뻗어 하은의 입술을 건드리는 우현의 눈빛이 아주 서서히 야릇하게 변해 간다.

진짜 오늘따라 더 이상하다. 내내 가져왔던 감정과 기분이 당장이라도 폭발할 것처럼 꿀렁거리는 게 느껴진다. 위험해. 그만 만져, 민우현. 무던히도 스스로를 다잡아 보지만 손이 떨어지질 않는다. 타이밍 절묘하게 삑, 소리가 난다.

"같이 안 먹을래?"

"됐어."

"맛있는데. 좀 먹지."

"됐다고. 먹어, 얼른."

"그래. 잘 먹을게."

따끈따끈 김이 오르는 왕만두를 집어 든 하은이 크게 한입 베어 문다. 손이 뜨거운지 연신 호호 불면서도 무척이나 맛나게 먹는 하은이다. 혼자만 먹는 상황이 민망해서 권하려다가 면박만 실컷 듣는다. 열심히 씹어 삼키고서 또 한입을 베어 문다.

오물조물 움직여지는 하은의 입술을 우현이 가만히 바라본다. 작고 도톰한 붉은 입술에 우현의 시선이 단단히 고정된다. 되게 말랑말랑하던데. 약하고 부드럽고. 손을 뻗고 싶어 몸이 근질근질하다. 서둘러 만두를 먹어 치운 하은이 우현을 본다.

한 치의 어긋남도 없이 마주쳐지는 둘의 시선. 허공에서 얽히는 눈빛들로부터 굉장히 묘한 기류가 생성된다. 저기, 나 물 좀. 왠지 모를 어색함을 떨치며 하은이 몸을 일으킨다. 곁을 스쳐 지나는 하은의 손을 우현이 확 잡아끈다.

"왜?"

"그냥."

"어?"

"묻지 마. 몰라."

잡아끈 하은을 우현이 그대로 제 무릎 위에 앉힌다. 옆으로 앉혀진 하은이 놀라 쳐다보며 무슨 일인지를 물었지만 심드렁한 눈빛의 우현은 모른다는 답만 할 뿐이다. 이유를 대고 정의 내리고 앞뒤 끼워 맞추고. 그딴 거 안 하겠다는 듯, 다 꺼지라는 듯.

뭔가 이치에 맞지 않는다는 걸 알면서도 굳이 파고들 심산은 생겨나지 않는다. 마주한 눈빛이 너무 뜨거워 주춤주춤 시선을 피하는 하은의 허리를 우현이 조심스레 감싼다. 그러면서 살짝 제 쪽으로 당기는 우현의 행동에 하은이 놀라서 두 손을 든다.

아, 이런.

저도 모르게 우현의 어깨를 잡아 버린 하은이 뭘 어찌해야 하나 난감함에 빠진다. 갈수록 더 진지해져만 가는 우현이 다소 부담스럽지만 그렇게 싫지만은 않다. 가까이에서 보는 우현은 더욱 근사하다. 눈을 뗄 수가 없다. 좋아서. 그저 멋져서.

반짝반짝 까만 눈동자가 금발로 염색된 머리 덕에 한층 더 또렷이 빛난다. 안 그래도 뽀얗던 얼굴이 머리색을 바꾸자 더욱 맑아진 느낌이다. 곧게 뻗은 콧날. 선이 곱고 매끄러운 눈매. 아주 서서히 우현의 얼굴이 다가온다. 하은은 피하지 않는다. 그리고 이내,

쪼옥……

망설이고 망설이던 끝에 우현이 하은의 입술로 다가가 입을 맞춘다. 그에 앞서 눈을 질끈 감아 내린 하은은 따뜻하고 부드럽게 와 닿은 그것이 우현의 입술이리라 막연히 짐작을 할 뿐이다. 한없이 조심스러운 강도로 맞닿은 입술들이 뜨겁게 달아오른다.

쪽, 쪽, 쪼옥……

몇 번 더 가벼운 동작으로 와 닿아 부딪치는 우현의 입술을 느끼며 하은이 우현의 어깨를 살며시 움켜잡는다. 이게 뭘까. 이게 뭐야, 우현아……? 혼란스러움에 떨리는 호흡을 가라앉히려는 순간, 우현의 입술이 더욱 진하게 하은에게로 닿는다.

우현이 슬쩍 혀를 내밀어 하은의 입술을 훑었다. 이빨로 말랑한 끝을 깨물어도 본다. 말랑말랑 촉촉하고 여린 입술을 머금자 가슴속에 훅 해일이 인다. 요동치는 심장. 가빠지는 숨. 위태롭고 불안한 감정들이 소용돌이치듯 몰려든다.

우현이 입을 크게 벌린다. 아예 잡아채듯 입술 전체를 한 번 쭉 빨아 당기자 하은의 입술이 열린다. 밀린 숨을 몰아쉬려는 의도였지만 틈새가 벌어지자 자연적으로 우현이 그 안에 혀를 넣는다. 이렇게 하는 게 맞나 하는 생각을 하면서도 우현은 본능적으로 길

을 찾고 있었다.

뜨거워. 달아. 부드러워. 좋아. 너무…… 좋아. 하아…….

조심조심 하은의 혀를 찾아 잡은 우현이 천천히 쓸어 올려 맛본다. 몰캉거리는 젖은 혀가 어찌나 달달한 지 아랫배가 간헐적으로 뻑뻑하게 뭉치는 느낌이 들었다. 귓가가 아득해지는 몽롱함 속에서 우현은 조금씩 혀끝에 힘을 실어 움직였다.

꾹꾹 눌러 담았던 힘겨운 감정이 터져 버린다. 순간적인 충동이라고만 볼 수는 없는 간절한 마음으로 우현은 무척이나 정성껏 하은의 입술과 혀를 물고 빨고 핥아 댔다. 뜨겁고 여린 속살의 감미로움. 결단코 우현으로서는 처음 느껴보는 황홀감이었다.

견딜 수 없는 부드러움에 정신이 혼미해지는 것은 하은 역시 마찬가지였다. 약한 강도로 천천히, 몹시도 느릿하게 움직이는 우현의 혀가 자신의 혀를 휘감고 쓸어 올리고 내리는 내내 손끝이 너무 떨려 주체할 수가 없었다. 이러다 심장이 터져 버리는 건 아닌지 염려가 될 정도였다. 이렇게까지 뜨겁다니. 이렇게까지 소름 끼치도록 야릇한 느낌이라니. 뭐가 어떻게, 하아…….

이성이 마비된다. 머릿속이 새하얗게 비워진 채로 오로지 혀와 입술에만 온 신경을 집중시킬 뿐이다. 살짝 힘을 실어 혀를 쭈욱 빨아 당기는 우현의 동작에 끝내 하은으로부터 옅은 신음이 새어 나온다. 말로 설명할 수 없는 묘한 기분. 젖은 입술들이 잠시 떨어진다.

"싫어?"

"어……?"

"싫으면 말해. 싫어?"

"……."

나지막이 깔린 허스키한 목소리로 우현이 묻는다. 한껏 탁해진 눈빛을 하고서 쳐다보는 우현과 이마를 맞댄 채로 하은이 살그머니 눈을 뜬다. 뜨겁게 오가는 숨결들 사이로 사뭇 아련한 표정의 우현이 보인다. 미세하게 일렁이는 까만 눈동자.

싫을 리 없잖아. 절대 조금도, 싫지가 않아. 어떡해.

대답 대신 도로 눈을 감는 하은을 향해 우현이 다시금 얼굴을 가까이 가져간다. 약간 옆으로 비스듬히 고개를 기울인 우현이 가만히 입술을 포갠다. 전해지는 화끈한 온기에 하은이 슬쩍 입술을 벌린다.

밀려 나온 두 혀가 서로를 찾아 잡는다. 조심스러우면서도 질척한 움직임으로 서로를 뒤얽는다. 심장마저 간질간질한 착각에 하은이 어쩔 줄을 모른다. 어깨를 부여잡는 것만으로는 견디기가 힘들어 저도 모르게 우현의 뒷머리를 살짝 헝클었다.

막연히 상상했던 것 이상으로 차오르는 흥분에 우현이 은연중 미간을 좁힌다. 너무 빠르다. 감당할 수 있을까 싶을 정도로 몸과 마음이 달아오르고 있다. 그래도 몰라. 생각 안 할 거야. 하은의 허리를 더욱 세게 감싸 안는 우현이 혀를 깊게 넣는다.

생전 처음 느껴보는 버거운 희열을 끊임없이 탐했다. 소름 끼치도록 감미롭고 달콤한 자극이 꽤 오래도록 이어지고 있었다.

"하아……."

숨 쉬는 것조차 잊고 있던 끝에 겨우 호흡을 내뱉었다. 버스에서 내린 자세 그대로 굳어 멍한 얼굴로 낮은 허공을 응시한다. 콩닥콩닥. 쉴 새 없이 뛰어 대는 심장에 오른손을 대고 꾹 눌렀다. 이러다 죽으면 어떡하지. 노파심에 다시금 한숨이 뱉어진다.

그나마 내릴 곳을 지나치지 않은 게 다행이었다. 그럴 만큼 하염없이 뒤엉키는 생각들로 마냥 넋을 놓던 하은이 이내 걸음을 시작한다. 살짝 상기된 두 볼과 굳은 표정은 스스로 느낄 만큼 위태로웠다. 떨리는 손끝을 가만히 움켜쥐며 가방을 고쳐 메고 발을 내딛었다.

생각에 생각을 거듭하지만 여전히 모르겠다. 조금 전 무슨 일이 일어났었는지, 어떻게 해석해야 좋은지, 아무것도 모르겠는 마음으로 볼에 바람을 넣어 **빵빵**하게 부풀리는 하은이 흐트러진 머리를 대충 손으로 헝클듯 쓸며 집을 향해 열심히 걷는다.

그렇다고 누구한테 의논을 할 수도 없고. 정말 한 건가. 내가, 우현이와 내가, 우리가 그, 그……

떠올리는 것만으로도 화르르 얼굴에 불이 난다. 말도 못 하게 빨개진 낯을 혹 들킬세라 양손으로 가린 하은이 더욱 열심히 걷는다. 마치 뒤에 누가 따라오기라도 하는 것처럼 부리나케 걷다가 멈춰 섰다. 저절로 고개가 돌아가고 눈이 반짝 빛난다.

아, 우현이 노래다! 와와!

전주만 들어도 파악 가능한 하은이 입가를 말아 올리며 음악이 들려오는 곳으로 향한다. 크게 울려 퍼지는 걸로 보아 누군가 거리에서 춤을 추는 것이 분명했다. 이럴 땐 대학로 쪽에 산다는 게 하나의 특권 같다. 공짜로 춤 구경을 마음껏 할 수 있으니까.

어디 얼마나 추는지 봐 주자며 고개를 두리번거리는 하은의 눈에 몰려든 사람들이 보인다. 장난 아니게 웅성대는 걸로 미루어 제법 춤출 줄 아는 인사가 간만에 등장한 것 같다. 그래 봤자 우현이한테는 비교도 안 될 거다. 달려간 하은이 까치발을 세우고 구경한다.

남자 서너 명이 커다란 공터 가운데에 자리를 잡고 선다. 힙합 간지가 물씬 풍기는 넉넉한 사이즈의 옷차림이 눈에 띈다. 구경꾼들의 호응에 가볍게 몸을 풀던 댄서들이 곧 딱딱 맞춘 동작들을 현란하게 선보이기 시작한다.

팔을 뻗고 다리를 휘적거리며 선보이는 댄스가 가히 수준급이다. 노래에 맞춰 고개를 주억거리던 하은이 오른쪽 구석에서 슬슬 앞으로 나서는 누군가를 발견한다. 어? 날이 저물긴 했어도 근처의 조명이 환해 얼굴을 잘못 볼 리 없다. 분명, 승효였다.

"와, 저 사람 진짜 잘 춘다."

"그러게. 얼굴도 귀엽게 잘생겼어."

"완전 멋있다. 딱 내 스타일이야!"

"다리 긴 것 좀 봐. 비율 환상이다, 진짜."

근처의 여자들이 속닥이는 소리를 들으며 하은이 몸을 조금 더 높인다. 갑자기 마주친 게 놀랍기도 하거니와 녀석이 춤을 춘다는 사실을 미처 몰랐기 때문인지 하은은 무척 신기한 기분이 되어 승효를 봤다. 장난처럼 승효가 흐느적거리며 춤을 춘다.

순식간에 길거리 배틀이 되어 버린 춤판에 구경꾼들이 한껏 더 몰려든다. 먼저 춤을 추던 댄서들도 썩 불쾌하지는 않은 표정으로 승효를 받아 주고 있었다. 흐트러진 대열 안으로 파고든 승효가 기선을 제압하자 사람들의 박수가 쏟아져 나온다.

예상외로 꽤 춘다. 아니, 무척 잘 추는 승효다. 프리댄스로 추는 것치고 구성이 알차다. 하은이 멍하니 승효를 응시한다. 딱딱 구부러지는 팔 동작과 부드러운 웨이브를 보고 있자니 그 위로 살포시 우현의 모습이 겹쳐진다. 어쩐지 우현이만큼 추는 것 같기도.

원래 춤을 췄었나 보네. 그렇지 않고서야 저렇게까지 잘 출 수는 없을 텐데. 흠……?

어느새 감상 모드가 된 하은이 유심히 승효의 춤을 구경한다. 손끝부터 힘을 줘 몸 전체를 유연하게 흐르는 웨이브에 순간 탄성들이 터져 나온다. 몸놀림이 예사롭지 않다. 다른 댄서가 화려한 발재간을 선보이자 지지 않겠다는 듯 승효가 곧 기술로 들어간다.

공터라고는 해도 바닥에 마감 처리가 된 곳에 어깨를 댄 승효가 윈드밀(비보잉 동작의 하나)을 한다. 무려 여덟 바퀴. 와. 전력을 다하지 않은 듯 태평한 표정에 마무리로는 한 손을 짚고 몸 전체를 바로 세우는 프리즈(역시 비보잉)까지 이어지자 여자남자 할 것 없이 환호하며 박수를 쳐 댄다. 장난스럽게 웃은 승효와 댄서들이 어깨를 부딪치며 기분 좋게 웃어젖힌다.

"어? 야, 서하은!"

노래가 끝나고 옆쪽으로 빠진 승효가 한 남자와 얘기를 하다 하은을 발견한다. 인파의 뒤에서 주춤거리며 승효를 보고 있던 하은이 어색하게 한 손을 들어 올려 알은체를 한다. 나중에 연락드릴게요, 죄송해요. 서둘러 승효가 웃으며 하은에게로 달려간다.

"뭐야? 너 왜 여기 있냐?"

"나 이 동네 살거든."

"진짜? 와, 대박."

"근데 너 춤춰?"

아직까지 놀란 얼굴을 하고서 하은이 묻는다. 살짝 머쓱해진 승효가 봤느냐며 눈꼬리를 내린다. 꺄, 눈웃음치는 것 좀 봐. 승효의 춤에 반한 몇몇 여자들이 뒤에서 발을 동동 구른다. 왠지 소란스러워질 것 같음을 예감한 승효가 하은을 잡아끈다.

"바쁜 거 아냐?"

"그냥 놀러 온 거야. 아는 형들이라."

"어떻게?"

"가끔 한국 들어오면 이렇게 댄스 배틀 뜨곤 해. 혹시나 했더니 여전히 춤춘다고 해서 와 봤지."

"아……."

종종 방송활동도 하는 댄서 형들이라며 승효가 뒷머리를 긁는다. 백업댄서 말이지? 하은의 말에 승효가 고개를 끄덕인다. 그렇구나. 어쩐지 많이 친해 보이더라니. 덩달아 고개를 주억거리는 하은을 승효가 흘낏 쳐다보고는 망설이다 입을 연다.

"괜찮냐?"

"응?"

"기분. 좀 나아졌냐고."

천천히 걸음을 시작하며 물어보는 승효의 질문에 하은이 시선을 준다. 오전에 헤어질 때만 해도 하은은 딱딱하게 굳은 표정을 어쩌지 못했다. 아예 넋이 나가 버린 사람처럼 망연자실할 말을 잃고서 멍해 있던 하은이 내내 맘에 걸린 승효였다. 데려다 준대도 한사코 됐다고 하던 녀석. 안부를 물어 주는 승효의 말에 하은이 애써 웃는다. 승효가 얼굴을 슬쩍 들이민다.

"또 운 거 아니지? 눈이 빨간데."

"울긴. 아니야."

"푸념할 사람 필요하면 불러라. 나 한가하니까."

괜히 혼자 청승 떨지 말고 언제든 이용하라며 승효가 웃는다. 아까도 택시를 잡아 주며 건넸던 말임을 상기한 하은이 고맙다는 인사 대신 작게 웃는다. 살짝 말려 올라가는 하은의 고운 입매에 승효가 따라 웃는다. 하은이 시선을 거둬 앞을 보며 걷는다.

데려다 줄 작정인지 계속 따라 걷는 승효를 하은은 굳이 만류하지 않았다. 제 입으로 한가하다고 한 녀석이니 바쁘지 않느냐는 질문이 부질없을 것 같아 묵묵히 걸었다. 그래도 뭔가 대화가 필요한 것 같다는 생각에 고개를 돌리다가 이미 쳐다보고 있던 승효와 눈이 마주쳤다.

안 본 척 얼른 고개를 돌리는 승효가 작게 휘파람을 분다. 뭐야. 하은이 대수롭지 않게 생각하며 입을 열었다.

"얼마나 춘 거야?"

"뭘."

"춤 말이야. 꽤 잘 추던데."

아마추어 같지는 않아 보였다는 하은의 말에 승효가 아아, 한다. 아마 고등학교 때부터? 미국으로 이민 간 승효는 낯선 타지에서의 무료함을 달래려 틈만 나면 돌아다녔다고 한다. 그러다 길에서 춤추는 사람들을 만났고, 그때부터 비로소 춤의 세계에 발을 내딛게 되었다는 거였다. 처음 사귄 애가 흑인이었는데 걔는 진짜 비보잉의 달인이었어. 혀를 내두르는 승효의 말을 하은은 조용히 경청했다.

몸이 무슨 연체동물처럼 휘어지고 꺾이는 수준이라 소화 못 하는 기술이 거의 없었다는 말에 하은이 와, 한다. 갖가지 여러 기술들을 연이어 읊어 주는 승효의 말을 하은이 신기한 듯 눈을 빛내며 관심 있게 듣는다. 허, 이 녀석 보게. 뭘 말하는 줄은 알고 고개를 끄덕일까 싶어 궁금해진 승효가 문득 말을 끊고 입을 다문다. 왜 더 얘기하지 않느냐는 식으로 보는 하은이다.

"너 나인티나인 알아?"

"어."

"토마스도 알고?"

"어."

"그럼 에어트랙은?"

"그거 두 개 합친 거잖아. 아냐?"

대략적이긴 해도 의미를 파악하고 있는 하은의 대답에 승효가 거듭 놀란다. 이래 봬도 춤에 꽤 관심이 많다는 하은이 어깨를 으쓱하자 사뭇 대견하다는 듯 쳐다보는 승효다. 문득 머릿속을 스치는 짧은 생각 하나. 설마. 그래도 아니겠지, 란 마음으로 몇 걸음 더 걷던 승효가 하은을 본다. 약간 낮은 허공을 보는 듯 내리깔린 하은의 속눈썹이 무척이나 길고 예쁘다.

애초에 관심이 있었던 게 아니라면 보나 마나 민우현 때문일 거다. 민우현에 환장한 녀석이니 그로 인해 춤에도 충분히 관심을 갖게 됐을 수 있다고 여기며 승효가 혼자 몰래 고개를 주억거린다. 생각할수록 대단하다. 부럽다 못해 배가 아플 지경이다. 쳇. 보일 듯 말 듯 입술을 삐죽이고 있는데 하은이 걸음을 멈춘다. 골목으로 막 접어들던 참이라 의아한 얼굴로 승효가 입을 연다.

"왜?"

"이제 가. 다 왔어."

"어딘데."

"바로 앞이야. 가."

"에이, 여기까지 왔는데 차도 한 잔 안 줘?"

좀 얻어먹고 가자며 능글맞게 웃는 승효를 향해 하은이 곱게 눈을 흘긴다. 미안한데 금남의 집이라 그건 안 될 것 같다고 하은이 둘러댄다. 그럼 민우현도 안 된다는 말이냐고 되묻고 싶은 걸 꾹 참아낸 승효가 쿨하게 고개를 끄덕이고는 돌아서려다 다시금 말한다.

"내일 뭐하냐."

"내일? 글쎄."

"별거 없음 나랑 만나는 거 어때?"

"어?"

"안무 연습실 구경하고 싶지 않은가 해서."

꽤 유명한 댄서팀이 쓴다는 연습실에 가 봐야 할 일이 생겼다며 승효가 하은을 떠본다. 춤꾼들만 모인 현장에 같이 가겠냐는 말에 하은이 정말이냐며 눈을 동그랗게 뜬다. 가도 되나. 되려나. 싫음 말고, 라는 승효를 향해 하은이 가겠다고 대답한다.

다른 사람들 앞에서는 모른 척 굴던 우현과 하은을 보고 알아챘다. 우현의 주변 사람들에게 하은의 존재가 알려져 있지 않다는 것을. 그렇다면 연습실 또한 가 봤을 리가 없다. 낮에 데리러 오겠다는 승효가 살갑게 손을 흔들며 저만치 사라진다.

승효의 모습이 안 보일 때까지 서 있던 하은이 곧 느릿하게 돌아서서 골목길을 마저 걷는다. 예기치 않은 인연에 수다스럽던 마음이 금세 조용히 가라앉는다. 혼자 남았다는 걸 인식하자 심장이 슬슬 빠르게 뛰기 시작한다. 되살아나는 기억. 감촉들.

이빨로 아랫입술을 지그시 깨물다가 멈춰 서 버렸다. 아주 조금도 잊지 않았다. 어떻게 잊어. 어떻게 지워, 그걸. 두근대다 못해 욱신욱신 아파 오는 가슴을 억누르며 열쇠를 찾아 들었다. 집 안으로 들어선 하은이 편한 옷으로 갈아입는다.

뭐하고 있을까. 전화……해 볼까. 받으려나.

간단히 씻고 나와 침대에 앉아 넋을 놓던 하은이 쓰러지듯 그대로 눕는다. 멍한 눈을 들어 천장을 바라보는데 그 앞으로 우현의 얼굴이 아른거린다. 작게 돋아나는 소름이 느껴짐에 한숨을 내쉰 하은이 몸을 돌려 엎드린 채로 허공을 본다.

실수라는 것쯤은 안다. 그저, 순간적인 해프닝이었음을 너무도 잘 알고 있다. 그래서 더 아쉬운 걸까. 느릿하게 눈을 감았다 뜬 하은이 고개를 비스듬히 기울인다. 쓸쓸해지는 눈빛 가득 왠지 모를 아련함이 가득 묻어난다.

— 그만 가라.
— 어?
— 가라고. 집에. 전화할게.
— ……알았어. 갈게.

키스는 제법 길었다. 마치 언제 끝을 맺어야 하는지 모르는 사람처럼 우현은 좀처럼 하은을 놓아주지 않았다. 한참 혀를 넣어 헤집다가 빼내고 쪽쪽 입술을 탐하더니 다시 또 살짝 안으로 들어와 부드럽게 일렁이듯 쓸고 지나가는 것의 반복이었다.

말랑말랑 미끈거리던 감촉. 힘껏 빨았다가 살며시 놓았다가 지그시 눌렀다가 또는 약하게 깨물기도 하던, 묘한 입맞춤. 너무 좋아서 그만하라는 말도 못 했다. 촉촉하게 젖은 혀와 입술이 너무 달아서, 그저 이렇게 탐해 주는 것만으로도 기쁜 마음이라서 하은은 감히 우현을 뿌리칠 엄두조차 내질 못했었다.

그래서일까. 그래서 계속 입을 맞췄나. 결국은 키스를 했나. 쉬워서.

우현아. 너, 내가 쉬워? 쉬워서 그런 거야? 응?
……하…….

화낼까 전전긍긍에 오라면 오고 가라면 가고. 매 순간 눈치 보기 바쁘고 하라는 거 아니면 절대 안 하고. 토도 달지 않고. 생각이 그쯤 닿자 울컥 목이 멘다. 아무리 좋아해도 아닌 건 아닌 거니까. 지독한 열병처럼 죽을 만큼 좋아한다고는 해도 감히 함부로 모든 걸 내어 줄 정도로 개념이 없지는 않으니까.

심해지는 자책 속에 질끈 눈을 감아 내린 하은이 미간을 찌푸린다. 정리되지 않은 상황에 애가 탄다. 그래도 전화 한 통 마음대로 할 수가 없는 처지다. 귀찮을까 봐. 거슬려 할까 봐서.

아무것도 바라지 않는다고 생각했는데 그게 아닌가 보다. 별 의미 없이 갖고 놀아지는 정도로는 결코 안 될 것만 같다. 싫다. 다시금 천천히 열리는 하은의 눈동자가 심하게 일렁인다. 어중간하던 마음에 한 가지 짐이 더 얹어졌다. 몹시도 무거운, 짐이.

……에라이.

미간을 잔뜩 찌푸린 채 모니터를 노려보던 우현이 헤드폰을 벗어 집어 던진다. 벌써 몇 시간째 같은 구간에서 진행이 되질 않고 있었다. 공사 구분 철저한 냉혈인간 민우현이 같잖게 헤매는 꼴이라니. 고개를 뒤로 젖힌 우현이 멍하니 천장을 본다. 후우, 하는 긴 한숨이 붉은 입술을 비집고 새어 나온다.

느릿하게 감았다 뜬 눈으로 허공을 응시하지만 정작 시야에 들어오는 건 아무것도 없었다. 이럴까 봐 참았다. 이렇게 우스워질까 봐. 인내심이 바닥난 자신을 탓하며 자리에서 몸을 일으켰다.

부엌으로 걸어간 우현이 물을 꺼내어 마신다. 찬물로 목을 축여도 답답한 가슴은 그대로인 것 같다는 생각을 하며 이어 욕실로 향한다. 괜히 텁텁한 입안을 탓해 양치질을 하다가 멈칫했다.

거울 속 자신을 바라보는데 그 위로 하은의 모습이 아른거린다. 이리저리 흔들리던 눈동자와 난감해서 어쩔 줄 몰라 하던 하은의 표정이 떠오르자 우현의 미간이 다시금 서서히 좁혀지고 만다.

많이 놀랐을 텐데. 싫었으려나. 싫은데도 말 못 하고 또 꾹 참고 있었을까. 바보같이.

경황이 없어 일단 집으로 보내 버린 거였지만 우현이라고 마음이 편할 리는 없었다. 좀처럼 작업에 몰두하지 못하는 것만 봐도 알 수 있다. 그 어떤 일이 있어도 음악에 집중하면 다른 건 곁눈으로도 들어오지 않던 자신이 이렇게까지 흔들리는 꼴이라니.

확인 차원이라고 여길랬는데 글렀다. 이렇게 계속 확인만 하다가 머리가 어떻게 돼 버리는 건 아닌가 겁도 난다. 뭐가 이렇게. 서둘러 양치질을 마친 우현이 수건으로 꼼꼼히 물기를 닦고 거실로 나온다. 우연찮게 돌아간 시선 끝에 뭔가가 들어온다.

— 그래서. 준다고 덥석 받냐?
— 그냥.
— 그냥 뭐. 너 이딴 거 좋아해?
— 좋아하지는 않는데.
— 근데.
— 소원을 들어준대서.

살짝 누그러진 표정이 된 우현이 천천히 걸음을 옮긴다. 거실을 지나 테라스 창 쪽으로 다가가 곧 목표 대상을 유심히 쳐다보며 멈춰 선다. 느릿하게 몸을 굽혀 내려다보다가 소파 끝에 걸쳐 앉아 손을 뻗었다. 우현의 손에 곰 인형이 확 끌려온다.

우현이 성의 없는 시선으로 곰 인형의 얼굴을 뚫어져라 본다. 약간 내밀어진 입술 끝이 어쩐지 불퉁스럽다. 뭐야, 이게. 괜히 손으로 툭툭 곰 인형의 얼굴을 쳐 대다가 아무렇게나 이마를 밀었다. 힘없이 뒤로 쓰러지는 곰 인형을 늦지 않게 잡아채는 우현이다.

— 정말이야. 그 사람 친구도 소원을 이뤘대, 얘 덕분에.
— 친구?
— 응. 밤마다 간절히 빌었더니 사랑이 이루어졌대어.

하여간 귀도 얇다. 무슨 습자지도 아니고. 진심으로 믿는 심각한 표정이던 하은을 떠올리자 저도 모르게 픽 웃음이 나온다. 소원은 무슨. 사랑은 무슨. 웃기지도 않는다며 픽픽 웃은 우현이 다시금 곰 인형을 때린다.

아무리 때려도 계속 내미는 **뺨**을 건드리듯 툭툭 밀치고 패 본다. 스트레스 해소용으로 딱 좋겠네. 제 다리 사이에 인형을 끼우고 주먹으로 파바박 치기도 한다. 장난처럼 곰 인형을 때리던 우현이 이내 움직임을 멈춘다.

진짜 들어준다면 좋을 텐데. 소원.

문득 아련해진 눈으로 곰 인형을 쳐다보던 우현이 입술을 벌려 낮은 목소리를 낸다.

"갖고 싶어. 서하은."

잔뜩 내리깔린 허스키한 목소리가 제 것 같지 않게 낯설다. 그 이유는 분명, 방금 뱉은 내용 때문이겠지만. 들릴 듯 말 듯 한숨을 내쉰 우현이 지그시 눈을 내리감는다. 미약하게나마 쿵쿵 울리는 심장박동을 느끼며 다시금 입을 연다.

"다 갖고 싶어. 서하은의 전부를. 그 녀석을, 다."

말을 내뱉은 순간 이루어진다면 얼마나 좋을까. 지금 이렇게 읊 조린 걸로 모든 것이 기정사실화된다면 더 바랄 게 없겠는데. ……무슨 웃기지도 않는 소리냐. 느릿하게 눈을 뜬 우현이 멍한 표정으로 곰 인형을 본다. 왠지 가슴 한 켠이 싸해지는 것 같다.

잠시 더 곰 인형과 눈을 맞추던 우현이 발로 인형을 밀어뜨린 다. 아까처럼 풀썩 쓰러지고 마는 인형을 한없이 차가운 눈빛으로 보다가 몸을 일으켰다. 테라스로 다가간 우현이 바지주머니에 두 손을 꽂는다. 심드렁해진 표정으로 야경을 본다.

완벽하게 방음이 된 유리문 바깥으로 쌀쌀한 밤바람이 스쳐 지 난다. 조금 낮은 곳들의 불빛과, 저만치 아래의 차들과, 갖가지 풍 경을 보는 머릿속이 서서히 옛 기억으로 잠식되어 간다. 아주 조 금씩 어두워지는 눈가. 초점을 잃은 눈동자마저 작게 떨린다.

단지, 원했을 뿐인데. 함께이길. 함께하기를. 간절히.

— 나와. 가방 들어.

— 어디 가? 같이 살 거라고 했잖아.

— 시끄러워. 잔말 말고.

— 왜? 우리 싫대? 가 버리래? 아버지……가?

— 시끄럽다고 했지! 안 닥쳐?

……젠장…….

되새겨지는 목소리에 우현이 입술을 굳게 다문다. 일그러지기 시작하는 미간에 점차 파르르 경련이 인다. 애써 덮어 두려 해도 한 번씩 이렇게 고스란히 되살아나 자신을 뒤흔든다. 괴로우라고. 더 아프라고. 손끝을 꼭 말아 쥐었다.

아버지를 갖고 싶었다. 남들은 다 있는 아버지가 제게만은 없었으니. 어린 시절 치기로 놀리는 친구 녀석들의 말이 아니더라도 언젠가 만날 수 있을 거라는 희망만으로 살았다. 아무도 없는 집 안에 홀로 틀어박혀 돈 벌러 간 어머니를 기다리던 매일매일이 끔찍했지만 참았다. 어머니가 하는 일이 남자에게 술을 따르고 몸을 주는 천박하고 더러운 일이란 걸 알고서도 꾹 참았었다.

만날 테니까. 곧 함께일 수 있을 거니까. 사랑해서 자신을 낳은 것일 테니까. 사랑했던 사람끼리 다시 만나면 분명 행복할 거라고 믿었으니까. 그렇지만…….

— 미안하다. 그렇다고 널 데려가 줄 수는 없어. 내게는 가정이 있고, 그 가정을 지켜야 해.

— 그럼, 그럼 저는요?

— 우린 그저 하룻밤 장난이었다. 사랑 같은 게 아니었어. 크면 알게 될 거야. 내가 하는 말의 의미를. 미안하다.

— 아……버지……?

— 그렇게 부르지 마라. 난 네 아버지가 아니야. 어서 가.

— …….

망연자실 갈 곳 잃은 자식을 미련 없이 내쳤다. 미안하다는 싸구려 사과로 가차 없이 등을 돌리던 남자가 바로 아버지란 사람이었다. 기억을 더듬어 찾아간 우현은 또다시 버려졌다. 의지했던 어머니가 버림받은 것에 좌절해 스스로 목숨을 끊은 후였다.

고작 열세 살이었다. 혼자 남기에는 너무 어린 나이에 우현은 어디에도 속하지 못하는 이방인이 되어 버렸다. 그토록 갈망했던 아버지가 떠났고, 태어나 유일하게 좋아했던 여자인 어머니가 죽었다. 죽음으로 자신을 떠나갔다. 좋아했는데. 믿었는데.

살아생전 어머니가 들어 놨던 생명보험금 덕에 먹고살 수는 있었다. 폐허처럼 황량해진 정신을 붙잡아 준 건 오직 음악이었다. 살아야 해서. 살고 싶어서. 미친 듯이 음악에 빠져들어 춤과 노래에만 매달렸다. 그렇게 기를 써서 겨우 지금 여기까지 왔다.

유명해지길 바라서가 아니라 오로지 살고 싶어서 음악을 했다. 다행히 재능과 소질이 탁월해 국내 최고의 기획사에서 거한 대접을 받고 있다지만 마음만은 늘 외롭고 쓸쓸했다. 정에 굶주린 아이가 바로 우현이었고, 그런 우현을 좋아해 주고 있는 거다. 하은이.

아버지가 미워서 사람도 싫어졌다. 어머니가 원망스러워 여자 자체를 증오했다. 굳이 따지자면 어머니가 더 많이 미웠다. 그렇게 바보같이 죽어 버리다니. 평생 곁에 있어 줄 것처럼 굴어 놓고. 늘 함께일 것처럼 말해 놓고서, 갑자기. 그렇게.

충격 이상으로 치미는 화는 이루 말할 수 없이 컸다. 뿐만 아니라 더는 누군가를 좋아하기가 겁이 난다. 함께 있자고 욕심도 못 내겠다. 떠날까 봐. 버려질까 봐. 예전처럼.

하아…….

엷지만 무거운 한숨을 내쉰 우현이 천천히 유리창에 이마를 기댄다. 낮게 내리깔린 눈동자가 미세하게 일렁인다.

그냥 가 버리지. 귀찮게 심부름시키고 시도 때도 없이 불러 댈 때, 성질부리고 억박지를 때 돌아서지 그랬냐. 그냥. 너도.

계속되는 떨림을 주체하기 힘들어 도로 눈을 감았다. 그럼에도 눈앞에 여전히 하온의 얼굴이 쉴 새 없이 아른거린다. 거듭 새어 나오는 한숨에 마음이 타들어 간다. 감정이 확실해질수록 조바심이 나는 게 문제다. 불안하고 초조한, 흡사 공포심과도 같은.

하나하나 다 받아 주지 말고 화라도 내지. 못살게 굴지 말라고 말이라도 하지. 싫다고. 정떨어지게 구는 나 같은 녀석 뭐 좋다고 여태 붙어 있어. 왜 자꾸, 기대하게 해. 왜. 너한테. 어쩌라고.

거칠게 얼굴을 쓸어내린 우현이 유리문에 등을 대고 선다. 고개를 뒤로 젖혀 천장을 올려다보는 우현의 눈빛이 그저 탁하다. 보고 싶다. 보고 싶은 것 같다. 잃어버렸던 그리움이라는 감정이 제게 남아 있음을 우현은 하온으로 하여금 은연중 깨닫는다.

마음 주지 않으려고 애써 봐도 자꾸 생각이 난다. 좋아하지 않겠다고 다짐할수록 자꾸만 눈에 밟힌다. 이 마음이 커져 버리면 어떻게 될까. 상상만 해도 끔찍해서 아랫입술을 깨물었다. 그러기가 무섭게 낮의 촉감들이 되살아나 가슴 한 켠이 또 욱신욱신 아린다.

아프기 싫어. 짜증나도록 거슬려. 근데도 네가 생각나. 같이 있고 싶어. 계속. ……제기랄.

신경질적으로 미간을 일그러뜨린 우현이 바닥에 널브러진 곰 인형을 내려다본다. 잠시 그렇게 노려보던 끝에 발등으로 퍼억 걷어차 버렸다.

목소리 들으려고 하지 마. 부르지 마, 오늘은. 안 돼. 안 되는 거야. 절대. 씩씩대던 우현이 이내 작업실로 들어가 문을 걸어 잠근다.

밤이, 그리고 새벽이, 거슬릴 만큼 조용하고 빠른 속도로 깊어

가고 있었다.

"자."

"뭐."

"잡고 내리라고. 이렇게."

"어어, 야."

햇살이 유난히도 따스한 일요일 오후. 사람들로 붐비는 거리의 중심에 있는 횡단보도, 그 끝나는 지점에 택시가 한 대 선다.

목적지에 다다른 택시 조수석에서 부리나케 내린 승효가 뒷좌석의 문을 열고 손을 내민다. 어리둥절한 얼굴로 쳐다만 보는 하은의 손을 억지로 잡아챈 승효는 왜 이러냐는 시선에도 씩 웃을 뿐이다. 신사의 매너, 몰라? 참 낯간지럽기 그지없게도.

택시에서 내려서자마자 잡힌 손을 뿌리친 하은이 새치름히 눈을 흘긴다. 괜스레 민망해진 승효가 고개 돌려 건물을 살핀다. 어디 보자, 여기가 맞나? 머지않아 입구에 걸린 간판에서 댄서팀의 이름을 찾아냈다. 이동하는 승효의 뒤를 하은이 따른다.

엘리베이터에서 내려 돌아가 좁은 복도를 지나자 어렴풋이 음악 소리가 들려온다. 어디선가 들어 본 곡 같다는 생각에 하은이 고개를 갸웃거린다. 설마? 분명 아직 시중에 풀리지 않은 우현의 정규앨범 타이틀곡이란 걸 깨닫자 하은이 더욱 놀란다.

이 노래를 왜? 그럼 혹시 여기, 이번에 우현이와 무대 같이한다던 그 댄서들 연습실? 와.

문을 열자마자 열기가 후끈 느껴진다. 한창 발에 땀나도록 연습하던 댄서들이 중지하라는 수신호에 하나둘 움직임을 멈춘다.

먼저 들어선 승효와 다르게 하은은 밖에서 기다릴 요량으로 쭈

뻣댄다. 승효가 괜찮다며 하은의 팔을 잡아끌어 제 옆에 데려다 세운다.

"어떻게 왔어요?"

"경준이 형 소개로 왔는데요."

"아, 들어와, 들어와. 이름이?"

대열의 맨 앞에 있던 남자가 반색을 하며 다가온다. 댄서팀의 단장이라고 자신을 소개하는 남자는 국내 톱 가수들의 무대와 행사를 거의 휩쓸다시피 해 온 김성태였다. 물론 하은으로서도 익히 얼굴을 알고 있는, 이른바 준연예인급이라고나 할까.

승효와 가볍게 악수를 주고받은 성태가 머쓱하게 서 있는 하은을 응시한다. 이쪽은 뭐냐는 질문에 승효가 답한다.

"친군데 들어와 있어도 되죠?"

"뭐, 상관은 없어. 근데 남자야, 여자야?"

"……여잔데요."

살짝 기분이 상한 듯 하은이 볼멘소리로 대꾸한다. 나름 불만의 기색을 한껏 담았다지만 누가 봐도 칭얼거리는 수준이라서 승효가 터지려는 웃음을 꾹 참는다. 진짜 볼수록 귀엽다니까. 입술을 삐쭉이는 하은에게 성태가 실례했다며 얼른 사과한다.

시간이 없으니 본론부터 들어가자는 성태가 승효를 가운데로 불러 세운다. 벽 쪽으로 붙은 의자 중 하나에 앉은 하은이 힐끔 연습실 안을 둘러본다. 사방이 거울인 꽤 넓은 안무 연습실이 신기한 것 이상으로 반갑다. 괜히 가슴이 막 두근두근하는 게.

여기 있으니까 나도 꼭 춤추러 온 것 같네. 헤헤.

설레는 기분으로 둘러보며 혼자 실실 웃던 하은이 승효에게로 시선을 돌린다. 성태와 승효의 표정이 제법 진지하다.

"비보잉 기가 막히게 춘다고는 들었는데. 군무는?"

"실은 저 프리 체질이라서요. 그것 때문에 올까 말까 했어요."

"흠, 일단 보자. 안무 알려 줄게. 서 봐."

"네."

방문객의 등장으로 그제야 잠시 쉴 틈이 났음에 환호하는 다른 댄서들이 여기저기 바닥에 철퍼덕 주저앉는다. 거울을 보고 나란히 선 성태가 승효에게 차근차근 동작들을 알려 준다. 원, 투, 쓰리, 포. 입으로 박자를 맞추며 세세하게 춤동작을 가르치는 성태의 모습을 하은이 말없이 주시한다.

역시 명성답게 동작 하나하나가 분명하고 정확하다는 생각을 하며 쳐다봤다. 간단히 테스트하는 셈치라던 성태가 후렴 부분의 안무들을 승효에게 알려 준다. 동작이 어째 난이도가 상당한 것 같아 하은은 어느새 멍하니 넋을 놓고 보는 중이었다. 각기와 웨이브가 적절히 섞인 현란한 안무. 저거 우현이가 추면 진짜 멋있겠는데. 대박.

"외웠어?"

"대충요. 좀 헷갈리네요."

"음악에 한번 맞춰 보자. 주영아!"

"넵!"

성태의 부름에 구석 쪽에 있던 남자 하나가 벌떡 일어난다. 쪼르르 달려가 오디오를 건드리자 음악이 흘러나온다. 웅장한 오케스트라 선율이 입혀진 굉장한 스케일의 타이틀곡. 절로 말려 올라가는 입가를 어쩌지 못하는 하은이 고개를 까딱인다.

앨범이 출시되기 전에 우현이 직접 들려준 적이 있었다. 작업을 마칠 때마다 어떤지 들어 보라며 종종 가장 먼저 들려주곤 하는 우현이다. 거짓말 안 보태고 진짜 대박곡이라고 엄지를 치켜세워 준 하은을 보며 우현은 썩 싫지 않은 얼굴로 웃었었다.

어쩌면 이럴까. 목소리만 들어도 심장이 막 간질간질해. 너무 좋아. 네가. 우현아.

나지막하면서도 허스키한 목소리로 분위기 있게 끌어가던 도입 부분이 끝나자 비트가 한층 더 격해진다. 성태의 지시에 맞춰 승효가 조금씩 몸을 움직인다. 쓰리, 투, 원, 여기부터 시작! 방금 전 외운 안무를 기억해 내며 승효가 힘차게 팔을 뻗는다.

아주 딱딱 맞지는 않아도 승효의 춤은 훌륭했다. 디테일한 부분에 신경을 쓰는 타입인 듯 동작 하나하나를 살리려고 애썼다. 성태의 움직임에 거의 맞춰 가는 승효를 보며 댄서들이 작게 수군댄다. 꽤 하네. 제법이야. 몸 괜찮다. 온통 칭찬 일색이다.

근데 좀……?

확실히 잘 추긴 하는데 뭔가 약하다. 아직 몸에 익지 않아선지 적잖이 헷갈려 하는 승효를 알아챈 하은은 거울을 통해 연신 성태를 살피고 재빨리 따라 하는 승효의 편법을 눈치채 버렸다. 우현이는 한 번만 봐도 바로 따라 하는데. 괜히 우쭐해진다.

1절 후렴을 마치자마자 성태가 주영에게 눈짓을 한다. 오디오 근처에 서 있던 주영이 음악을 끄자 성태와 승효의 거친 숨이 안무 연습실 안을 가득 채운다. 꽤 격렬한 안무다. 온갖 현란한 테크닉은 다 들어갔다 싶더니 후렴만으로 저 상태가 되었다.

와, 어렵긴 어려운데요. 적잖이 헷갈린다는 듯 승효가 고개를 갸웃한다. 성태가 승효의 어깨를 두어 번 도닥거린다.

"안무 참 개같이 힘들지? 내가 짠 거 아니니까 원망 마."

"그럼 누가 짰어요?"

"민우현."

"네?"

"걔가 원래 좀 개 같아. 성격도, 하는 짓도."

아주 싸가지가 만땅이지, 하는 말까지 들은 승효가 황급히 고개를 돌린다. 역시나 들어 버린 모양으로 하은의 눈이 동그랗게 떠져 있다. 진짜? 진짜 이거 우현이가 짠 거라고? 잔뜩 들뜬 기색의 하은을 본 승효가 맥없이 웃는다.

춤추는 걸 보니 나쁘진 않은데 시간 관계상 습득이 무엇보다 중요하다며 성태가 근심 어린 표정을 짓는다. 안 그래도 워낙 초견이 약해 군무는 사실 자신이 없다고 대답하는 승효가 슬쩍 하은을 살핀다. 이미 정신이 반은 나가 있다. 우현의 노래에 우현의 춤에, 지금 그 어느 누구도 서하은의 시선을 사로잡을 수는 없을 거라는 생각까지 든다. 진짜 대단해. 아주 열렬한 빠순이라니까.

잠깐 시간을 줄 테니 후렴 부분만이라도 확실하게 외울 수 있겠냐는 성태의 말에 승효가 망설인다. 솔직히 백업댄서가 체질은 아니다. 누군가의 뒤에서 정해진 안무에 맞춰 움직이는 취향이 아니기에 경준의 호출에도 요리조리 피해만 왔던 게 사실이다. 오늘도 결코 제 의지가 아니라 하도 급하다고 도와 달라 사정을 하는 경준 때문에 거의 억지 반으로 시험 삼아 와 봤던 건데. 그렇지만.

민우현이라……

괜한 오기. 괜한 시기. 단순한 도전 정신이라고 보기에는 꽤 석연치 않은 감정들로 승효가 한번 해 보겠다며 고개를 끄덕인다. 엄밀히 말해 사람 가릴 처지가 못 되는 상황이라 성태가 20분만 줄게, 한다. 댄서들과 성태가 안무실을 비우자 하은이 묻는다.

"댄서 구한다고 해서 온 거였어?"

"아는 형이 자기네 차출 어렵다고 대신 가 달래서."

"그럼 너 여기 팀에 들어가는 거야? 여기서 추는 거야? 진짜로?"

뒷부분에 생략된 우현이와, 라는 것까지 눈치껏 알아들은 승효가 거울을 통해 하은을 쳐다본다. 아주 들떠서 어쩔 줄 모르는 하은의 눈동자가 반짝반짝 참 예쁘게도 빛나고 있다. 저 녀석이 좋아하니까 왜 더 찜찜하지. 승효가 짧게 한숨을 내뱉는다.

이내 승효는 하은에게서 관심을 거두고 안무를 익혔다. 팔을 뻗고 손목을 돌리고 머리 옆에 갖다 댔다가 옆으로 이동. 차근차근히 하나하나 동작을 되짚어 보는 승효를 하은이 얌전히 지켜본다. 저거 아닌데. 저거 다음에 스텝이 먼전데. 또 저렇게 헤매네.

그냥 놔둘까 하던 하은이 도저히 안 되겠는지 몸을 일으킨다. 저도 뭔가 이건 아닌데, 라는 표정을 짓고 있는 승효였다. 주제넘게 간섭하는 성격은 아니라지만 우현이 안무니까. 조심스레 다가간 하은이 이내 승효의 옆에 자리를 잡고 선다.

"다 외웠어?"

"아니. 헷갈려."

"한번 해 봐. 봐 줄게."

뜬금없이 나온 말치곤 제법 설득력 있게 진지하다. 결코 그냥 해 본 말이 아니라는 듯 심각한 하은의 표정을 본 승효가 그래도 확인 차 뭐? 하고 되묻는다. 동작 외우는 거 도와준다고. 춰 봐. 못 미덥게 보던 승효가 이내 처음 동작부터 하나씩 이어 간다.

"그거 다음에 스텝 먼저야."

"어?"

"팔 아니고 발이 먼저라고. 봐 봐."

원에 발이 나가고 그다음에 팔이야. 너는 계속 팔이 먼저 나가 잖아. 그러니까 다음 스텝이 꼬이지. 조곤조곤 낮은 목소리로 설명하는 하은이 직접 몸을 움직여 보여 준다. 미처 몰랐던 사실을 깨우쳤다기보다는 하은의 동작이 자연스러워 멍해졌다.

살랑살랑. 봄바람에 나부끼듯 무척이나 가볍고 능숙하게 움직이는 몸이 예사롭지 않다. 이 녀석 진짜 출 줄 아네? 알아들었냐고 묻는 하은에게 고개를 끄덕이는 것 대신 승효는 제 앞쪽으로 하은을 데려가 거울을 향해 돌려세워 준다.

"네가 앞에서 해 봐, 따라 하게."

"나머진 다 알잖아."

"같이 한번 해 보자니까. 파이브, 포, 쓰리, 투."

승효의 리드에 어쩔 수 없이 하은이 춤을 춘다. 승효의 앞을 가려 버린 탓에 온전히 제가 외운 대로 춰야 하는 하은은 어느 곳하나 막힘없이 술술 몸을 움직였다. 팔을 뻗고 돌리고 옆으로, 다시 옆으로 이동하는 하은을 승효가 주시한다.

대강 춰 보는 것이니만큼 힘을 빼고 천천히 동작을 이었다. 그래도 역시 적잖이 격한 동작들뿐이라 힘에 부치긴 한다. 몸을 숙여 옆으로 빠지는 동작까지 마친 하은이 뒤를 돌아본다. 여전히 멍한 표정으로 있던 승효가 살그머니 입가를 말아 올린다.

"잘 추네? 머리 좋네, 너?"

"응?"

"그새 외운 거야? 아까 본 걸로?"

"아……."

직접 같이 따라 하면서 외운 것도 아니고 자리에 앉아 멀찍이서 쳐다본 것만으로 모든 동작과 순서를 외워 버린 하은이었다. 눈썰

미는 좀 있는 편인 것 같아. 별거 아니라는 듯 수줍게 웃은 하은이 다시 의자로 돌아가려는데 승효가 얼른 잡아 세운다.

아직 못 외웠으니 몇 번 더 같이 춰 보자 한 승효가 달려가 음악을 튼다. 그냥 혼자 하라고 해야 하는데 전주가 시작됨과 동시에 몸이 굳는다. 우현의 음악에, 그것도 이렇게 넓고 좋은 안무 연습실에서 정식으로 춤을 출 수 있는 기회는 흔한 게 아니라서.

그럼 창피하니까 앞 말고 옆에서 출게. 부끄러운지 살포시 눈꼬리를 내리는 하은의 말에 승효가 알겠다며 따라 웃는다. 쿵쿵쿵쿵. 점차 빨라지는 비트가 절정에 다다른다. 서로 고갯짓으로 박자를 센 승효와 하은이 동작을 맞춰 춤을 춘다.

"히야, 쟤 뭐야. 벌써 다 외웠잖아."

"그러게. 다리 올리는 것도 바로 되네. 우와."

"여자라고 하지 않았어? 꽤 추는데?"

바깥바람을 쐬며 여유롭게 담배 타임을 갖고 돌아온 성태와 댄서들이 안무실로 들어서려다 멈칫한다. 문의 위쪽으로 길게 뚫린 유리창 부분을 통해 들여다본 안쪽의 광경에 다들 멈춰 선 채로 할 말을 잃는다. 아까보다 많이 능숙해진 승효의 춤도 춤이지만, 그보다는 승효의 옆쪽에서 한층 더 자연스럽게 모든 동작을 완벽하게 구사하고 있는 하은의 모습이 의외였다.

계집애치고 제법 각이 나온다. 전력을 다하는 것 같지 않은데도 불구하고 얼추 요구되는 태가 난다. 중간중간 승효가 다음 동작을 헷갈려 하는 것과는 달리 하은의 춤은 단 한 번도 끊어지지 않는다. 그렇다면 초견이 굉장히 뛰어나다는 얘기가 된다.

잠시 흥미로운 눈으로 안쪽을 들여다보던 성태가 이내 문을 열고 들어간다. 화들짝 놀란 하은이 쪼르르 의자로 가 앉는다. 승효는 얼른 오디오 쪽으로 달려가 음악을 껐다. 승효에게로 걸어간 성태가 넌지시 고개 돌려 하은을 향해서 입을 연다.

"너도 이리 와 봐."

"네?"

"꽤 추던데. 어디서 배웠어? 아님 독학?"

갑자기 오라는 통에 영문을 몰라 우물쭈물하는 하은에게 승효가 손짓을 한다. 가도 되려나 싶어 조금 더 망설이던 끝에 다가가자 성태가 하은을 위에서 아래로 쭉 훑는다.

얼핏 보면 사내 같다. 얼굴이 좀 예쁘장하긴 해도 춤이 상당히 맘에 든다. 여자라곤 질색팔색을 하는 우현이지만 이 정도면 괜찮지 않을까 싶다. 게다가 춤도 되고 각도 나오고. 마다하지 않겠지.

안 그래도 한 명 더 있었으면 했는데 잘됐다는 생각을 하며 성태가 고개를 끄덕인다. 승효가 하은의 귀에 작게 속삭인다.

"대박. 어쩔 거야."

"뭘."

"기절하지 말라고, 인마. 계 탔어, 너."

"어?"

"둘이 같이 들어왔으면 싶은데. 우리 팀에. 어때?"

에?

개구지게 실실 웃으며 읊조리는 승효의 말을 알아듣기도 전에 더 엄청난 말이 들려온다. 진지하게 눈을 빛내는 성태를 보며 하은이 입을 떡 벌린다. 침 떨어져, 닫아. 손수 턱을 밀어 올려 주며 승효가 작게 웃는다. 하은의 눈이 동그래진다.

정말이시냐고 물으려는데 성태가 먼저 부탁 좀 하겠다며 당장 지금부터 연습에 들어가잔다. 잠깐 미뤘지만 쇼 케이스까지 불과 일주일밖에 안 남았다는 성태의 말에 하은이 난감해한다. 이걸 그냥 해 버려도 되나. 물어봐야 하는데. 어쩐다.

우현이와 한 무대라니, 말도 안 돼. 와아…….

고민은 길지 않았다. 아니, 이런 일생일대의 기회이자 행운을 감히 마다할 수는 없었다. 하나둘 모여들어 대열을 맞추는 댄서들의 뒤로 승효와 하은이 나란히 선다.

처음부터 안무를 가르쳐 주겠다는 성태의 말에 하은이 승효를 쳐다본다. 오길 잘했지? 다 제 덕분인 줄 알라는 듯 승효가 한쪽 눈을 찡긋한다. 하은이 좋아서 활짝 웃는다.

"자, 오늘은 여기까지."

"고생하셨습니다!"

"후아!"

1절까지만 나가려던 진도를 급한 마음에 끝까지 마쳐 버린 성태가 해산을 명한다. 끝없이 반복하던 연습이 끝나자 다들 쓰러지듯 바닥에 눕는다. 덩달아 다리가 풀려 자리에 주저앉는 하은을 보며 작게 웃은 승효가 그 옆쪽으로 털썩 앉는다.

"할 만하냐?"

"힘들어."

"표정은 좋아 죽는데?"

"행복해. 행복한 것 같아. 무지. 아……."

고개를 뒤로 젖히며 눈을 감는 하은이 혼잣말처럼 읊조린다. 행복해, 라고 작게 중얼거리는 하은의 얼굴 위로 피어난 말간 미소에 승효가 눈을 깜빡인다. 진심 좋아하는 기색이다. 민우현 얘기

때 빼고 저토록 좋아했던 적이 있던가 싶을 만큼 매우.

네가 행복하다니 나도 행복하다, 라고 응수하며 승효가 살며시 손을 뻗는다. 워낙 심하게 뛴 터라 하은의 머리가 잔뜩 헝클어져 있었다. 살살 매만져 주던 승효가 이마에 돋아난 땀까지 쓰윽 훔쳐 낸다. 갑자기 닿은 살결에 하은이 움찔 놀란다.

가만 보면 스킨십에 상당히 민감하다. 머쓱하게 웃으며 몸을 뒤로 빼는 하은을 승효가 살짝 아쉬운 눈빛으로 쳐다본다. 몇 시쯤 됐나 싶어 주머니를 뒤적인 하은이 그대로 굳는다. 들여다본 핸드폰 액정에 표시되는 1통의 부재중 전화. ……우현.

아, 이런. 어떡해. 윽……!

"나 먼저 갈게."

"뭐?"

조금만 쉬었다가 신참들 환영도 해 줄 겸 가볍게 맥주나 한잔하자는 성태의 말에 댄서들이 좋다고 박수를 치던 참이었다. 급히 몸을 일으키는 하은을 향해 승효를 비롯한 모두가 갑자기 어딜 가느냐는 시선을 던진다. 하은이 꾸벅, 허리를 숙인다.

"죄송합니다! 저 이만 가 보겠습니다! 죄송해요!"

"뭐야, 신참. 어딜 가?"

"얌마!"

"야, 같이 가! 서하은! 야!"

"어어, 저것들이?"

따라 일어선 승효가 살갑게 웃으며 저도 이만, 하고는 달려 나간다. 빛의 속도로 사라지는 두 녀석들을 지켜보던 댄서들이 곧 서로서로 시선을 교환한다. 뭐, 우리끼리 가야겠네. 하나둘 자리를 털고 일어서는 댄서들이 와자지껄 밖으로 향한다.

전화를 받자마자 우현은 딱 한 마디만 했다. 와. 싸늘하게 식은 낮은 목소리에 뭐라 변명조차 못 한 하은은 곧장 택시를 잡아탔고, 그 옆자리에 늦지 않게 승효가 합승했다.

굳이 어딜 가는지 물어볼 필요도 없게 한껏 파리해진 하은의 얼굴에 승효는 연신 시선을 주었다. 갈수록 기가 찬다. 어쩜 이러는지. 타들어 가는 속을 가라앉히려 승효가 한숨을 푹 내쉬었다.

도착하기도 전에 주섬주섬 꺼내 든 지폐를 택시기사에게 건넨 하은이 거스름돈도 마다하고 헐레벌떡 내린다. 누가 보면 무슨 큰일이라도 난 사람처럼 구는 하은이 어이없어 승효는 돌아서는 하은의 팔을 덥석 잡아 버렸다.

뭐? 왜? 무슨 볼일이냐는 질문에 승효가 잠시 할 말을 잃는다. 별거 없으면 놓으라며 하은이 승효의 팔을 뿌리친다. 승효가 하은의 뒤를 따라잡는다.

"왜, 당장 오래?"

엘리베이터 버튼을 연거푸 눌러 대는 하은에게 승효가 넌지시 묻는다. 당연한 소릴 지껄이는 승효에게 어, 하고 성의 없게 대답한 하은이 고개 들어 숫자판을 살핀다. 18층. 높이도 올라가 있네. 저도 모르게 욕이 튀어나오려고 하는 걸 겨우 참는 하은이다.

"무슨 일로?"

"몰라."

"몰라?"

"어."

"오라면 그냥 가나? 이유도 모르고?"

갑자기 짜증이 울컥 치밀어 언성이 높아졌다. 약간 따지는 듯한 미운 말투가 돼 버린 승효에게 하은이 잠깐 시선을 준다. 상관하지 마. 꼭 그렇게 말하는 것처럼 빤히 쳐다보던 하은이 도로 숫자판을 올려다본다. 10, 9, 8. 입으로 중얼거리며.

뭐라고 더 쏘아붙이고 싶은 걸 애써 억누른 승효가 하, 하고 작게 웃는다. 허탈함이 가득 묻어나는 비소를 하은은 들은 척도 않는다. 땡. 곧 도착한 엘리베이터 문이 열리자마자 쏜살같이 튀어 오른 하은이 닫힘 버튼을 마구 누른다. 하마터면 못 탈 뻔한 승효가 닫히는 문에 부딪힌 오른팔을 감싸며 째린다. 미안. 역시나 성의 없는 사과에 승효의 표정이 딱딱해진다.

"가서 뭐하는데."

"……."

시선을 내리깐 승효가 하은에게 묻는다. 뭘 하든 말든 역시 상관할 일이 아님에 하은이 대꾸를 않는다. 묵묵부답에 승효는 되레 더 화가 치민다. 왜 화가 나는지까지는 모르겠는데 뭔가 죄다 짜증스럽다. 답답하고 속 터지고 열받고 신경질이 막 나고.

이게 진짜 어쩌려고 이래. 대체 얼마나 좋아하기에 이러는 거야, 너. 얀마.

한참을 기다려도 하은의 목소리가 들려오지 않음에 살짝 미간을 구긴 승효가 묻잖아, 한다. 가서 민우현이랑 뭐하냐고, 너. 대답하기 싫은 게 아니라 대답할 말이 마땅치 않은 것뿐이다. 난감함을 숨기며 숫자판만 보던 하은이 곧 도착한 23층에서 내리려 했다. 그런데,

"안 가면 안 되냐?"

서둘러 손을 뻗은 승효가 하은의 팔을 붙잡고서 묻는다. 진중해진 목소리가 왠지 낯설어 하은은 주춤거리며 뒤를 돌아봤다.

스르륵, 닫히려는 문을 얼른 도로 연 하은이 팔이나 놓아 달라는 눈짓을 보낸다. 승효가 혀로 제 입술을 한 번 축인다.

"그냥 가지 말지. 가지 마."

"놔."

"안 간다고 해. 일 있다고 둘러대면 되잖아."

"놓으라고. 놔."

"서하은."

"참견하라고 얘기해 준 거 아니거든. 놔줘."

안 그래도 늦었는데 너와 지체할 시간 따위 없다며 하은이 인상을 쓴다. 맞는 말이긴 한데, 그래, 참견하고 간섭하는 게 오지랖이라는 건 아는데 왠지 손에서 힘이 빠져나가질 않는다. 보내기 싫다. 거슬린다. 정확한 이유는 모르겠지만 무척.

머뭇거리는 승효에게서 하은이 슬그머니 팔을 빼낸다. 또 붙잡기 전에 서둘러 내리는 하은을 승효가 야, 하고 부른다. 닫히려는 문을 이번에는 승효가 열어 잡았다. 엘리베이터 안과 밖으로 나뉜 승효와 하은의 시선이 복잡하게 얽혀 든다.

"바보같이 굴지 마."

"뭐가."

"이 이상 더 바보 되지는 말라고."

"뭐?"

"좋아한다고 넙죽 안기지 말란 말이야, 인마. 알았어?"

경고를 가장한 부탁쯤의 어조로 승효가 다그친다. 설마 벌써 그런 건 아니지? 아닌 거지? 덧붙여진 추가 질문에 하은이 한껏 더 인상을 찌푸린다. 그걸 말이라고 하느냐는 식의 표정을 알아본 승효가 알아서 조심해, 하고 문을 닫는다.

알아서. 알아서라. 충분히 알아서 하겠다는 사람을 붙잡고 비난하듯 내뱉은 승효가 웃기다. 하은은 못내 씁쓸한 기분으로 걸음을 옮겼다.

어느덧 날은 저물어 있었다. 복도 난간 옆의 어둠에 기죽은 하은이 빠르게 걸어 우현의 집 앞에 선다. 초인종을 누르는데 답이 없다. 바로 열리지 않는다는 건 알아서 들어오라는 신호다. 조심조심 비밀번호를 누르고서 문을 열었다.

"우현아."

"……."

불이 꺼진 어둑한 거실 한가운데에 앉은 우현은 게임을 하고 있었다. 커다란 대형 모니터를 쳐다본 채로 묵묵히 앉아서 콘솔을 움직이는 모습이 어지간히도 화가 난 것 같아 보인다. 차갑게 식은 표정과 눈빛. 하은이 조금 더 다가간다.

"저기, 나 왔는데."

"……."

기다릴까 하다가 재차 말을 걸었다. 그래 봤자 들은 척도 않는 우현은 띠딕띠딕 열심히 손으로 콘솔 버튼만 눌러 댈 뿐이다. 게임에 대한 집중이라기보다 성질났으니 건드리지 말라는 완강한 표현이었다. 어쩔 줄 몰라 하던 하은이 입술을 베어 문다.

부재중 전화가 뜨게 하는 일은 거의 없다지만 어쩌다 전화를 받지 않아도 우현은 그 이상 재촉하는 법이 없다. 남들처럼 여러 통반복해서 걸고 문자를 남기고 이런 것은 절대 안 하는 우현이다. 그저, 이걸 확인하는 대로 곧장 전화하라는 듯이. 지금 안 받으면 필요 없어, 라는 것처럼.

가끔씩 하은은 딱 한 통이라는 우현의 부재중 전화를 볼 때마다 그런 생각에 잠긴다. 있어도 그만, 없어도 그만인 존재. 혼자 있기 심심하고 무료해서 불러 보는 그런. 알고 있는 사실이 새삼 아픈 건 왜인지.

진짜, 내가 요즘 왜 이러지. 왜 이렇게 자꾸만 욕심이 나지. 너한테. 미쳤나 봐. 너 싫어할 거 알면서도. 자꾸. 왜일까.

"뭐했냐."

어림잡아 30분 정도가 지났을 무렵에서야 우현의 입술이 열렸다. 여전히 시선은 화면에 고정한 채로, 손으로는 연신 콘솔 버튼을 눌러 대면서 툭 던진 질문에 예리하게 날이 서 있다. 그때까지도 우두커니 뒤편에 서서 기다리던 하은이 대답한다.

"미안. 밖에 있느라."

"뭐했냐고."

"그게."

나 실은 연습실에 갔었어. 누구 따라서 간 건데 운 좋게 댄서팀에 들어오래서 내일부터 연습 나가기로 했어. 너 이번에 같이한다는 팀 있잖아. 네 앨범활동 같이하는, 우리나라에서 최고 실력 있는 유명한 팀. 신기하지? 나도 아직 믿기지가 않아.

튀어나오려는 많은 말들 앞에서 하은이 버벅거린다. 이따금씩 하은이 춤에 관심을 보일 때마다 우현은 매섭게 노려보곤 했다. 네가 춤을 왜 추냐는 식으로 길게 말이 나오지 않게끔 뚝뚝 끊어 버리던 우현을 떠올리자 머뭇거리게 된다.

단 한 번도 우현의 앞에서 춤을 춰 본 적은 없었다. 봐 주지도 않았을 뿐더러, 감히 봐 달라고도 하지 못했다. 창피하고 부끄러운 것도 물론 이유였지만 마냥 귀찮은 기색으로 쳐다보던 우현이 왠지 탐탁지 않게 생각한다는 것을 하은은 진작 알고 있었다.

그래도 너와 함께 있고 싶어서. 조금이라도 더 같이 있을 수 있을 테니까. 마음은 죽을 만큼 기쁜데 표현할 길이 없다. 대답을 얼버무리는 하은이 거슬린 듯 우현이 미간을 찌푸린다. 머지않아 콘솔을 던지듯 내려놓은 우현이 몸을 일으킨다.

"뛰어왔어?"

"어? 어."

"뭘 얼마나 뛴 거냐. 와 봐."

손을 뻗어 하은을 잡아당긴 우현이 가까이에서 살핀다. 헝클어진 머리카락은 그렇다 쳐도 어딘가 많이 지쳐 있는 기색이다. 고개를 숙여 하은의 목덜미에 얼굴을 묻은 우현이 작게 킁킁댄다. 어렴풋이 느껴지는 땀 냄새. 하은이 민망해서 뒤로 물러선다.

이것도 참 생각할수록 신기한 일이다. 어찌 된 게 이 녀석은 땀냄새마저 달큰하다. 시큼하다거나 쾌쾌한 느낌은 전혀 없게끔 체취에 녹아 한없이 달달하기만 한 하은의 땀 냄새가 우현을 자극한다. 물러선 하은을 우현은 도로 끌어다 바짝 허리를 당겨 안았다.

우현이 얌전히 끌려와 고개를 든 하은과 눈을 맞춘다. 보고 싶었어. 밤새 고민했어. 전화를 할까 말까. 그랬어, 내가. 애써 생각을 지우고 응시하는 우현의 시선을 하은이 머쓱한지 피한다. 샤워도 못 하고 달려온 게 마음에 걸린다.

"씻을래?"

"응?"

"땀난 거 싫으면 씻어. 가서."

가까이 가려는 자신을 자꾸만 밀어내는 하은의 표정에서 난감함을 읽은 우현이 선뜻 인심을 쓴다. 갑자기 튀어나온 말이 너무도 생경해서 하은이 눈을 크게 뜬다.

"여기서?"

"왜, 싫으냐?"

되묻는 우현의 말에 하은의 눈이 더 커진다. 진심이야? 욕실까지 내어 주겠다고 나오는 우현이 이해되지 않는다. 솔직히 당장 씻고 싶은 마음은 굴뚝같지만 그래도 되나 무던히도 망설여진다. 땀 냄새가 너무 거슬려서겠지. 아마도.

망설이는 하은의 손을 잡아끈 우현이 욕실 문을 열고 직접 안으로 들여보내 준다. 문도 못 닫고 멍하니 서 있는 하은에게 방에 들어갔다 나온 우현이 옷을 내민다. 씻기까지 했는데 같은 옷 입으면 찝찝할 것 아니냐는 말을 듣고서 엉겁결에 받아 들었다.

그러고도 머뭇머뭇 어쩔 줄을 몰라 하니 속옷도 줘? 한다. 됐다는 말이 나오지 않아 가만있자 팬티까지 가져다준다. 위에 건 없어. 씻어. 결코 농담 같지 않은 말을 내뱉은 우현이 욕실 문을 닫고 사라진다.

뭐가 어떻게. 이게 다 무슨. 진짜 씻으라는 거야? 씻어도 돼……?

하도 자연스럽게 말하는 우현이라서 사양조차 할 수가 없었다. 그렇다고 멋대로 집에 가 버릴 수도 없는 노릇이고. 잠시 받은 옷을 만지작거리던 하은이 결심한 듯 문을 잠그고 옷을 벗는다. 일단은 씻자. 뭐가 뭔지 잘 모르겠지만, 우선은.

욕조 안으로 들어가 샤워기를 틀고 씻는 내내 가슴이 말도 못하게 두근거렸다. 지금이 현실인지 꿈인지 분간조차 힘들 만큼 몽롱한 정신으로 하은은 스펀지로 거품을 내어 전신을 닦았다. 우현이가 쓰는 스펀지, 우현이가 쓰는 바디클렌저, 샴푸, 린스.

와아…….

생각할수록 신기하고 묘한 기분이 된다. 진짜 가슴이 너무 심하게 벌렁거려서 언뜻 숨이 막히는 것도 같다. 이런 순간이 오리라고는 꿈에도 생각지 못했었는데. 의도야 어쨌든 지금은 그저 행복하고 감사한 마음뿐인 하은이 입가를 말아 올린다.

한껏 촉촉해진 눈으로 허공을 응시하던 하은이 샤워기를 잠그고 바닥으로 내려선다. 물기를 꼼꼼히 잘 닦고 우현이 내어 준 옷들을 챙겨 입었다. 이거, 그냥 달라고 해야겠다. 우현의 옷을 입었다는 게 도무지 믿기지 않는다. 하은의 얼굴이 붉어진다.

"머리 말리고 와."

아까처럼 거실 바닥에 앉아 게임을 하고 있던 우현이 달칵, 하는 욕실 문소리에 나지막이 말한다. 응, 하고 작게 대답한 하은이 느릿하게 우현의 침실로 향한다.

쳐다보지 않으려 애쓰며 우현이 부지런히 콘솔 버튼을 눌러 댄다. 분명 정확하게 조준했다고 생각한 화살이 표적에서 한참 벗어나 엉뚱한 곳에 꽂힌다. 위이이잉. 들려오는 소리에 우현이 한숨을 내쉰다.

분명 화면을 보고 있는데 초점이 잡히질 않는다. 여러 번 해 봤던 게임이라 공략법을 알면서도 이리저리 헤매고만 있었다. 도저히 집중이 안 된다. 이미 관심은 온통 침실의 하은에게로 가 있는 상태다. 우현의 미간이 점점 더 심각하게 일그러진다.

뭘 어쩌려고 씻으래. 참지도 못할 거면서. ……에이씨.

어느덧 미션 실패를 알리는 화면을 노려보며 툴툴거리던 우현이 다른 게임을 시작한다. 기계적으로 손을 놀려 콘솔 버튼을 누르고 있는데 머지않아 발소리가 난다. 보지 말자, 하면서도 눈이 간다. 이미 눈앞에 아른거린 지 오래이던 하은을 향해 우현이 곧장 시선을 준다.

잘 어울릴 줄 알았다. 피부가 유독 하얀 하은이 아이보리색 후드 티와 검은색 바지를 갖춰 입으니 새삼 더 귀엽다. 안 그런 척 시큰둥한 표정으로 시선을 거둔 우현이 밥은, 하고 묻는다. 그러고 보니 점심부터 걸렀구나. 아직이라는 대답에 우현이 인상을 찌푸리고는 컵라면이나 먹자고 말한다. 서둘러 부엌으로 달려간 하은이 컵라면 두 개를 준비해서 들고 온다.

"잘 좀 해 봐."

"어려워."

"백날을 해도 늘질 않냐, 너는. 쯧쯧."

라면을 먹으며 하은은 우현과 나란히 앉아 게임을 했다. 데뷔하기 전에는 종종 피시방에 같이 가기도 했지만, 물론 그때도 득달같이 알고 쫓아오는 팬들 때문에 귀찮아 질색이던 우현은 이제 완전히 외출을 기피하고 있었다. 원하든 원치 않든 따라붙는 유명세를 우현은 몸서리치게 싫어한다. 그저 춤과 노래, 음악 외의 부수적인 것들에는 몹시 회의적인 성격이랄까.

먼저 미션을 마친 우현이 라면을 먹으며 하은을 구박한다. 두 명 다 성공하지 않으면 끝나지 않는 게임이라 우현을 기다리게 만든다는 생각에 하은이 더욱 열심히 게임에 집중한다. 입까지 헤벌리고 몰입하는 하은을 우현이 흘깃 쳐다본다.

뭔가에 폭 빠져 있을 때의 모습이 제법 귀엽다는 걸 본인은 알려나. 저 머릿속에는 대체 뭐가 들었을까. 나로 가득 채워질 순 없을까. 오래도록. 될 수 있으면 평생. 영원히. 영원이란 말 믿지 않지만 그래도 그 정도로 오래. 그럴 수는 없나.

자꾸 욕심이 나. 너한테. 미치도록. 나는 네가. 알아?

"서하은."

"응?"

"하고 싶어. 또."

어……?

거의 막바지에 다다를 즈음 우현이 손을 뻗는다. 제 머리카락 끝을 만지작거리는 우현을 향해 고개를 돌리던 하은이 순간 할 말을 잃고 멍해진다. 또, 라는 말에서 의미하는 무언가가 머릿속에 확연히 떠오른다. 조금도 잊지 못했던 어제의 기억.

굳어 버린 하은에게 우현이 바싹 다가앉는다. 이미 게임은 관심 밖이 되어 버린 하은에게서 콘솔을 빼앗아 내려놓은 우현이 저와 마주 보게 만든다. 무릎을 세우고서 내려다보는 우현을 하은이 물끄러미 올려다본다.

왠지 모르게 그윽해진 눈으로 응시하던 우현이 왼손을 들어 하은의 볼을 감싸 쥔다. 보들보들. 참 부드럽기도 하지. 서서히 다가오는 우현의 얼굴에 하은이 눈을 내리감는다. 약한 강도로 살며시 포개어진 입술 끝으로 온기가 전해져 온다.

하아…….

자연스럽게 열리는 우현의 입술로부터 혀가 밀려 나온다. 촉촉하고 뜨겁게 할짝거리는 움직임이 느껴져 하은이 입술을 벌린다. 혀와 입술을 이용해 하은의 윗입술과 아랫입술을 차례로 빨던 우현이 안쪽으로 깊숙이 들어가 본다.

조심스럽게 혀를 넣어 얌전한 하은의 혀를 찾아 잡자 하은의 몸이 약하게 떨린다. 우현이 오른손으로 하은의 뒤통수를 살그머니 부여잡는다. 길게 혀를 쓸어 올려 휘감듯 안을 돌아다녔다. 닿는 족족 혀끝이 아릿할 만큼 달콤하다.

말랑말랑 따끈하고 촉촉한 하은의 입안 속살에 우현이 한껏 더 욕심을 부린다. 이번에는 제법 힘을 실어 살짝 강하다 싶게 하은의 혀를 휘감으며 핥아본다. 그러다 보니 자신도 모르게 속도가 붙는다. 살살 조심스럽게 빨고 핥던 움직임들이 어느덧 호흡조차 제대로 못 고를 만큼 사뭇 과격해져 있었다.

정신없이 하은의 입안을 파고들던 우현이 점점 뒤로 젖혀지는 하은의 고개를 따라가다 쓰러진다. 하아, 하아, 거칠게 차오른 둘의 숨소리가 번갈아 내뱉어진다. 밑에 깔린 하은이 이윽고 용기 내어 천천히 눈을 뜬다.

왜……? 우현아, 왜……?

모니터 화면에서 뿜어져 나오는 불빛에만 의지하는 거실은 적당히 어두웠다. 무겁지 않도록 양손으로 바닥을 짚은 채로 내려다보는 우현과 가만히 눈을 맞췄다. 탁하고 흐릿하고, 그러면서도 그윽하고 진중한 우현의 눈빛에 심장이 두근댄다.

조금 전까지 자신과 농밀하게 맞닿았던 우현의 입술이 젖은 타액으로 인해 번들거리고 있었다. 너무 빨갛게 달아올라선지 보는 것만으로도 감촉이 연상될 만큼 야릇한 그 입술에 멍해지고 만다.

달달하고 말랑한, 촉촉하고 몰캉거리던 혀 놀림들. 하은이 뭐라 말할 것처럼 입술을 작게 달싹이자 우현이 다가온다. 눈을 감음과 동시에 우현의 혀가 다시금 입안으로 밀고 들어온다.

단번에 훅 들어온 것치곤 우현이 부드럽게 혀를 놀린다. 입천장을 쓸었다가 볼 안쪽을 건드렸다가 하며 방황하던 우현의 혀가 곧 하은의 혀를 찾아 잡는다. 하나도 남김없이 탐하겠다는 듯 진득하니 뒤덮는 입술에 숨이 턱턱 막힌다. 심하게 두근거리다 못해 벌렁벌렁 욱신거리는 가슴을 참아 내며 하은은 우현의 동작에 따라 더 크게 입을 벌려 우현의 혀와 입술을 받아 내었다.

뜨겁고 달달한 숨결이 끊임없이 교차된다. 보드랍게 살랑거리는 혀로 인한 자극들은 갈수록 더 짙고 깊고 요염해졌다. 느릿한 속도로 혀를 빼낸 우현이 하은의 입술을 쪽, 하고 빨아 당긴다. 여운이 가득 남아 벅차오르는 흥분에 눈을 감고서 어쩔 줄 몰라 하는 하은의 입술을 두어 번 더 쪽쪽 빨고 핥았다.

좋아서. 그저 좋아서. 이 녀석이 못 견디게 달고 맛있어서.

"너한테서⋯⋯. 내 냄새 나⋯⋯."

힘겹게 숨을 몰아쉬는 하은의 볼에 우현이 입을 맞춘다. 그러면서 천천히 옆으로 이동한 우현이 약하게 킁킁거린다. 같은 샴푸를 썼음이 하은의 머리카락으로부터 전해진다. 귓불 근처를 지분거리는 우현의 속삭임에 하은이 입술을 뗀다.

"여기저기⋯⋯. 온통, 다⋯⋯."

낮게 깔린 허스키한 목소리가 귓가에 울려 퍼진다. 스치듯 닿으며 지나가는 우현의 입술을 느끼며 하은이 살짝 눈을 뜬다. 조금씩, 아주 조금씩 건드리며 내려가는 우현의 입술이 느껴질 때마다 정신이 몽롱해진다. 우리, 지금 뭐하는 걸까.

우현아. 너⋯⋯.

"흐읏⋯⋯."

가녀린 목덜미를 지나 어깨로 이어지는 지점에 다다른 우현이 갑자기 진하게 입술을 묻는다. 동시에 쭈욱, 빨아들이는 우현의 행동에 하은이 움찔한다. 여린 살결이 고스란히 끌려갔다 놓아진다. 우현이 다시금 혀를 내민다.

어깨로부터 목으로 길게 쓸어 올라간 우현의 입술이 하은의 목덜미를 머금는다. 살살, 그러다가 힘껏, 빨고 물고 핥아 대는 움직임을 몇 번이고 계속 되풀이한다. 애써 참는 듯 끙끙 앓는 소리가 하은의 입술로부터 새어 나온다. 아파? 아파서 그래?

걱정이 되면서도 주체할 수가 없어 우현은 계속 혀를 놀렸다. 미치겠다. 아랫배가 뻐근하고 온통 난리다. 더듬더듬 우현이 하은의 옷 속으로 손을 넣는다. 부드러운 맨살. 가는 허리. 하아……

굉장한 흥분에 안 되겠다 싶은 우현이 옆으로 몸을 눕힌다. 거칠게 품에 하은의 머리를 당겨 안는 우현이 질끈 눈을 감는다. 덕분에 밀어내리던 하은의 손은 그대로 갇혀 버린다.

커다랗게 들썩이는 둘의 어깨. 허공으로 연신 토해지는 짙은 숨소리. 미간을 구긴 우현이 하은을 안은 팔에 힘을 싣는다.

"……."

일시적인 기절이라고 표현하는 게 맞을 듯싶다. 불과 몇 시간 전의 기억이 아득하니 먼 옛날처럼 느껴지는 걸 보니, 잠을 잔 게 아니라 정신을 잃었다는 생각이 든다. 그럼 지금 이건 현실인가. 모르겠어서 눈을 천천히 감았다 떴다.

느릿하게 잡히는 초점에 탄탄한 가슴팍이 보인다. 머리에 베고 있는 것이 우현의 팔이라는 것까지 깨달은 하은이 조심스레 고개를 든다. 새근새근 곤히 잠든 우현의 얼굴을 확인하자 가슴이 쿵, 내려앉는다. 하은이 하염없이 우현을 올려다본다.

지그시 내리감긴 눈과 코를 지나 입술에서 시선이 멈춘다. 잘 맞물려진 붉은 입술을 보자 모든 기억들이 오롯이 되살아난다. 하고 싶어. 또. 나지막이 내뱉던 우현의 목소리가 귓가에 되뇌인다. 왜……? 차마 묻지 못했던 질문이 목으로 쓰게 삼켜진다.

좋아해. 많이 좋아해. 우현아. 너……는……?

한참이나 우현을 올려다보던 하은이 조심조심 몸을 일으킨다. 전원이 켜진 채 먹통이 되어 버린 모니터와 어제 먹다 만 컵라면들이 널브러진 주변을 둘러보다가 시간을 살폈다. 얼마 안 됐을 거라 여겼는데 벌써 아침이 밝아 올 무렵이었다.

또 외박을 해 버렸다는 충격을 억누르고 마저 일어난 하은이 리모컨으로 화면을 끈다. 부리나케 컵라면 용기들을 가져가 부엌에서 처리하고 어제 벗어 둔 옷가지들을 챙겨 종이 백에 넣었다. 혹 우현이 깰까 발끝으로 걸은 하은이 침실로 들어가 얇은 이불을 가져와서는 잠든 우현의 몸에 덮어 준다. 조심조심 목 끝까지 곱게 잘 여며 준 하은이 잠시 우현을 내려다본다.

심심했어? 아니면, 외로워서? 혹시 외롭니. 그래……?

아무렇지 않아 보여도 우현의 눈가에서 때때로 그늘을 발견했었다. 차갑고 서늘한 표정으로 세상 모든 것들에 무관심한 듯 구는 우현이 하은은 괜스레 안타까웠다. 원래 제 속을 잘 털어놓지 않는 성격이라 아무것도 묻지 못했다. 그저 짐작만 할 뿐.

어느 누구에게도 살갑게 굴지 않는 녀석이 가족이라고 입에 올리는 모습을 본 적이 없다. 오직 음악만 파고들고 음악과만 소통하는 우현은 하은에게 있어 깊게 박힌 가시와도 같았다. 빼낼 수 없는, 빼내려 할수록 더 파고드는. 그게 참, 말도 못 하게 아픈.

그렇지만…….

얼마든지 기대도 괜찮은데 그것만은 아니었으면 좋겠다. 제가 쉬워서, 우현에게 제가 쉬워 보여 그랬던 것만큼은. 이용하고 부려 먹는 건 이해해 줄 수 있지만 그것만은 못 견딜 것 같다. 좋아해 주기까지 바라지 않는다 해도 그것만은. 제발.

"우현아."

속삭이듯 낮은 목소리로 우현을 불러 본다. 선잠을 자고 있다면 잠깐 눈 떠 주길 바랐지만 우현은 잠자코 고른 숨소리만 낸다. 알고 있어? 언제부턴가 네 생각만 하면 눈물이 나. 근데 네가 징징대는 거 싫어서 꾹 참곤 해. 하은이 다시금 입을 연다.

"수업 있어서 가 봐야 해. 미안해."

이번에는 한층 더 목소리를 낮췄다. 쌕쌕거리는 우현의 숨소리가 너무 좋아 굳이 알아듣지 못해도 상관없다는 마음이 된다. 거의 매일 작업한답시고 밤낮을 바꿔 사는 우현을 알기에 곤히 자는 모습이 그저 반갑다.

하은이 고개를 비스듬히 기울인다. 우현의 얼굴을 똑바로 마주하자 가슴이 한 번 더 두근, 한다. 곱고 예쁜 눈과 코와 입술을 몇 번이고 반복해서 눈에 담았다.

보고 싶을 거야. 10분도 안 돼서 네가 그리울 거야. 이렇게까지 널 좋아해. 정말 이렇게까지. 나는 너를.

"잘 자, 우현아."

목소리를 통해 입술 밖으로 끄집어내는 순간조차 소중하다. 제가 부른 그의 이름에 마냥 설레하던 하은이 살며시 입가를 말아 올린다. 뽀뽀하고 싶다. 잘 자라고 쪽. 차마 용기가 나지 않아 망설이던 끝에 몸을 일으켜 현관으로 걸어간다.

소리 나지 않게 신발을 챙겨 신은 하은이 한 번 더 우현을 살핀다. 맘 같아서는 침실로 들어가 자라고 하고 싶지만 너무 곤히 잘 자는 우현이라서 깨울 엄두가 안 난다. 먼저 가서 미안해. 안녕. 속으로 거듭 인사를 건넨 하은이 돌아서서 문을 연다.

그리고,

"……가지 마."

탁, 하는 문소리가 나자마자 우현의 눈이 떠진다. 조용해진 공간 안에 작은 읊조림이 울려 퍼진다. 절대 들릴 리 없는 크기의 목소리로 가지 말라고 말한 우현이 다시 눈을 감는다. 어둠. 암흑. 적막이 힘겨워 눈을 뜨지만 주변에는 아무도 없다.

"가지 마라. 가지 마. 어……?"

대답할 상대가 없는 걸 알면서도 계속 말이 나온다. 이미 가 버린 누군가를 찾는다는 건 슬프고 외롭고 쓸쓸하고 허무하다. 들려오지 않는 메아리. 기약 없는 기다림. 지겹다고 생각했던 그것들이 왜 지금 이 순간 미치도록 간절해지는지 모르겠다.

가지 말지. 내 옆에 있지, 그냥. 수업이든 뭐든 그깟 거 다 버려 버리지. 그럴 수는 없어?

화를 낼 수도 있었다. 다짜고짜 성을 내고 버럭 소리를 질러도 됐다. 매번 그랬으니까. 그럼 하은은, 가지 않았을 텐데.

평소처럼 멋대로 고집부리지 못했던 이유가 뭘까. 하은을 대하는 자신의 태도가 변해 가는 이유란 뭘까. 기분이 상하건 말건, 울적한 표정을 짓든 말든 아랑곳 않는 게 어쩐지 어려워지는 까닭은 뭘까. 그게 왜 점점 겁이 날까.

서하은. 나,

허공을 응시하는 우현의 눈빛이 촉촉해진다. 키스만으로 확실해진 감정이라기엔 그간 쌓아 왔던 것들이 너무 엄청나다는 막연한 생각이 든다. 그렇구나. 은연중에 내가.

벌써 이렇게까지 길들여져 버렸다. 녀석이 좋아한다고 고백했던 순간부터. 계속 좋아해 줬으면 좋겠고, 녀석 말고는 그 누구도 다 싫고 거슬리고, 인정하기 싫다면서도 줄곧 키워 와 버린 감정. 마음. 본심.

어쩌지. 이제 너 없으면 안 될 것 같은데. 나, 내가,

무너지기 싫어 꾹꾹 눌러놓았던 마음들이 걷잡을 수 없이 치솟는다. 인정. 그래, 인정. 다음엔 어떻게 되는 걸까. 두려워지고 마는.

안 그러려고 했는데 이리됐어. 돼 버렸어.

나,

널 좋아하나 봐. 아무래도. 어떡하지……?

5
내가 쉬워?

"집 안 들르고 곧장 그러고 가게?"

날도 다 풀린 마당에 그게 무슨 패션이냐는 수진의 구박이 한 번 더 이어졌다. 감기 기운이 있어 그렇다는 말을 거듭 내뱉은 하은은 본능적으로 목티 윗부분을 만지작거리며 가방을 챙겨 들었다. 질문을 받을 때마다 얼굴이 화끈화끈 난리도 아닐 만큼 달아오르고 있었다. 이래서 죄 짓고는 못 산다고 했던가 보다. 제 속내를 들킬까 봐 하은이 조금 서둘러 강의실을 나선다.

계단을 내려간 하은과 수진이 차례로 건물을 벗어난다. 교정을 걷는 내내 어딘가 의심의 눈초리로 쳐다보는 수진 때문에 하은은 애가 탈 지경이었다. 언제쯤 없어지려나. 아침에 집에 들러 샤워를 하며 발견한 목덜미의 키스마크에 온 신경이 곤두서 버린다. 그러면서도 가슴 한구석은 내내 두근두근한다. 꼭 어제로 돌아간 것만 같아서. 우현과, 함께인 것만 같기에.

혹시 꿈을 꿨던 건 아닐까. 그 기억들 다, 내 착각이었던 건. 설마.

"아무튼 축하해. 다시 봤다, 서하은?"

"어? 아아."

오래도록 혼자서만 간직해 온 소망을 어느 정도 아는 수진이 살갑게 웃으며 눈을 흘긴다. 정식으로 본 적 없는 하은의 춤이 유명한 댄서팀에서 인정받을 정도라니 꽤 기대가 된다며 장난스럽게 팔로 툭 친다. 힘도 별로 안 실었는데 어, 하며 하은이 옆쪽으로 밀려나 휘청거린다. 하여튼 저 어리바리. 민망한 듯 뒷머리를 긁적이며 웃는 하은이 귀여워 수진도 따라 웃고 만다.

그때,

"어이."

진동이 울리기에 꺼내 든 액정에 표시된 이름을 본 하은이 고개를 갸웃거린다. 분명 아까 문자로 연습실 앞에서 만나자고 말을 다 해 뒀던 승효인데 또 무슨 볼일인지. 통화 버튼을 누르려는데 그보다 먼저 목소리가 들려온다. 하은의 눈이 커진다.

"너……?"

"반가워서 그런 거지, 그 표정? 그치?"

교문 근처에서 기다리고 있던 모양으로 가볍게 손을 흔드는 승효가 하은의 곁에 다가와 선다. 그저 놀라 황망해진 하은에게 승효는 그래, 나도 반가워 죽어, 하며 다 알겠다는 얼굴로 어깨를 도닥일 뿐이었다. 여길 어떻게? 승효가 씩 미소 짓는다.

"오늘 늦게까지 할 것 같아서. 가기 전에 같이 밥이나 먹고 가자고."

"밥?"

"뭐야, 벌써 먹은 건 아니지? 그럼 또 먹어. 완전 맛있는 거 사 줄게."

"저기요?"

혼자 밥 먹기 너무 싫으니 앉아라도 있어 달라며 떼를 쓰는 승효를 보며 수진이 눈을 빛낸다. 솔직히 하은을 발견했을 때부터 하은만 쳐다보고 있던 승효가 그제야 수진을 알아채고 적잖이 미안한 얼굴이 된다. 수진이 승효를 뚫어져라 본다.

"이런, 미안요. 나 이 녀석이 너무 반가워서 그만."

"혹시 지승효 씨?"

"네?"

"맞죠? 저 수훈 오빠 동생인데. 사진 봤어요."

"수훈……이 형? 정수훈 형이요? 와, 진짜요? 그쪽이?"

"네. 안녕하세요."

더 커질 수 없을 정도로 눈이 동그래진 승효가 얼굴 가득 함박 웃음을 짓고서 수진과 인사를 나눈다. 말갛다 못해 헤실헤실 녹아 내릴 듯이 웃어젖히는 승효의 간지러운 눈웃음에 수진의 볼이 살짝 붉어진다. 어쩜, 사진보다 실물이 더 기똥찰 줄은.

둘 사이의 대화를 가만히 듣던 하은이 곧 수진에게 시선을 준다. 그럼? 맞다는 의미로 고개를 끄덕이는 수진의 모습에 하은이 다시금 승효를 물끄러미 쳐다본다. 수훈 오빠의 후배라는 사람이 지승효였다니. 문득 세상 참 좁구나, 싶어진다.

"안 그래도 오빠가 꼭 좀 들러 보라고 했는데 실례될까 봐요."

"아니 뭐 그런 걸 다 시키신대요, 그 형은. 무슨 일로요?"

"혼자 있을 거라고 반찬이랑 이것저것 좀 갖다 주라고."

"아, 반찬! 반찬은 또 대환영인데. 언제 오실래요? 내일? 모레?

190

아님 글피?"

미안한 척 같이 수훈을 씹던 승효가 갑자기 태도를 바꾸며 약속 날짜를 정하려 들자 수진이 픔 웃음을 터뜨린다. 유들유들 표정 하나 안 바꾸고 능청을 떠는 승효의 모습에 하은이 못 말린다며 고개를 젓는다. 이러지 말고 우리 일단 어디 좀 가죠, 실은 아직 한 끼도 못 먹어 배고파 돌아가시겠다는 말을 하며 승효가 앞장을 선다. 수진이 하은의 손을 잡아끈다.

학교 근처는 다 거기서 거기라는 수진의 말에 승효가 택시를 잡 아탄다. 어차피 여유시간이 그다지 많은 것도 아니라며 양해를 구 한 승효의 안내로 연습실 근처인 강남역 쪽으로 이동했다. 간단하 게 먹자더니 꽤 고급스러운 한정식집을 택하는 승효다.

반찬은 끊임없이 나왔고 역시나 맛도 훌륭했다. 조금씩 여러 개 가 나오는 터라 이것저것 맛보는 것도 상당한 재미가 있었다. 식 사가 어느 정도 이루어짐과 동시에 셋의 관계는 제법 돈독해졌다.

"그럼 그때 말했던 사람이 너였던 거야?"

아마도, 라고 답한 승효가 편육을 입에 넣고 신나게 씹는다. 나 이가 같음을 알자 편하게 말을 놓기로 한 승효에게 수훈과의 인연 을 묻던 수진이 예상치 못했단 듯 깜짝 놀란다.

"그렇구나. 그래서 그렇게 챙겨 주라고 신신당부를 했던 거였 군."

"미국?"

"왜, 전에 우리 오빠 배낭여행 갔다고 했잖아. 거기서 강도 만 났다고."

"아!"

하필이면 길을 잘못 들어 할렘가로 **빠졌던** 수훈이 흑인 강도를 만나 죽을 **뻔했던** 일화는 유명했다. 죽어라 얻어맞고 가진 돈을 몽땅 털려 하마터면 국제미아 신세가 될 **뻔했던** 비운의 흑역사. 그런 수훈을 데려다 제 집에서 재워 주고 여행 기간 내내 적극 도와준 게 우연히 만난 승효라는 이야기였다.

목숨을 구해 준 은인으로서 평생 형 동생 먹기로 했다는 수훈의 말을 들었을 땐 웬 착해**빠진** 녀석이 그래도 같은 한국 사람이라 억지로 도와준 건 아닌가 싶었는데 막상 승효를 직접 보니 감회가 새로운 수진이다. 말끔한 인상이 아니더라도 성격도 쿨하고 싹싹해 보여 은근 호감이 간다. 게다가 저 눈웃음, 정말 여자 여럿 잡고도 남을 기세다. 눈이 마주치자 승효가 또 씩 웃는다.

"와, 이거 맛있다. 먹어 봐."

"어? 어."

달짝지근한 양념이 가미된 전복을 맛보던 승효가 얼른 집어 하은의 앞 접시에 놓아준다. 밥을 먹으면서도 중간중간 정신을 놓던 하은이 서둘러 전복을 입에 넣는다. 어때? 맛있지? 고개를 끄덕여 주자 뛸 듯이 좋아하는 승효가 수진에게도 하나 건네준다.

처음 본 사이치곤 굉장히 스스럼이 없다. 적응이 **빠른** 것 같다는 생각과 동시에 승효에 관해 이런저런 궁금증들이 생겨난다. 승효를 가만히 쳐다보던 수진이 문득 상념을 떨쳐 내며 표정을 굳힌다.

관심 갖지 말자. 얼굴 반반한 사내는 뒤가 구릴 수 있어. 꼭 민우현 그놈처럼 말이지. 저렇게 실실 웃어도 성격에 어떤 큰 하자가 있을 수……?

"야야야야."

이 와중에도 하은의 시선은 온통 제 핸드폰으로만 향해 있었다. 테이블 한쪽에 얌전히 모셔 둔 그것을 연신 쳐다보며 안절부절못하는 하은을 발견한 수진이 마구 인상을 찌푸린다.

허구한 날 저 모양이다. 밥을 먹든 도서관에 있든, 하다못해 강의 중에도 핸드폰만 뚫어져라 쳐다보고, 꺼지진 않았는지 만지작거리고. 수진의 면박에 하은이 얼른 태연한 척한다.

"밥이나 먹어, 그만 좀 쳐다보고."

"내가 뭘."

"자꾸 그럼 확 전원 꺼 버리는 수가 있어, 너."

아주 노이로제에 걸린 사람처럼 구는 꼴이 답답해 엄포를 놓자 하은이 한숨을 내쉰다. 어깨를 들썩여 무겁게 내뱉는 모습에 승효가 힐끔 시선을 준다. 간단한 대화만으로도 상황 파악이 얼추 이루어진다. 가만있을까 하던 승효가 넌지시 입을 연다.

"얘 맨날 이러나 봐?"

"말도 마."

"전화 못 받으면 난리 나는구나."

"어?"

"민우현. 맞지?"

대강 알고 있다는 승효의 말에 수진이 하은을 응시한다. 가장 친한 사이인 저도 몇 년이 지난 후에야 알게 된 극비를 이제 갓 친해진 승효에게 털어놨다는 게 믿기지 않아 수진은 눈만 깜빡일 뿐이었다. 같은 댄서팀에 들어갔다고 해도 그래 봤자 며칠 되지 않았을 텐데. 진짜 그 정도로 둘이 많이 친해졌을까? 언제? 어느 세월에? 어떤 계기로?

홀로 어리둥절해하는 수진을 놔두고 승효가 하은을 살피며 말을 잇는다.

"대단하다 싫더라니 진짜 성격 장난 아닌가 보네."

"봤어? 민우현?"

"몇 번. 잠깐 마주쳤었어."

"어디서? 어디서 봤는데? 하은이랑 같이 본 거야? 언제?"

"미안, 나 전화 좀."

호기심을 못 이겨 이것저것 물어 대는 수진의 말을 끊으며 하은이 몸을 일으킨다. 그에 앞서 자신에게 보낸 눈짓의 의미를 알아들은 승효는 입 다물겠단 표시로 하은을 향해 고개를 주억거린다. 그리고는 핸드폰을 손에 꼭 쥐고서 황급히 밖으로 달려 나가는 하은의 뒷모습을 오래도록 쳐다본다. 진짜 볼수록 답답하단 말씀이야. 옅은 한숨을 내쉬는 승효를 수진이 부른다.

"민우현을 어디서 만났어?"

"오다가다. 자세한 건 나중에 저 녀석한테 들어."

"뭐?"

"너랑 꽤 친한데도 말 안 한 거면 못 했다는 게 맞지. 그걸 내가 말하면 서하은이 곤란해하지 않을까?"

그러니 여기까지, 라며 승효가 눈꼬리를 내린다. 미안한 감정을 담아 해사하게 웃는 그 모습에 수진은 뭐라 더 다그치지 못하고 입을 다물었다. 그나저나 저 녀석 참 문제네. 안타깝다는 듯 중얼거리는 승효의 말에 수진이 끝내 울분을 터뜨린다. 말이 나왔으니 말인데, 라고 시작된 수진의 하소연은 하나같이 민우현을 씹어 대는 말들이었다.

세상에 저만 잘난 줄 아는 천하의 막돼먹은 녀석이 순하고 착해 빠진 녀석 하나 꼬드겨서 노예 부리듯 부려 먹는다는 얘기를 승효

는 잠자코 경청했다. 좋다고 저러고 있어. 좋아서 그러는 거니까
말리지 말래, 웃기지 않니? 동조하듯 승효가 허탈하게 웃으며 물
을 머금는다.

"여보세요?"

[어디야.]

입구를 나서자마자 하은이 통화 버튼을 누른다. 나른한 기운이
흠씬 묻어나는 말투로 보아 일어난 지 얼마 안 된 것 같았다. 잘
잤는지, 뒤척이다 깨진 않았는지, 온갖 것들이 다 걱정이지만 애
써 티 내지 않으며 하은이 말한다.

"나 밖에."

[학교야?]

"아니."

[그럼 어딘데.]

"나 저, 밥 먹고 있어."

우현이 심드렁한 목소리로 정수진이랑? 하고 묻는다. 수진과 단
둘이 먹는 건 아니지만 승효까지 포함된 연유를 설명해 줄 길이
막막해 하은은 일단 그렇다고 답해 버렸다. 거짓말 진짜 싫어하는
데. 그래도 화나게 하는 것보다야 낫지 않을까 싶고.

아직 오후이긴 하지만 해가 슬슬 들어가는 시점이라 공기가 차
다. 마침 불어오는 얕은 바람에 어깨를 한껏 움츠린 하은이 수화
기 너머 우현의 기척에 가만히 집중한다. 작게 들려오는 숨소리라
도 놓칠까 봐 조심한다. 눈앞에 또 우현이 아른거린다.

[알았어. 난 씻고 나가 봐야 해.]

"어디 가는데?"

[앨범 때문에. 대표님이 사무실 잠깐 들르래서.]

"아, 밥은? 먹었어?"

[아니.]

"배 안고파? 뭐라도 사 갈까?"

곧장 연습실로 가야 하는 걸 잊는다. 같이 가기 위해 승효가 학교 앞까지 찾아왔다는 것도 까맣게 잊는다. 이래서 줄곧 아까 정신을 놓았나 보다. 맛있는 것들을 볼 때마다 우현이 떠올라 순간순간 넋을 잃었던가. 오라면 당장 갈 기세인 하은이다.

[내가 봐야 한다니까. 됐어.]

"대충이라도 먹고 나가."

[알았다고. 집으로 바로 갈 거지?]

"그, 저기, 우현아."

아무래도 더 늦기 전에 말을 해야겠다 싶어 하은이 말을 꺼낸다. 댄서팀에 들어가게 됐다는 얘기를 어떤 식으로 시작해야 하나 잠시 고민하는데 우현이 뭐, 말해, 한다.

툭툭거리는 싸늘한 말투에 기가 죽는다. 평소와 다를 바 없다지만 건조하고 심드렁한 낮은 허스키에 말문이 턱 막힌다. 싫어할 텐데. 어쩌지. 조금 더 뜸을 들이자 우현이 짜증을 부린다.

[말하라고. 뭐.]

"나 있잖아."

[너 뭐. 말해.]

"내가 저기."

[에이, 전화 들어오잖아. 끊어.]

"저."

미련 없이 끊겨 버린 전화가 뚜뚜 종료음을 낸다. 머뭇머뭇 망설이다 또 기회를 놓친 스스로가 한심해 하은이 고개를 떨구며 숨을 내뱉는다. 언제 말하지? 어떻게 말해? 뭐 이렇게까지 말 한 마디 한 마디가 어려울까 싶다. 우현이 진짜 왜 이렇게나 어려울까.

그래도 얼굴을 직접 보고 말하는 게 낫지 않나 싶어 하은이 애써 씁쓸함을 억누른다. 전화보다는 화났는지 어떤지 바로 확인할 수 있게 눈 맞추고 얘기하는 편이 여러모로 나을 거니까. 사실을 알아도 부디 화내는 일이 없었으면.

"10분간 휴식!"

"아아아……."

수도 없이 반복하던 춤 연습이 끝나자 여기저기 쓰러지는 사람들이 속출한다. 죽겠다며 끙끙 앓는 소리가 곳곳에서 터져 나와 흡사 병원 응급실을 방불케 한다. 후끈 달아오른 열기로 가득한 연습실 바닥에 승효와 하은도 털썩 엉덩이를 댄다.

"환장하겠네. 뭐 이렇게까지 힘드냐."

"내 말이. 한 번만 춰도 숨이 턱턱 막힌다."

"난이도 대박. 여태 이런 안무는 없었는데. 와."

못 당하겠다며 고개를 절레절레 젓는 댄서들이 너도나도 푸념을 늘어놓는다. 그 어떤 안무라도 무대에서는 결코 힘든 내색을 해선 안 되는데 가뜩이나 이런 굉장한 수준의 안무를 소화해 내야 한다니 벌써부터 걱정이 태산이었다. 혹 쓰러지는 건 아닐지.

힘겹게 차오른 숨을 몰아쉬던 하은이 손부채질을 하며 거울에 등을 기댄다. 송골송골 맺힌 땀을 소매로 대충 훔쳐 내려는데 한 발 앞선 승효가 수건을 내민다. 언제 이런 걸 다 챙겨 왔담. 고맙다는 말과 함께 받아 든 하은이 젖은 이마와 얼굴을 닦는다.

"근데 민우현 그 녀석 진짜 신기하지 않냐?"

나가서 음료수라도 사 오겠다며 승효가 몸을 일으킨다. 저만치 걸어가는 승효의 뒷모습을 보던 하은이 들려온 말에 고개를 돌린다. 그랬다가 다시 안 듣는 척 시선을 거두고서 얌전히 귀만 기울였다. 그의 이름만 들어도 심장이 막 두근두근한다.

"저번에 봤지? 힘든 기색 별로 없는 거?"

"맞아. 몇 시간을 계속 반복하고도 팔팔하더라."

"재능은 진짜 타고난 거 같아. 안무도 이렇게 잘 짤 수가 없잖아."

"그럼 뭐하냐. 스타이기 전에 인간이 돼야지. 안 그래?"

"그건 그래. 걘 글렀어. 성격만 봐도 아주 대스타감은 아냐, 절대."

"맞아, 맞아."

하은이 보기에도 구성력이 굉장히 뛰어난 안무였다. 쉴 틈이 별로 없어서 그렇지, 동작 하나하나가 노래와 절묘하게 어울렸다. 게다가 잘 쪼개진 비트를 어쩜 이리도 잘 타게 만들었는지 춤을 추는 내내 절로 흥이 나기까지 했다. 물론 정말 딱 한 가지, 난이도가 높아 너무 힘들다는 것이 문제지만 짜임새로는 완벽한 수준이었다.

쏟아지는 칭찬에 괜히 흐뭇하려던 하은이 비난으로 마무리되는 대화를 들으며 입술을 굳게 다문다. 인터넷이고 어디고 누가 우현을 씹는 것은 참 속상하다. 환영받지 못할 성격인 게 사실이래도 잘 알지도 못하는 사이에 저렇게 뒷담화를 하다니 못내 화가 치밀어 시무룩해지고 만다. 아닌데. 우현이 완전 대스타 될 건데. 미간을 구긴 하은이 목티를 펄럭거리며 열을 식힌다.

"잠깐 나와 봐."

"왜."

"잠깐만 나가자고. 일어나."

편의점을 다녀온 승효가 음료수로 가득 찬 큰 봉지를 들고 나타나자 댄서들이 환호한다. 단장보다 낫다는 말까지 해 가며 잘 먹겠다는 선배 댄서들에게 살갑게 웃어 준 승효가 음료수 두 개를 들고 하은에게 다가서다 표정을 굳힌다.

갑자기 다짜고짜 나가자는 승효의 말을 못 알아들은 하은이 그저 물끄러미 올려다본다. 하은의 손을 거칠게 잡아챈 승효가 하은을 억지로 일으켜 세운다.

"어어, 너희들 진짜 사귀냐?"

"안 돼. 사내연애 금지야, 이것들아."

"놀고 있네. 그럼 너도 미현이랑 깨지든가."

"이 자식이. 안 그래도 요새 얼굴 못 봐 죽겠구먼."

어디서 염장질이냐고 우스갯소리를 지껄이는 선배들의 말을 적당히 웃으며 넘긴 승효가 하은을 연습실 밖으로 데리고 간다. 이유도 알려 주지 않고 무작정 잡아끄는 승효의 행동에 하은이 황망해진다. 왜, 무슨 일인데? 승효가 인상을 찌푸린다.

"야, 여기 남자화장실이야. 야!"

계단을 올라가기에 바람을 쐬러 나가자는 줄 알았더니 갑자기 위층 화장실로 들어간 승효가 문을 잠근다. 칸을 하나하나 모두 열어 보며 사람이 없다는 걸 확인한 승효가 하은을 데리고 거울 앞으로 간다. 어리둥절해 있는 하은을 승효가 제 앞에 세운다. 그리고는,

"이거 뭐야."

"그."

"민우현이야? 맞아?"

"……."

승효가 다소 격하게 하은의 목티를 끌어 내린다. 다른 손으로는 어깨를 꽉 붙잡고서 오도 가도 못 하게 만든 상태라서 미처 피하지 못한 하은이 거울을 통해 승효와 눈을 맞춘다. 사납고 험한 표정. 잔뜩 일그러진 눈매로 노려보는 승효가 낯설다.

"맞지? 걔 말고 또 누가 이런 짓을 하겠어, 너한테. 안 그래?"

"놔줘."

"바보짓 하지 말랬더니 기어이 했나 보네? 그러냐?"

"놔 달라고, 좀. 비켜."

"너 진짜 제정신이야?"

살짝 언성을 높인 승효가 윽박지르듯 다그친다. 아무도 없다지만 화장실 안이 울릴 만큼 크게 터져 나온 목소리에 하은이 어깨를 움찔한다. 맨날 실실거리고 눈웃음만 쳐 대던 녀석이 화를 내니 제법 무섭다. 승효가 화를 삭이려 한숨을 내뱉는다.

"뇌가 있기는 한 거냐? 생각이란 걸 하기는 해?"

"야."

"좋아한다고 넙죽 안기지 말랬지. 자존심도 없어?"

"그런 거 아냐. 놔줘."

"그럼 뭔데. 내가 이깟 거 구분도 못 할 거 같냐? 맞잖아!"

속일 사람을 속이라며 승효가 한 번 더 다그친다. 어깨를 꽉 움켜쥔 승효의 손을 떼어 내려던 하은이 가만있으라며 힘을 확 싣는 승효 때문에 멈칫한다. 똑바로 봐, 이래도 아니라고? 하은이 내렸던 시선을 들어 올린다. 목덜미의 붉은 자국이 선명하다.

하염없이 거울을 들여다보고 있자니 금세 또 어제의 기억이 떠오른다. 한껏 나른한 눈으로 바라보던 우현과, 점점 가까이 다가오던 우현의 얼굴과, 조심조심 닿아지던 촉촉하고 말랑한 입술과…….

당장 우현이 제 목덜미를 물고 빠는 것처럼 한순간 몸 전체가 화끈거린다. 좋아서 뿌리치지 못했어. 그게 이렇게 비난받은 일이야? 은연중 울컥 화가 치밀어 입술을 꾹 물었다. 그런 하은을 보며 승효가 한숨을 내쉰다.

따뜻한 날씨에 갑자기 웬 목티려나 했다. 저도 모르게 자꾸 목 부분을 만지작거리는 하은이 승효는 솔직히 계속 신경이 쓰였다. 연습하는 내내 덥다며 힘겨워하는 걸 보고 이상하다 싶더라니 이런 일이 있을 줄은 꿈에도 몰랐다. 진짜, 무슨 이런, 하…….

엄연히 말해 간섭할 일이 아닌 것 같으면서도 짜증이 솟는다. 어디까지나 우현과 하은 둘이 알아서 해야 하는 일이란 걸 알지만 화가 너무 나서 견딜 수가 없다. 애매모호. 불확실. 하은을 보면 떠오르는 이런 단어 자체가 승효는 왠지 거슬리고 찝찝하다.

"그래서, 이제 사귀는 거냐?"

가늘게 일렁이는 눈으로 거울만 응시하는 하은을 향해 승효가 묻는다. 그런 거라면 그만 상관할게, 라는 의도를 담고 던진 질문에 하은이 대답을 못 한다. 뻔하다. 몇 년씩 질질 끌어온 이따위 관계가 하루아침에 나아질까. 승효가 하, 짧게 웃는다.

"사귀지도 않는데 잤어? 너 그래?"

"안 잤어."

"안 잤으면 뭐, 목에 키스만 했다는 거야?"

"하든 말든. 신경 꺼."

"서하은."

"왜."

"너 그렇게 쉽냐."

뭐……?

괜한 실랑이는 그만두고 나가자며 몸을 돌리려던 하은이 승효의 빈정대는 말에 동작을 멈춘다. 별 뜻 없이 던져 보는 거라기엔 승효의 눈빛에 선 날이 너무도 예리하고 날카롭다.

쉽냐. 쉽냐……라. 정곡을 찔린다는 건 이런 게 아닐까 싶다. 하은이 멍해진다.

"모르나 본데 남잔 쉬운 여자 안 좋아해. 그냥 갖고 논다면 모를까."

"……."

"그러길 바라는 건 아니지? 민우현 장난감이라도 됐으면 싶은 거야, 설마?"

"그만해."

"너야말로 그만해. 정신 좀 차려, 인마. 아직도 모르겠어?"

언제 어느 때고 부르는 대로 쪼르르 달려가는 거, 사랑 아냐. 전화 못 받아 화낼까 봐 맘 졸이고 눈치 보는 거, 그것도 사랑 아냐. 감정을 서로 주고받을 수 있어야 제대로 된 관계야. 이렇게 질질 끌려 다니고 한심하게 구는 거 서로에게 못할 짓이야, 몰라?

쉴 새 없이 이어지는 승효의 말들에 하은이 아무런 반박도 못하고 시선을 떨군다. 알고 있는 사실을 깨우치는 것만큼 가슴이 아픈 일도 없을 것이다. 수진이 만류할 때마다 안 들리는 척 귀를 막고 외면했지만 사실 하은도 제법 흔들리고 있었다. 아무것도 바라지 않겠던 다짐들이 점점 희미해지고 있음을, 좋아하는 것만으로 만족할 수 있다던 결심이 점차 변해 가고 있음을 알면서도 모른 척 스스로를 위로했다.

좋아서. 너무 좋아서. 그 정도로 민우현이라는 녀석에게 마음을 빼앗겼기에. 대체 어디서부터 잘못됐던 걸까. 이 무조건적인 바라봄이 정말 잘못일까. 바꿔 보려 욕심을 내보는 게 나은가. 녀석과, 마주 볼 수 있을까. 내가? 과연?

……우현아…….

"알고 싶지 않냐. 민우현이 무슨 생각으로 너한테 이러는지."

간신히 마음을 추스른 하은이 선배들이 찾겠다며 앞장을 선다. 화장실 문손잡이를 막 잡았을 때 흘러나온 승효의 말에, 그러나 하은은 뻣뻣이 굳어 조금도 움직이질 못한다.

우현의 생각. 우현의 속내. 알고 싶지만 두려워지는 묘한 마음. 왜일까.

"확인해. 확인해서 너한테 진심 있는 거 아니면 때려 치워. 더는 이런 식으로 바보같이 굴면서 놀아나지 말고."

"어떻게."

"도와줄게. 나 이용해. 어때?"

무슨 뜻이냐는 얼굴로 돌아보는 하은을 향해 승효가 고개를 살짝 비스듬히 기울인다. 동그랗고 귀여운 눈이 제법 길게 쭉 찢어져 예리하게 빛난다. 하얀 피부가 서늘해 보이는 건 왜인지. 전에 없게 진지해진 승효가 입을 연다.

"내가 너 좋아하는 것처럼 연기할게. 민우현이 어떻게 나오는지 보자."

"연기?"

"신경을 쓰는지 무시하는지 보자고. 널 좋아하는지 아닌지. 어디 한번."

"……좋아하긴."

자신감 없이 말끝을 흐리고 마는 하은의 모습에 승효가 미간을 좁힌다. 그러니까 확인해 보자는 거야. 대체 무슨 의도로 네게 이러는지. 진짜 심심풀이 땅콩으로 평생 놀아날 거 아님 기회 줄 때 잡으라며 승효가 하은을 설득한다. 하은이 못내 망설인다.

"나쁠 거 없잖아. 시험해 봐."

"우현이를?"

"그래. 좋아하는 거 아니면 이참에 너도 마음 접어."

"싫은데."

"뭐?"

"마음 접기 싫다고. 우현이 계속 좋아하고 싶어. 우현이 기분 나쁠까 봐 연기도 안 할래. 됐어."

"그럼 연기 말고 진짜로 사귀든가. 나랑."

……?

미련 없이 시선을 거두고 문을 열려는 하은의 손목을 승효가 획 낚아채 돌려세운다. 살짝 열렸던 화장실 문이 거칠게 도로 닫힘과 동시에 승효가 하은을 문에 밀어붙이고 바짝 다가선다.

너무 가깝다. 우현 말고 다른 녀석과 이 정도로 가까이에서 얼굴을 맞댄 경험이 없는 하은이 심하게 당황한다. 이리저리 흔들리는 하은의 눈동자를 지그시 바라보며 승효가 말한다.

"만나. 일단 만나자, 우리. 그럼 너도 생각 바뀔 거야."

"저리 가."

"다른 사람은 안 될 거라 생각하니까 더 헤어 나오질 못하는 거야. 네가 그 녀석 하나만 미련하게 바라보니까 네 머리까지 마비

되고 난리잖아."

"글쎄, 저리 좀."

가까이에서 마주하는 승효는 너무 낯설었다. 원래 이렇게 생긴 녀석이었을 텐데도 잘생긴 눈코입 모두가 처음 보는 사람의 것처럼 어색하고 생경해 시선 맞추기가 다소 힘들었다. 게다가 피부는 어찌나 밝은지 눈이 부시다는 느낌마저 받고 만다.

하은이 시선을 피하며 어떻게든 빠져나오려고 애를 쓰지만 너무도 단단히 양쪽 손목을 부여잡고 있는 승효다. 싫어. 우현이 말고 누구도. 다 싫어. 마음이 확고하자 몸 전체에 거부반응이 일어난다. 그런 하은에게 승효가 조금 더 바짝 얼굴을 들이민다.

"나 너한테 관심 있어. 아니, 호감. 꽤 많이."

어느새 많이 가라앉은 승효의 목소리가 진지하다 못해 그윽하게 귓가에 울린다. 나지막한 굵은 목소리. 영 적응이 어렵다.

"만나고 싶어. 만나자, 서하은. 나랑."

"놔줘."

"미안한데 내 타입 아니란 말 거짓말이었어. 잘해 줄게. 진짜 잘할게, 너한테. 그러니까."

"쉬워서 이래?"

"뭐?"

"너도 내가 쉽냐? 쉬워 보이냐, 내가……?"

당장이라도 입을 맞출 수 있을 밀접한 거리가 부담스러워 몸을 뒤틀던 하은이 딱딱하게 내뱉는다. 상처받은 아련한 눈빛에 승효는 뭐라 더 다그치려던 걸 잊고서 입을 다문다.

생각 없이 행동한다고 진짜 생각이 없지는 않아. 하은이 곧 말을 잇는다.

"안 그래도 돌겠어. 머리가 깨질 것 같아. 하루에 수백 번도 더 고민해. 관둘까. 그만할까. 그럴까."

"근데."

"근데도 안 돼. 안 되는 걸 어쩌라고. 눈만 뜨면 자동으로 우현이만 떠올라. 심장이 아예 우현이만 향해서 뛰어."

"서하은."

"네 도움 필요 없어. 누구 도움도 필요 없어. 그만 비켜."

굳이 이렇게까지 겁주지 않아도 충분히 힘들다며 하은이 나지막이 읊조린다. 충고와 걱정 모두 고맙지만 주제넘은 친절은 접어두라면서 싸늘하게 경고한다. 단호하다. 확고하다. 그런데 도리어 안쓰럽기 그지없다. 괜찮단다. 도움 따위 필요 없다며.

노파심이 너무 거칠게 나와 버렸나 싶어 승효가 주춤거리는 틈을 타 하은이 손을 뿌리치고 승효의 가슴팍을 떠민다. 맥없이 뒤로 밀려나는 자신을 외면하고 그대로 나가 버리는 하은을 승효가 뒤쫓는다. 미안해. 기분 나빴다면 내가 사과할게, 미안. 절대 쉬워 보여 건넨 말 아니었다는 승효의 사과를 귓등으로 들으며 하은은 걸음을 옮겼다. 들려오는 음악소리. 하은이 서두른다.

"죄송합니다."

"죄송요. 죄송, 죄송."

그새 연습이 시작된 모양이었다. 줄을 맞춰 선 채 안무 동작을 선보이는 선배 댄서들을 보고 기겁을 한 하은과 승효가 얼른 연습실 안으로 뛰어 들어간다. 왜 이제 오냐는 듯 원망 섞인 눈으로 바라보는 선배들을 향해 고개 숙여 사과를 건넨 하은과 승효가 맨 뒷줄로 가서 선다. 그러다가,

"……!"

이제 막 2절 후렴 부분이 시작되려는 걸 알아챈 하은이 다음 동작을 준비하려다가 멈칫한다. 뻗으려고 어깨까지 올린 양쪽 손이 힘없이 툭, 떨어진다. 굳은 듯 미동조차 할 수가 없는 몸. 심하게 벌렁거리는 심장.

어, 어떻게…… . 너……?

제 눈을 의심했다. 너무 보고 싶고 그리워서 혹 환영을 보나 생각하며 연거푸 눈을 깜빡이던 하은의 얼굴이 새하얗게 질리고 만다. 점차 곤란해지는 호흡이 이러다 멈춰 버리지는 않을까 염려되기까지 한다. 파르르 떨려 오는 손끝. 몸 전체.

댄서들을 바라본 채 앞쪽 소파에 앉아 있는 우현과 눈이 딱 마주쳐 버렸다. 다리를 꼰 거만한 자세인 우현의 얼굴이 급속도로 어두워진다. 더는 싸늘해질 수 없을 만큼 식어 버리는 우현의 눈빛에 하은이 입술을 깨문다. 우현의 미간이 심하게 일그러진다.

"자, 다시 가 보자. 원, 투, 쓰리, 포!"

음악이 끝나고 다시 시작될 즈음에야 간신히 정신을 차린 하은은 시선을 내리깔고 춤에 집중했다. 괜한 헛기침으로 주의를 환기시켜 주는 승효 덕분도 있었지만 어쨌거나 마냥 헷갈리고만 있을 수는 없다는 판단에서였다.

우현과 단둘이 있는 게 아니라 여러 사람들이 함께인 곳이다. 어영부영 미적거리다가 댄서팀에 민폐를 끼치는 건 안 될 말이니 최선을 다할 수밖에.

뻔히 눈앞에 보이는 우현을 없는 사람 취급하는 것은 실로 어려운 일이었다. 이미 온몸의 세포들이 우현을 향해 반응하고 있는데다가 자꾸만 쳐다보고 싶어 안달이 나기도 했다.

참아. 참아 봐, 어떻게든. 하은이 이를 악물고 동작들을 소화한다. 한편,

— 형, 댄서들 연습실로 가.
— 거긴 갑자기 왜?
— 중간 점검. 잘하고 있나 볼 겸.
— 알았다. 그럼 내가 김 단장한테 연락…….
— 하지 마. 기습해야 농땡이 치는 걸 잡지. 그냥 가.

심기가 잔뜩 불편한 얼굴이 된 우현이 느릿하게 눈을 깜빡인다. 얼핏 보기엔 전체적인 구도를 감상하는 듯 보이지만 곧게 내지르는 차가운 시선은 단 한 곳만을 향해 있었다. 불쾌하기가 이루 말할 수 없을 만큼 심각하다. 기분이 참, 더럽다.

전화를 할까 말까 무던히도 망설였다. 학교 끝나고 곧장 집으로 갔어야 할 녀석이 밖에서 밥을 먹고 있다는 말에도 꾹꾹 눌러 화를 참았었다. 이따 부를까. 얼굴이나 잠깐 보게. 댄서들 연습만 점검하고 연락하자던 생각이 보기 좋게 어그러져 버렸다. 뭐든 계획에서 벗어나는 건 짜증나게 싫다.

잠깐 시선을 떨군 우현이 옅은 한숨을 내뱉고서 다시 하은을 노려본다. 생각지도 못했던 곳에서 녀석을 만나 버린 지금이 못 견디게 거슬린다. 하나도 반갑지 않다. 그저 울컥울컥 화가 치밀 뿐.

이런다 이거지. 슬슬 이런 식으로 나온다는 거지, 너. 네 녀석 거짓말 한 번은 참았어. 어떻게 또 나를 속여, 네가. 말해 봐. 대체 이게 뭐하자는 짓거린지. 어?

야, 서하은. 너 진짜 웃긴다? 뭐냐, 너? 뭔데. 하…….

208

하도 어이가 없어 말문이 다 막힌다. 갈수록 썩어 가는 표정을 감당하기 힘든 우현이 미간을 구기는 것으로 속을 가라앉힌다. 아무리 거듭 생각해 봐도 상황이 말이 안 된다. 아니, 말이 되려면 될 수야 있겠지만 받아들이기 싫어선지 계속 짜증만 난다.

당장이라도 버럭 소리를 지르고 싶은 마음이 간절하다. 하은의 손을 잡아끌어 밖으로 뛰쳐나가고 싶은 걸 우현은 겨우겨우 참고 있다. 지금 이게 어떻게 된 건지 설명하라고, 왜 진작 얘기하지 않았냐고 이것저것 두서없이 마구 따져 묻고 싶어 안달이 날 지경이다.

그럼 하은은 뭐라고 할까. 어떤 표정과 어떤 눈빛을 하고서 쳐다볼까. 뻔한 거다. 눈조차 제대로 마주치지 못하고 안절부절못하겠지. 미안하다고, 말하려 했는데 못 했다고, 잘못했다고 빌겠지. 화낼까 소리 지를까 전전긍긍하면서 그러겠지, 녀석은.

그런 모습 보는 것도 이젠 지겹다. 마치 당연한 일인 것처럼 하은이 제게 기를 못 펴고 쩔쩔매는 꼴을 우현은 왠지 더는 보기가 싫다. 싫증이 났다는 것과는 차원이 다르다. 지금도 저렇게 앞조차 똑바로 못 보는 꼴이라니. 우현의 시선이 살짝 옆으로 옮겨진다.

⋯⋯너는 또 왜 여기 있냐. 네가 왜, 서하은 옆에 있냐고. 대체 왜.

설마 했더니 또 승효다. 그새 얼굴을 익혀 버린 이유가 범상치 않게 생겨서라기보다는 우현에게 있어 승효의 존재 자체가 달갑지 않아서라고 보는 것이 맞다. 긴 팔과 다리를 움직여 안무를 잇는 승효를 쳐다보는 우현의 눈에 점점 더 힘이 실린다.

마주칠 때마다 하은과 함께였다. 그러고 보니 요 며칠, 저 녀석을 볼 때마다 꼭 하은이 그 주변에 있었다. 어쩌면 어제도 둘이 같이 있었을까. 뛰어왔다며 온통 땀범벅이던 하은의 모습이 우현의 눈앞을 빠르게 스쳐 지나간다.

그랬다는 거지. 어제도. 너희 둘. 진짜 웃기네, 이거. 기분 진짜 뭐 같네.

……아, 씨발. 하!

밑도 끝도 없이 솟구치는 울화에 결국 눈을 질끈 내리감은 우현이 고개를 떨군다. 무릎 위에 팔꿈치를 얹고서 푹 수그리는 우현의 모습에 맨 앞에서 춤을 추던 단장 성태가 멈칫한다. 분위기가 심상치 않다.

뭐가 또 마음에 안 들어서 저러나 싶어 성태는 급히 음악 끄라는 신호를 보냈다. 거친 숨을 몰아쉬며 멈춰 서는 댄서들. 그제야 하은이 용기 내어 우현을 살핀다. 그런 하은을, 승효가 조심스레 쳐다본다.

"왜, 어디 문제 있어?"

"……."

연락도 없이 찾아온 게 괘씸해서 문전박대하려다가 용케 참았다. 어린놈의 자식이 기어오르다 못해 머리 꼭대기에서 잘난 척 깐족대는 꼴이 열받지만 어쨌거나 갑은 틀림없이 우현이었다. 이 정도면 녀석 성에 찰 거라는 확신으로 알아서 연습한 걸 보여 주겠노라 했던 성태가 심각한 우현의 표정에 천천히 다가가 질문을 던진다.

묵묵부답. 미동조차 않고 고개만 숙이고 있는 우현이 어깨를 들썩여 깊은 한숨을 토해 낸다. 한없이 무거운 그 한숨 소리가 어쩐지 싸늘해 여기저기서 댄서들이 흠칫흠칫 놀란다. 그야말로 폭풍

전야. 또 어떤 싸가지 발언이 나와 줄는지 심히 걱정스럽다.

"이제 꽤 맞잖아. 며칠 더 연습하면 완벽해져."

"……."

"애들도 열심히 하고 있거든. 웬만하면 그냥 넘어가는 게."

"거기 뒤에 둘."

잔뜩 내리깔려 잠긴 허스키한 목소리로 우현이 읊조린다. 그다지 큰 소리가 아니었음에도 다들 숨을 죽이고 지켜보는 탓인지 단번에 알아들은 하은의 표정이 굳는다. 서로서로 눈치를 보던 댄서들의 시선이 승효와 하은에게로 향한다. 우현이 말한다.

"외우기만 한다고 다 춤이 아닐 텐데."

"아, 쟤네들 어제 들어와서 그래. 조금만 다듬으면."

"잘라요."

덧정 없이 툭 내뱉은 우현이 천천히 고개를 든다. 무미건조한 시선으로 쳐다보는 우현과 눈이 마주치자 하은의 심장이 쿵, 내려앉는다. 대수롭지 않다는 듯, 정말 하등 상관없다는 듯 보는 우현의 눈빛이 소름 끼치도록 서늘하다. 우현이 일어선다.

"잘라 버리라고요. 둘 다."

"뭐? 아니, 이제 시작인 애들을 왜."

"못하면 잘라야지. 쟤들 안 늘어요. 내가 알아."

"우현아."

"자르라고. 더 말 안 해요. 알았어요?"

토 달지 말라며 우현이 눈을 부라린다. 이제껏 굉장히 많이 참았다고 생각했는데 그런 노력들이 허사가 될 만큼 참 재수 없는 눈빛과 표정이었다.

한계다. 더는 못 해. 카디건을 챙겨 드는 우현의 어깨를 성태가 붙잡는다. 발끈한 우현이 눈을 치켜뜬다.

"안 돼. 못 잘라. 그냥 해."

"놔요."

"내 팀 멤버는 내 권한이야. 네 멋대로 자르라 마라 할 수……."

"놓으랬잖아! 놔!"

발악하듯 소리 지른 우현이 성태의 팔을 힘껏 뿌리친다. 에이씨, 하고 덧붙이는 쓴소리가 아니더라도 지나치게 날이 서 버린 매서운 눈빛에 성태를 포함한 댄서들의 어안이 벙벙해진다.

까칠하기로 유명한 녀석이 결국 폭발해 버리자 뿜어지는 냉랭한 기운이 장난 아니게 위태롭고 위압적이다. 금방이라도 한 대 올려붙일 것처럼 날카롭게 째린 우현이 성태를 향해 다그친다.

"권한 좋아하네. 자르라면 잘라."

"얀마."

"단장이라고 같잖게 유세 떨고 싶어? 실력부터 어떻게 하고 떨어, 그럼."

"야, 민우현. 야."

"아니다. 그냥 내가 팀을 바꿀까?"

그렇게 해 드려요? 라고 덧붙인 우현이 비죽이듯 한쪽 입가를 말아 올린다. 저 두 녀석 안 자를 거면 차라리 그 편이 낫겠다며 어쩌겠느냐고 재차 묻는다.

일이 말도 못 하게 꼬여 간다. 아예 팀 전체를 바꿔 버리겠다는 우현의 발언은 실로 충격적이었다. 싸가지가 없어도 너무 없어 주시는 우현의 만행에 댄서들이 소리 죽여 혀를 찬다. 성태가 난감함에 뭐라 말을 잇지 못한다.

걷잡을 수 없이 악화되는 상황을 느끼며 하은이 떨리는 손끝을 꼬옥 움켜쥔다. 괜한 분란을 만든 당사자가 된 듯한 기분에 말도 못 하게 불안해져 입술만 연신 깨물고 있었다. 그러지 마. 화내지 마, 우현아. 제발. 응……?

여기서 더 소란이 날까 겁이 난다. 당장 달려가 우현을 말리고 싶은데 감히 나설 수가 없다. 누구라도 뭔가를 해야만 할 것 같은 상황. 그런데, 픽, 웃음소리가 들린다.

"진짜 대박이네. 성격 참."

빈정거리는 티가 역력한 말투에 모두의 시선이 돌아간다. 움찔, 하고 놀란 하은이 서둘러 옆으로 고개를 돌린다. 주머니에 두 손을 꽂고 삐딱하게 선 승효가 짧게 웃는다. 우현이 조용히 승효를 노려본다.

"뭐 이렇게까지 위아래가 없냐. 멘탈이 너무 어리네. 어려도 아주 무슨, 와."

이거야 원, 거의 유치원생 수준이 아니겠느냐 말로 뭐라 뭐라 빈정대는 승효를 보던 우현이 천천히 눈을 감았다 뜬다. 도발, 아니면 괜히 한번 뻗대 보는 객기. 딱 그 수준. 이런 식의 공격이 처음은 아닌데 왠지 더 화가 난다. 상대가, 승효라서일까.

네깟 게 뭔데 까불어. 네 자식이 뭔데 서하은 옆에 있어, 지금. 네가 뭔데. 너 같은 게 대체 뭐라고. 뭔데, 새끼야.

야, 서하은.

너 왜 이렇게 나를 쥐고 흔드는 거냐. 대체 왜. 어……?

"……."

"……."

한 발 한 발 느리게 다가간 우현이 승효의 앞에 선다. 조금도 어긋남 없이 마주친 둘의 눈이 거의 비슷한 기세로 활활 타오르고 있었다. 심각하리만치 사나운 우현의 눈빛에 승효가 지지 않고 맞선다. 댄서들이 겁에 질린 채로 둘을 주시한다.

일촉즉발의 위험한 상황 같다는 생각이 들어 다가가 말리려는 성태를 막내 주영이 잡는다. 설마하니 육탄전까지 벌이겠냐마는 그래도 맘이 불안한 건 어쩔 수가 없다. 고개를 비스듬히 기울인 우현이 미간을 좁힌다. 승효가 눈을 깜빡인다.

"뭐랬냐."

"들으신 그대로."

"내 성격이 맘에 안 들어?"

"설마 몰라서 묻는 건 아니지?"

따박따박 한마디씩 사이좋게 주고받은 우현과 승효가 약속이나 한 듯 다시금 입술을 닫는다. 아주 씹어 죽일 것처럼 마구 노려보는 우현의 눈빛에 갈수록 더 매서운 서늘함이 실린다. 시선만으로도 살인이 가능할 녀석이 바로 민우현이 아닐까 싶다.

솔직히 꽤 무섭긴 한데 쫄는 건 딱히 내 스타일이 아니라서 말이야. 태연한 척 승효가 눈썹을 살그머니 들었다 놓는다. 제법 여유를 부리는 것도 같은 그 모습에 우현의 심기가 더욱 뒤틀린다. 낮은 목소리의 우현이 조곤조곤 씹듯이 내뱉는다.

"까불지 마라."

"까부는 게 아니라 충고하는 건데."

"입 함부로 놀리지 말라고 했다."

"너 말고 다른 사람들 생각도 좀 하란 말이야. 성격이 그 모양이면 주변에서 힘들지 않겠어?"

한층 더 사납게 곧장 받아치려던 우현이 잠시 말을 아낀다. 묘한 뉘앙스에서 벌써 그 속뜻을 알아차린 우현의 시선이 이내 옆쪽으로 이동한다. 노심초사 바라만 보고 있던 하은이 화들짝 놀라 어깨를 움츠린다.

주변이라. 이게 진짜 해보잔 거야?

하나부터 열까지 다 맘에 안 든다. 처음 봤을 때부터 유독 거슬렸었다, 이 자식. 표정을 굳힌 우현이 승효를 쏘아보며 말한다.

"태어나길 이렇게 태어났어. 못 고쳐, 나는."

단어 하나하나 힘주어 내뱉은 우현이 아주 조금 더 승효의 앞으로 다가선다. 우현의 눈동자에서 아무런 감정도 읽히질 않는다.

"싫으면 네가 피해. 나더러 고치라고 건방 떨지 말고."

"계속 그러고 살겠다는 거냐?"

"물론."

"웃긴 놈이네. 세상 너 혼자 살래?"

"이렇게 살아도 있을 녀석은 있거든. 내 옆에."

그러니까 주제넘게 까불지 마, 라고 우현이 읊조린다. 딱딱한 표정과 서늘한 눈빛보다 확신에 찬 말투가 하도 아무렇지 않아 저절로 수긍이 된다. 있을 녀석은 있다는 말이 가리키는 상대가 누군지 똑똑히 알겠다. 승효가 저도 모르게 인상을 찌푸린다.

조금 더 그렇게 승효를 노려보고 서 있던 우현이 천천히 뒷걸음질을 친다. 돌아서기 직전 아주 짧은 순간에 우현은 하은을 향해 너른 시선을 던졌다. 못 고쳐, 나는. 못 고쳐. 나는. 되뇌어지는 우현의 목소리에 하은이 고개를 떨군다. 목이, 메인다.

"와하하하하하! 마셔, 마셔! 건배!"

군기 잡는 것만 일등인 줄 알았더니 호들갑도 이런 호들갑이 없다. 마치 복권에라도 당첨된 사람처럼 잔뜩 들떠 흥분 상태인 성태의 지시에 댄서들이 일제히 맥주잔을 들어 올린다. 쨍, 하고 부딪힌 잔들을 각자 입으로 가져가선 술을 한 모금 크게 머금었다.

우현이 사라지자마자 성태는 연습 종료를 명함과 동시에 근처 술집으로 팀을 이끌고 와 버렸다. 앞으로 뭐가 어찌 되든 일단 마시고 보자는 성태의 모습은 멘탈 붕괴의 전형적인 형상이었다. 말리긴 말려야겠는데, 누구 하나 나서지 못하고 잠자코 술만 홀짝거리던 댄서들이 서로서로 눈치를 본다. 모처럼 이루어지는 회식이 이렇게까지 찜찜할 수도 있다니 그저 놀랍다.

"승효, 우리 승효 군 어디 계시나."

기분 좋게 잔을 비운 성태가 고개를 두리번거리며 승효를 찾는다. 조금 떨어진 자리에서 묵묵히 잔만 만지작거리던 승효가 성태를 향해 한 손을 들어 보인다. 새로 받은 맥주잔을 집어 든 성태가 몸소 일어나 승효의 옆자리로 가 앉으며 입을 연다.

"잘했어. 아주, 잘했어. 십 년 묵은 체증이 다 내려갔다, 덕분에."

"네?"

"민우현 그 자식, 티는 안 내도 무지 열받았을 거야. 아, 꼬셔라. 우히히."

어허, 이 무슨 단장답지 못한 깨방정이란 말인가. 서른이나 드신 큰형님이 저리 망가지는 모습을 보게 될 줄 미처 몰랐다는 댄서들의 얼굴이 하얗게 질린다. 그래도 명색이 국내 최고의 댄서팀을 이끄는 수장인데 말이다. 성태가 승효의 어깨를 도닥이듯 툭툭 친다.

"넌 이제부터 내가 책임진다. 걱정 말고 마셔."

"하하, 근데 저, 앞으로 어떻게 되는 건지……?"

"그래요, 형. 우리 이제 어떻게 되는 거예요?"

"진짜 민우현이 팀 바꿀까요? 우리 말고 다른 데로?"

"그럼 안 되잖아요. 어떡해요? 네?"

전문 댄서에게 무대란 단순히 끼를 발휘하는 현장이 아니었다. 엄연히 생계가 달린 일이었다. 실력을 쌓고 연줄을 잘 닦아 보다 많은 무대에 서야 수입도 많아지는 당연한 시스템을 익히 알고 있는 댄서들이 벌써부터 앞일을 심각히 걱정한다. 가장 핫한 민우현과 함께 무대를 꾸민다고 해서 엄청난 수입도 기대하고 있었는데 다 물거품이 되면 큰일이니까.

여기저기서 쏟아져 나오는 원성에 성태가 잠깐 입을 다문다. 아까는 그래도 단장의 체면을 생각해서 큰소리쳤지만, 막상 우현이 그러고 가니 가장 걱정이 되는 사람은 다름 아닌 성태였다. 진짜 바꾸면 어쩌지. 한 대표가 민우현 말이라면 뭐든지 다 들어준다던데 이를 어쩜담.

애써 태연하게 씩 웃은 성태가 어떻게든 알아서 하겠다며 다시 잔을 들고 건배한다. 쨍, 하고 울려 퍼지는 유리잔의 파열음. 각자 왁자지껄 웃고 떠들기 시작하는 댄서들을 보던 승효가 맞은편으로 시선을 준다.

"야."

"어?"

"너 괜찮냐?"

손에 쥔 핸드폰만 만지작거리며 넋을 놓고 있던 하은이 승효의 부름에 얼른 고개를 든다. 초점이 반은 풀린 흐리멍덩한 하은의 눈동자에 승효가 표정을 굳힌다.

217

신경 쓰지 마, 라고 작게 대답한 하은이 도로 고개를 떨군다. 승효가 한숨을 내쉰다.

"그렇게 걱정되면 네가 먼저 전화를 걸든가."

"됐어."

"전화 한 통 맘대로 못 해? 바쁠까 봐? 귀찮아할까 봐?"

"……."

"내가 대신 걸어 줄게, 이리 줘."

"어어, 야! 안 돼!"

장난으로 손을 뻗자 하은이 기겁을 하며 말린다. 품에 핸드폰을 꼭 안아 사수하는 하은이 어찌나 절박해 보이는지 기도 안 차 헛웃음만 터져 나온다. 대체 어디까지 망가질래. 언제까지 그럴래, 너. 못 말린다며 고개를 저은 승효가 맥주를 들이켰다.

마음 같아서는 당장이라도 우현의 집으로 가고 싶었지만 한 명도 빠지지 말라는 성태의 으름장에 하은은 할 수 없이 회식 자리에 따라왔다. 그래도 뭐, 어차피 우현의 전화 없이 멋대로 찾아갈 수는 없는 노릇이기도 하고.

한숨을 푹 내쉰 하은이 액정을 본다. 감감무소식. 쥐죽은 듯 조용히 잠든 핸드폰을 들여다보니 속이 타들어 간다. 화 많이 났을 텐데. 기분 엉망일 텐데. 어쩌지.

우현아. 저기, 그게…….

"혹시 삐쳤어?"

목소리가 듣고 싶어 미치겠다. 왜 걸었냐고 따지든 성가셔하든 일단 한번 걸어 볼까. 이런저런 생각을 하던 하은이 머지않아 지극히 당연하던 사실 하나를 깨닫는다. 댄서팀에 들어갔음을 우현에게 미리 얘기해 주지 못했던 자신의 어마어마한 실수를.

어째 상황이 진짜 멋대로 마구 꼬여 버린 것 같아 불안해하고 있는데 승효가 묻는다. 무슨 말이냐고 하은이 시선을 준다.

"아까 내가 나서서 기분 나빴냐고."

"뭐가."

"더한 말하려다 참은 거야. 너 때문에."

없는 소릴 지어낸 것도 아니니 기분 상할 것 없다며 승효가 하은을 달랜다. 누구라도 한 번쯤은 그렇게 짚어 줘야 깨닫는 둔한 인간도 있는 거라며 너무 신경 쓰지 말라 일렀다. 우현에게 뻗댄 자신을 혹 미워하지 말라고 당부한 승효가 하은을 향해 입꼬리를 올린다. 적당하면서도 살가운 눈웃음이었지만 지금만큼은 따라 웃을 기분이 아니었다. 하은이 모른 척 시선을 돌려 버린다.

솔직히 말해 아까, 하은은 상반된 감정에 휩싸였었다. 사람들이 우현의 성격에 대해 안 좋은 소리를 할 때면 좀 더 너그러이 봐 줄 수 없겠느냐 원망 섞인 마음이 드는 한편, 하은 자신이 우현을 더 욕먹게 방치한 건 아닌가 싶었다.

이렇게 태어난 이상 못 고친다고, 싫으면 피하라고, 그래 봤자 있을 녀석은 제 곁에 있어 준다고. 그러니 상관 말라고. 성질부리든 화내든 다 받아 줬던 게 어쩌면 우현을 타인과 분리하는 벽이 된 건 아닌지. 안 되는데. 안 되는 건데.

그럼 너 더 외로울 텐데. 난 너 외로운 거 싫어, 우현아. 내가 어떻게 하는 게 맞을까. 응? ……모르겠어.

"아, 형 뭐하는 거예요, 걔 술 못해!"

막내 주영에게 시킨 성태의 담배 심부름이 승효에게로 이어 넘겨졌다. 대수롭지 않게 술집을 나서 편의점을 다녀오던 승효가 저만치 앞을 발견하고는 기겁을 하며 달려간다. 주영과 건배한 맥주

잔을 깔끔하게 비우고 막 내려놓는 하은이 실실 웃는다.

"응? 잘만 받아먹던데. 그치, 하은아?"

"네에."

"이게 첫 잔이야? 이것만 준 거예요?"

"아니, 세 번짼데."

"미치겠네. 야, 일어나. 가자."

조명 탓인 줄 알았더니 벌써 두 볼이 발그레하다. 나름 서두른다고 했건만 간만에 경준에게서 전화가 걸려 온 것이 화근이었지 싶다. 하여간 그 형도 참, 춤 얘기만 시작하면 끝낼 줄을 몰라. 통화를 받아 준 스스로를 탓하는 승효가 하은을 일으켜 세운다.

느릿느릿 몸을 일으켜 바로 선 하은이 가방을 챙겨 든다. 어깨에 걸치려는 것 같은데 좀처럼 걸치질 못하는 하은을 승효가 돕는다. 이 녀석 이거, 애지중지하는 핸드폰도 놓고 갈 뻔했다. 한 사코 안 먹겠다고 빼는 걸 양쪽에서 붙들고 억지로 먹인 게 틀림없다.

"죄송합니다. 저희 먼저 가 볼게요."

"야, 너네 솔직히 불어. 진짜 사귀지?"

"네네, 사귑니다. 그러니까 가 볼게요. 내일 봬요."

"이야, 사귄대. 진짜 사귄다네. 괘씸한 것들."

"좋을 때다. 조심히 가라, 승효야."

"갈 때 뒤통수 조심하고. 잘 가~"

솔로 선배들의 열화와 같은 비난에 대충 화답한 승효가 서둘러 하은을 데리고 밖으로 나간다. 아직 걸음걸이마저 엉망이 될 정도는 아닌 하은이 가게를 나서자마자 혼자 갈 수 있다며 승효의 손을 뿌리친다. 승효가 화를 삭이고 입을 연다.

"손잡는 것도 안 돼?"

"안 돼."

"팔짱도?"

"어."

"왜?"

"우현이가 아니니까."

"야."

"내일 봐. 안녕."

한껏 달아오른 새빨간 얼굴로 하은이 해맑게 손을 흔든다. 눈은 반쯤 감겨 제대로 뜨지도 못하면서 그저 괜찮은 척 웃으며 돌아서는 하은을 승효가 보다 못해 따라간다. 택시를 잡아 주겠다고 좋게 타이르듯 말을 해도 하은은 들은 척도 않고 마냥 걷는다.

이따금씩 옅게 부는 밤바람이 제법 쌀쌀해 신경이 쓰인 승효가 몇 번이고 하은을 돌아본다. 술을 깨려는 의도인지 연신 제 볼을 찰싹이며 걷는 하은이다. 후우후우 한숨까지 내뱉어 가면서.

바람에 살짝 헝클어진 부스스한 머릿결이 자연스럽다. 깜빡거리는 눈꺼풀과 쉴 새 없이 옹알거리는 붉은 입술이 새삼 귀엽다. 들썩이는 작은 어깨도, 가녀린 목선도, 금방이라도 넘어질듯 엉성해 보이는 걸음조차도. 승효의 시선이 오래도록 하은에게로 머문다.

참 이상도 하지. 다른 건 하나도 안 부러운 그 녀석에게 순간순간 샘이 나. 너처럼 맹목적으로 좋아해 주는 사람이 곁에 있다는 건 어떤 기분일까. 되게 궁금해. 볼수록 알고 싶어. 너를. 너라는 녀석을. 자꾸만.

스르륵 어깨에서 미끄러진 가방끈을 하은이 고쳐 멘다. 제 딴엔 잘 걸쳤다던 가방끈이 금세 또 흘러내린다. 몇 번 반복해서 고쳐 메던 하은이 소리 없이 툴툴거린다. 이거 왜 이래, 뭐 이런 식의 말들인 것 같아 승효가 몰래 웃고 만다.

좁혀진 하은의 미간이 귀여워 시선을 준다. 앞으로 삐쭉 내밀어 구시렁대는 오밀조밀한 붉은 입술에 시선을 빼앗긴다. 슬슬 제 혈색을 찾아가는 뽀얀 피부에도 조금을 멍해 있었다. 그러다 문득 떠오르는 아까의 기억. 하은의 목덜미에 남겨진 흔적들.

혼란스러워하는 것 같다. 저도 이건 아닌데, 라는 생각을 하면서 끌려가고 있음을 승효는 하은을 보고 어렴풋이 느꼈다. 그렇다면 최근에 와서 민우현이 그런 식으로 손을 댔다는 말도 될 테고. 여기서 더 망가져 버리면 하은은, 아마 돌이킬 수 없을 거다.

"어디가 그렇게 좋냐. 그 녀석."

두 정거장 정도 되는 거리를 말없이 걷던 하은이 이내 버스 정류장의 벤치에 털썩 앉는다. 눈이 약간 빨간 것 말고는 거의 정상으로 돌아온 하은의 상태에 안심한 승효가 조심스레 그 옆에 걸터 앉는다. 침묵이 길어지던 차에 말을 꺼낸 승효를 느릿하게 고개 돌려 쳐다본 하은이 천천히 눈을 감았다 뜬다. 긴 속눈썹이 무척이나 곱구나, 라는 생각을 했다.

"말해 봐. 들어나 보자."

"궁금해?"

"당연히 궁금하지. 대체 뭐에 정신이 팔려서 그런 지랄 맞은 성격까지 다 감싸 안는 거냐."

"지승효."

"어."

"승효야."

"어?"

"그거 참 의미 없는 질문인 거 알아?"

표정 관리가 되지 않을 만큼 멍해진 승효가 되레 묻는 하은의 말에 입을 다문다. 순간적으로 불린 승효야, 라는 말에 가슴속에서 뭔가가 덜커덕거렸다. 반짝반짝. 어둠을 틈타 마주하는 하은의 눈동자가 아롱아롱 예쁘게 빛난다. 하은이 말을 잇는다.

"하나하나 나열하기도 힘들어. 좋지 않은 점들까지 좋아해 버린 나로서는."

"……."

"그냥. 그냥 좋은 거야. 우현이 자체가. 다. 민우현이라는 이름만 들어도, 좋아. 나는."

"그래?"

"인생 전체가 그 녀석인 거야. 내 삶 자체가."

어쩌면 민우현을 좋아하기 위해 태어난 건 아닐까 하는 생각마저 가끔 한다며 하은이 웃는다. 눈꼬리를 살짝 내리고 말갛게 짓는 웃음에 승효가 다시금 멍해진다. 그 정도야. 그 정도로 좋아, 우현이가. 하은이 못내 수줍게 고개를 떨군다.

낮은 허공을 쳐다보면서 하은은 얼마간 더 혼자 웃었다. 눈앞에 아른거리는 우현을 바라보면서 짓는 미소란 것쯤 승효는 충분히 알 수 있었다. 어떻게 해야 할까. 이 녀석에게서 민우현을 빼내려면. 대체. 그게 과연 가능하기나 할까. 확신이 없다.

더 추워지기 전에 집에 가자는 승효의 말에 하은은 몸을 일으켰다. 택시를 타자고 했지만, 이미 술 다 깼다며 거부하는 하은을 따라 승효도 버스에 올랐다. 같은 방향이 아님을 알면서도 하은은 제 옆자리에 따라서 앉는 승효를 구태여 만류하지는 않았다. 그저 가만히 고개 돌려 창밖을 바라봤다.

번쩍거리는 자동차의 헤드라이트를 따라 눈동자를 움직이다가 주머니를 뒤적여 핸드폰을 꺼내 들었다. 단 1초라도 좋으니 우현의 목소리가 듣고 싶다는 바람이 현실로 옮겨진 것은, 버스에서 내린 얼마 후였다.

"여보세요?"

[뭐냐, 너.]

먼저 가라고 말을 해도 승효는 계속 따라붙었다. 시간이 너무 늦었고, 게다가 술 먹은 여자를 혼자 놔두고 어찌 가느냐며 끝끝내 고집을 부렸다. 너 얼굴 아직도 되게 빨개. 누가·당근인 줄 알고 잡아가면 어떡하냐. 그러니까 같이 가자.

말리기도 지쳐 모른 척 집을 향해 걷던 하은이 싸늘한 목소리에 걸음을 멈춘다. 지독할 정도의 냉기가 수화기 너머로부터 뿜어져 나오고 있었다.

우현아……?

[묻잖아. 뭐냐고.]

"미안."

[뭐가. 뭐가 또 미안한데.]

"저기."

[그러고 있지 말고 이리 와, 일단.]

응……?

통화감이 멀지 않다는 느낌이 괜한 기분 탓일 거라 생각했다. 너무 그리웠던 나머지 감각의 혼란을 겪는 줄 알고 머뭇거리던 하은이 본능적으로 고개를 돌리다가 멈칫한다.

집 앞에 세워진 검은색 외제차가 낯설지 않다. 운전석 창문이 열린다. 모자를 푹 눌러쓰긴 했지만 틀림없는 우현이었다. 보는 순간 그대로 쓰러질 뻔했다. 좋아서. 기뻐서. 너무, 반가워서.

우현아. 너……?

[뭐해. 안 오냐?]

"아……."

느긋하게 차에서 내리는 우현을 발견한 하은이 황급히 그곳으로 달려간다. 갑자기 뛰는 하은을 늦지 않게 따라붙던 승효가 역시나 앞쪽의 우현을 발견하고 조금 주춤한다.

통화를 끝내고 주머니에 두 손을 꽂은 우현이 하은과 승효를 번갈아 본다. 모자챙으로도 감출 수 없는 차가운 눈빛이 빠른 속도로 하은과 승효를 훑는다. 하은이 난감해서 어쩔 줄을 모른다.

"언제 왔어?"

"이딴 걸 이제 집에까지 달고 다녀?"

"아, 그게 아니라."

"대단하네. 그놈의 성격 진짜. 쯧쯧."

곱지 않은 말투로 툭툭 쏘아붙이는 우현을 향해 승효가 나지막이 중얼거린다. 혼잣말 같긴 했지만 듣지 않길 바란 것치곤 지나치게 큰 목소리였다.

한층 차갑게 식은 눈빛으로 우현이 승효를 노려본다. 승효가 아무렇지 않게 입을 연다.

"첫마디부터 시비냐, 어떻게. 꼬여도 된통 꼬이셨구먼."

"너."

"지승효. 내 이름은 너가 아니라 지승효야, 민우현."

"닥치고 꺼져. 볼일 없어, 너한테."

표정 하나 바꾸지 않은 채로 우현이 차갑게 내뱉는다. 그만 까불고 제발 좀 꺼져 달라는 말을 분명하게 알아들었지만 왠지 고이가 주기는 싫은 승효였다.

이러고 가면 뭐, 서하은 잡기밖에 더해? 피식. 승효가 한쪽 입가를 올린다.

"어쩌나. 난 있는데. 너한테 볼일."

"꺼지랬다."

"이대로 가면 궁금해 뒈질 것 같아서 말이야."

"씨발놈이, 확 안 꺼져?"

"그냥 가, 좀."

"야, 민우현. 너 혹시 얘 좋……."

"가라고!"

단도직입적으로 캐물으려던 승효를 하은이 막아선다. 어둡고 좁은 골목길에 버럭 내질러진 목소리가 승효의 말문을 닫는다.

필사적이다. 어쩌면 이렇게까지 미련할까, 이 녀석은. 의아한 눈으로 쳐다보는 승효를 향해 하은이 마구 인상을 찌푸린다.

"가랬지. 끼어들지 말고 가."

"서하은."

"상관 말고 가, 제발. 가 줘. 어서."

"너 진짜."

"미안해. 다 설명할게, 우현아. 미안."

"하……."

있는 대로 고함을 지른 승효에게서 등을 돌린 하은이 우현을 향해서는 납작 엎드려 쩔쩔맨다. 대놓고 저만 차별하는 하은이 서운하다기보다 상황 자체에 얼이 빠져 버린 승효가 헛웃음을 짓는다. 구제불능이구나. 그렇구나, 너. 승효가 절레절레 고개를 젓는다.

반면 우현은, 저에게 하던 것과 너무도 다르게 승효를 대하는 하은을 말없이 지켜보고 있었다. 제 앞에서는 항상 말 한 마디 하는 것조차 조심하고 겁내더니 승효에게는 인상을 쓰고 버럭 소리까지 지른다. 왜일까. 왜 그게 승효에게는 될까. 하은이.

저 새끼는 되고 나는 안 되는 게 있어? 설마, 그런 게 있냐, 너? 서하은. 그래……?

뭔가 어지러이 돌아가는 감정들에 묵묵부답으로 있는 우현의 팔을 하은이 살며시 잡아끈다. 들어가서 얘기하자는 하은에게 끌려 집 안으로 들어가면서도 우현은 몇 번 더 승효를 돌아보았다. 기분이 꽤 나쁜 것 같은 묘한 이질감에 우현이 곧 시선을 거뒀다.

다시금 조용해진 골목 안에서 혼자 남은 승효가 힘없이 벽에 등을 기댄다. 어쭙잖게 나섰다가 못 볼 꼴을 본 것 같은 심정. 느릿하게 고개를 돌린 승효의 눈빛이 자연스레 하은의 집 쪽으로 향한다. 결국 민우현에게는 되는 거다. 서하은은. 뭐든.

바보 같게도. 하하. 나 원 참.

"잠깐만, 미안!"

먼저 현관으로 들어선 하은이 부리나케 집 안으로 뛰어 들어간다. 허둥대는 폼을 보아 어질러진 집 안을 치우려는 것 같다. 심드렁한 얼굴로 현관문을 닫은 우현이 신발을 벗고 천천히 거실로 향한다. 처음 오는 곳인데도 왠지 별로 낯설지가 않다.

"좀 엉망이지? 요새 청소를 못 해서."

"네 방은."

"아, 여기. 잠깐잠깐만."

아주 깨끗하진 않아도 엉망이라고 할 정도는 아니었다. 물론 원체 물건 하나 바닥에 떨어진 꼴을 못 보는 우현에게는 굉장히 심한 축에 속하지만 희한하게도 지저분하다는 생각이 들지 않는다. 다른 집에 가도 이럴까. 상상만 했는데 미간이 저절로 일그러진다. 하은의 집이 아닌 다른 곳이 이런 지경이었다면 아마 발끝조차 대지 않고 그대로 등 돌려 나가 버렸을 것 같다.

예전에 대문 앞에 와 본 적은 몇 번 있었지만 안에까지 들어온 건 이번이 처음이다. 어른들 대하기 껄끄럽단 핑계를 대며 하은의 부모님마저 피했던 우현이었다. 제주도에 내려가셨다고 했던가. 하은 혼자 남아 버린 넓은 집 안을 가만히 둘러봤다. 크고 작은 가구들, 단조롭지만 깔끔한 벽지, 밝은 색깔의 커튼, 가죽으로 된 소파. 차근차근 돌아보던 시선이 하은의 방으로 향해진다.

역시나 제 방에 먼저 들어가 이것저것 부산스레 치우는 하은의 뒷모습을 우현이 물끄러미 본다. 몰랐다. 자신의 오피스텔에 올 때마다 매번 알아서 청소를 하기에 깔끔한 성격인 줄 알았는데. 그게 다 맞춰 준 것이었음을. 늘 모든 걸 맞춰 줘 온 하은을.

모르진 않았어도 새삼 깨닫게 되는 순간의 기분이란 좋지 않다. 딱딱하게 굳은 표정으로 우현이 방으로 걸음을 옮긴다. 아직 다 안 치웠다는 말을 하려던 하은을 무시하고 침대 끝에 털썩 앉았다. 괜히 민망해진 하은이 서둘러 말을 꺼낸다.

"웬일로 운전해서 왔네?"

"어."

"팬 애들 안 따라붙었어?"

"지겹게 붙더라."

"계속 돌았겠구나. 피곤해서 어떡해?"

진심으로 걱정스럽게 묻는 하은을 향해 우현이 몰라, 한다. 그러고 보니 진짜 피곤한 듯 안색이 영 엉망이다. 뭐라도 마실 걸 가져오겠다며 황급히 방을 빠져나가려는 하은의 손을 우현이 잡는다. 움찔. 모든 동작을 멈춰 버린 하은이 조심히 돌아본다.

"설명이나 해."

"어?"

"오늘 거기 왜 있었는지. 말해."

한가하게 뭘 마실 기분이 결코 아니란 듯 우현이 다그친다. 너그러움이라고는 조금도 없는 서늘한 시선에 하은이 움츠러든다. 묻잖아. 말 안 해? 더는 틈을 들일 수 없게끔 성을 내는 우현이라 하은이 더욱 긴장한다. 그러다 곧 용기 내어 말을 시작했다.

미리 말했어야 했는데 그러지 못해 미안하다는 말로 하은은 그간의 자초지종을 설명했다. 어제 우연히 연습실에 구경을 가게 되었는데 운 좋게 입단을 권유받아 댄서팀 정식 멤버가 된 거라고. 그래서 오늘, 거기에 있었던 거라고.

차갑고 싸늘한 눈빛으로 죽어라 노려보는 우현을 웬만하면 쳐다보지 않으려 애쓰며 말을 이었다. 싫어할까. 화내려나. 이제나저제나 처분만 기다리고 있는 하은을 향해 우현이 고개 들어, 한다.

"그래서. 할 거냐?"

"안 돼?"

"묻는 말에나 대답해. 할 거냐고."

"하고 싶어."

"내가 하지 말라면. 그래도 할래?"

"……."

다들 보는 앞에서 다짜고짜 잘라 버리라 큰소리치던 우현이었다. 아예 팀까지 바꿔 버린다는 말에 쩔쩔매던 성태가 떠오르자하은이 난감해 입을 꾹 다문다. 싫으면 절대 싫고 한다면 기어코하는 녀석이 바로 민우현인데. 그런 우현이 하지 말라 하면.

춤 자체도 물론 좋지만 우현과 한 무대에 설 수 있다는 것에 더기뻤다. 우현의 노래에 맞춰 우현이 짠 안무를 춘다는 사실이 너무 좋아 갈수록 더욱 간절해지고 있었다. 하고 싶어. 진심으로. 미치도록. 말이 나와 주질 않는 하은이 한숨만 쉰다.

같잖은 드라이브를 핑계로 하은의 집 앞에 찾아올 때까지만해도 길길이 날뛰리라 장담했었다. 있는 말 없는 말 다해서 혼쭐을 내 줘야겠다고 벼르고 있던 우현이었지만 막상 하은의 얼굴을 보니 왠지 이 이상 더 화를 낼 수가 없다. 진짜 환장하겠는데도.

소리 지를까 겁을 낸다. 매섭게 날을 세우자 알아서 바짝 엎드려 기는 하은이다. 눈치 보기 바쁜, 눈조차 제대로 못 쳐다보는.

문득 조금 전 마주쳤던 승효가 떠올라 미간을 구긴 우현이 하은을 잡아끈다. 그 자식한테는 눈 흘기고 소리 지르고 할 거 다 하더니 나한테는 왜 그렇게 못 하는데. 그렇게 만든 건 다른 누구도아닌 우현 자신이었다. 힘없이 끌려간 하은이 우현의 무릎 위에앉혀진다.

"속일 생각하지 마라."

"어?"

"아까 그 새끼, 뭐야."

나지막한 목소리로 겁부터 주고 시작하는 우현의 질문에 하은의 눈이 살짝 커진다. 보나 마나 승효를 말하리란 것쯤은 알지만 뭐냐는 단어가 상당히 추상적이라 어떻게 대답할지가 난감하다. 못 알아들어? 어떤 사이냐고. 거듭 묻는 우현의 말에 그제야 입을 열었다.

　"아무것도. 아무 사이도 아닌데."

　"근데 왜 집 앞까지 따라와?"

　"그건 그냥 나 술 먹어서 걱정된다고."

　"술?"

　"어?"

　"술 먹었어? 너 술 먹었냐? 그래?"

　"……."

　왜 몰랐을까. 살살 풍겨 오던 알코올의 향을. 어딘가 약간 발그레해진 하은의 두 볼을 왜 이제야 알아챈 걸까. 한심하게도.

　못마땅한 얼굴로 입술을 뒤튼 우현이 뭐라 뭐라 혼잣말을 중얼거린다. 온통 날이 선 쓴소리들에 하은이 한껏 더 긴장한다.

　"내가 분명 술 마시지 말라고 했어, 안 했어."

　"팀들 다 같이 간 거라 빠질 수가."

　"했냐고, 안 했냐고."

　살짝 더 언성을 높여 우현이 윽박지른다. 쓸데없는 변명 따위 말라는 호된 다그침에 하은이 풀 죽은 목소리로 했어, 한다.

　화를 안 내려야 안 낼 수가 없게 만든다. 짜증이 나려니 아주 온갖 것들이 눈에 거슬리고 만다. 여간 불쾌한 게 아닌 게. 쯧.

　"근데 마셨다 이거지? 마시지 말랬는데도."

　"미안해."

"미안하다면 다냐? 미안하긴 해? 진심으로?"

"잘못했어."

"또 거짓말로 사과하는 거 아니야?"

혹시라도 그런 거면 다 집어치우라는 듯 우현이 눈썹을 씰룩인다. 지은 죄가 있어선지 하은은 차마 뭐라 반박하지 못한다. 일부러든 아니든 결국 나중에 알게 한 건 엄연히 제가 잘못한 거다. 다신 안 그러겠다는 하은의 말에 우현이 한숨을 내쉰다.

요새 들어 자꾸 하나씩 나오는데 그때마다 사람 아주 환장하게 한다. 이럴 거면 차라리 진작 말을 안 들어 버릇하든가. 단 한 번도 제 말을 어긴 적 없던 녀석이 이러니 되레 더 열이 뻗친다.

신경질적으로 모자를 벗은 우현이 손으로 대충 머리를 헝큰다. 촤르르 흐트러지는 금발이 눈부시게 빛난다. 열을 삭이려는 행동이었건만 그마저도 하은의 눈에는 화보 속 한 장면처럼 근사할 뿐이었다.

미간을 잔뜩 구기고서 낮은 허공을 째리던 우현이 인기척에 시선을 든다. 하은이 살며시 손을 뻗는다.

"머리."

"뭐."

"정리해 줄게. 옆에."

"……."

조심스레 허락을 구한 하은이 아주 느리게 우현의 머리로 손을 가져간다. 그러고도 조금을 더 머뭇거리던 하은이 이내 살살 우현의 머리카락을 매만진다. 느릿느릿. 조심조심. 붕 뜬 부분들을 차분하게 가라앉히고 손가락으로 살살 빗겨 주기도 한다.

정성이 가득 묻어나는 하은의 손놀림을 우현은 내치지 않고 받아 주었다. 귀찮다며 뿌리치지 않아 주는 것만으로도 너무 기뻐 하은은 계속 우현의 머리카락을 만졌다. 어느덧 잘 정돈된 금발머리가 그저 보기 좋다. 하은의 입가가 은근히 말려 올라간다.

깜빡깜빡 연거푸 감겼다 떠지는 하은의 눈을 우현이 말없이 응시한다. 스무 살이 막 됐을 때였나. 하은이 처음 술을 마셔 봤던 곳은 다름 아닌 우현의 오피스텔이었다. 맥주 한 캔 마시고 얼굴이 발갛게 달아올라 혼자 실실 웃고 좋아 죽던. 무척, 귀엽던.

그 뒤로 절대 밖에서 술 먹지 말라 신신당부를 했던 우현의 말을 하은은 단 한 번도 어기지 않았다. 대학에 들어가 환영회 날 어쩔 수 없이 받아 마셨다고 했을 때 진짜 미치도록 화를 냈던 우현이었으니까. 그래 놓고 마시고 돌아다닌다니 기가 찰 수밖에.

싫어. 딴 놈들이 너 보는 거. 너 술 먹고 웃는 거 딴 새끼들이 쳐다보면, 진짜 돌아 버릴 것 같아. 그러니까 하지 마. 알겠어?

그뿐이던가. 술에 취해 헤롱거리고 있는데 전화를 낚아챈 수진이 쟤 우현이 아니야, 하는 말을 듣고는 피가 거꾸로 솟는 줄 알았다. 아무나 붙잡고 고백을 하고 앉아 있다니, 술김에 누구든 저로 착각한 거라고는 해도 어찌나 열이 받던지 말이다.

애써 평정심을 유지하는 우현이 낮게 깔린 단호한 목소리로 또 그러면 알아서 해라, 하고 읊조린다. 그 말에 하은이 황급히 알겠다고 고개를 끄덕인다. 안 그런다고. 안 그러도록 하겠다고. 마지 못해 화를 푸는 우현을 향해 하은이 넌지시 입을 연다.

"아까 그거 그냥 해 본 말이지?"

"어떤 말."

"댄서팀 바꾼다는 거. 안 바꿀 거지?"

하은의 허리에 두른 손을 고쳐 잡는 우현이 고개를 살짝 젖히며 하은과 눈을 마주한다. 반쯤 내리감겨진 거만한 눈빛이 다소 그윽하게 느껴짐에 하은이 침을 꿀꺽 삼킨다. 어쩐지 절박하기까지 한 표정으로 묻는 하은을 우현은 시큰둥하게 바라본다.

"바꾸든 말든. 왜."

"안 바꾸면 안 돼? 그냥 하기로 하면, 응?"

"내가 알아서 해. 신경 꺼."

"그래도 우리나라에서 나름 최고인 사람들이잖아. 연습도 완전 열심히 해. 네 무대 잘하려고 다들 진짜."

"그새 한 식구 됐다고 편드는 거냐?"

어이없다는 듯 미간을 구긴 우현이 허, 하고 짧게 웃는다. 이게 어디서 감히 누구 역성을 들어. 같잖게 제 앞에서 다른 사람들 편에 서려는 하은이 영 거슬려 표정이 썩는다.

진짜 열심히 한단 말이야. 안무도 보통 어려운 게 아닌데도. 다들. 혼잣말처럼 중얼거리는 하은을 보던 우현이 야, 서하은, 부른다. 살짝 떨궜던 시선을 들어 올린 하은을 가만히 응시했다.

언제 저렇게 연습을 했을까, 싶었다. 춤에 관심이 있는 줄은 알았지만 실제로 본 하은의 춤은 솔직히 기대 이상이었다. 살랑살랑 몹시도 가볍게 몸을 움직이던 녀석. 꽤 어려운 안무를 척척 소화해 내던, 여자치고 각도 제법 나오던. 아직도 눈앞에 아른거린다. 춤추던 하은의 모습은 그야말로 예뻤다. 눈을 떼지 못할 정도로 고왔다. 선 자체가.

이쪽 계통의 일을 하지 않길 무던히도 바랐지만 자신의 댄서라면 썩 나쁠 것도 없겠다. 게다가 무대에 같이 선다는 건 매번 연습 때고 촬영 때고 같이 있을 수 있다는 얘기도 된다. 그렇게 생각하니 기분이 한결 나아진다. 조금, 설레는 것도 같고.

이걸 진짜 어쩌면 좋아. 대체 나보고 어쩌라고. 너는 인마. ⋯⋯에이.

"너부터 잘해. 계속 못하면 진짜 자를 거니까. 알았어?"

무심하게 내뱉어진 우현의 말을 이해하자마자 하은의 표정이 확연히 밝아진다. 그럼 안 바꾼다는 거지? 그렇지? 확인차 되묻는 하은에게 우현이 몰라, 하고 시큰둥하게 답한다. 말은 이렇게 해도 우현의 눈매가 많이 누그러져 있다.

좋아 어쩔 줄 모르는 하은이 이내 잘됐다며 눈꼬리를 내린다. 팀이 무사한 건 둘째 치고 열심히 해 보라는 우현의 말이 믿기지 않아 그저 입가를 말아 올리며 방긋방긋 웃는다. 간지럽고 해사한 그 웃음에 우현이 멈칫한다.

참 오랜만에 웃는다. 하은이. 그것도 이렇게나 예쁘게. 살갑고 또 귀여워서 도저히 그냥 두고 볼 수만은 없도록. 진짜 어쩌라는 건지.

저도 모르게 하은의 허리를 끌어당긴 우현이 혀로 입술을 한 번 축인다. 두근. 하은의 가슴이 커다랗게 울린다. 조금 조금씩 다가가 거의 입술이 맞닿을 무렵, 주머니에서 진동이 울렸다.

"엄마 전화."

"⋯⋯받아 봐."

화들짝 놀란 하은이 핸드폰을 꺼내 보고는 자연스레 몸을 일으켜 선다. 아쉽지만 억지로 잡지 못하는 우현이 살짝 김빠진 표정을 지으며 침대 뒤로 두 손을 짚는다. 마냥 기다리게 하기 뭐해 커피 마실래? 하고 묻자 우현이 별생각 없다는 것처럼 대꾸를 않는다.

방을 빠져나가 부엌으로 걸어 들어간 하은이 냉장고를 열며 통화 버튼을 누른다. 주스 사다 놓은 게 있으려나. 우현에게 대접할 마땅한 것을 찾아보며 입을 열었다.

"여보세요? 엄마?"

[우리 딸, 잘 지내고 있어?]

며칠, 길면 일주일 간격으로 통화가 이루어지곤 하지만 같이 살지 않는다는 이유만으로 늘 새롭고 반갑다. 수화기 너머로 들려오는 미숙의 목소리에 하은의 눈가가 은연중 촉촉해진다. 잘 있지, 그럼. 애써 태연한 척 대답하고는 찬장을 뒤적거렸다.

[밥은 잘 챙겨 먹고 다니니?]

"어. 아빠도 잘 있지?"

[바쁘지, 뭐. 맨날 힘들다 소리나 하고.]

"쉬엄쉬엄하시라고 해. 그랬다가."

아프기라도 하면 어쩌느냐고, 건강이 제일이라고, 덧붙이는 하은의 목소리가 눈에 띄게 작아진다. 언제 따라 나왔는지 뒤쪽에서부터 허리를 잡아 안는 손길에 하은이 바짝 긴장하며 뒤를 돌아본다.

신경 쓰지 말고 통화나 마저 하라 한 우현이 살그머니 고개를 숙여 하은의 어깨에 얼굴을 묻는다. 두근두근. 가볍게 뒤에서 안은 자세로 있는 우현 때문에 하은이 어쩔 줄 몰라 한다.

[방학하려면 아직 멀었나?]

"어. 좀."

[너 내려올 때 바라자니 한도 끝도 없네. 아님 엄마가 올라갈까? 며칠 있다 오게.]

"아빠는 어쩌고."

[하긴 네 아빠, 나 없으면 아주 앉아서 굶고 있는 양반이긴 해. 미련스럽게.]

"하하……."

푸념처럼 흘러나온 미숙의 말에 하은이 어색한 웃음을 짓는다. 맞다고 맞장구라도 쳐 줘야 하는데 머릿속이 새하얗게 비워진 채라 아무런 말도 떠오르지 않는다. 매우 가까운 곳에서 은은하게 전해지는 우현의 체취에 하은이 입술을 베어 문다.

됐다고, 커피든 뭐든 아무것도 필요 없으니 더 찾지 말라는 듯 우현이 하은을 데리고 점점 부엌에서 멀어진다. 한 발 한 발 발 맞춰 방으로 향하며 하은이 안부를 끝으로 미숙과의 통화를 마친다.

파르르 떨리는 손으로 겨우 종료 버튼을 누른 핸드폰을 놓치듯 책상 위에 내려놓는 하은을 이내 우현이 살며시 돌려세운다. 단단히 부여잡은 허리는 여전히 놓지 않은 채로 등 뒤에 느릿하게 두 손을 둘러 맞잡는다.

가까운 거리. 긴장되는 마음. 쳐다봐도 되나, 란 생각이 들어 잠시 머뭇거리던 하은이 느릿하게 시선을 올린다. 우현의 눈빛이 너무 강렬해 숨이 멎는다.

있잖아. 그런 기분 알아? 계속 바라보다가는 내 눈이 멀어 버릴 것 같다는, 널 보면 그래. 너무 좋아서. 막 눈이 부셔, 우현아. 나는 늘.

서서히 가까워지는 우현의 얼굴이 현실 같지 않게 생경하다. 좁혀지는 거리를 어쩌지 못하고 있던 하은이 점점 더 밀착되는 따스함에 눈을 감는다. 쪼옥, 하는 소리와 함께 우현의 입술이 하은의 감긴 눈꺼풀에 내려앉는다. 도로 뜨려는데 또 쪽쪽 두어 번쯤 더 와 닿는다. 단순한 뽀뽀에도 얼굴이 화끈 달아오른다. 조심스레 눈을 뜨자 우현이 고개를 비틀어 다가온다.

가볍게 왔다가 그냥 갈 것처럼 우현이 쪽, 소리 내어 하은의 입술에 입을 맞춘다. 아주 잠깐 떨어지는가 싶더니 다시금 쪽쪽 입술이 닿는다. 약간 입술 끝에 힘을 싣는 뽀뽀라서 하은의 고개가 닿을 때마다 살짝 뒤로 밀려난다. 아프지는 않게. 살짝씩. 톡톡 건드리는 느낌이었다. 곧바로 혀를 넣어 깊숙이 들어오지 않겠다는 듯, 이렇게 겉으로만 살짝 닿는 것으로 일단 느껴 보고 싶다는 것처럼, 그렇게 우현은 충분히 시간을 끌고 있었다.

입술에서만 맴돌던 우현의 입술이 조금 옆으로 이동한다. 하은의 보드라운 볼을 우현이 탐한다. 촉촉한 살결이 여린 살결에 부딪히는 느낌이란 실로 묘하게 부드러웠다. 우현과 하은, 두 사람 동시에 느낄 수 있는 그런. 조심조심 하은의 볼에 입을 맞추던 우현이 다시 입술로 돌아와 커다랗게 포갠다. 동시에 밀려 나온 혀로 하은의 입술을 핥았다.

"흐……."

뜨겁고 말랑말랑한 혀의 감촉을 참지 못한 하은이 약한 신음을 내뱉는다. 저도 모르게 흘러나온 모양인지 순간 놀란 하은이 화들짝 눈을 뜬다. 야릇하게 간질거린다. 희미하게 새어 나온 소리라지만 똑똑히 들어 버린 우현의 눈빛이 탁하게 흔들린다.

조금 더 과감하게 혀를 내어 하은의 입술을 핥짝거리자 질끈 도로 눈을 감은 하은이 어쩔 줄을 몰라 하며 어깨를 움츠린다. 미약하게 떠는 하은의 모습에 우현이 뭔지 모를 자극을 받는다. 좋다. 너무 좋아 미치겠다. 입술이 아예 붙어 버렸으면 싶다.

왜 여태 망설였을까. 이렇게 좋은 걸. 이렇게 진짜 환장할 만큼 달고 좋은데. 왜 참았을까. 바보같이.

지나간 수많은 시간들이 새삼 아쉽다는 생각을 하던 우현이 곧 진하게 입을 맞춘다. 빈틈없이 단단히 포개고서 혀를 넣자 하은의 입술이 부드럽게 열린다. 따끈하고 촉촉한 하은의 입안으로 들어간 우현의 혀가 천천히 하은의 혀를 찾아 휘감는다.

혀끝이 짜릿짜릿할 만큼 굉장한 부드러움에 순간 빠져 버린다. 다시는 헤어 나오지 못하도록 매우 깊게 잠식되는 느낌. 지금 이 순간 다른 건 아무것도 생각할 수가 없는 우현이 한껏 더 하은의 허리를 강하게 끌어당기며 미간을 찌푸린다. 달콤하다 못해 아릴 정도로 매끄러운 하은의 혀를 진득하게 탐했다. 젖은 혀들이 맞물려 촉촉이 흥건하게 변해만 간다.

우현……아……. 하아…….

살살 말아 쓸어 올리고 끈적끈적하게 뒤엉켜 오는 달달한 우현의 혀에 하은이 내리감은 눈을 이따금씩 힘주어 찡긋거린다. 파르르 떨리는 하은의 입술을 고스란히 느끼며 우현이 한껏 힘을 실어 하은의 혀를 빨고 핥는다. 좀 더, 조금 더, 하면서 갈수록 더욱 깊이 파고들려는 우현으로 의해 하은이 주춤주춤 밀린다. 뒷걸음질 치던 하은의 등이 머지않아 벽으로 밀어붙여진다.

쪼옥……. 쪽……. 젖은 입술들 사이로 살결이 접촉하는 소리가 끊임없이 들려온다. 힘껏 밀어 넣은 혀로 하은의 입안을 헤집던 우현이 격하게 하은의 입술을 쭉 빨아 당긴다. 머금고 핥고 물고 빨아 댐의 반복들이 왠지 전혀 지루하지 않아 신기한 기분.

너무 달아서 정신마저 혼미해진다. 너무 촉촉해서, 너무 부드럽고 너무 감미로워서 달아오르는 흥분을 주체할 수가 없다. 당장에라도 터질 것처럼 심장이 온통 벌렁거린다. 가쁘게 차오르는 숨에 힘겨워하던 우현이 하은의 허리를 살살 더듬는다. 그리고, 순간,

"잠깐⋯⋯만⋯⋯."

"하아, 하⋯⋯."

연신 밀고 들어오는 따뜻한 우현의 혀를 하은은 벽 앞에 갇힌 채 고스란히 받아 내었다. 호흡마저 버거워질 정도로 격렬히 파고 드는 우현이었지만 너무 달고 좋아 뿌리칠 수 없었다. 머금으면 머금는 대로, 물면 물고 핥으면 핥는 대로 그저 입을 크게 벌리고 우현과 키스를 하던 하은이 문득 고개를 옆으로 비튼다.

어긋난 둘의 입술로부터 거친 숨소리가 흘러나온다. 예고도 없이 갑자기 피해 버린 하은의 입술을 찾아 우현이 움직인다. 이내 겨우겨우 뜨거운 호흡을 맞닥뜨린 우현이 서둘러 도로 집어삼키려 달려들지만 닿기가 무섭게 하은이 또 반대로 고개를 피한다.

뭔가 이상하다는 생각이 들어 눈을 뜬 우현이 자신의 손을 잡아 빼내는 하은을 발견한다. 이제 막 옷 속으로 집어넣어 맨살을 만지려던 참이었는데. 맥이 탁 풀려 버린다.

"왜?"

"씻어야."

"뭐?"

"땀, 흘려서, 좀."

시선을 피하며 하은이 곤란해서 어쩔 줄을 모른다. 안무 연습 때문에 땀을 흘렸으니 만지지 말라는 내용의 말을 머지않아 우현이 알아듣는다. 괜찮아. 상관없어. 정말 하나도 신경 쓰지 않는다는 듯 우현이 다시 하은을 향해서 손을 뻗는다. 그러나 역시 또

막아선 하은이 조심스레 고개를 든다.

눈이 마주치는 순간 우현의 가슴 한 켠이 욱신, 하고 아려 온다. 이리저리 심하게 일렁이는 하은의 눈동자가 이상하리만치 불안하다. 왜? 왜 그렇게 보는데? 곧 하은이 목소리를 낸다.

"우현아."

"어."

"좋아……해. 아주 많이."

뜬금없는 고백이 터져 나왔다. 그것도 처음이 아닌, 예전에 이미 들어 알고 있는. 근데 갑자기 이런 말을 하는 이유가 뭔지. 살짝 당황스럽긴 했지만 대수롭지 않게 넘긴 우현이 알아, 한다. 원하는 답이 아니었는지 하은의 눈동자가 크게 흔들린다.

잠시 말없이 우현을 바라보던 하은이 고개를 떨군다. 금세 물기가 고일 것만 같은 눈으로 낮은 허공을 응시했다. 어떡할까. 뭘 어떻게 해야 할까. 내려졌다고 생각했던 결론은 하루에 열두 번도 더 뒤집히고 엎어진다.

내가 결국은, 이렇지. 뭐. 우현아. 근데 있잖아.

— 서하은. 너 그렇게 쉽냐. 모르나 본데 남잔 쉬운 여자 안 좋아해. 그냥 갖고 논다면 모를까.

나는, 나……는…….

일부러 생각하지 않으려 무던히도 애를 썼지만 되질 않았다. 특히 우현의 입술이 닿는 순간부터 내내 떠올라 괴롭기만 했다. 혼자서도 가져왔던 의문. 승효가 한 번 더 찔러 준 정곡. 쉬운가. 쉬워서 이러나. 만만해서 제게 이럴까. 우현이는.

슬프고 서운하고 가슴이 무너진다. 아무것도 확실치 않은 상황에 결국 또 길을 잃어 비참하고 서러운 기분이다. 앞이 보이지 않는 막막함. 오래도록 계속됐던 혼자만의 가슴앓이.

지친 건지도 모르겠다. 지쳐서 그런 말에 휘둘리고 있는 건지도. 그래서 무시하고 넘기지 못하고 붙잡고 있는지도. 힘없이 고개를 떨구는 하은을 우현이 다그친다.

"왜."

"그냥."

"뭔데. 할 말 있음 해. 뭐."

"……."

좋아해, 라고 말하면 나도, 라고 해 줄 수는 없을까. 좋아해, 라고 했을 때 고마워, 소리를 단 한 번이라도 해 줬다면 어땠을까. 뭔가를 바라지 않고 상대에게 무한 애정을 쏟는다는 것이 말처럼 쉬운 일은 아니다. 절대, 결코, 오래도록 지속될 수도 없다.

그걸 지금 자신은 수년째 질질 끌어왔다. 알면서. 정상적인 관계가 아니란 걸 알면서도 놓지 못하고 여기까지 와 버린 거다. 누굴 탓할 마음은 추호도 없다. 우현을 원망하지도 못한다, 다만. 약해진 거다. 자신이. 너무 길었던 거다. 지난 시간들이.

그러니까, 그러니까 나는, 나는…….

……우현……아…….

"싫어?"

만지는 건 내키지 않아 하는 것 같아서 그냥 키스만으로 참아보려 얼굴을 가까이 했다. 조금 전까지만 해도 순순히 입술을 벌려 주던 하은이 갑자기 한사코 고개를 피한다.

이리저리 하은의 입술을 쫓아가던 우현이 안 되겠는지 작게 성을 낸다. 싫으냐고. 이러는 게 싫은 거냐고. 뭐라 대답해야 좋을지 몰라 고민하고 있는 하은의 얼굴을 우현이 억지로 부여잡는다.

"묻잖아. 싫어? 싫으냐?"

"저기."

"싫으면 안 해. 싫어? 하지 말까? 하지 마?"

"······어."

"뭐?"

"안 했으면 좋겠어. 미안."

이런 식으로는 안 될 것 같아. 이건 아닌 것 같아. 아무리 내가 널 미치도록 좋아한대도, 갖고 놀아지고 싶지는 않아. 싫어. 미안 해.

조용히 하지 말아 달라 말하는 하은을 보며 우현이 입을 다문 다. 진짜 하지 말라고 할 줄은 몰랐는데. 진심이야?

믿기지 않아 얼마간 더 머뭇거리던 우현이 하은의 얼굴을 놓아 준다. 기다렸다는 듯 고개를 떨군 하은이 아랫입술을 깨문다. 잘 살필 수 없는 하은의 표정이 구체적으로 어떨지 생각하다가 돌아 섰다. 싫다는데. 하지 말라는데 뭘 어쩌겠어. 내가.

하······.

"알았어. 이제 안 해. 안 할게."

상한 기분을 티 나지 않게 감추며 우현이 읊조린다. 싸늘하고 딱딱한 말투가 평소와 같으면서도 어딘가 많이 다르다. 침묵. 정 적. 어차피 대답이 나올 말도 아니었다는 생각을 하며 방을 나서 려던 우현이 다시 돌아본다. 여전히 굳어 있는 하은이다.

"근데 서하은. 너."

"······."

"싫다는 말 처음 한 거 알아?"

빈정대는 건 아니다. 비꼬려는 심사도 없다. 뭐라도 말을 해야 할 것 같아서 내뱉었을 뿐 그 이상도, 이하도 의미는 없다. 시선조차 주지 않은 채로 바닥만 보고 있는 하은이 거슬린다. 당장 달려가 하은과 눈 맞추고 싶은 걸 꾹 참고 우현이 말을 이었다.

"혹시 아니지? 여태 계속 싫었는데 참아왔던 건."

"……."

"만약 싫다고 했으면 진작 그만뒀을 텐데. 너 불러 대는 거."

"……."

"그냥 그렇다고. 간다."

씁쓸이 낮게 이죽여 내뱉은 우현이 가차 없이 등을 돌린다. 무섭도록 어둡게 굳은 표정이 된 우현의 눈동자가 차게 식는다. 더럽다는 말로는 다 표현 안 될 만큼 기분이 참, 말도 못 하게 희한해진다. 입술을 굳게 닫은 우현이 현관을 향해 걸어간다.

낮은 발소리에 이어 현관문이 여닫히는 소리가 꽤 아득하게 들려온다. 계속해서 고개만 떨군 채 미동 없이 서 있던 하은의 시야가 뿌옇게 흐려진다. 혼자만 남아 버린 싸늘한 집 안 공기가 온몸을 감싼다. 점점 떨려오는 어깨. 서서히 느껴지는 한기.

픽, 하고 하은의 한쪽 입가가 절로 말려 올라간다. 고여 있는 줄도 몰랐던 눈물이 방바닥으로 투둑, 툭 쉴 새 없이 떨어져 내리기 시작한다. 느릿하게 감았다 뜨자 시야가 금세 또 빠르게 흐려진다. 꾸역꾸역 목 끝까지 차오른 말들을 기어코 하은이 밖으로 뱉어 낸다.

"좋아한다는 건 말이야."

— 혹시 아니지?

"날 좀 봐 달라는 뜻이었어."

— 여태 계속 싫었는데 참아왔던 건.

"함부로 대해 달라는 뜻이 아니라."

— 싫다고 했으면 진작 그만뒀을 텐데.

"쉽게, 생각해도 된다는 게 아니라."

— 너 불러 대는 거.

"우현아, 우현……아, 우현아……."

끝도 없이 그의 이름을 중얼거리던 하은이 바닥으로 털썩 주저앉는다. 가슴이 텅 빈 것처럼 시려 와 숨이 울컥 차오른다. 처음으로 우현에게 싫다는 말을 했다. 처음으로 하지 말라고 제 의사를 밝혔다. 근데 왜 이렇게 마음이 아플까. 대체 왜.

진작 그만뒀을 수도 있었던 일이라고 너무도 간단히 말한다. 불러 대는 일이 제게 아무런 의미도 없었다는 식으로 말했다. 매 순간 그 한 번 한 번의 기억들을 소중히 하며 살아온 하은이라는 걸 모른 채. 그것만이 제 모든 것이었던 하은을 모른 채.

진짜, 내가 쉽지, 너는. 그렇지. 그래서 이런, 날 너는……. 흑윽…….

무거운 한숨이 끝내 입술 사이로 터져 나온다. 온통 난잡하게 어질러진 마음을 끌어안고 하은이 눈물을 뚝뚝 떨군다. 아프다. 정말 너무 아파서 심장이 찢어진 것처럼 아렸다. 눈앞에 아른거리는 우현을 하은은, 하염없이 바라보고 있었다.

6
전초전

꿈을 꿨다. 온통 사방이 캄캄한 암흑 속에서 정신없이 내달리는 꿈을. 멈추고 싶은데 다리가 말을 듣지 않았고, 손을 뻗어도 주변에 잡히는 것은 아무것도 없었다. 턱 끝까지 차오른 숨에 현기증이 일었다. 어지러워. 아파. 고통이 극심하게 치달았다.

근데 이상하게도 몸은 힘들지 않았다. 숨이 찬 건 알겠는데 팔다리가 쑤시고 저린다거나 무겁게 가라앉는 기분 따윈 들지 않았다. 그저, 심장이 아플 뿐이었다. 가슴께가 너무 심하게 뻐근하고 아려서 자꾸 눈물이 났다. 멈추고 싶어. 멈출 수 있을까. 과연.

막연하게 답답한 심정으로 한참을 망연자실하게 있다가 눈을 떴다. 갑자기 여러 가지의 소리들이 겹쳐 들리는 환청을 느끼며. 머지않아 현실로 돌아왔음을 깨달은 하은이 몇 번 더 눈을 감았다 떠 본다. 귓불을 타고 흘러내리는 눈물에 몸을 일으켰다.

몇 시나 됐을까. 벽에 걸린 시계가 오후 3시를 가리킨다. 깨질 듯이 아파 오는 머리를 부여잡고는 몸을 마저 일으켜 세웠다.

"야, 너……!"

"콜록콜록."

바닥에 쓰러진 채로 정신을 놓고 자 버린 모양이었다. 으슬으슬 추워 이불을 뒤집어쓴 하은이 연신 울려 대는 초인종 소리에 현관으로 걸어가 문을 연다. 잔뜩 화난 얼굴로 들어서는 수진을 발견함과 동시에 기침이 터져 나왔다. 수진이 기겁을 한다.

"진짜 아팠던 거야? 전화를 통 안 받기에 설마 해서 와 봤더니."

"그냥, 콜록, 쿵."

"감기야? 어디가 어떻게 아파? 죽 사 온다고는 했는데 병원 갈래?"

"죽……?"

비실비실해 보이긴 해도 쉽게 앓는 체질은 아닌 하은이 감기란다. 것도 이런 화창한 봄날에, 오뉴월 개도 안 걸리는. 안쓰러움이 역력한 얼굴로 살펴봐 주는 수진의 말이 어딘가 의아하다. 무슨 뜻이냐고 되물으려는데 벌컥 현관문이 열린다.

"애 진짜 아프대. 감기 같은데 어떡하지?"

"하아……."

황급히 뛰어 들어온 승효가 어깨를 들썩여 한숨을 내쉰다. 달칵, 소리 내어 문을 닫고 신발을 벗는 승효를 하은이 어리둥절한 얼굴로 쳐다본다. 아마도 너희 둘이 어떻게 같이, 라고 궁금해하는 것 같다. 부엌으로 걸어가는 승효를 대신해 수진이 답한다.

"수업도 안 오고 전화도 안 받고, 이상해서 내가 전화했어. 어제 너 연습 간댔잖아."

"아……."

"집 앞에서 헤어지긴 했는데 민우현 왔었다며? 완전 화난 상태로. 너 잡은 것 같다고 승효가 그러더라. 밤새 울고 짜고 했을 거라고."

직접 겪지 않아도 척척 알아맞힌 승효가 신기하다는 생각을 하고 있는데 수진이 뭐라 뭐라 우현의 험담을 늘어놓는다. 그놈의 새끼가 진짜 애를 잡으려고 작정을 한 것 아니냐며, 대체 무슨 소릴 들었기에 이렇게 아프고 난리냐고 속상해 어쩔 줄을 모른다.

정수진이 민우현 씹는 거 하루 이틀 일 아니라지만 지금은 이름만 들어도 가슴이 욱신욱신 견디기가 힘이 든다. 민우현 그걸 어떻게 혼내 줘야 잘 혼내 줬다 소문이 나려나. 말끝마다 민우현, 민우현. 난도질이라도 당하는 것처럼 심장이 싸하게 식는다.

별거 아냐, 하고 대충 말을 얼버무린 하은이 부엌으로 고개를 돌린다. 사 들고 온 인스턴트 죽의 포장을 뜯어 전자레인지에 넣고 돌리는 승효의 모습이 왠지 낯설지 않다. 그래도 처음 온 주제에 제집 부엌인 듯 구는 승효가 하은은 못내 떨떠름하다.

귀찮아. 다 싫어. 혼자 있고 싶어. 아무도 싫어. 우현이 말고는. ……누구도.

아직도 이런 생각을 하는 스스로가 한심해 죽겠다. 뭐가 진짜. 이불 위를 잘 여며 쥐고서 터벅터벅 부엌 쪽으로 걸어간 하은이 지승효, 하고 부른다. 잘 데워지고 있나 전자레인지 안을 유심히 살피던 승효가 딱딱하게 굳은 하은의 표정을 보고 멈칫한다.

"됐으니까 나와."

"어?"

"안 먹는다고. 가. 그냥."

걱정돼서 찾아와 준 건 고맙지만 그만 가 달라는 하은의 말에 승효가 입을 다문다. 저렇게 아파 죽겠는 얼굴을 하고서도 됐단다. 필요 없으니 가라고, 됐으니까 제발 혼자 놔둬 달라고. 화를 내려야 낼 수 없는 가여운 하은의 안색에 승효가 미간을 구긴다.

조용한 집 안에 전자레인지 돌아가는 소리만 요란하다. 얼마간을 말없이 선 채 시선만 교환하는 하은과 승효였다. 어째 분위기가 애매해진다. 둘 사이의 묘한 기류를 느낀 수진이 승효의 눈치를 보며 하은을 타박한다.

"서하은, 너 왜 그러냐. 기껏 찾아온 사람한테."

"너도 가. 나 안 아파."

"안 그래도 얼굴만 보고 가려고 했어. 나도 바빠, 계집애야. 하여간 민우현 말고는 다 만만하지. 걔한테 좀 그렇게 해라."

좋다 싫다 제 의사 똑 부러지는 녀석이 민우현한테만 어쩜 그리 물러 터졌느냐 또 잔소리가 이어진다. 평소에는 한 귀로 듣고 한 귀로 흘리는 수진의 말들이 지금만큼은 견뎌 내기 버겁다. 우현이 욕하지 마. 우현이 얘기하지 마. 이름 말하지 마. 제발.

살짝 인상을 찌푸리는 하은을 알아챈 수진이 알았어, 갈게, 하고 돌아선다. 그에 앞서 승효에게 가자는 손짓을 해 봤지만 승효는 갈 생각이 없는지 꼼짝을 않고 있다. 이것들이 진짜 왜 이럴까. 마침 걸려 오는 전화에 수진이 얼른 신발을 신는다. 중요한 가족 모임도 미루고 하은이 걱정되어 잠깐 달려온 거였다. 둘만 놔두고 가도 되나. 승효가 뭐, 허튼짓할 인간도 아니고.

현관문 여닫히는 소리와 함께 전자레인지의 완료음이 삑 울린다. 태연하게 손을 뻗은 승효가 죽을 꺼내어 식탁 위에 놓는다.

"앉아. 먹는 거 보고 갈게."

"가라고."

"먹으면 갈게. 일단 먹어. 앉아 봐, 응?"

부산스레 수저를 찾아 든 승효가 의자까지 빼내며 하은을 설득한다. 한 번 더 가라고 말하려던 하은이 그대로 입을 꾹 다문다. 입씨름할 힘도 없다. 아직 잠이 덜 깬 정신마저 몽롱하다. 온몸에 기운이 하나도 없어 겨우 서 있는 자신을 몰라주는 승효가 왠지 야속하다. 먹고 싶으면 너나 먹어. 가든지 말든지 상관 않겠다며 돌아선 하은이 제 방으로 훌쩍 들어간다.

혼자 남은 승효가 이내 죽 그릇을 쟁반에 받쳐 들고서 하은에게로 간다. 입술마저 바싹 마른 게 끼니라고 제대로 챙겼을 리 없다. 근데 어떻게 놔두고 가란 말이냐. 세상 사람 죄다 붙들고 물어봐, 이런 경우에 가란다고 진짜 가 버릴 사람이 몇이나 되겠냐.

닫힌 문에 노크를 두어 번 하고 기다리는데 묵묵부답이다. 이 녀석이 진짜. 안 되겠단 듯 단호한 표정으로 승효가 문을 연다. 이불에 폭 싸인 채로 쓰러지듯 모로 누워 있는 하은의 모습이 눈에 들어온다. 조심스레 다가간 승효가 침대 끝에 걸터앉는다.

"서하은. 어이."

"……."

"이렇게 그냥 잘 거야?"

달래듯 살살 물어봐도 대답이 없다. 세상으로부터 숨기라고 하고 싶은 건지 힘없이 푹 수그린 고개가 안쓰럽다. 대체 얼마나 울어 댔을까. 문득 눈물이 그렁그렁하던 하은의 얼굴이 생생하게 떠오른다. 승효가 목소리를 높인다.

"이것만 먹고 자면 안 될까? 배고프면 잠도 안 올걸."

"……."

"일부러 양 적은 걸로 사 온 거야. 너 입맛 없을까 봐. 응?"

"……."

"혹시 전문점 거 아니라서 그래? 찾다 찾다 못 찾았어. 일단은 이거부터."

"좀!"

반응 없는 하은을 향해 괜한 너스레를 떨며 말을 잇던 승효가 하은의 어깨를 살짝 부여잡던 참이었다. 다가오는 인기척에 지레 겁을 집어먹은 하은이 눈도 채 뜨지 않은 채로 팔을 뿌리친다. 이렇게 마구 성질을 부려도 되나, 싶은 생각을 하긴 했지만 그 타이밍이 문제였다. 뭔가 부서지듯 요란하게 터져 나오는 소리에 눈을 뜬 하은이 승효를 살피려 몸을 일으킨다.

쟁반을 놓쳐 버린 승효가 바닥에 엎질러진 죽 그릇을 수습하려 침대에서 내려가 몸을 낮춘다. 손으로 쓸어 담으려다 뜨거운지 화들짝 놀라는 모습에 기어이 하은의 울음이 터져 버린다. 이러려던 건 아니었는데. 성질을 부리려던 게 아니었는데도. 미안.

내가 진짜 왜 이러지. 왜 이렇게 자꾸 아프기만 하지. 내 손으로 잘라 냈는데. 내가 너 밀어낸 건데. 싫다고 말해 버리면 속 시원할 줄 알았는데. 아니네.

우현아. 우현……아. 나, 어떡하지……?

"데었어? 어디 봐."

"아냐, 괜찮아."

"어떡해. 미안해서."

"괜찮다니까. 그냥 조금."

"미안해. 미안해, 승효야. 미안, 흑……."

황급히 따라 내려와 승효의 손을 부여잡은 하은이 고개를 떨구고 운다. 호의도 받아 주지 못할 만큼 하루 사이 더 많이 옹졸해진 제 자신이 싫어 쉴 새 없이 눈물만 뚝뚝 떨어뜨린다. 알면서 제자리. 싫다면서도 못 고치는 반병신. 하은의 어깨가 들썩인다.

본의 아니게 하은을 또 울려 버린 승효가 그대로 하은을 품으로 끌어당긴다. 순간 움찔하며 벗어나려 하는 하은이었지만 그저 괜찮으니 안기라며 승효는 하은의 등을 도닥여 주었다. 진정하라고. 울지 말라고. 자상하고 다정한 손길에 하은이 끅끅댄다.

가녀린 하은의 어깨를 보듬으며 승효가 고개 들어 천장을 본다. 사람이 사람을 좋아하는 마음에 한계란 게 없음은 이해하지만 이 녀석이 하는 사랑은 안타까울 정도로 맹목적이다. 본인의 살과 피를 다 갉아먹을 만큼 한도 끝도 없다. 잔인하고. 슬프고.

바라만 봐도 행복하다는 말에 숨겨진 속내를 승효는 왠지 알 것 같다. 힘들지 않다는 건 다 거짓말. 그러면서도 그만둘 수 없다는 뜻이겠지. 연민이 깊어지고 감정이 넘실댄다. 품 안의 하은이 부서질까 조심스레 안아 주며 승효가 한숨을 내뱉는다.

"얘가 진짜 무서운 줄을 모르네. 그만 뚝해."

하은은 제법 오래 울었다. 그칠 만하면 다시 터져 나오는 흐느낌에 속이 바짝 타들어 가던 승효가 어르고 달래 침대에 도로 눕혀 주었다. 괜찮은가 싶더니 또 고여 버리는 눈물을 옆에 걸터앉아 닦고 또 닦아 준다. 승효의 다그침에도 시야가 흐려진다.

"어어, 뚝. 눈 터져 죽은 귀신 사진을 봐야 정신 차리지."

"그런 게 어딨어."

"이제야 말하네. 와, 또 해 봐. 목소리 잠기니깐 완전 섹시섹시."

"참나."

웃기지도 않는다며 하은이 픽 웃음을 터뜨린다. 눈은 있는 대로 퉁퉁 부어서 간신히 짓는 그 웃음에 어쩐지 가슴이 시렸다. 보는 사람이 이런데 당사자는 얼마나 답답하고 속이 터져 문드러질까. 느릿하게 눈을 감았다 뜬 승효가 슬쩍 손을 뻗는다.

"나는 다 받아 줄 수 있는데."

"뭐?"

"아까처럼 성질부리고 화내고, 싫으면 소리도 꽥꽥 지르고. 뭐든 네 맘대로 하게 놔둘 건데. 너 하고 싶은 대로 실컷 하게."

기운 없어 뿌리치기도 귀찮아 놔두는 하은의 머리를 승효가 가만히 쓸어 넘긴다. 몰라보게 진지해진 승효의 목소리가 괜스레 어색해서 하은이 말을 아낀다. 보기 좋게 휘어지는 눈꼬리에 희미하게 다정함이 어린다. 승효가 부드럽게 하은을 응시한다.

"좋아하면 좋아한다는 말 생각날 때마다 해 줄 거고, 네가 원하는 건 말만 하면 그게 뭐든 다 들어줄 거고."

"……."

"맨날 웃게 해 줄 텐데, 나는. 진짜 잘할 수 있는데. 너한테. 이렇게 우는 일 절대 없도록. 정성을 다해서 잘해 줄 텐데."

"그래서."

"어?"

"너한테 오라는 말이야……? 진심으로……?"

좋아하지 않을 수 없다고 분명하게 말했어. 머리고 마음이고 온통 다 민우현만 가득 차 있어서 나조차 날 어쩌지 못하겠다고 했어. 지금도 이런데 앞으로는 얼마나 더 질질 끌지 기약도 없어. 그런데도 그냥 오라는 거야? 이런 바보 같은 상태인데도?

무심하게 툭 던진 말에 승효가 금방 알아듣네, 하며 웃는다. 살갑게 짓는 눈웃음에 손끝이 약간 간지러웠지만 이건 설렘이 섞이는 것과는 전혀 다른 차원의 감정이었다. 진짜 쉬워 보여서 이러나. 힘없이 웃는 하은을 알아챈 승효가 말을 잇는다.

"너 매력 있어. 되게 되게 귀여워."

승효의 손가락이 살살 하은의 이마를 건드린다. 부비듯이 간지럽히는 손짓이 별로 거슬리지 않아 하은은 눈만 깜빡였다. 잠자코 바라보기만 하는 하은과 눈을 맞춘 승효가 입가를 쓱 말아 올린다. 보는 것만으로도 마음이 따뜻해지는 미소였다.

"그냥 보기에도 예쁜데 착하고 순진해서 더 예뻐 보여. 어찌나 예쁜지 눈이 이렇게 부었는데도 그저 예쁘다."

"······뭐래."

"가끔 맹한 것 같긴 한데 춤출 때 보면 눈빛도 또랑또랑 살아 있고. 아주 바보는 아니구나, 싶더라. 제가 뭘 원하는지 알고 있으니."

"야."

"있는 그대로도 꽤 괜찮아. 너라는 녀석 자체로 충분히."

그러니까 자신감을 가져, 라고 승효가 덧붙인다. 절대 쉬워 보여 이런 말 건네는 게 아님을 이제라도 확고히 해 둔다. 귀엽단 말도 모자라 예쁘다고까지 해 주는 승효의 목소리가 유독 더 진지하게 가라앉아 있다. 놀리는 말투가 아니라서일까. 믿음이 실리는 건.

낯간지러운 말을 뱉은 것치곤 지나치게 태연한 얼굴로 승효가 미소 짓는다. 간지럽게 살살 눈웃음을 흘리는 승효를 보는데 난데없이 그 위로 우현이 겹쳐진다. 저렇게 바라봐 주면 얼마나 좋을까. 예쁘다고, 귀엽다고, 그런 말 정말 단 한 번만이라도.

욕심이 많아지니까 힘이 드네. 마음이 커지니까, 바라는 게 생겨. 자꾸. 너 귀찮게 하고 싶어. 그러니까, 그러니까 네가 날 성가셔하지 않도록, 그런 일 없도록, 그냥.

그만……할래. 그만. 그……만…….

……우현아…….

"잘래."

"그래."

"배웅 못 해. 알아서 가."

"알았어. 자."

미안, 하고 속삭이듯 작게 내뱉은 하은이 눈을 감는다. 눈꺼풀이 감김과 동시에 고였던 눈물이 또르르 귓불을 타고 흘렀다. 조심스레 손가락을 움직인 승효가 하은의 눈물을 닦아 내어 준다. 살짝 움찔하긴 했지만 하은은 눈을 뜨지 않았다.

그 뒤로도 얼마간 더 하은은 눈물을 흘렸다. 쉽사리 제어되지 않는 슬픔이 너무 큰 탓인지 꿈에서조차 울어 버릴 것만 같았다. 앓는 듯이 작게 훌쩍이는 흐느낌이 터져 나올 때마다 승효의 눈빛이 거세게 흔들렸다. 승효는 오래도록 하은을 내려다보았다.

"다시요."

취소 버튼을 누르는 손길이 확연히 더뎌졌다. 누르기 전 동길의 입에서 무거운 한숨 소리가 흘러나왔지만 들은 척도 않는다. 흐트러짐 하나 없이 꼿꼿이 허리를 세우고 앉아 죽어라 모니터를 노려보는 모습에 진호가 괜히 서성이며 얼굴을 쓸어내린다.

"다시요, 다시. 너무 높아요."

"어느 부분이?"

"피치 안 맞는 거 어딘지 몰라요? 짚어 줘야 해요?"

굳이 그런 것까지 알려 줘야겠냐고 다그치는 목소리가 심상치 않다. 밤새 이 짓을 반복했다는 게 믿기지 않을 만큼 쌩쌩하고 딱딱하다. 악명대로 대단도 하다. 하도 까칠하게 구는지라 대충 알아서 짐작한 부분을 지우자 뭐하는 거냐 버럭 호통을 친다.

순식간에 냉랭해진 녹음실 안. 이대로는 안 되겠다고 판단한 진호가 잠깐 쉬었다 하는 게 어떻겠느냐며 분위기 전환을 꾀한다. 기다렸다는 듯 담배 한 대만 태우고 오겠다며 엔지니어 동길이 도망치듯 빠져나간다.

못마땅한 표정으로 미간을 일그러뜨린 우현이 관자놀이를 짚으며 눈을 감는다. 진작 사 들고 왔지만 거들떠도 안 보던 커피를 진호는 우현의 앞쪽에 슬그머니 놓아줬다.

"적당히 해, 인마. 이러다가 진짜 엔지니어들 다 놓치겠다."

"적당히 할만 해야 적당히 할 거 아냐. 악기 볼륨도 제대로 못 보는데."

"민우현."

"형은 좀 나가 있으랬잖아. 왜 여기까지 와서 간섭이야?"

음악에 관한 것까지 일일이 터치하지 말라며 우현이 성을 낸다. 엄밀히 말하자면 음악을 하는 네 녀석을 관리하는 거라고 말해 주고 싶은 걸 꾹 참은 진호가 살인이라도 날까 염려돼서 그런다, 한다.

노파심 어린 진호의 말에 우현이 걱정도 팔자라며 툴툴거린다. 성에 안 차는 걸 좋게 좋게 넘어갈 수는 없다. 제 귀가 예민한 게 아니라 지극히 당연한 고집을 부리는 것뿐인 거다. 조금만 피치가 어긋나도 어디서든 티가 나기 마련이다. 그런 식으로 제 음악이 곡해돼 들린다니 상상만 해도 끔찍하다.

　곱지 않은 눈으로 모니터를 쳐다보는 우현에게 진호가 피곤하지 않은지 묻는다. 자정이 막 넘었을 때 갑자기 연락을 해 온 우현이었다. 마스터링이 뭔가 잘못된 것 같다며, 당장 볼륨을 손봐야 할 것 같으니 녹음실에 연락하라고 급히 서두르던 녀석.

　꼬박 몇 시간째인지도 모르겠다. 식사라고 사다 준 것들도 먹는 둥 마는 둥 지나칠 정도로 작업에만 매달리고 있는 것이. 유독 완벽을 기하는 성격이긴 해도 이렇게까지 하지는 않는데. 빨대를 물고 커피를 마시는 우현에게 진호가 입을 연다.

　그래도 혹시 모르는 거니까.

　"민우현."

　"왜."

　"너 무슨 일 있었냐?"

　무미건조한 표정으로 돌아보던 우현이 순간 멈칫한다. 무뚝뚝한 얼굴은 여전했지만 찰나의 어떤 일렁임이 진호에게는 보였다. 감정 들키는 걸 죽어라 싫어하는 녀석답게 우현이 얼른 뭐가, 하고 심드렁하게 내뱉는다. 진호가 팔짱을 끼며 말을 잇는다.

　"뭔데. 나한테 말해 봐."

　"뭘."

　"무슨 일 있잖아. 그렇지?"

　"없어. 일은 무슨."

"우현아."

"뭐하자는 건데. 형, 뭐하냐, 지금?"

어른듯 살살 물어보는 진호를 향해 우현이 눈을 치켜뜬다. 차갑다 못해 싸늘하게 식은 까만 눈동자가 매서운 기세로 진호를 쩨린다. 하지 마. 건드리지 마. 됐으니까 이쯤에서 끝내. 괜히 더 다가오지 말고, 친절히 살펴봐 줄 것처럼 굴지 말고 그만해.

쳐다보는 것만으로 우현의 의중을 알아차린다. 멀찌감치 물러서 선을 긋고 벽을 쌓는 녀석의 행동이 서운한 것 이상으로 안쓰럽다. 아직도 아니냐. 아직도 나는, 이 형은 너한테 아무것도 아니야? 한숨 쉬는 진호에게서 이내 우현이 시선을 거둔다.

친해졌다 싶으면 저렇게 한 발 또 물러난다. 좀 다가가도 되겠지 싶어 손을 내밀면 가차 없이 등을 돌리는 녀석이다, 민우현은. 일적인 것 이외의 것들에 관해 묻는 건 일종의 금기와도 같다. 우현에게 속을 터놓고 지낼 사이를 기대한다는 건 어불성설이다.

익히 알고 있던 사실을 다시 깨달은 것뿐인데 오늘따라 유난히 기분이 씁쓸하다. 솔직히 정말 모르겠다. 민우현이라는 녀석을. 아직도. 외로움을 견디는 방법으로 외로움을 택해 버리는 특이한 녀석. 그러다 와르르 무너지기라도 하면 어쩔래. 두렵지도 않아?

고개를 절레절레 젓던 진호가 마침 울리는 벨소리에 잠깐 전화 좀 받고 오겠다며 밖으로 나간다. 우현이 마우스를 잡는다. 그러다가,

— 우현아.

— 어.

— 좋아⋯⋯해. 아주 많이.

"⋯⋯."

분명 눈으로는 모니터를 보고 있는데 집중이 안 된다. 손으로 직접 마우스까지 잡고서 뭔가 하려던 계획이 까맣게 잊혀진다. 왜 이럴까. 밤새도록 내가 진짜 왜 이러고 있을까. 이해가 안 되는 걸 떠나 짜증이 솟고 만다. 너무 심해서. 너무, 끔찍해서.

— 왜.
— 그냥.
— 뭔데. 할 말 있음 해. 뭐.
— ⋯⋯.

그 자세 그대로 굳어 미동조차 않던 우현이 마우스를 놓는다. 뒤로 한껏 기대어 앉으며 시선을 잠깐 떨군다. 낮은 허공을 응시하던 것도 잠시, 느릿하게 올라간 시선이 컴컴한 녹음부스 안을 향한다. 그 위로 약하게 비쳐지는 자신의 얼굴을 본다.

마치 처음 보는 사람처럼 낯설다. 무감하게 굳은 표정이 그저 어색할 뿐이다. 왜? 어째서? 수도 없이 던졌던 물음이 또 한 번 틈을 비집고 새어 나온다. 좋아한다며. 좋아한다면서. 아주 많이 좋아한다면서 왜, 여태 받아 줘 놓고 이제 와서, 왜.

왜⋯⋯?

— 묻잖아. 싫어? 싫으냐?
— 저기.

— 싫으면 안 해. 싫어? 하지 말까? 하지 마?

— ……어.

— 뭐?

— 안 했으면 좋겠어. 미안.

……미치겠네…….

또 이런다. 끝도 없이 이러고 있다. 계속 생각해서 뭘 어쩌자고, 다시 떠올려서 뭘 어쩌라는 건지. 도돌이표처럼 연거푸 같은 자리로 돌아와 맴도는 기분이다. 굳게 다문 입술을 힘주어 뒤틀던 우현이 자리에서 벌떡 몸을 일으킨다.

그래. 까놓고 말해 기분 아주 더럽다. 여태 누구와도 이래 본적이 없고, 당연히 좋을 수는 없는 일이고, 이런저런 걸 다 떠나서 진짜 찝찝하고 신경 쓰이고 모든 게 엉망진창이다. 뜻대로 되지 않은 것에 대한 반발일까. 의도가 어그러진 것에 대한 분노인가. 어떻게 하는 게 좋을지, 어떻게 해야 하는지, 정렬 안 된 감정들의 난입이 이렇게까지 힘겨운 건 줄 미처 몰랐는데.

그래서 내가, 널 좋아하지 않으려고 했는데. 이따위 웃긴 감정들에 휩싸이기 싫어서. 짜증나서. 이렇게, 너 하나 때문에 온통 엉망이 되는 건 끔찍하니까. 그랬는데. 결국,

"씨발……."

저도 모르게 욱, 하고 올라오는 성질을 이기지 못한 우현이 낮게 욕설을 내뱉는다. 있는 대로 미간을 구기고 녹음실 안을 서성이던 우현이 뒤쪽 소파에 털썩 주저앉는다. 허망하다. 허탈하다. 가슴속에 가득 차올랐던 무언가가 사라진 느낌이다.

그냥 적당히 채워진 줄 알았다. 어차피 끝이 간당간당했기에 거

기까지만 차고 더는 넘치지 않을 거라 자신했었다. 근데. 모르겠다. 뭐가 이렇게까지 안타깝고 싫은 건지. 왜 이렇게나 화가 날까. 왜 자꾸, 못 견디게 신경 쓰일까. 네 녀석이.

좋아해서? 좋으면 이렇게까지 보고 싶어? 이렇게 미친놈처럼 자꾸 생각나? 이렇게까지 말도 안 되게? 서하은. 지금 이게 다 뭐야. 내가 진짜 왜 이래야 해. 어? 이제 와서 어쩌라고. 어떡하라고, 나보고. 말 좀 해 봐. 야. 너는,

이제 내가 싫어? 싫은 거야? 내가? 그래……?

……싫어졌어……?

생각이 그쯤 치닫자 픽 실소가 터져 나온다. 이럴 줄 알았다. 진짜 이럴 줄 알았지. 전혀 생각 못 했던 일이 벌어진 게 아닌데 그게 참 짜증스럽고 거슬린다. 예상을 했기에 배로 더 화가 치미는 것도 같고. 우현이 한쪽 입가만 말아 올려 피식 웃는다.

욕심을 내면 멀어진다. 함께하길 원하니까 또 이렇게 가 버린다. 좋아한다고 깨닫자 싫단다. 하지 말아 달란다. 하은이. 이리저리 마구 흔들리던 하은의 눈동자가 생생하게 떠오른다. 금세 입가의 웃음을 지운 우현의 눈빛이 싸늘하게 식는다.

어제, 너무 화가 나서 너 따위 없어도 그만이라고 맘을 짓누르며 하은의 집을 나섰다. 신경질적으로 차를 몰아 오피스텔로 들어가자마자 생각이 났다. 신발을 벗을 때도, 손을 씻을 때도, 옷을 갈아입을 때도, 미디작업을 하는 동안에도. 수시로. 목소리가 듣고 싶은데 참았다. 당장 튀어 오라고 하고 싶을까 봐. 그래서 만약 오면 손잡고 품에 안고 입 맞추고 싶어질까 봐.

도저히 혼자 견딜 자신이 없어 작업을 핑계로 녹음실에 와 버렸지만 역시나 또 이렇게 하은의 생각에 정신을 차릴 수가 없다. 수

십 번도 더 핸드폰을 들었다 놨다. 전화를 걸까 말까. 걸어도 되나 안 되나. 불안하던 마음이 이제는 사뭇 위험해질 지경이다.

어떡할까. 내가. 이제 뭘 어떻게 해야 해. 대체. 보고 싶은데. 보고 싶어 죽겠는데. 어떻게 참지. 어떻게. 나는. 너를.

서하은. 너, 너…….

"민우현."

"……."

"우현아. 인마. 야."

"……어? 어."

멍한 얼굴로 정신을 놓고 있던 우현이 진호의 부름에 몸을 일으킨다. 언제 들어왔는지 이미 모니터 앞에서 대기 중인 동길이었다. 계기판 콘솔 앞에 놓인 의자에 앉은 우현이 다시 가죠, 한다. 잔뜩 긴장한 표정으로 동길이 처음부터 볼륨을 새로 체크한다.

아까보다는 현저히 유해진 목소리로 우현이 지시한다. 잠시 마음을 다잡은 데다 똑바로 집중해서인지 동길도 훨씬 빠릿빠릿하게 손을 놀려 우현이 지적한 부분들을 잡아낸다. 구간마다 나눠진 곳들의 음폭을 깎고 다듬고 정리한 후 처음부터 쭉 틀었다.

솔직히 이 정도 미세한 볼륨 차이는 넘어가도 무관하지만 우현에게는 안 될 말이다. 보컬이야 워낙 기가 막히게 불러 놓은 탓에 튠(틀린 음정을 기계로 맞추는 것)도 필요가 없고 악기들의 사운드만 잘 합쳐지게 조절하면 되는 거라 금방 끝날 줄 알았건만.

몇 군데 더 예리하게 골라낸 우현의 말대로 수정을 하고서야 겨우 작업을 마칠 수 있었다. 세상에, 대체 몇 시간을 한 거라니. 혀를 내두른 동길이 기지개를 켜며 자리에서 일어난다. 수고 많으셨다는 말을 살갑게 건네는 진호에게 우현이 입을 연다.

"형."

"응?"

"연습실로 가자."

"어느 연습실? 댄서팀?"

벗어 뒀던 모자를 푹 눌러쓴 우현이 고개를 끄덕인다. 또 왜, 중간 점검하시게? 대꾸 없이 앞장서는 우현을 진호가 뒤따라간다. 지하주차장으로 이어진 뒷문을 열고 나가 바로 앞에 세워 놓은 밴에 올랐다. 운전석에 타는 진호가 벨트를 매고 시동을 켠다.

"잠깐 집에 들러 줘. 옷 갈아입게."

"연습하려고?"

"그렇다니까 왜 자꾸 물어."

"인마, 밤을 꼬박 새워 놓고 무슨 춤이야. 내일부터 해도."

"간다고 했다. 얼른 출발이나 해."

입 아프게 더 말 시키지 말아 달라 한 우현이 팔짱을 끼며 눈을 감는다. 룸미러로 우현의 좁혀진 미간을 확인한 진호가 엷은 한숨을 내쉬며 액셀을 밟는다. 가겠다면 가야겠지. 암만. 오늘따라 더 까칠한 심기를 건드릴까 진호가 조심조심 운전한다.

"진짜 갈 거냐?"

버스에서 내리면서 거듭 묻는 승효에게 하은이 마침내 눈을 흘긴다. 정말 백 번을 채우려고 이러나 싶다. 대체 몇 번째 묻는 거라니, 너. 대꾸하기도 귀찮아져 모른 척 걸음을 옮기는 하은에게 승효가 따라붙는다. 괜히 제 마음이 더 불편하고 심란하다.

알아서 가라고 했지만 도저히 발이 떨어지질 않아 기다렸다. 일어나면 뭘 좀 먹이고, 씩씩하게 잘 먹는 것만 보고 사라져 주자 마음먹었던 승효가 거실에서 텔레비전을 보며 시간을 때우고 있은 지 얼마 후, 하은은 알아서 일어났다. 여태 안 갔느냐 타박하며.

아직 성태로부터 별말이 없는 걸 보니 일이 아주 어그러진 건 아닌 것 같았다. 그렇다면 당연히 연습이 있다는 말이라서 내심 신경이 쓰였는지 대충 씻고 이렇게 나와 버린 하은이다. 어딜 가냐고 물으니 연습실에 간단다. 아직도 눈은 퉁퉁 부어 갖고는.

차마 직업정신이 투철하다고는 생각되지 않는다. 보나 마나 뻔하지. 빌어먹을 민우현 때문에 가는 걸 누가 모를 줄 알고. 하도 답답하고 막막해서 어쩔까 하던 승효가 하은의 손목을 잡아 돌려 세운다. 잠깐 걸음을 멈춘 하은에게 승효가 말한다.

"괜찮겠어?"

"안 괜찮은데 왔겠냐. 이제 안 아파."

"몸 말고 인마. 얼굴이나 제대로 보겠냐고."

"……"

올지 안 올지 확신은 없어도 언제 어느 때고 불시에 들이닥칠 수 있는 민우현임을 어제 깨달았다. 더군다나 하은이 댄서팀에 있다는 걸 알았으니 아마도 올 것 같다는 짐작에 승효가 걱정을 털어놓는다. 생략된 주체를 알아들은 하은이 입을 꾹 다문다.

상관없어. 상관 안 할 거야. 시작하자마자 관둘 수 없어서 가는 건데 뭐가 어때서. 절대 우현이 때문 아니야. 아니라고. 이제 신경 쓰지 않을 거니까. ……정말이야.

미세하게 흔들리는 눈동자에 불안과 초조함이 가득 실린다. 이젠 센 척까지 하려 들어. 안쓰러워 죽겠는 승효가 말을 잇는다.

"많이 다쳤냐, 어제?"

"아니."

"나한텐 솔직해도 돼. 막 화냈어? 그랬어?"

"아니라니까. 안 갈 거야?"

쓸데없는 것 좀 묻지 마, 하며 하은이 승효의 손을 뿌리친다. 늦을까 봐 서둘렀는데 이러다 정말 늦어 버리면 어쩌느냐는 하은을 다시 또 붙잡는 승효다.

춤추고 싶어. 그래서 가는 거지, 다른 이유 없어. 딱딱하게 내뱉는 하은을 향해 승효가 한숨을 내쉰다.

"서하은."

"왜."

"인마."

"왜 불러."

"울고 싶어지면 나 봐. 알았지?"

네 뒤에 내가 있다는 거 잊지 말고 기억하라고. 나지막이 깔린 목소리로 당부하는 승효를 보며 하은이 살짝 미간을 찌푸린다. 얘가 갈수록 왜 이래. 분위기가 참, 말도 못 하게 어색해져 버렸다. 차라리 생각 없이 하하호호 거리는 게 낫다 싶을 정도로.

스스로도 왠지 느끼해서 궁여지책을 생각해 낸 승효가 작게 헛기침을 하며 주의를 환기시킨다. 눈물 안 나도록 웃긴 표정을 지어 주겠다는 얘기였다며 혀를 내밀고 눈을 까뒤집는다. 진짜 혼자 보기 아까운 엽기적인 명장면에 하은이 풉, 웃어 버린다.

그래. 그렇게 웃어라. 어이없어 짓는 웃음이라도 좋으니 그렇게 웃기만 해. 울지 좀 말고, 알았어? ……귀여워 가지고.

하은의 머리를 가볍게 헝클어뜨린 승효가 가자, 하며 어깨동무를 한다. 야! 기겁을 하고 승효를 떨구는 하은이다.

266

"바로 또 해?"

"와."

"어쩌면 저래. 괴물이냐."

"죽겠다, 죽겠어. 으……."

"쉿."

저들끼리 하는 말이지만 뻔히 들린다. 들려도 못 들은 척하는 건 어렵지 않다. 수군거리는 단원들을 향해 조용히 하라는 눈짓을 주는 성태의 행동에 전혀 위로받지 못하는 우현이 심드렁한 표정으로 고개를 꺾으며 곧 시작되는 전주에 몸을 푼다.

앞부분의 여덟 마디만 쉬고 곧바로 춤이 시작된다. 쿵쿵쿵쿵, 하는 비트가 점차 강렬해지면 그와 동시에 어깨를 교차해 들썩인 다음 본격적인 안무로 들어가는 거였다. 출 때마다 느끼지만 정말 잘 짠 안무다. 각이 딱딱 떨어지는 게 간지도 꽤 훌륭하다.

근데 왜 이렇게 힘든 거냐고. 그걸 전혀 힘들지 않다는 듯 소화해 내는 우현을 보며 성태 역시 혀를 내두른다. 못 당하겠다. 무한 반복재생 버튼을 누를 때 알아봤어야 했지만 한 번 연습을 시작하면 기본 열 번을 쭉 간다. 무서운 기세로 거울 속 자신의 모습을 모니터하며 춤을 추는 우현을 따라 댄서들이 일사불란하게 몸을 움직인다. 더운 열기가 후끈해진다.

하아, 하아…….

거친 숨을 몰아쉬며 열심히 팔다리를 움직이는 하은이 놓치지 않고 안무를 곧잘 따라간다. 단 한 번도 헷갈리지 않고 척척 다음 동작으로 넘어가는 하은이 대견한 것 이상으로 신기한 승효도 역시나 안무에 집중한다. 댄서들의 대열이 바뀌어 가고 커다란 원이 그려졌다가 다시 브이 자 형태를 갖춘다. 좌우로 길처럼 갈라져 각자의 동작을 해내는 댄서들이 리듬을 탄다.

지나치게 걱정했던 자신이 우스울 정도로 우현은 시선을 주지 않고 있었다. 그걸 알아챈 하은은 그저 어떻게든 우현에게 신경을 쓰지 않으려 매 순간 안간힘을 써 본다. 단지 힘들어서 심장이 이렇게 세게 뛰는 걸까. 이렇게 자꾸, 욱신거리는 걸까.

아무렇지 않은 표정으로 바닥에 몸을 낮췄다. 박자를 세면 되는 간단한 이치를 무시하고 솔로댄스를 추는 우현을 보려 슬쩍 시선을 들었다. 현란하게 펼쳐지는 웨이브. 제대로 근사한 각기. 이를 악물고 일어난 하은이 다음 동작에 맞춰 손을 뻗는다.

"우현아, 딱 10분만."

"쉬자고요?"

"제발, 응?"

"그러시든지. 알았어요."

"와아아아……."

다들 게거품 물고 쓰러지기 일보 직전인 상황을 모르는 게 아닐 텐데도 또 전주에 맞춰 준비하는 우현에게 성태가 매달린다. 이거야 원, 단장 체면이고 뭐고 일단은 살고 봐야 할 것이 아닌가. 대신 총대를 메 준 성태에게 감사하며 댄서들이 주저앉는다.

이때다 싶어 달려간 주영이 음악을 끈다. 아무리 좋은 노래라도 귀에 피가 날 정도로 들으니 노이로제에 다 걸릴 지경이었다. 게다가 조금이라도 더 많이 쉴 수 있을까 싶어 우현도 좀 쉬라는 뜻으로 안무실을 조용하게 만들어 준 주영을 우현이 째린다.

쉬려면 니들이나 쉬어. 딱 이런 표정으로 노려보는 우현을 피해 성태를 비롯한 댄서들이 담배를 피우러 우르르 빠져나간다. 한층 조용해진 안무실. 의자 쪽으로 걸어간 우현이 가방에서 MP3를 꺼내어 귀에 꽂고는 거울 앞으로 다가가 홀로 연습한다.

"자."

"어?"

"닦으라고. 땀."

구석진 곳에 주저앉아 있던 하은이 승효가 내미는 수건을 받아 든다. 알아서 챙겨야 했건만 오늘도 이렇게 신세를 지게 됐다. 근데 어째 수건이 축축한 게 이상하다. 어제 썼던 거라는 승효의 설명에 괜히 찜찜해진 하은이 고민하다 그냥 얼굴을 문지른다.

몇몇 남은 댄서들이 바닥을 구르며 죽는 소리를 한다. 삭신이 쑤시네 어쩌네 터져 나오는 볼멘소리들에 눈을 깜빡이던 하은이 조심스레 고개를 든다. 가볍게 몸을 움직이며 성에 안차는 부분 위주로 동작을 점검하는 우현의 모습을 티 나지 않게 훔쳐봤다.

어쩜 저렇게 열심일까, 라는 생각도 들었다가, 잠시도 쉬지 않고 스스로를 굴리는 우현이 안쓰러워져 입술을 질끈 깨물었다. 꼬박 하루 만에 보는 얼굴이 그새 낯설어진 듯한 묘한 기분. 오늘따라 우현이, 한층 더 멀어 보이는 착각에 가슴이 짠하게 시리다.

잘 잤어? 밥은 먹은 거야? 좀 피곤해 보이는데. 안색이 별로다. 우현아. 너 괜찮아? 너는, 괜찮아? 너는……?

"어허. 정신 챙기셔."

저도 모르게 아련한 표정이 되던 하은이 승효의 으름장에 얼른 시선을 거둔다. 그리고는 안 본 척 괜히 더 열심히 땀을 닦는다. 뭐, 하루아침에 바뀔 수는 없는 노릇일 거다. 어제 대체 뭔 일이 있었는지는 모르겠지만 꽤 노력하고 있기도 하고.

이러지 말고 나가서 시원한 거나 마시고 오자는 승효의 말에 하은이 망설인다. 미적거리는 하은을 보다 못해 승효가 이끈다. 손목을 잡고 조심조심 일으켜 세우는 승효에게 그냥 됐다고, 귀찮다고 하려다가 하은은 거울을 통해 우현과 눈이 딱 마주쳤다.

아무런 감정도 실리지 않은 듯 건조한 시선에 오금이 저린다. 찰나의 순간만 쳐다본 우현이 곧 미련 없이 연습에 열중한다. 상관하지 않겠다는 듯. 저와 전혀 관계없으니 알아서 하란 듯이.

아예 신경도 안 써 줄 참인가. 이대로. 아예. 나를. ……알았어. 그럼.

"저것들 진짜 사귀나 봐."

"내 말이. 볼 때마다 꼭 붙어 다니네."

"아고, 귀여운 것들."

마침 노래가 끝난 건 굉장한 불행이었다. 타이밍 참 뭐 같게도 다시 재생을 누르려던 손길이 거짓말처럼 뚝 멈춰진다. 도란도란 들려오는 댄서들의 목소리는 그다지 크지 않았다. 그런데도 웬걸 대화의 내용이 귀에 파편처럼 쏙쏙 들어와 박혀 버린다. 느리게 걷는 하은을 데리고 승효가 연습실을 빠져나가자마자 시작된 수다였다. 흥미로운 표정으로 댄서들이 말을 잇는다.

"둘이 은근 잘 어울리지 않냐?"

"응. 하은이 귀엽지. 승효도 잘생겼고."

"내 보기엔 승효가 더 꽂힌 것 같더만."

"왜 그렇게 생각해?"

"그냥. 감이랄까. 혼자 엄청 훔쳐보더라고."

"하은이를? 얼~"

무척이나 재미지다는 듯 낄낄거리는 댄서들의 반응이 거슬린다. 분명하게 들어 버린 하은과 승효의 이름에 우현의 기분이 밑도 끝도 없이 바닥으로 내쳐진다. 아무것도 아니라더니. 아무 사이도 아니라더니 이건 또 무슨 개소리냐, 지금. 어?

신경질적으로 미간을 구긴 우현이 재생 버튼을 누른다. 흘러나오는 전주에 집중하려 애를 쓰는데 그게 도무지 쉽지가 않다. 속에서 천불이 나 견딜 수가 없다. 목구멍이 따끔거리는 것도 같고, 심장이 미친 듯이 쿵쾅거리는 게 머리마저 지끈 아파 온다.

보고 싶어서. 네 녀석이 보고 싶다고 여길 왔어. 잠도 제대로 못 자 컨디션 꽝인데도, 너 하나 보겠다고 연습하러 왔다고. 내가. 알아?

이딴 거지 같은 말들이나 들으려고 온 게 아니었다는 걸 자각하자 주체할 수 없이 화가 난다. 한 번 무너지기 시작한 감정들이 봇물 터지듯 와르르 밀려 나오고 만다. 웃긴다. 뭐가 이렇게, 하, 젠장. 결국 1절 부분을 통으로 다 날려 버린 우현이었다.

느릿하게 연습실로 들어서는 성태를 향해 우현이 10분 더 쉴게요, 한다. 반색을 하며 그러자는 성태를 외면하고서 지나치는 우현이 신경질적으로 이어폰을 빼며 문을 밀고 나간다. 맘 같아선 확 집에 가 버렸으면 싶지만 어차피 연습은 해야 하니까. 그 정도로 공사 구분 못 하고 망가지고 싶지는 않아서. 정말 미치도록 짜증나지만 일단은 참아 보자고. 일단은. 어떻게든.

탁탁 소리 내어 계단을 올라간 우현이 화장실로 들어가 찬물로 세수를 한다. 정신 좀 차려 보려는 일말의 발악이 통해 줄는지.

한편,

"가수가 아니라 배우 해도 되겠던데."

"어?"

"민우현 말이야. 어쩜 그렇게 감쪽같이 모른 척이라니."

음료수를 한 모금 들이마신 승효가 하은을 향해 넌지시 말을 꺼낸다. 땀도 식힐 겸 비상계단 쪽에 이어진 옥외로 나가 바람을 쐬는 중이었다. 난간에 두 팔을 길게 걸친 하은이 고개를 돌리다가 멈칫한다. 티가 참 잘도 나네. 승효가 씁쓸하게 웃는다.

"넌 죽었다 깨도 배우 하면 안 되겠다."

"누가 배우 하겠대."

"말이 그렇다고. 얼굴에 아주 쓰여 있잖아. 민. 우. 현."

"조용히 해, 누가 들어."

"들으면 뭐 어때서. 왜, 걔 곤란해질까 봐?"

정말 어지간히도 징하구나, 라며 승효가 혀를 찬다. 빈정거리는 느낌은 아니었지만 사뭇 곤란해지는 기분이라 하은이 얼른 딴 곳을 본다. 컴컴한 밤하늘을 한 번 훑었다가 시선을 내려 거리의 야경을 주시했다. 그런 하은을, 몰래 승효가 바라본다.

잔잔하게 일렁이는 하은의 눈동자가 오롯이 살펴진다. 다소 쓸쓸한 표정이 되어 감흥 없는 눈으로 풍경을 관찰하는 하은의 모습이 짙은 음영을 남기며 맘속에 새겨진다. 발그레하던 볼은 어느덧 제 혈색을 되찾았다. 뽀얗고 보드라워 보이는 피부.

아까 하은이 무슨 마음으로 춤을 췄을지 가늠해 본다. 어떤 심정으로 우현을 훔쳐봤을지, 보고도 안 본 척 애를 썼을지를.

그냥. 그냥 신경이 쓰이네. 자꾸 너를 보고 있네, 내가. 어느샌가. 나 원래 이렇게까지 가벼운 놈은 아닌데. 왜일까.

만난 지 얼마 안 됐다는 사실이 이상하게도 거슬리지 않는다. 알고 지낸 지 불과 며칠이라는 것도 문제될 것 없다는 마음. 가만히 하은을 응시하던 승효가 조금 먼 앞쪽을 향해 시선을 돌린다.

다른 건 모르겠고 그냥, 네가 안 아팠으면 좋겠으니까. 그러니까.

"서하은."

"왜."

"만나 보는 거 어떠냐. 진짜로 한번."

낮게 깔린 승효의 굵은 목소리가 귓가에 웅웅거린다. 무슨 말인지 단번에 알아듣지 못한 하은이 곧 천천히 승효에게로 시선을 준다.

아무 감정도 읽히지 않는 무표정조차 이제는 마냥 귀엽다. 승효가 오밀조밀한 하은의 눈코입을 잠시 감상한 후 말을 이었다.

"떠보는 거 아니고 괜히 던지는 말도 아니고. 너 쉬워 보여 하는 말 더더욱 아냐. 어때?"

"뭐가."

"만나자고, 나랑. 알고 보면 꽤 괜찮은 놈이거든, 나도."

"그만해."

"내가 싫어? 성에 안 차? 그러냐? 와."

감히 오매불망 네 님과 비교해서 그렇다만 저도 꽤 알아준다며 승효가 거드름을 피운다. 미국을 떠날 때 온 동네 여자들이 죄다 뛰쳐나와 손수건을 흔들었다는 승효의 허풍에도 하은은 무감하게 눈만 깜빡거렸다. 만나자. 만나 보자, 한번. 괜스런 부담 갖지 말고 한 번쯤 편하게 가볍게 생각해도 좋지 않느냐는 말에 기어이 시선을 거뒀다. 하은의 표정이 몹시도 아련해진다.

과연 우현 말고 다른 사람을 만날 수 있을까, 생각했던 적도 물론 있었다. 녀석이 좋아질 때마다, 녀석을 그리워할 때마다 매번 하은은 이 이상 다른 누구를 마음에 품을 수 있을지 스스로에게 못내 겁이 났었다. 편하게, 가볍게라. 그게 가능하기는 해?

아무런 대꾸도 않고 묵묵부답 침묵을 지키던 하은이 고개를 떨군다. 눈앞에 아른거리는 우현의 얼굴에 코끝이 시큰거린다. 좀처럼 자신을 쳐다보지 않고 모른 척 춤에만 집중하던 우현이 왠지 더 간절해지는 기분. 하루 종일 기다렸던, 우현의 전화.

오늘만 연락 안 한 거야? 아님, 이제 계속 안 하겠다는 거야? 우현아. 나 진짜 되게 많이 힘든 것 같은데. 내가 뭘 어떻게 해야 할까. 알면 좀 가르쳐 주지 않을래? 응? 제발…….

"헝클어졌다. 머리."

떠올리기 무섭게 몸과 마음이 온통 우현으로 가득 찬다. 하도 빼곡하게 들어차는 까닭에 숨쉬기조차 버거워지는 이런 마음을 무럭무럭 키워 온 건 바로 자신이다. 미련하다 여기면서도 여기까지 왔다. 좋아서. 그저 좋아서. 정말 끝도 없이 좋았었기에.

멍하니 넋을 놓은 하은에게로 승효가 손을 뻗는다. 너무 생각에 심취한 나머지 인기척조차 알아채지 못했던 하은이 부드럽게 제 머리를 어루만지는 승효를 살며시 돌아본다. 얕은 바람에 들뜬 머리카락을 가지런하게 해 주던 승효가 문득 시선을 내린다.

다정하고 그윽한 눈빛으로 승효가 하은을 본다. 아주 미세하게 휘어지는 눈매의 곡선이 사내 같지 않게 곱다. 처음 봤을 때도 유들유들 웃는 상이던 승효는 진지하게 있어도 결코 화나 보이지 않는다. 진중함을 머금은 미소란 게 참 따뜻하구나, 싶은 게.

조용히 눈을 맞춘 채로 몇 번 더 하은의 머리를 매만지던 승효가 시간 줄 테니 한번 생각해 봐, 한다. 그게 저와 만나자는 말에 대한 대답이라는 걸 알면서도 하은은 섣불리 입을 열지 못했다. 진심이냐고 묻는 것도 이미 했다. 충분히 진심으로 보이고.

그렇지만, 그렇지만 나는, 나는…….

"……."

조금 열린 문틈으로 보이는 광경에 우현이 굳은 채 움직이지 않는다. 방금 제가 무슨 말을 들었는지, 지금 제가 어떤 걸 보고 있는지 도통 알 수가 없다. 서늘하게 식은 눈빛으로 저만치 앞을 주시하는 우현의 미간이 구기듯 일그러진다.

속이 답답해 바람이나 쐬자는 생각의 밑바탕에는 사라진 하은을 찾겠다는 일종의 바람 같은 게 깔려 있었다. 잠시라도 눈에 안 보이면 불안해 돌겠는 기분이라서 대체 어디서 뭘 하고 있는 거냐고 사납게 성이라도 낼 참이었다. 그런데 이게, 무슨……?

똑똑히 들었다. 승효의 말들을. 분명하게 보고 있다. 하은의 머리를 부드럽게 어루만지는 승효의 행동을. 가만있는 하은을. 끝내 뒤틀리는 입술을 참지 못한 우현이 서둘러 돌아선다. 연습실이 있는 아래층으로 향하는 계단을 얼마 내려가다 멈춰 섰다.

너. 너…….

— 서하은.

— 왜.

— 만나 보는 거 어떠냐. 진짜로 한번.

울컥, 굉장한 강도로 화가 치민다. 기억하기로 이렇게까지 노여

위한 적은 없었던 것 같은데. 성질이 나면 나는 대로 표출을 해야 한다. 그러지 않고서는 돌아 버릴지 모르니. 방어기제가 너무 센 탓인지도. 근데 그렇다고만 보기엔 너무 짜증이 나는데.

정말 당장이라도 심장이 터져 죽어 버릴 것처럼 맘이 아리고 뒤죽박죽 엉망인데. 어쩌라는 거야. 어떻게 참아, 이걸. 어?

부들부들 떨리는 손끝을 꼭 움켜쥐었다. 허공을 노려보는 우현의 눈매가 점점 더 사납게 변해 갔다.

어쩔까. 내가 어떻게 할까. 말해.

— 떠보는 거 아니고 괜히 던지는 말도 아니고. 너 쉬워 보여 하는 말 더더욱 아냐. 어때?

— 뭐가.

— 만나자고. 나랑. 알고 보면 꽤 괜찮은 놈이거든, 나도.

미친 새끼가. 뒈지려고, 진짜.

……이 씨발……!

급히 뒤로 돌아선 우현이 다시 계단을 오른다. 딱 두 걸음만 더 가고 그 이상 나아가지 못한다는 사실에 가슴이 또 욱신, 아려 온다. 어쩔 건데. 진짜 어쩔 건데, 가서. 둘이 만나든 말든 무슨 상관이라고 이러냐. 둘이 어떻게 되든 말든. 제기랄.

그렇잖아. 내가 뭐라고. 너 이제 내 말 안 듣겠다고 했는데 내가 무슨 권리로 너한테 간섭하겠어. 안 그래?

빛의 속도로 사라지던 이성을 되찾은 우현이 도로 계단을 내려간다. 연습실이 있는 층까지 내려가고도 다리는 멈추어지지 않았다. 어디까지 가려는지 알지도 못하고 계속 걸었다. 그렇게 한참을 내려가던 우현이 어느 지점에 다다라 멍하니 선다.

— 하긴, 네가 무슨 남자냐.

나, 그런 말을 하면서도 실은, 되게 두려웠던 거, 너 모르지.

— 생긴 것도, 하는 짓도 선머슴 같은 네가 무슨. 말이 돼?

여리게 일렁이는 눈으로 바라보는 네가 얼마나 예뻤는지, 그렇게라도 널 밀어내야 했음이 얼마나 힘들었는지, 너는 모르지. 아무것도. 그렇잖아. 그렇지.

— 그래도 생기면 말해. 버려 줄 테니.

"하……."

탄식 같은 한숨을 내뱉은 우현이 쓰러지듯 벽에 등을 기댄다. 생각 없이 툭 내뱉은 말이 현실로 되기가 이렇게 쉬웠던가. 어쩌자고 그런 소릴 했는지 모르겠다. 정말 그런 일은 생기지 않을 거라 자만했었다. 믿으려고. 믿고 싶어서. 믿었으니까. 서하은을. 나는.

— 딴 놈 좋다는 녀석 필요 없어. 그러니까 바로 말해. 알았어?

힘없이 아래로 떨구어지는 우현의 고개 너머 표정이 쓸쓸해진다. 일렁이는 까만 눈동자가 혼란스러운 감정을 고스란히 내비치고 만다. 잠을 못 자서 피곤이 쌓였을까. 그래서 이렇게 힘드나. 이렇게, 마음이 깨질 것처럼 불안한가.

이제껏 누구에게도 가져 보지 못한 마음이라 더 어렵다. 이런 식의 감정이 우현에게는 쉬울 수 없다. 결코. 아주 조금도. 모르면 배우면 된다지만 가르쳐 주는 사람도 없었다. 배울 생각조차 안 했다. 필요 없다 외면하자 결국 이런 꼴이 돼 버렸다.

이제 와서 내가 뭘 어떻게 해야 하지. 없었던 일처럼 지울 수가 없는데. 감정이란 거. 나는 이제 너 아니면 안 될 것 같은데. 네가 싫다고 하면, 나는, 나는…….

……나……는…….

다시금 떠오르는 조금 전의 장면에 우현이 끝내 아랫입술을 깨문다. 싫다. 싫어 죽겠다. 하은이 딴 놈에게 가는 것은. 눈앞에 아른거리는 하은을 향해 우현이 질문을 던진다. 갈 거냐고. 그놈한테 갈 거냐고. 그놈이 좋으냐고. 좋은 거냐고.

딱 말해. 너도 날 떠날 거냐.

교묘하게 겹쳐지는 환영. 기억하기도 싫은 예전. 고스란히 되살아나 심장을 쥐락펴락하는 이런 더러운 기분들. 허탈한 표정으로 우현이 스르륵 몸을 낮춘다. 벽을 타고 주저앉듯 한 우현이 힘없이 고개를 젖히며 눈을 감는다.

서하은. 갈 거야? 떠날 거야?

……너도?

앞으로 딱 다섯 번만 더 연속으로 추고 연습을 마치겠다는 성태의 말에 댄서들이 몸을 일으킨다. 하나둘 대열을 맞춰 서는 와중에도 하은은 넋을 놓고 앉아 있었다. 어이, 정신 차려. 가볍게 어깨를 흔드는 승효의 도움으로 하은이 얼른 일어난다.

조금 전 우현은 먼저 가 보겠다며 짐을 챙겨 연습실을 나가 버렸다. 저는 충분하니 나머지는 알아서들 맞추라는 말에 이제야 쉬엄쉬엄 연습할 수 있겠다며 기쁜 내색을 애써 감추던 성태와 댄서들이었다. 그 무리에 결코 하은은 합쳐질 수 없었지만.

우현의 표정이 썩 좋질 않았다. 눈 밑도 퀭하고 안색도 별로인데다 무엇보다도 기분이 굉장히 안 좋아 보였음이 하은은 계속 마음에 걸린다. 남들이 보기엔 평소와 같은 시니컬한 표정이라고 해도 하은은 은근히 다른 무언가를 우현으로부터 느꼈다.

뭐가 또 심기를 건드렸을까. 혹시, 나 때문인가. 내가 있는 게 신경 쓰였나. 내 춤이 어디가 별로였던 건 아닌지. 후우.

괜한 자격지심에 이런저런 생각에 빠져드는데 승효가 이봐, 하고 작게 부른다. 본의 아니게 앞부분을 놓쳐 버린 하은이 이내 마음을 가다듬고 춤에 집중한다. 감미로운 우현의 목소리가 실제의 것인 양 귓가에 차곡차곡 감겨든다. 열심히 몸을 움직였다.

"힘든데 그냥 택시 타지."

숨이 간당간당 차오를 즈음 연습이 모두 끝났다. 땀과 열기로 후끈 달아오른 연습실을 빠져나온 하은이 선배 댄서들에게 꾸벅 인사하고는 자연스레 버스정류장으로 향한다. 이제 열시 반. 차가 끊겼으면 모를까, 괜히 헛돈 쓰기 싫은 하은이다.

"버스 아직 있거든."

"그래도. 다리 안 아파?"

"걸을 정도는 돼. 돈 아까워."

약 5분 후 도착한다는 전광판의 안내 글자를 읽은 하은이 주머니에 두 손을 꽂으며 등을 기댄다. 승효가 눈꼬리를 내린다.

"히야. 알뜰도 하네, 우리 서하은이. 아이고, 예뻐라."

"치워."

"왜, 예뻐서 그러는데. 어쩜 이렇게 예쁠까. 응?"

"하지 말라고."

"우쭈쭈쭈~"

"야!"

귀엽단 듯 머리를 마구 헝클어뜨리는 승효를 향해 하은이 앙칼지게 눈을 흘긴다. 하지 말라고 말을 해도 자꾸 장난을 걸어오는 승효였다. 이게 진짜 왜 이래. 그깟 장난에 장단 맞춰 줄 기분이 결코 아닌데도 눈치가 없는 건지 승효는 실실 웃는다.

주머니에 꽂은 손을 빼기가 귀찮아 이리저리 피하는 하은을 작정한 것처럼 승효가 건드린다. 머리를 헝클더니 이제는 또 가볍게 볼을 꼬집고 콕콕 찌르기도 한다. 계속하면 정말 화낼 거라고 으름장을 놔도 들은 척도 않는다. 이걸 확 그냥.

반응을 자꾸 보여 주니 더 재미있어하나 싶어 꾹 참고 견뎌 봤다. 잠깐 주춤하는 것 같던 승효가 다시 또 하은의 볼을 잡는다. 놓으라고오. 불퉁스러운 표정을 지으며 노려보는 하은이 그저 귀여워 죽겠나 보다. 승효가 아주 웃겨서 어쩔 줄을 몰라 한다.

"넌 왜 타."

"데려다 주게."

"뭐?"

머지않아 도착한 버스에 올라 카드를 대고 뒤로 들어가 앉았다. 곧바로 따라 탄 승효가 제 옆으로 오자 하은이 기겁을 한다. 전혀 아무렇지 않은 얼굴로 털썩 앉는 승효의 말에 하은의 눈이 커다랗게 떠진다. 승효가 되레 뭘 그리 놀라느냐 반문한다.

"날 왜?"

"늦었으니까. 밤이잖아."

"근데."

"위험하잖아, 여자 혼자."

"술도 안 먹었는데 뭐가 위험해."

"너무 예뻐서. 누가 채 가면 어떡하냐."

그러니 데려다 줘야지, 라며 승효가 씨익 웃는다. 그저 당연하단 듯 조곤조곤 말하는 녀석이라 하은이 거듭 또 멍해진다. 예쁘긴 뭐가. 채 가긴 누가. 됐으니 그냥 내리라고 하려는데 버스가 출발한다. 다음 정류장에서 내리라는 하은의 말에 승효가 대답을 않는다.

말리기도 지치고 화내는 건 체질상 안 맞고. 하은이 승효를 향해 마음대로 해라, 읊조려 내뱉고는 창으로 고개를 돌린다. 그런 하은에게 승효는 응, 마음대로 할게, 라고 웃으며 대꾸한다. 말을 말자. 어이없다는 듯 웃은 하은이 창틀에 팔을 얹는다.

집에 갔겠지. 잠 들었으려나. 되게 피곤해 보이긴 했어. 무리해서 연습한 거 아닌가 몰라. 괜찮은가.

아련한 표정으로 창밖을 주시하던 하은이 문득 울리는 진동에 주머니를 뒤진다. 문자가 도착했다는 표시에 얼른 버튼을 눌러 확인하는데 수진의 이름이 뜬다. 연습 중이냐고, 몸은 좀 괜찮으냐고 묻는 수진에게 괜찮다는 답변을 보내는데 한숨이 나온다.

연락해 볼까. 내가 먼저. 걸어서 뭐라고 해. 전화, 안 받으면 어떡하지.

고민이 깊어지자 한숨도 늘어난다. 연거푸 어깨를 들썩여 땅이 꺼져라 숨을 뱉는 하은을 승효가 가만히 쳐다본다. 그새를 못 참고 또 민우현 생각에 하염없이 빠져드는 하은이 이제는 놀랍지도 않다. 복이 복인 줄 모르는 그런 자식이 뭐가 좋다고.

애써 딴 곳으로 시선을 돌리지만 저절로 다시 하은을 찾고야 만다. 손에 쥔 핸드폰을 만지작거리며 넋을 놓은 하은의 모습이 승효는 슬슬 거슬린다. 기다리라면 기다릴 수 있지만 이건 좀 정도가 심하니까. 할 수만 있다면 민우현 자체를 삭제시켰으면 싶다. 그래야만 자신을 봐 줄 것 같아서. 그 정도로 하은이, 정말 하염없이 우현을 향해서만 서 있으니까. 지금도 저렇게나. 에효.

"갈게. 들어가."

버스에서 내려 집 앞까지 바래다준 승효가 다정하게 작별을 고한다. 그러다 뭔가 살짝 아쉬운 듯한 표정으로 승효가 말을 잇는다.

"고생했어, 오늘. 씻고 바로 잘 거지?"

"어."

"뜨거운 물로 잘 풀고 자. 근육통 안 생기게."

"그래. 데려다 줘서 고마워. 조심히 가."

"서하은."

"응?"

"잠 안 오면 언제든 콜. 알지?"

혼자 청승 떨지 말고 언제든 저를 부르라며 승효가 손을 흔든다. 새벽이든 아침이든 전혀 상관없다는 말까지 덧붙이는 승효를 향해 하은이 미간을 살짝 좁힌다. 그만 가. 대꾸할 마땅한 말이 떠오르지 않아 돌아섰다. 승효가 오래도록 하은을 본다.

열쇠로 문을 열고 집 안으로 들어간 하은이 서둘러 샤워를 마친다. 수건으로 물기를 닦으면서, 드라이기로 머리를 말리면서 몇 번이나 핸드폰을 들여다봤는지 모른다. 언제 이렇게까지 익숙해졌을까. 언제 이렇게나 길들여진 걸까. 우현의 잦은 호출에.

불과 하루 전까지만 하더라도 잦던 연락이 뚝 끊기자 이루 말할 수 없을 만큼 불안하다. 더군다나 조금 아까 얼굴을 봤음에도 불구하고.

보고 싶어. 너무 보고 싶어 미치겠어. 네가. 목소리만이라도 듣고 싶어. 안 돼……?

다잡히지 않는 마음을 억지로 외면하곤 불을 끄고 침대에 누웠다. 도저히 이대로는 잠이 올 것 같지 않아 다시 몸을 일으킨 하은이 핸드폰에 연결한 이어폰을 귀에 꽂는다. 익숙한 손놀림으로 우현의 노래를 찾아 재생했다.

콩닥콩닥. 가슴이 뛴다. 어두컴컴한 방 안에서 작게 목소리를 냈다. 우현의 노래를 따라 부르는 자그마한 흥얼거림이 조용한 방에 울려 퍼진다. 벗어나, 내게서 벗어나, 잡지 마, 나를 잡지 마……. 단어 하나하나 곱씹으며 부르다가 눈을 떴다. 눈에 익어 버린 어둠이 밝다.

그냥. 그……냥. 목소리가 듣고 싶은 것뿐이야. 안될 거 없잖아. 괜찮은지 어떤지만 확인할게. 더는 성가시게 굴지 않을게. 피곤해서 자는 거라면, 그런가 보다 할게.

하은이 이어폰을 뺀다. 걸려 온 전화를 받지 못해 조바심 내며 걸 때와는 확연히 다른 기분이었다. 순전히 본인의 의사라는 것이 자각이 되기까지 하는 게. 조심조심 우현의 번호를 띄우고 통화 버튼을 눌렀다. 뚜우. 신호가 한 번 한 번 갈 때마다 입이 마른다. 혀로 입술을 축였다. 바빠서 못 받는 거면 어쩔 수 없겠다는 생각을 짧게 했다. 그래도 받아 줬으면 좋겠다는 마음이 훨씬 크긴 하

다. 조금의 기다림. 그리고,

[……왜.]

"어, 저."

받자마자 왜, 라고 묻는 우현의 차가운 목소리에 할 말을 잃어버렸다. 자연스럽게 난데, 하려던 계획마저 잊어버리고 만 하은이 난감함을 이기지 못하고 작게 인상을 쓴다. 잠시 기다려 주던 우현이 뭐, 하고 재차 묻는다. 들리지 않게 하은이 한숨을 쉰다.

"안 잤어?"

[안 잤으니까 받지.]

"뭐하고 있어?"

[그냥 있어. 왜.]

"보고 싶어서."

[뭐?]

"우현이 네가. 너무 많이 보고 싶어서."

[…….]

미안, 하고 덧붙이는 하은의 말에 기어코 우현이 침묵한다. 참아 보려 했는데 그게 안 됐다고, 더 참았어야 하는 걸 알지만 그렇게 못 했다며 하은이 한 번 더 미안, 하고 사과를 건넨다. 침묵. 또 침묵. 이윽고 수화기 너머에서 한숨 소리가 터져 나온다.

혹시 귀찮아하는 거면, 이라는 생각이 스쳐 지나갔지만 이대로 끊기는 싫었다. 화를 내도 좋으니 뭐든 한 마디라도 더 듣고 싶은 마음에 하은은 숨을 죽이고 기다렸다. 서하은. 얼마간 더 침묵을 지키던 우현이 나지막이 부른다. 허스키한 목소리가 참 좋다.

[할 말이 있는데.]

"뭔데."

[해도 되는지 모르겠어. 하고 싶긴 한데.]

"응?"

[해도 되는 말인지 잘 모르겠거든. 솔직히. 나는.]

어딘가 모르게 살짝 머뭇거리는 기색이 느껴진다. 우현이 이러는 걸 본 적 없는 하은으로서는 고개가 갸웃거려질 뿐이었다. 괜찮아. 말해. 조심스럽게 우현을 달래자 한 번 더 한숨이 터져 나온다. 왠지 이상한 기분. 심장박동이 아주 서서히 빨라진다.

[근데 안 하면, 더 못 견딜 것 같아. 내가.]

"무슨 말인데?"

[실은 지금 술을 좀 먹었거든. 너한테 가고 싶은데.]

"어?"

[얼굴 보고 해야겠어. 보고 싶어. 보고 싶어서 미쳐 버리겠다고.]

"우현……아."

[나한테 와 줄 수 있어? 지금 바로.]

"어……?"

[올래? 와 줄래? 서하은. 지금 나한테 좀 와라. 제발.]

우현아, 우현……아…….

……하아…….

보고 싶다는 말이, 이렇게까지 가슴을 울리는 말이었는지 미처 몰랐다. 와 달라는 말이, 지금 바로 와 줄 수 있느냐는 부탁이 우현의 입에서 나오게 될 줄 감히 상상도 못 했었다. 명령이 아닌 부탁. 그것만으로도 하은이 몸을 일으킬 이유란 충분했다.

뭐라 말이 나오지 않아 잠시 버벅거리던 하은이 곧 가겠다며 전화를 끊는다. 앉은 자세로 잠깐 멍해 있다가 서둘러 불을 켜고 옷을 챙겨 입었다. 카디건을 걸치고 방을 나서려다 거울을 봤다. 고여 있는 줄도 몰랐던 눈물이 떨어짐과 동시에 하은이 이를 악물고 달려 나간다. 세차게 뛰어 대던 심장이 아예 터져 버리기라도 한 것처럼 감각조차 둔해지는 마음으로 걸음을 서둘렀다.

우현을. 우현을 만나러. 처음으로. 제 의지로.

7
솔직해지기

초인종을 누르고 얼마간 기다렸지만 우현은 나오지 않았다. 달려오느라 흐트러진 머리를 살살 매만져 정돈한 하은이 다시금 초인종을 누르려다 멈칫한다.

혹시 잠들었나. 술 먹었다고 했으니까. 만약 그런 거면 열심히 서두른 보람이 없어지는 거라서 살짝 우울해진 하은이 천천히 비밀번호를 누른다. 잘 자는지만 확인하고 가자. 감기 걸리면 안 되니까 이불이라도 덮어 주고. 그리고서, 그냥,

"······."

"······."

삐릭. 열림 표시가 되자마자 알아서 문이 열린다. 느릿하게 벌어지는 그 틈새로 우현과 눈이 마주치자 하은의 가슴이 철렁, 내려앉는다. 약 몇 초간의 침묵. 하염없이 시선만 주고받던 우현이 작게 들어와, 한다. 목소리가 나른하니 가라앉아 있다.

우현을 따라 느릿하게 안으로 들어간 하은이 신발을 벗는다. 거실 한가득 제법 독한 알코올 향이 퍼져 있었다. 소파에 털썩 주저앉는 우현을 보다가 이내 가까이 갔지만 그렇다고 옆자리에 앉지도, 아니면 도로 멀어지지도 못한 채 머뭇거릴 뿐이었다.

뭘까. 할 말이. 왜였을까. 와 달라던 부탁은. 내뱉고 싶은 말들은 한가득인데 좀처럼 쉽지가 않다. 우현이 고개를 돌린다.

"앉아."

"어?"

"앉으라고. 서 있지 말고."

다리 아프잖아, 라고 덧붙이는 우현의 목소리가 무척이나 쓸쓸하다. 약간 잠긴 것도 같은 허스키한 목소리가 왠지 가슴을 울린다. 표정이 어둡다는 것. 안색이 안 좋다는 것. 이런저런 이유들을 다 떠나 자꾸만 우현이 위태로워 보이는 듯한 착각.

우현과 조금 떨어진 옆쪽에 걸터앉은 하은이 조심스레 우현을 살핀다. 서늘한 무표정이 유난히도 안쓰럽다. 왜……? 우현아, 왜 그래……? 단지 피곤해서라기엔 우현의 눈빛이 지나치게 흐리다. 우현이 술병을 들어 잔을 가득 채운다.

우현은 잠시 술을 마셨다. 천천히, 서두르지 않고 느릿하게 잔을 입에 대고 조금씩 들이켰다. 꼭 맛을 음미하는 사람처럼 무척이나 여유롭고 느긋한 동작들을 하은 역시 말없이 지켜봤다. 조용한 집 안. 최대한 약하게 틀어 놓은 조명조차 어둑하다.

자정을 막 넘기는 시간대의 공기란 왠지 모르게 적막했다. 커튼을 열어 놓은 덕분에 테라스 유리 너머로 컴컴한 하늘이 보였다. 오늘따라 별이 참 많네. 반짝반짝 빛나는 별을 몇 개 세다가 시선을 내린 하은이 움찔한다. 우현과 눈이 딱 마주쳐 버렸다.

"괜찮아? 피곤할 텐데. 술."

"……."

침묵이 버거워 일단 뭐라도 말을 꺼내야겠기에 입을 열었다. 아까 그렇게 격렬히 연습해서 피곤할 텐데 계속 술을 마셔도 괜찮겠느냐 묻는 하은을 우현이 빤히 본다. 조곤조곤 낮은 목소리가 그저 곱다. 들썩이는 하은의 붉은 입술이 참 예쁘다.

"언제부터 마신 거야. 아까 집에 와서 바로야?"

"……."

"밥은. 밥은 먹었어? 이렇게 술만 마시면 속 버려."

"……."

"우현아."

"한 잔만."

"응?"

"마시자. 같이. 괜찮으면."

너 술 못하니까 딱 한 잔만 같이 마시자는 우현의 말에 하은이 입을 다문다. 기분이 가라앉아 보이지만 그다지 취한 것 같진 않은 우현이었다. 그런데 평소와 뭔가 많이 다르다. 저런 말투, 저런 표정. 같으면서 다른 미묘함에 하은이 고개를 끄덕인다.

가서 잔을 가져오겠다며 몸을 일으키는 우현을 하은이 가만히 쳐다본다. 알아서 가져오라고 시키지 않는 우현이 생경해서 시선이 떼어지지 않는다. 느린 걸음으로 부엌에 들어간 우현이 손을 뻗어 잔을 집는다. 동작 하나하나에 흐트러짐이 없다.

천천히 자리로 돌아온 우현이 얼음을 집어 잔에 채운다. 그리고는 조용조용 술을 따라 하은의 앞에 놓아주고서 고개를 든다. 극심하던 목마름이 해결되자 당연한 수순처럼 또 욕심이 생긴다. 보

289

고 있으면 만지고 싶어. 안고 싶어. 너를. 죽을 만큼.

그래도 싫다면. 네가 싫다면, 됐어. 안 해. 안 할게. 안 하면 되잖아.

……그까짓 거.

시선을 내린 우현이 잔을 들어 건배를 권한다. 얌전히 와서 부딪히는 하은의 술잔을, 술잔을 조심스레 움켜쥔 하은의 고운 손을 잠시 내려다본다. 하얗고 뽀얀 피부를, 작고 귀여운 손가락을, 얄쌍하니 선이 고운 손톱을 무척이나 자세히 바라본다.

차라리 순간의 충동이었으면 얼마나 좋을까. 뒤늦게 사춘기가 온 거라면. 그저 별것 아닌 욕구쯤이었으면. 그랬었다면. 걷잡을 수 없이 치닫는 생각을 애써 무시하며 술을 머금었다.

알싸한 액체가 화끈거리며 목구멍으로 넘어간다. 술이 지나가는 길이 확연히 느껴질 정도로 이어서 가슴속이 따뜻해진다. 술 때문인지, 아니면 제가 느끼는 감정들 때문인지는 모르겠지만.

진짜 미치겠다. 머리가 깨질 것처럼 아프네. 너 때문에. 자꾸만. 어떡하냐. 나 이제.

말없이 술만 홀짝홀짝 마셔 대는 우현을 보다 못한 하은이 잠깐 있어 봐, 하고는 부엌으로 향한다. 아무리 술이 센 우현이라도 저렇게 마셔 댔다간 내일 속 쓰려 괴로워할 게 틀림없다. 냉장고와 찬장들을 뒤져 몇몇 주전부리들을 찾아냈다. 치즈와 과자와 간단히 먹을 수 있는 것들을 골라 접시에 가지런히 담아 거실로 향했다. 우현이 마침 깨끗이 빈 잔을 테이블에 내려놓는다.

거의 다 녹아 버린 얼음을 무시하고 잔에 술을 가득 따르는 우현을 걱정스레 보다가 옆에 앉았다. 작업할 때 입가심용으로 마시는 맥주를 제외하고 우현이 부러 독한 술을 마시는 경우란 깊이

잠들지 못할 때뿐이다. 곡 작업을 하며 꼬박 밤을 새워 버리는 것
도 몸을 피곤하게 만들려는 의도임을 하은은 안다. 우현의 상처.
외로움. 쓸쓸함. 하은이 슬쩍 입을 연다.

"할 말이, 뭐야……?"

작지만 분명한 목소리로 내뱉은 하은의 말에 잔을 입으로 가져
가던 우현이 멈칫한다. 낮게 내리깔고 앞쪽 허공을 보던 까만 눈
동자가 미세하게 흔들린다. 할 말. 아, 할 말. 일단 술부터 한입
머금고서 목으로 넘겼다. 슬슬 심장 한 켠이 또 뜨거워진다.

"괜찮으니까 말해. 뭔데."

심하게 재촉하지는 않는 말투로, 그래도 못내 궁금한 기색으로
하은이 묻는다. 감정이란 게 원래 이런 걸까. 인정하고 나면 전과
비교할 수 없을 정도로 무섭게 자라나고 빠르게 커지는 건가. 앞
으로 던질 말들을 혼자 곱씹어 보는 것만으로도 머리가 온통 뒤죽
박죽 엉망이 된다. 생각도, 행동도, 기분도, 어느 것 하나 제어되
질 않는 심각한 혼란. 우현이 입술을 달싹인다.

"서하은."

"응."

"내가 있잖아."

"응."

저절로 시선이 돌아간다. 다른 곳을 쳐다봐야 말이 더 잘 나와
줄 것 같음을 본능적으로 느끼긴 했지만 이미 우현의 두 눈은 하
은에게로 향해진 뒤였다. 불안과 초조, 염려와 걱정이 뒤섞인 얼
굴로 쳐다보는 하은을 발견하자 숨이 턱 막힌다.

올망졸망 귀여운 눈매로 하은이 저를 본다. 선이 고운 콧날과
뽀얀 두 볼을 하고서 저를 보고 있다. 아주 약간만 벌어진 작고

붉은 입술은 늘 그렇듯 미치도록 탐이 난다. 서하은이라는 녀석이 가진 모든 것들로부터 끊임없이 강렬한 유혹을 받고 만다.

만약 처음, 이 마음을 어렴풋이라도 느꼈을 때 받아들였다면 어땠을까. 안된다고 막아서지 말고 솔직히 털어놨더라면, 인정하고 곧바로 전했더라면 우리는 지금과는 많이 달라졌을까. 이제 와 이런 얘길 함으로써 뭘 기대하는 걸까. 대체. 나는.

몰라. 모르겠어. 모를래. 근데, 그래도 싫다고 하면 어떡하나 싶네. 좋아하건 말건 안 된다고 또 날 밀어내면. 그렇게 너한테서 확실하게 떨어져 나오게 되면, 나는. 아마도.

……나는…….

"집에 빨리 가고 싶은 거 아니면."

"어?"

"이것만 다 마시고 말할게. 딱 이것까지만."

어쨌거나 같이 있고 싶어서. 조금이라도 더 곁에 있어 줬으면 싶어서. 싫다는 대답이 나올까 봐 두려우니까. 아직은. 내가.

졸리거나 피곤한 게 아니라면 아주 조금만 더 시간을 달라며 우현이 웃는다. 애써 거둔 시선을 내리깔고 자조적으로 입가만 살짝 말아 올리는 그 미소에 하은의 가슴이 욱신거린다. 그래. 괜찮아. 얼마든지. 하은이 대답 대신 몇 번 고개를 끄덕인다.

반이 조금 안 되게 남은 술병을 들어 제 잔을 채우는 우현은 안주하라고 가져온 것들에 손도 대지 않고 있었다. 좀 먹어 보라 말을 해도 묵묵히 술만 마실 뿐인 우현을 보다 못해 하은이 과자 통을 집는다. 긴 원통형의 입구에 막힌 포장지를 북 찢으려다 쇠로 된 부분에 손가락을 살짝 스쳤다.

아, 이런. 정말 찰나의 순간이었는데 검지 손가락 안쪽에서 붉은 핏물이 스며 나온다.

"베였어?"

"조금. 괜찮아."

"어디 봐 봐."

서둘러 하은의 손을 가져간 우현이 조심조심 손가락을 살핀다. 그리 깊지 않은 상처였지만 어쨌거나 피부가 찢어져 이제 막 벌어지려는 상태였다.

습관적으로 미간을 구긴 우현이 조심 좀 하지 그랬냐고 하은을 혼낸다. 워낙 순식간의 일이었고 사실상 많이 다친 것도 아닌데 야단을 맞자 억울해진다. 한숨을 푹 내쉬는 우현을 향해서 하은이 반박하려는데,

"아……."

순간 너무 놀라 탄식처럼 숨을 뱉었다. 살짝 앓듯이 희미하게 터져 나온 제 목소리를 감추려 하은이 아랫입술을 질끈 깨문다. 당황했다는 말로는 모두 표현이 되지 않을 굉장한 떨림이 온몸을 휘감는다. 안절부절못하는 얼굴로 하은이 우현을 응시한다.

조금의 거리낌도 없이 우현은 하은의 검지를 제 입으로 가져갔다. 스며 나온 피를 핥고 벌어지려는 피부를 붙이려는 듯 입안에 꽉 가두고서 힘주어 쪽쪽 빠는 우현이었다. 살짝살짝 닿는 우현의 혀가 적나라하게 느껴진다. 하은의 얼굴이 붉어진다.

솔직히 피만 보면 우현은 기분이 더럽다 싶을 만큼 나빠진다. 보통 사람들이 경계하는 것과는 차원이 다른 수준으로 피라면 질색하는 우현이 저도 모르게 하은의 손가락을 입안에 머금었다. 제 어미가 떠날 때 피로 가득한 욕조를 본 이후로 대단하던 공포심이 지금만큼은 느껴지지 않는다.

하은이니까. 하은의 것이니까. 하은과 관계된 것이라면 뭐든 용서되는 스스로가 신기하다. 매우 정성스레 빨고 핥아 피를 멎게 해 준 우현이 이빨로 약하게 하은의 손가락을 물고 잠시 있는다. 살이 얼른 도로 붙으라는 바람까지 가진 채 물고 있다가 시선을 들었다.

왜 이제야 발견했을까. 황망해진 표정으로 어쩔 줄을 몰라 하고 있는 하은을.

젠장. 또 이렇게, ……에이.

"기다려. 밴드 줄게."

급히 하은의 손가락을 입에서 빼낸 우현이 애써 태연한 척 몸을 일으킨다. 그리고는 약상자가 있는 서랍을 뒤적여 밴드를 찾는다. 너무 정신이 없어 차마 인식 못 한 사실을 뒤늦게 깨닫자 손끝이 다 떨린다. 하은의 손가락을 빨았다는 그 사실에.

한편, 하은은 방금 전까지 뜨겁고 촉촉한 곳에 있다가 막 나온 손가락이 왠지 제 것 같지 않아 가만히 내려다보았다. 두근두근. 빨라진 심장박동에 반응하지 않으려고 하는데 역부족이다. 이대로 가다간 달아오른 얼굴을 죄다 들켜 버릴 것 같고.

말랑말랑 몰캉거리는 혀로 우현이 제 손가락을 핥아 줬다. 부드럽고 다정하게. 너무도 따스하게. 녀석 같지 않게. 보고 싶어. 보고 싶어서 미쳐 버리겠다고. 아까 전화로 들었던 우현의 간절한 목소리가 귓가에 고스란히 되뇌어진다. 설마.

우현……아……?

"가라, 너. 그만."

뭐……?

쉬울 리가 없다. 쉬울 수가 없는 거다. 마음먹은 대로 술술 나와 줄 말이었다면 지금까지 병신처럼 미적거리지도 않았겠지. 무슨 단어를 어떻게 조합해야 할지 엄두가 안 난다. 그래. 말자. 어차피 늦어도 너무 늦었으니, 그냥 더 속 끓이는 게 낫다.

결론이 완전히 내려진 건 하은의 손가락에 막 밴드를 붙여 주고 나서였다. 계속 더 만지고 싶은 걸 꾹 참고 우현이 손을 뗀다. 실은 아무것도 아니었다고, 나중에 해도 별 상관없을 하찮은 말이니까 신경 쓰지 말고 가 보라며 우현이 자리에서 일어난다.

주먹 쥔 손으로 밴드에서 떨어져 나온 종이만 만지작만지작. 휴지통에 버리려 걸음을 옮기다가 휘청한 우현을 하은이 얼른 잡는다. 잡힌 상태 그대로 우현의 몸이 뻣뻣이 굳어 버린다. 거세게 벌렁거리는 심장의 떨림이 고스란히 느껴진다. 우현이 미간을 찌푸린다.

어쩌라고. 좋아 죽겠는데. 정말 어쩌라는 거냐. 이렇게 닿아 버리면, 나는, 나는……

……제기랄…….

"……!"

우현은 급히 자신의 팔을 붙잡은 하은을 소파에 도로 주저앉혔다. 어쩌다 보니 그런 하은을 위에서 내려다보는 자세가 되어 버렸고, 하은의 두 어깨를 움켜쥔 채 꽉 내리누르는 동작을 취해 버렸다. 강압적인, 다소 위험한. 그래서 하은이 이런 표정인 걸까.

너무 놀라 커다랗게 떠진 눈으로 하은이 우현을 올려다본다. 하얗게 질린 얼굴이 지금 이 순간 우현으로서는 미치도록 예쁘고 귀여웠다. 안 돼. 어떻게 해도 안 되겠어, 이젠. 마른침을 꿀꺽 삼킨 우현이 지그시 하은을 내려다본다. 쿵쿵. 심장이 격하게 뛰고 있다.

"너 보면, 손이 막 간질간질해. 알아?"

우현이 천천히 한 손을 들어 올린다. 낮게 깔린 허스키한 목소리로 읊조리듯 말하며 끝내 하은의 볼을 살며시 감싸 쥐었다. 닿자마자 사르르 녹아들 것만 같이 부드럽고 말랑한 하은의 우윳빛 살결에 탄성이 절로 나온다. 우현이 이내 말을 잇는다.

"착각인 줄 알았어. 잠시 잠깐 그러고 말 줄 알았어."

"……."

"만지고 싶다는 생각이, 그냥 그걸로 다일 거라 믿었어. 근데."

"무……슨……?"

"네가 말할 때마다 나 정말 돌겠어. 네 입술 때문에."

살짝 옆으로 뻗은 엄지손가락으로 우현이 하은의 입술을 어루만진다. 따끈하고 말랑한 빨간 입술이, 그 틈을 비집고 쌕쌕 쉬어지는 숨결이 우현의 모든 감각들을 마비시킨다. 좋아서. 너무 좋아서. 앞뒤 분간 못 할 만큼 미쳐 돌게 네가 좋으니까.

고개를 낮춘 우현이 하은의 입술로 다가가 쪽, 입 맞춘다. 순간 저도 모르게 눈을 감아 버린 하은이 멀어지는 우현을 느끼며 천천히 눈을 뜬다. 말하지 않아도 알 것 같다는 게 이런 걸까. 너무도 조심스럽게 자신에게로 다가왔다 사라져 간 우현의 입술.

우현아. 너……?

"아무도 안 좋아하려고 했어. 아무도."

"……."

"여잔 다 싫어. 그게 누구든. 짜증나게 싫어, 다."

다시금 우현이 입을 맞춘다. 한 번 닿아 버리니 더는 자제하기가 곤란한지 한 번 더 쪼옥, 하고 부딪혀 온다. 그러더니 슬쩍 옆으로 이동해 볼에도 입술을 댄다. 천천히, 서두르지 않고 살며시,

예뻐해 주는 것처럼 정성스럽게. 쪽, 쪽, 쪼옥, 하고.

일렁이는 눈을 감당하지 못해 감아 내린 하은이 약하게 미간을 좁힌다. 계속 이어지는 입맞춤. 너무도 조심스러운 키스. 보들보들 고운 우현의 입술이 닿았다 떨어질 때마다 몸이 떨린다. 조곤조곤 내뱉어지는 나지막한 목소리가 감미롭게 귓가에 감겨들었다. 터질 듯 뛰어 대는 심장을 견뎌 내고 있자 그보다 더 부드럽고 그윽한 목소리로 우현이 하은을 향해서 속삭인다.

"근데 너만 보면, 자꾸 만지고 싶고 안고 싶고 그래."

"……."

"언제부터인지도 모르겠어. 이상하게 너는, 너는……. 이렇게 살짝만 닿아도 너는 좋아. 미쳐 버릴 것 같아."

"우현……아."

"네가 좋아. 서하은. 널 좋아해."

뭐……? 뭐라……고……?

"좋아해. 좋아하는 것 같아. 내가 너를."

"……."

"안 좋아하려고 했는데 그게 안 됐어. 도저히 안 돼. 그러니까 계속 좋아할 거야. 좋아하려고 해. 너를."

아주 많이, 라고 덧붙이는 우현의 말까지 듣고서야 간신히 눈을 떴다. 뜨고도 한동안을 멍하니 있다가 시선을 든 하은이 바로 앞에서 마주한 채 내려다보는 우현을 발견한다.

두근, 하고 심장이 세차게 울린다. 이내 귓가가 아득하게 멀어진다. 방금 무슨 말을 들었는지 기억을 되짚었다. 뭐라고 했느냐 되묻고도 싶지만 목소리가 나와 주질 않는다.

……말도 안 돼. 거짓……말.

쉬워서 이러는 거라 생각했다. 고분고분 말 잘 듣고 얌전히 굴어서, 물러 터진 게 마냥 쉬워서 만지고 뽀뽀하는 줄만 알았다. 극한의 혼란을 겪으며 넋을 놓는 하은의 얼굴을 우현이 조심스레 두 손으로 부여잡는다. 하은의 눈동자가 마구 흔들린다.

기뻐. 뭐라 말할 수 없을 만큼 기쁘고 좋아. 정말. 기절할 것처럼 가슴이 아려. 좋아서. 행복해서. 그런데, 그런데 우현아. 나, 왠지 너무, 너……무…….

얼마간 말없이 눈을 맞추던 우현이 얕은 한숨을 내쉰다. 밖으로 끄집어내는 걸로 모든 게 해결될 거라 생각했는데 저의 크나큰 착각이었음을 오롯이 깨달았다. 이젠 뭘 더 어찌해야 하는지 모르겠다. 이다음은 뭔지, 뭐가 맞고 뭐가 틀린지, 아무것도.

많이 놀랐을까. 놀라서 이렇게 떠는 건가. 숨조차 제대로 못 쉬는 상태로 어쩔 줄 몰라 하는 하은 때문에 우현의 속이 탄다. 호흡곤란. 일종의 패닉. 바들바들 너무도 심하게 몸을 떠는 하은을 그대로 품에 당겨 안았다. 안자마자 하은이 밀어낸다.

왜? 서하은. 왜……?

"갈게. 집에."

"뭐?"

"일단은, 내가 좀, 미안."

기쁜데, 진심으로 기쁘긴 한데 감정이 정리가 되질 않는다. 분명 좋아한다는 고백에 심장이 터질 것처럼 뛰어 대고는 있었다. 근데 이걸 받아들여도 되는지 고민이 되는 건 왜일까. 곧이곧대로 알아듣고 담아도 되는 건지. 이 걱정스러운 마음은 뭘까. 대체.

애써 시선을 피한 하은이 몸을 일으킨다. 간당간당 닿을 듯한 우현을 피해 조심히 옆쪽으로 빠진 하은이 느릿하게 돌아서서 현관으로 향한다. 좋아한다고까지 했는데 자신을 밀어낸 하은이 이해되지 않는 우현이 서둘러 하은의 손목을 잡아 돌려세운다.

한없이 어두워져 있는 하은의 눈빛과 표정에 우현의 가슴이 덜커덕, 내려앉는다. 제가 무슨 말실수라도 했던가. 우현이 입을 연다.

"어디 가."

"집에."

"가지 마. 있어."

"미안해. 내가 지금은, 정신이 좀."

"서하은."

"머리가 너무 이상해서 그래. 잠깐만 우현아, 잠깐만. 어?"

사정하듯 하은이 겨우 목소리를 낸다. 그러면서도 좀처럼 눈을 맞추지 못하는 하은이 안타까워 우현의 미간이 기어코 힘껏 좁혀진다. 싫어? 진짜 싫다는 거야? 이제 더는 날 좋아하지 않아? 가까스로 우현에게서 손목을 빼낸 하은이 현관으로 간다.

신발을 신으려는 하은을 우현은 한 번 더 붙잡아 버렸다. 이럴때마다 점점 더 벌벌 떠는 하은을 알면서도 이대로 보내 줄 수는 없었다. 좋아해. 좋아한다잖아. 뭘 더 어쩌라는 거야. 불현듯 승효의 얼굴이 머릿속으로 스쳐 지나간다. 우현이 성을 낸다.

"설마 그 새끼 때문이냐?"

"뭐?"

"지승혼가 뭔가. 그놈한테 가려는 거냐고."

뜬금없는 우현의 발언에 하은이 고개를 든다. 여기서 갑자기 승효 얘기가 왜 나오는지, 아니 그보다 승효가 무슨 상관인데? 영문을 모르겠어서 쳐다보는 하은을 향해 우현이 젠장, 하고 쓴소리를 읊조린다. 파르르 떨리는 입술을 하은은 질끈 물었다.

"안 돼. 가지 마. 딴 놈한테 못 보내."

"우현아."

"좋아해. 좋아한다고. 근데 왜 가겠다는 거야, 왜."

"아파, 이것 좀."

"안 보내 줄 거야. 그딴 놈이 좋아한다고 했든 말든. 싫어. 안 돼. 내 옆에만 있어. 아무 데도 가지 마."

"그래서였어?"

"뭐?"

"승효가 나 좋아한다니까, 그래서 이러는 거야? 너, 그래……?"

다른 사람이 생기니까 없던 질투심이 생긴 거냐고 하은이 묻는다. 누가 생기려고 하니까, 근처에 보이니까, 이제야 어떻게든 잡을 마음이 생긴 거냐고 질문을 던졌다. 5년. 무려 5년이다. 그렇게 긴 시간 동안 한 번도 내비치지 않던 마음을 왜 이제 와서.

단도직입적으로 꺼낸 하은의 물음에 우현의 말문이 막힌다. 얘기가 왜 그렇게 되느냐고 반문하고 싶었지만 그렇게 생각되는 것도 무리는 아니었다. 솔직히 싫으니까. 그딴 새끼한테 널 눈 뜨고 뺏길 수는 없는 노릇이잖아. 하은이 힘없이 웃는다.

"그렇구나. 승효 때문이구나. 너."

"신경은 쓰여. 많이."

"신경 쓰지 마. 나 아무한테도 안 가. 어떻게 가, 내가."

"그럼 뭐가 문젠데. 네가 나 좋아하고 내가 너 좋아하고 뭐가 문제야."

"그거. 네가 날 좋아하는 거. 그게 문제야."

"뭐?"

"너무 늦었다고 생각되지 않니? 모르겠어, 우현아……?"

어쩌면 편하다는 감정을 혼동하는 건 아닐까, 하는 생각이 들었다. 제 뜻대로 다 맞춰 주는 사람을 잃기 싫은 일종의 소유욕. 곁에 있었으면 좋겠다는 바람을 충분히 착각할 수 있다. 마냥 기뻐하며 품에 안기기에는 그간의 시간이 참, 너무나도 길었다.

조금만 더 일찍 말하지, 라며 하은이 고개를 떨군다. 힘들고 지쳐도 어떻게든 버텨 온 자신을 안다면 조금만 더 서둘러 주지 그랬냐고 하은이 중얼거린다. 그래 놓고 이런 타이밍이라니. 하필 다른 사람한테 고백받고 난 직후에. 가슴이 콱 막혀 온다.

물론 이제 와서 확실히 깨달았을 수도 있다. 좋아하지 않으려 무던히도 노력했다는 우현의 말마따나 마음 주지 않으려고 내내 안간힘을 써 온 것일지도 모른다. 쉬워서 만지고 뽀뽀한 게 아니란 건 다행이지만 이상하게 마음이 시리다. 괜히 서운하고 막.

그래서. 그래……서. 괜한 시기심으로 그냥 던져 본 거라면 그건 정말 아주 많이 가슴 아플 것 같으니까. 그러니까…….

술김에 한 말이 아니길 바란다며 하은은 고개를 들었다. 오늘은 일단 갈게, 다시 얘기하자. 조금 더 생각해 보라고, 감정이 진짜가 아닐 수도 있다고, 말했듯이 다른 사람에게 가지는 않을 테니 그래도 제가 좋은 건지 곰곰이 생각해 보라면서 돌아섰다.

조심스레 손목을 빼내어 돌아선 하은이 현관문을 열고 사라진다. 망연자실 우현은 그저 하염없이 넋을 놓고 서 있을 뿐이었다. 좋아해. 널 좋아해. 감정을 인정하고 입 밖으로 꺼내기까지 죽을 만큼 어렵고 고통스러웠는데, 왜……. 우현의 미간이 구겨진다.

"하아……."

엘리베이터를 탈 생각조차 못 하고 비상계단 쪽으로 빠진 하은이 한참을 내려가다 털썩 주저앉는다. 아직도 쉬이 진정되지 않는 마음이 위태롭기만 하다. 무엇으로부터의 도망일까. 상황? 감정? 몹시도 헷갈리는 막막한 기분이 되어 고개를 떨궜다.

낮은 허공을 응시한 채로 여러 번 눈을 깜빡여 봤다. 초점이 분명함에도 시야에 포착돼 들어오는 것은 아무것도 없었다. 무릎 위에 얹어 놓은 손끝이 심하게 떨리는 걸 알아채고서 힘껏 말아 쥐었다. 왜 이렇게 겁이 날까. 왜 이렇게, 무섭지. 막.

정말이야? 정말 날 좋아해? 좋아……해……? 나를……?

— 네가 좋아. 서하은. 널 좋아해. 좋아하는 것 같아. 내가 너를. 안 좋아하려고 했는데 그게 안 됐어. 그러니까 계속 좋아할 거야.

……말도 안 돼…….

후우, 하고 아까보다 훨씬 더 무거운 한숨이 터져 나온다. 무릎에 양 팔꿈치를 얹은 하은이 그대로 얼굴을 두 손으로 감싼다. 눈을 내리감아 맞이한 조용한 어둠에 마음을 가라앉히려 안간힘을 써 본다. 떨리는 입술이 여실히 느껴져 질끈 베어 물었다.

단 한 번도 생각해 보지 않았다. 아니, 생각하지 못했다는 표현이 더 맞겠지. 바라고 기대하고 넘겨짚고, 이런 것들이 결코 하은에게는 쉽지 않은 일들이었다. 우현을 좋아한다는 자체로 좋았으니까. 좋아할 수 있음에 그저 감사하던 마음이었으니까.

그러면서도 은연중 자라던 욕심. 너무 많이 자랄까 봐 불안하던 그것이 현실이 되었다. 근데 왜 이렇게 자꾸, 맘이 아린지. 착각이면 어쩌지. 괜히 떠본 말이면. 술김에 실수로 흘러나온 말이라면, 내일 돼서 아무 일 없었던 듯 굴면, 어떡해……?

……어……엄마…….

조마조마 위태위태하던 마음에 급기야 사고가 난다. 혹시 꿈일지도 모른다는 생각에 하은이 제 볼을 꼬집는다. 아야야. 그래서. 이제 앞으로 어떻게 되는 걸까. 벌렁거리는 심장이 버거워 한숨을 내쉬었다. 오래도록 하은은 꼼짝할 수 없었다.

"……."

"……."

누가 보면 고정된 사진 파일이 아니냐고 하겠지만 이건 엄연한 실제 상황이었다. 그나마 눈꺼풀을 깜빡이는 찰나의 순간마저 놓친다면 완벽히 마네킹으로까지 보일 터였다. 정지. 그리고 침묵. 주변을 둘러싼 공기마저 어쩐지 숨을 죽인 듯 고요하다.

옆자리에 누가 앉았다 일어나든, 곁을 스쳐 지나가든 말든, 사람들이 쳐다보든 어떻든 미동조차 않고 가만히 앉아 있은 지 제법 시간이 흘렀다. 이제 막 한 수저 뜬 밥이 돌덩이처럼 차게 식어 가고 있는데도 그저 마냥 넋을 놓는 수진과 하은이었다.

근처를 지나가던 몇몇 남학생들이 수군거린다. 왜들 저래. 몰라. 둘 다 눈이 풀렸는데? 무서워. 야, 빨리 가자. 피해 피해.

꿀꺽, 하고 수진이 마른침을 삼키자 답답하던 침묵이 그나마 누그러진다. 살짝 미간을 좁힌 수진이 하은을 향해 입을 연다.

"진짜?"

"어."

"진짜로?"

"어."

"……."

"……."

기어들어 가는 작은 목소리로 간신히 답하는 하은을 보며 수진이 도로 입을 다문다. 다시 또 찾아드는 정적에 이제는 귀마저 까마득하게 멀어질 지경이었다. 진짜란다. 하긴, 이 녀석이 허풍을 떨 인사는 아니지. 수진의 입이 서서히 벌어지고 만다.

안색이 그야말로 엉망이었다. 잠 한숨 못 잔 퀭한 얼굴로 강의실에 들어서는 하은을 본 순간 수진은 본능적으로 개우현에게 또 시달렸을 거란 걸 짐작했다. 정신이 반쯤 나간 사람같이, 흡사 좀비처럼 터덜터덜 걸어오던 하은을 붙들고 내내 캐물었다. 무슨 일이냐고. 무슨 일인지 당장 말하라고.

어떻게든 추궁을 피해 보려 딴청이던 하은을 민우현에 대한 욕들로 도발했다. 온갖 상스러운 말들을 섞어 사람도 아니라며 지지고 볶자 마지못해 하은이 털어놓은 거였다. 우현에게 고백을 받았다면서.

고백. 고백이라. 그러니까 그 천하의 개새끼 민우현이가 실은 널 좋아하고 있었다는 거지? 걔가 널, 좋아한다는? 응……?

"핸드폰 좀 내놔 봐."

가까스로 상황 정리를 마친 수진이 흥분한 얼굴로 손을 뻗는다. 뜬금없이 핸드폰을 달라는 수진의 말이 이해되지 않아 하은은 고개만 갸웃거리고 있었다. 빨리, 하고 수진이 다그쳤지만 하은으로서는 건네줄 의사가 결코 없었다. 수진이 작게 툴툴댄다.

"싫으면 그 새끼 번호 불러."

"왜?"

"왜긴 왜야, 전화하려고 그러지."

"뭐?"

"그럼 그걸 그냥 두냐? 여태 초딩처럼 그 지랄 떤 놈을?"

아주 반은 죽여 놓을 거야, 라고 말하는 수진의 눈빛에서 일종의 살의마저 엿보인다. 수진이 언급한 지랄이 구체적으로 어떤 걸 뜻하는지 하은이 모를 리 없었다. 시도 때도 없이 불러들이고 잔심부름시키고 부려 먹고. 지난 기억들이 새록새록 스쳐 간다.

우현의 얼굴을 본다는 것만으로 좋았다. 남들이 보기에는 일방적인 관계에 불과했겠지만, 우현과의 시간들이 하은에게는 그 무엇과도 바꿀 수 없는 소중한 추억이었다. 솔직히 아직도 믿기지는 않지만. 어제 들었던 말들이 혹시 꿈일까 봐 한잠도 못 잤지만.

정말이면 어쩌지. 착각이 아니라면. 술김에 그런 게 아니라고 또 말해 오면, 나는.

……우현아…….

"그래서 넌 뭐라고 했는데."

얼마간 더 넋을 놓고 있던 하은의 손을 수진이 툭 건드린다. 밥 놓고 제사 지낼 거 아니면 일단 먹자는 수진의 말에 하은이 천천히 수저를 깨작인다. 떴다가 놓았다가 떴다가 떨궜다가, 차마 입으로 향해지지 않는 수저질을 하는데 수진이 묻는다.

"걔가 좋아한다고 했을 때 넌 뭐랬냐고."

"뭐라긴. 그냥."

"설마 고맙습니다, 감사하네요, 뭐 이런 건 아니지?"

"……도망쳤어."

"뭐?"

"나와 버렸다고. 그대로."

갈수록 가관이다. 냉혈인간 민우현이 고백했다는 것에 놀란 수진의 마음이, 도망쳤다는 하은의 말에 한 번 더 어퍼컷을 맞아 버린다. 황당무계하지만 그게 또 하은이라서 얼추 이해가 되는 묘한 기분이란. 웃지도 울지도 못하는 표정으로 수진이 말을 잇는다.

"도망을 치셨어?"

"어."

"좋아한다는 놈을 혼자 놔두고? 그 길로?"

"그치만 무서웠는걸."

"뭐?"

"한 번도 생각해 보지 않았단 말이야. 그런 거, 나는."

진심으로 겁에 질린 얼굴이 된 하은이 살며시 인상을 찌푸린다. 저도 제가 한심하단 걸 알지만 어쩔 수가 없다는 듯 한숨만 푹푹 쉬어 댄다. 진짜 어떡해. 어떡하면 좋아. 굉장한 고민거리를 떠안고 당장이라도 무너질 듯 위태로워 보이는 하은이다.

여태 민우현 이외의 남자라고 알 턱이 없었다. 관심조차 두질 않았으니 당연한 얘기겠지만 정말 그 정도로 맹목적이고도 순수하게 우현 하나만 바라보고 살아온 하은이었다. 아무것도 바라지 않고, 욕심도 기대도 다 버리고 온 마음을 다해서. 뭐랄까. 여자가 남자를 좋아하는 마음보다는 진짜 팬으로서 연예인을 대하듯이 좋아했다고 해야 하나. 숭고하고 경건하게.

그런 녀석이라면 상대로부터의 고백이 결코 기쁠 수만은 없겠다는 생각이 든다. 익숙해졌으니까. 일방적으로 주는 사랑에만 잔뜩 길들여진 지금에 와서 어찌 단번에 관계가 뒤바뀌겠느냐 이 말이다. 앞으로 대체 뭘 어찌해야 할지 그저 난감할 수밖에.

그래도 다행이다. 늘 하은을 보면 안쓰럽고 가엾고 어쩌려고 저러나 염려스럽기만 했는데. 뭔가 희망이 보이는 것도 같고. 좋아하면 좋아한다고 말하고 잘해 줄 것이지, 노예처럼 부려 먹기는. 민우현이나 서하은이나 어쩌면 이렇게 똑같을까. 에효.

"잘됐어. 이참에 밀당 좀 해 보자."

"밀당?"

"그래, 밀당. 다른 말로는 복수. 어때?"

어차피 혼자 해결하라고 놔뒀다간 어영부영 또 산으로 기어 올라가는 건 시간문제라며 수진이 해결사를 자처한다. 뭘 어떻게 해야 할지 모르겠는 마음일 테니 잠자코 따라오라는 말에 하은이 눈을 동그랗게 뜬다. 밀당? 복수? 수진이 사악하게 웃는다.

"여태 휘둘린 거 억울하잖아. 그치?"

"글쎄, 그렇게 억울하지는."

"이봐요, 서 보살님. 이제라도 자존심 좀 챙기시죠."

"내가 뭘."

"민우현을 더 확 빠져 버리게 하고 싶지 않아? 녀석이 널 더 좋아하게 만들고 싶지 않냐고."

그거야말로 진정한 의미의 복수가 아니겠냐며 수진이 팔짱을 낀다. 기고만장한 표정이 전혀 이질감이 없어 멍하니 쳐다보던 하은이 수진의 말들을 곰곰이 되새긴다. 확 빠져 버리게, 더 좋아하게라. 그게 가능하기는 할까.

문득 승효의 말이 떠올랐다. 남잔 쉬운 여자 안 좋아한다고 했다. 그냥 갖고 논다면 모를까, 그러길 바라는 게 아니라면 절대 쉽게 굴지 말라고. 절대로.

우현이 제게 더 욕심내 줬으면 좋겠다. 더 홀딱 빠져서 정신도 못 차릴 만큼 변했으면 싶다. 우현에게 예쁨받는 일이란 어쩐지 불가능에 가까운 헛된 망상이라고까지 생각되어졌었는데. 살짝 얼굴을 붉히는 하은을 보며 수진이 귀엽단 듯 웃는다. 그때,

"안녕하세요."

테이블 위로 커피 두 잔이 슬그머니 놓여졌다. 캔 커피도 아니고 학교 앞 고급 커피전문점에까지 나가 사 들고 온 성의에 과연 누구려나 싶어 고개들 들자 앳된 얼굴 하나가 싱긋 웃는다. 아, 이 녀석은……? 빤히 올려다보는 하은에게 남자가 입을 연다.

"진지한 얘기 중이신 것 같은데 죄송해요. 더 기다리려다가 이거 드리고 싶어서요."

"어머, 우리한테? 왜?"

"그냥요. 식사하시고 드세요."

시원하게 드시라는 의미로 아이스커피로 가져왔다는 말을 하며 남자가 씩 웃는다. 뒷머리를 긁으며 쑥스러워하는 기색으로 미루어 이런 경험이 흔치 않다는 걸 알겠다. 계속 멍해 있는 하은을 대신해 수진이 고맙다고 말하자 남자가 용기를 낸다.

"그리고 선배님, 이거요."

"어? 저요?"

"말 놓으세요. 저 스물둘입니다."

"아……."

또래보단 늦게 들어왔지만 어쨌거나 후배라며 남자가 또 웃는다. 고등학생이라고 해도 믿을 만큼 상당히 앳된 얼굴인데 고작 한 살 차이라는 사실에 새삼 놀란 하은이 망설이다가 편지를 받아든다. 그, 그럼 맛있게들 드세요! 남자가 황급히 사라진다.

다시 봐도 키가 엄청나게 크다. 신입학번 조인성이라는 호칭에 걸맞게 작은 두상과 잘생긴 눈코입을 갖춘 전형적인 미남형의 남

자였다. 꼭 어디 런웨이에서 바로 내려온 것 같다는 생각을 하며 고개를 돌리던 하은이 쳐다보는 수진을 발견한다.

흐음? 이미 발동된 정수진의 호기심 레이더가 하은의 손에 들린 편지에 가서 꽂힌다. 괜히 민망해진 하은이 쓰게 웃는다.

"잘못 준 거 같은데."

"그럴 리가. 얼른 펴 봐."

"나중에 볼게."

"새가슴으로 읽기나 하겠어? 나 있을 때 봐."

어디 뭐라고 썼는지 좀 보자, 라며 수진이 눈을 빛낸다. 확실히 혼자서는 열어 볼 엄두가 안 나는 게 사실이었다. 원체 이런 걸 받아 버릇하지 않아서 무척 의외이기도 하고. 친구의 호기심을 충족시켜 줄 요량으로 하은이 조심스레 편지봉투를 펼친다.

안녕하세요, 저는 신민준이라고 합니다, 라는 문구로 시작된 편지를 하은은 담담하게 읽어 내려갔다. 같은 과 후배라고는 해도 수업이 달라 오며 가며 마주친 게 실로 몇 번 되지 않는다. 그럼에도 불구하고 내용은 절절한 사랑 고백이 주를 이루고 있었다.

사내치고 글씨체가 곱다. 정갈하다 못해 어여쁜 동글동글한 글씨들을 하은은 제법 유심히 살피고 읽었다. 이해하려 애쓰며. 좋아합니다. 선배님이 참 좋아요. 자주 뵀으면 좋겠어요. 제 연락처는…….

더 읽기가 곤란해 그만 접는 편지를 수진이 냉큼 가져가 속독한다. 난감하기는 해도 별 감흥이 없는 상태라 하은은 모른 척 밥을 먹었다. 수진이 편지를 접어 하은에게 준다.

"꽃이 피다 못해 아주 만발을 하는구나."

"뭔 소리야."

"이제야 우리 서하은이 고생 그만하고 빛을 보려나 봐."

뿌듯하네, 라고 중얼거린 수진이 옆쪽에 놓인 커피를 들어 째려본다. 어째 덤으로 팔린 기분이지만 썩 나쁘지는 않다면서 한 모금 쭉 들이켜 본다. 음, 맛있다. 잘 마실게. 왜 인사를 자신에게 하는지 영문을 모르겠다는 하은이 작게 웃는다.

잘 알지도 못하는 이에게서 좋아한다는 말을 들었음에도 기분의 변화란 전혀 없었다. 약간의 설렘이라도 있어 준다면 어떨까하며 식사를 마친 하은이 수진과 함께 강의실로 향한다. 시작까지 여유 시간이 20분 정도 남았음을 확인하고 자리에 앉았다.

일어났을까. 아직 잠잠한 핸드폰을 들여다보고 있는데 수진이 야, 하고 부른다. 시선을 주자 수진이 하은을 향해 검지를 휘휘 젓는다.

"이제부터 핸드폰 보지 마."

"뭐? 왜?"

"왜긴, 슬슬 길들여야지. 개우현."

아까 제가 말했던 밀당을 잊었느냐며 수진이 눈썹을 한 번 들었다 놓는다. 지금까지 해 왔던 대로 끌려다니면 죽도 밥도 안 될 거라는 말에 하은이 입을 꾹 다문다. 아직 어떻게 할지 결정하지도 못했는데. 수진이 하은에게로 의자를 바짝 당겨 앉는다.

남자를 제법 사귀어 본 수진으로서도 솔직히 민우현은 연구 대상이었다. 아직 성격도 다는 모르거니와 어떤 생각을 하고 어찌살아온 녀석인지 종잡을 수가 없는 까칠한 희귀물이랄까. 그래도일단은 튕겨. 무조건 받아 주지 말고, 알았어? 아무리 다르다 해도 어쨌거나 남자는 다 거기서 거기라며 수진이 당부를 거듭한다. 보고 싶어 죽겠는데. 하은이 마지못해 고개를 끄덕인다.

"근데 말이야."

"응?"

"승효랑 너, 많이 친해졌냐?"

머리로는 그만 생각하자 하면서도 자연스레 시선이 핸드폰에 고정된다. 어제 술을 더 마셨을까, 안 마셨을까. 속이 쓰릴까, 안 쓰릴까. 끝도 없이 깊어지는 우현에 대한 상념으로 침묵이던 하은이 수진의 말에 고개를 든다. 수진이 웬일로 머뭇거린다.

"아니 뭐, 연습 같이하니까 친해졌을 거 같아서."

"조금. 근데 왜?"

"그냥. 걔 좀 어떤가 하고."

"뭐가."

"여자 친구가 있는지 없는지. 어떤 타입을 좋아하는지. 음식은 뭘 좋아하고 뭘 싫어하는지. 뭐 대충 그런 거?"

응……?

할 말은 곧 죽어도 꼭 하는 성격. 기면 기고 아니면 아닌 거라는 확실한 태도로 일관해 온 수진이 새치름히 얼굴을 붉힌다. 언뜻 엿보이는 설렘이 하은의 눈에 고스란히 포착된다. 설마. 괜한 헛기침으로 시선을 피하던 수진이 마침내 항복을 선언한다.

"자꾸 생각나. 신경이 쓰이는 것도 같고. 기분 탓인가 했더니 아니야. 좋아하나 봐."

"뭐?"

"지승효 그 녀석이 머리에서 떠나질 않는다고. 하루에 열두 번도 더 연락하고 싶어 미치겠어."

"정말……?"

"그래. 그러니까 네가 힘 좀 써 봐라, 응? 오빠한텐 부탁도 못

해. 알잖아, 그 인간 나 절대 연애질 못 하게 하는 거."

언제 한번 자리 좀 마련해 달라며 수진이 애절한 눈빛을 보낸다. 아무 이유 없이 먼저 연락한다는 게 쉽지가 않다며, 여자로서 그것만은 피하고 싶다면서 간곡히 부탁한다. 이런 게 밀당인가, 라고 하은은 생각했다. 역시 정수진은 자신과 다르다, 라며.

엉겁결에 알았다고 고개를 끄덕이는 하은을 수진이 반색하며 와락 끌어안는다. 살짝 날카로운 이미지긴 해도 야무지고 세련된 생김새라 수진도 어디 가서 빠지지는 않았다. 그런 수진이 승효를? 와. 왠지 무척 신기해진다. 하은이 작게 웃는다.

"⋯⋯여보세요."

[아직 자? 너 어제도 밤새운 거야?]

지겹도록 울려대는 핸드폰을 확 꺼 버리려다가 참았다. 잠결에 만사가 귀찮아도 받아야겠다는 결심이 든 건 다름 아닌 하은 때문이었다. 혹시라도 하은일까 봐. 조심하느라 먼저 연락 안 하는 걸 알지만 그래도. 전혀 다른 목소리에 울컥 화가 치민다.

"왜."

[왜는 인마, 벌써 3시구만. 연습 안 가?]

"몰라. 끊어."

[어어, 이제부터 매일 가겠다더니. 안 가려고?]

지끈지끈 아파 오는 머리를 못 이긴 우현이 한껏 몸을 웅크린다. 부스럭거리며 몸에 말려 구겨진 시트를 꼭 끌어안았다. 이거 말고. 이런 거 말고 서하은 너. 아무리 시트에 볼을 비벼도 원하는 향기는 맡아지지 않는다. 우현의 미간이 일그러진다.

꿈에서도 찾았나 보다. 맨정신으로 버티기가 힘들어 술을 마셨고, 그 술에 취해 잠이 들었는데도 꿈속에서마저 찾아 댔다. 보고 싶어서. 그리워서. 곁에 없다고 생각하니까 아주 그냥 있는 대로 성질부리고만 싶어져서 미친놈처럼 길길이 날뛰었다.

그러게 옆에 있으라니까 집에는 왜 가. 짜증나게. 신경질적으로 인상을 찌푸린 우현이 천천히 몸을 일으킨다. 진호가 말을 잇는다.

[밥은.]

"먹었겠냐."

[이런, 뭐 좀 사 갈까?]

"됐어. 형 일이나 봐."

[우현아.]

"일단 끊자고. 필요하면 연락할게."

하여간 무슨 말을 못 해. 나름 알아서 챙겨 주려는 의도겠지만 그게 우현에게는 마냥 귀찮은 간섭이 되고 만다. 그래, 그럼. 마지 못해 진호가 밥이나 꼭 챙기라며 전화를 끊는다. 후욱, 하는 깊은 한숨을 내뱉은 우현이 이윽고 느릿하게 눈을 뜬다.

깜빡깜빡. 몇 번 더 눈을 감았다 뜨며 시야를 정리했다. 숙취로 인한 두통은 여전했고, 복잡하게 뒤엉킨 생각들도 제멋대로 널브 러져 있음이 느껴진다. 그러면서도 격하게 밀려오는 감정들. 갈증, 목마름, 그리움. 모두 다 하은을 향한 솔직한 본심.

이미 뱉어 버린 말을 거둬들일 생각은 추호도 없다. 하여 우현 은, 다짜고짜 하은의 번호를 눌러 귀에 가져가 댔다. 어디야. 당장 봐야겠어. 보고 싶어. 이리 와. 손을 뻗어 담배를 입에 물고서 하 은을 기다렸다. 제발 빨리 좀 받으라며. 하지만,

"안 돼."

"어?"

"받지 마. 받지 말아 봐."

때마침 중간 휴식 시간이었다. 화장실에 다녀오려 몸을 일으키던 하은이 갑자기 울리는 핸드폰을 보고 그만 뻣뻣이 굳는다. 액정에 떠오른 우현이란 글자를 본 수진이 하은의 손을 막아선다. 왜? 사뭇 비장한 표정으로 수진이 말한다.

"뻔해. 맨날 전화 걸면 쪼르르 달려오니까 또 오라는 거지."

"글쎄, 아닐 수도."

"그렇게 당하고도 모르냐? 이제 진짜 달라져야 된다니까."

"한 번 하고 안 할걸. 안 받으면 말라는 듯이."

"또 할 거야. 날 믿어."

"뭐?"

"좋아한다고 했다며. 그건 저도 달라지겠다는 말이라고, 이 바보야."

그러니까 기다려 봐, 라며 수진이 어깨를 으쓱한다. 과연 그럴까 싶어 이도 저도 못하고 있는데 전화가 끊긴다. 꽤 오래도록 울리던 진동이 갑자기 사라지니까 참 말도 못 하게 허탈하다. 짐짓 불안하고 초조한 표정으로 하은이 도로 털썩 주저앉는다.

수진의 말과는 다르게 진동은 울리지 않았다. 기다리고 또 기다려도 전혀 다시 울릴 기미를 보이지 않음에 하은이 힘없이 고개를 떨군다. 거봐. 안 한다니까. 우현의 목소리를 못 들었음에 애꿎은 원망이 수진에게로 향해진다. 전화를 걸어 봐야 하나 고민하는데,

"뭐래? 뭐라는데?"

"아, 저."

"이리 줘 봐."

문자가 도착했다. 그것도 우현의 문자가. 한 번 걸었을 때 안 받으면 말라는 듯 굴던 녀석이, 귀찮아서 문자질하는 것조차 엄청 싫어하는 녀석이 문자를 보내왔다.

멍한 얼굴로 내려다보던 하은에게서 핸드폰을 낚아챈 수진의 입가가 말려 올라간다. 진짜네. 진짜 좋아하나 보네, 하은이를. 슬쩍 시선을 들자 하은의 얼굴이 빨갛게 달아올라 있다. 숙맥도 이런 숙맥이 없다.

"얘 민우현 맞니? 동명이인 아닌가 몰라."

"줘."

"보고 싶단다, 야. 천하의 민우현이 보고 싶대, 너를. 좋아?"

"정수진."

"바쁘다고 해. 수업 중이라 전화 못 받는다고 보내 봐. 뭐라고 하나."

장난스럽긴 해도 여간 챙겨 주는 게 아닌 태도로 수진이 하은에게 핸드폰을 건넨다. 아직까지 어안이 벙벙한 얼굴로 하은은 가만히 우현의 문자를 곱씹었다. [어디야. 바빠? 보고 싶어 죽겠어.] 손가락이 어쩐지 간질간질해 잠시 더 머뭇거렸다.

마음 같아서는 나도 보고 싶어, 라고 보내고 싶은 걸 꾹 참은 하은이 일단 수진의 말대로 문자를 보낸다. 학교라고, 아직 수업 중이라 통화가 안 된다고, 나름 조심스럽게 쓰고서 보냄 버튼을 눌렀다. 답장이 올까. 온다면 뭐라고 올까. 기대하며.

이번에는 결코 길지 않은 기다림이었다. 받자마자 바로 회신을 누른 듯 도착한 우현의 문자를 서둘러 확인했다. 이리저리 흔들리는 하은의 눈동자가 우현의 마음을 읽는다. [언제 끝나는데. 데리러 가도 돼?] 수진이 재밌어 어쩔 줄을 몰라 한다.

"웬일이야. 얘 왜 이런다니, 어? 와, 장난 아니다."

"그만 웃어."

"좋아서 그러지. 내가 살다 살다 이런 꼴을 다 보게 될 줄이야."

"어떡하지. 뭐라고 해."

"뭐라긴, 오라고 해야지. 보고 싶어 죽겠다는데."

"그만해, 쫌."

정말 죽어 버리면 어쩌느냐며 깔깔 놀리는 수진에게 하은이 새치름히 눈을 흘긴다. 남은 지금 가슴이 벌렁거려서 숨도 잘 못 쉬겠건만 어찌 저리 강 건너 불구경하듯 굴 수 있는가 말이다. 게다가 사람들이 우글우글한 대학가로 우현을 부르는 일은 굉장한 모험이다. 보는 눈들도 많고 복잡한 건 질색인 우현이기도 하고. 그래도 데리러 온다는 말은 참 기쁘지 그지없는데.

어찌할까 잠시 고민하던 하은이 괜찮겠어? 하고 문자를 보낸다. 안 괜찮으면 무리하지 말라는 뜻으로 보낸 문자에 우현이 곧장 답장을 보내온다. [바로 갈게. 끝나는 대로 전화해.] 흥분해 난리치는 수진을 뒤로하고 하은이 화장실로 도망간다.

"내가 지금 뭘 하는 거냐……."

수건으로 물기를 닦아 내던 동작이 문득 멈춰진다. 어찌나 마음이 급한지 손끝마저 부들부들 떨리고 있음을 그제야 알아챘다. 하, 하는 짧은 탄성을 내지르고서 다시 새 수건을 꺼내어 머리에 덮은 우현이 욕실을 나선다. 서둘러 드라이기를 집어 들었다.

머리를 말리면서도 멍하니 생각에 잠겼다. 이게 대체 무슨 일인지, 제가 뭘 하고 있는 건지, 생각에 생각을 거듭하며 마냥 넋을 놓고야 만다. 풀어도 풀어도 끝없이 엉켜 있는 거대한 실타래를 손에 꼭 쥔 기분이다. 끝을 봐야겠는데 막막한. 그런.

그냥. 네가 보고 싶은 것뿐이니까. 다른 건 다 모르겠고 네가 간절해서. 그래서 그래. 네 녀석이 미치도록 보고 싶어서.

다 마른 머리를 대충 탈탈 털어 낸 우현이 빠르게 옷을 챙겨 입는다. 별생각 않고 되는대로 입던 평소와는 어쩐지 마음가짐이 사뭇 다르다. 뭐가 좋을까. 뭘 입어야 할까. 하나부터 열까지 다 신경 쓰이는 상황이 낯설다. 근데 그게, 싫지 않달까. 전혀. 입었던 옷을 도로 벗은 우현이 잠깐의 고민 끝에 다른 옷으로 갈아입는다. 이걸 입으면 하은이 유독 좋아하던 게 기억나서.

뭐가 어떻게 될까. 앞으로는. 이제 우리는. 혹시 알겠어, 너는? 지금부터 너와 내가, 어떻게 되어 갈지? 서하은. 진짜 돌겠다. 보고 싶어서. 네가.

정말 왜 더 일찍 말하지 못했을까, 생각하며 우현이 모자를 눌러쓴다. 적잖이 서두르는 기색으로 재킷을 걸치고 차키까지 챙겨 든 우현이 성큼성큼 현관으로 향한다. 불현듯 떠오르는 기억. 어제, 그리고 하은. 현관에서 벌어졌던 둘만의 실랑이.

몇 번이고 쫓아서 뛰쳐나가고 싶은 걸 꾹 참았다. 아마도 너무 놀라서 자신을 밀어내는 걸 거라 그리 믿고 싶은 우현이었다. 술김이나 실수는 결코 아니었다. 제 마음은 확고했으니까. 질투심이 계기가 되긴 했어도 그게 전부는 절대로 아니고.

꿈속에서도 생각했다. 정말 하은이 좋은 건지, 좋다면 얼마만큼 좋은지. 계속 좋아할 건지. 답은 당연히 예스로 내려졌다. 그러니까 도망가지 마. 아무 데도 안 보낼 거야, 알겠어?

현관문을 열고 나간 우현이 복도를 지나 엘리베이터 앞에 멈춰 선다. 버튼을 누르고 잠시 기다리는데 심장 한 켠이 못내 두근두근한다. 설렘. 설렘이려나. 마치 처음 만나러 가는 것만 같은. 낯설고 생소한데 싫지 않은 떨림에 우현의 입가가 올라간다.

너 진짜 아무한테도 안 갈 거지? 서하은. 대답해. 지금까지처럼 계속 내 곁에 있을 거지? 그렇지⋯⋯?

"⋯⋯."

"⋯⋯."

땡, 하는 소리에 눈을 한 번 감았다 떴다. 천천히 열리는 문 너머에 자리한 누군가를 보자마자 우현의 표정이 싸늘히 굳는다. 역시나 적잖이 놀란 얼굴의 승효는 자신에게로 와 닿는 우현의 시선을 고스란히 받아 내고 있었다.

우현이 느릿하게 올라탄다. 스르륵 문이 닫힌 엘리베이터가 빠르게 아래로 내려간다. 잠시 미동 않고 있던 우현이 손을 뻗어 지하주차장 버튼을 누른다. 침묵. 정적. 단둘뿐인 엘리베이터가 무슨 수백 명의 사람들이 몰린 것처럼 답답하고 갑갑하다. 승효가 슬쩍 시선을 돌린다.

연습실에 가는 건가. 벌써?

상관할 일이 아니다. 민우현이 어딜 가든 말든, 스케줄이 있든 말든 저와는 하등 관계가 없다. 물론 무대에 선다면 얘기는 달라지지만. 민우현의 무대에 제가 댄서로 함께 올라야 하는 일은 아직 정해지지 않았다. 쇼 케이스가 당장 오늘도 아니고.

단순히 반갑지 않은 얼굴을 맞닥뜨려서라고만은 볼 수 없을 씁쓸한 감정들이 속으로부터 치민다. 저절로 머릿속에 떠오르는 하은의 얼굴을 되새기며 승효가 혀로 입술을 축인다. 말할까, 말까. 상관할까, 말까. 아무래도 이 자식이 너무 거슬리는데.

간만에 오지랖 좀 발휘하지, 뭐. 그 녀석이 우는 건 싫으니까. 어쩌겠어.

"집적대지 마라."

……?

괜한 참견이라고 본대도 어쩔 수 없겠다며 막 입을 열려는데 선수를 빼앗겼다. 실은 아직 무슨 단어로 말을 시작할지 결정을 내리지 못했던 승효가 나지막한 목소리에 고개를 돌린다. 무미건조한 표정으로 앞만 쳐다본 채로 우현이 입술을 들썩거린다.

"거슬리게 하지 말라고. 짜증나니까."

"뭐?"

"말귀 더럽게 못 알아 처먹네, 새끼가."

짜증이 잔뜩 묻어나는 차가운 목소리에 승효가 입을 다문다. 구체적인 언급은 생략됐어도 얼추 의미를 알아듣게 되는 묘한 상황이었다. 하도 기가 차 반박해야겠다는 의지마저 상실한 채로 승효가 우현을 바라본다. 우현의 미간이 살짝 일그러진다.

마음 같아서는 죽기 직전까지 주먹을 날리고 싶다. 다시는 까불지 못하게 때리고 짓밟고 마구 혼내 주고 싶은 걸 필사적으로 꾹 참는 우현이다. 흔들지 마. 알짱대지 마. 어느덧 엘리베이터가 1층에 도착한다. 그러나 승효는 내리지 않는다.

"너 말이야."

우현으로서는 이제 승효에게 더 볼일이 없었다. 지하주차장에 도착한 엘리베이터에서 미련 없이 내려 차로 걸어가는 우현에게 늦지 않게 따라붙은 승효가 나지막이 부른다. 맘에 안 든다 안 든다 했더니 진짜 뭐 이런 게. 우현이 인상을 쓰며 뒤돌아본다.

주머니에 두 손을 꽂고 얼마 앞에서 멈춰 선 승효가 차분히 눈을 감았다 뜬다. 묻어나는 여유로움. 우현이 사납게 노려본다.

"이런 말 우습지만 좀 제대로 하는 게 어떠냐."

"뭐가."

"잘난 척 말고 이제 그만 솔직해지라고."

"뭐라는 건데."

"나 서하은 좋아해."

순간 빠직, 하고 이성에 금이 가는 소리가 들렸다. 단순한 기분 탓이라고 볼 수만은 없겠는 명확한 그 기척에 우현의 미간이 말도 못 하게 구겨지고 만다. 심기를 거슬리게 하려고 작정을 했구나, 라는 결론을 내림과 동시에 우현이 승효에게 다가선다.

"좋아하고 있어. 진심으로."

"뭐?"

"그 녀석을 좋아한다고, 내가."

"뭐랬냐, 너. 뭐라고?"

"다시 말해 줘? 내가 서하은을."

"이 새끼가!"

결국 분을 참지 못한 우현이 승효의 멱살을 거칠게 움켜쥐고 뒤쪽 벽으로 밀어붙인다. 퍼억, 하는 소리와 함께 등을 떠밀린 승효가 잠시 인상을 찌푸렸지만 아랑곳 않는 우현은 죽어라 노려볼 뿐이었다. 교차되는 둘의 눈빛이 허공을 뚫고 격한 기세로 맞붙었다. 확신. 우현의 반응에 승효는 속으로 확신을 얻는다. 그게 결코, 기분이 좋을 수는 없는 거지만.

당장이라도 주먹을 날릴 것처럼 우현이 승효를 매섭게 주시한다. 별생각 없이 건드린 게 절대 아니었던 승효로서는 이쯤에서 아예 확실히 해 두어야 할 것 같았다. 깨닫긴 한 것 같은데 그게 과연 얼마나 가려나. 내 이런 행동들이 어떤 결과를 낳게 될까.

근데 서하은. 나 진짜 네가 욕심나. 것도 아주 많이. 갈수록 더 좋아지는 것 같아. 그래도 일단은, 네가 울지 않는 게 최선일 테니까. 네가 그렇게나 죽고 못 사는 이 녀석이 나보다는. 그렇지?

씁쓸한 기분을 억누르며 승효가 작게 한숨을 내쉰다. 어쨌거나 현실적으로 자신은 제3자다. 끼어드는 게 볼썽사나운, 그런. 천천히 시선을 내렸다 들었다. 우현의 입술이 보기 싫게 뒤틀린다. 그래도 재미있긴 하네. 반응이 어쩜 이리 즉각적인지, 원. 싫으면 싫은 티 팍팍 내 주시는 녀석이 좋다는 감정 하나 인정 못 하고 꼴 좋구나. 승효를 노려보며 우현이 목소리를 낸다.

"죽고 싶냐? 뒤지게 패 줘?"

"나야 상관없지만 넌 타격이 크지 않겠어? 폭력이미지 꽤 심각하게 오래간다던데."

"까불지 말랬다. 다물어라."

"그러니까 잘하란 말이야, 인마. 서하은한테."

"부르지 마."

"뭐?"

"한 번만 더 그 이름 입에 올려 봐. 죽어, 너."

빈말 아니란 듯 우현이 서슬 퍼런 목소리로 내뱉는다. 낮게 깔린 허스키보이스가 어찌나 음산한지 여유만만이던 승효조차 한순간 등골이 서늘함을 느꼈다. 이름만 불러도 싫단다. 그렇게까지 다 제 것인 양 군다 이거지. 승효가 픽 작게 웃는다.

조금 더 노려보던 우현이 거칠게 승효의 멱살을 팽개치듯 놓아 준다. 이딴 갚같은 자식과 낭비할 시간이 없다는 걸 그제야 깨달은 탓이었다. 당장 봐야겠어. 돌아 버리겠어, 진짜. 보고 싶어서.

빠르게 걸어 차로 다가간 우현이 차키를 꽂아 연다.

제법 서두르는 기색으로 주차장을 빠져나가는 우현의 차를 승효가 한참 동안 쳐다본다. 하은을 좋아한다는 말에 우현이 길길이 날뛰었다. 제대로 하라고, 잘하라고 참견하자 죽어라 싫은 얼굴이 되던 녀석. 거슬리게 집적대지 말라며 경고하던 낮은 목소리, 눈빛.

너야말로 마지막 기회야. 더는 안 봐줘. 이번에도 울리면 진짜 끼어들 거니까 그렇게 알라고. 알았어?

슬쩍 한쪽 입가만 말아 올려 웃은 승효가 느릿하게 밖을 향해 걷는다. 기뻐하는 하은의 얼굴을 떠올리는 것만으로도 기분이 한결 나아진다. 근데 왜 이렇게 아쉬울까. 뭐가 이렇게 서운하고 섭섭하고 마냥 안타까운 걸까. 승효의 눈빛이 한없이 아련해진다.

"그냥 가면 안 돼?"

"글쎄, 딱 1초만 보고 간다고."

"그냥 가라, 제발. 어?"

강의가 끝나자마자 하은은 빛의 속도로 가방을 챙겨 들었다. 혹시나 싶어 전화를 걸어 봤더니 우현은 이미 학교 근처에 와서 대기 중이었다. 교정 안으로까지 들어올 수는 없어 근처 주택가 골목에 있다는 녀석에게 가려 서두르는 하은을 수진이 졸졸 쫓는다.

솔직히 어떤 얼굴로 봐야 할지 무던히도 고민이었다. 자꾸만 어제 일이 떠올라서, 꿈인지 현실인지 여전히 모르겠고 헷갈려서 하은은 당최 표정 관리가 되지 않고 있었다. 게다가 수진까지 달고 나타나면 우현이 싫어할 텐데. 하은이 한숨을 푹푹 내쉰다.

"야, 저 차 아냐? 맞지?"

"아……."

"대박 멋있다! 어머어머!"

인적이 뜸한 골목길로 접어든 지 얼마 안 됐을 때 수진이 감탄하며 소리친다. 척 보기에도 물이 다른 고급스러운 검은 외제차 한 대가 위풍당당 위용을 자랑한 채 골목 한쪽에 세워져 있었다. 짙게 선팅된 차창 너머의 인영이 잘 살펴지지 않음에 빤히 보던 수진이 대뜸 달리기 시작한다. 차마 아니라고 말리지도 못하고 뒤따라가는 하은이 곧 들이닥칠 후폭풍에 잔뜩 긴장한다.

"똑똑. 이봐요. 이보세요."

"하지 마."

"문 좀 열어 보시죠, 민우현 씨. 야."

"수진아, 쫌."

차에 바싹 붙어 선 것도 모자라 주먹으로 유리창을 마구 두드린다. 우현이 기겁할 만한 행동을 척척해 대는 수진의 모습에 하은이 어쩔 줄을 모른다. 그런 하은을 향해 수진은 어허, 더는 눈치 보지 말랬지, 라며 되레 큰소리를 친다.

좀처럼 문이 열리지 않음에 앞 유리를 확인하려는 찰나, 창문이 내려간다. 검은색 모자를 푹 눌러쓴 우현이 무척이나 못마땅한 얼굴로 시선을 던진다. 순간 느껴지는 까칠함에 수진이 잠깐 멈칫한다.

아무리 밉상진상 꼴 보기 싫은 녀석이래도 어쨌거나 연예인은 연예인이었다. 히익, 더 잘생겨진 거 봐. 턱 선이며 콧날이 진짜 예술이다. 게다가 뽀얀 피부에 붉은 입술에, 어쩜 이 녀석은 귀까지 저렇게 잘생겼다니. 마냥 감탄하는 수진에게 우현이 인상을 쓴다.

"뭐야."

"아, 안녕? 오랜만이다?"

"뭐냐고, 짜증나게."

"우현아."

"넌 타, 빨리."

상대할 가치도 없다는 듯 단박에 수진을 무시한 우현이 하은에게 고갯짓을 한다. 둘 사이에 괜한 다툼이 생길까 싶어 얼른 조수석으로 가려는 하은의 팔을 수진이 덥석 잡는다. 웅? 왜 그러냐고 쳐다보는 하은에게 눈을 찡긋한 수진이 말을 꺼낸다.

"야, 민우현. 내가 하은이 친구로서 한마디만 할게. 괜찮지?"

"수진아."

"그동안 네 녀석 만행 알고도 가만 놔둔 건 지켜보려고 한 거거든? 잘하는구나 싶어 놔둔 거 아니니까 착각 말고 앞으로는 잘 좀 해라."

"야, 정수진."

"좋아하면 좋아하는 만큼 잘해 줘 보라고. 계속 지켜볼 테니까, 알았어?"

"야!"

채 끼어들 새도 없게 다다다다 쏘아붙이는 수진의 말이 기어이 선을 넘는다. 비밀이라고 그렇게 당부를 했건만 대놓고 말을 해 버린 수진을 하은이 황급히 끌고 간다. 미치겠네, 진짜. 그걸 말해 버리면 어떻게 해! 뭐라 뭐라 더 참견하고픈 수진이 잔뜩 빨개진 얼굴로 어쩔 줄 몰라 하는 하은 때문에 못내 뜻을 꺾는다. 명심해, 다 받아 주지 마. 거듭 조언한 수진이 홀연히 사라진다.

한편, 우현에게는 지금 이 상황이 그저 굉장한 짜증이었다. 멋대로 유리창을 두드린 이가 수진이라는 것부터 거슬렸고, 앙칼진 목소리로 조잘대는 시점에 이르러서는 이루 말할 수 없을 정도의 커다란 분노마저 치솟았다. 버럭 성을 내고 싶은 걸 어떻게든 꾹 참고 있는데 하은이 다가온다. 쭈뼛쭈뼛 선 채로 머뭇거리는 모습에 괜히 또 신경질이 나고 만다.

"타."

"어?"

"타라고. 옆에."

최대한 화를 가라앉힌 목소리로 우현이 재촉한다. 벨트를 매며 시동을 거는 우현을 보던 하은이 서둘러 조수석으로 향한다. 위로 스르륵 열리는 문은 언제 봐도 참 신기하다. 조심스레 문을 닫고 벨트를 매자 우현이 곧 차를 출발시킨다.

우현의 차를 타는 건 꽤 간만이었다. 특히 팬들이 생긴 이후로는 드라이브 한 번 쉽지 않았고, 어딜 같이 가게 될 경우 주로 택시를 이용해 왔다. 누가 알아보기라도 하면 큰일인데. 평일이라지만 아직 해가 있는 시간대라 그럴 가능성은 충분히 존재했다.

"어디 갈래."

"응?"

"가고 싶은 데 없어? 말해 봐."

사거리에 다다른 차가 신호에 걸려 잠시 멈춰 선다. 사이드 브레이크를 채운 우현이 살며시 옆을 돌아본다. 갑작스런 질문에 우현을 쳐다보려던 하은이 눈이 마주치자 얼른 도로 시선을 거둔다. 저를 보자마자 피하는 하은 때문에 우현이 또 울컥한다.

"보기도 싫으냐?"

"아니."

"근데 왜 그렇게 빨리 돌려."

"그냥."

"서하은."

"어."

"나 봐 봐. 어서."

한껏 누그러진 목소리로 우현이 하은을 부른다. 평소와 같으면서도 다른, 평소처럼이면서도 아닌 그런 묘한 이질감에 하은이 조금을 더 망설인다. 봐도 될까. 봐도 되려나. 솔직히 너무 많이 보고 싶었던 우현이라 더는 마다하지 못하고 고개를 돌렸다.

느릿하게 제게로 향해지는 하은의 얼굴을 보는데 우현의 가슴이 작게 두근, 한다. 진짜 이 녀석이 어찌나 보고 싶었었는지 이렇게 눈을 마주하고 있으니 새삼 알겠다.

이상해. 정말 처음 만나는 사람 같아, 너. 믿기지 않아 우현이 눈을 감았다 뜬다. 깜빡깜빡. 혹 사라지면 어쩌나 몇 번을 더 감았다 떠 봐도 눈앞에 하은은 그대로 있다. 우현의 눈빛이 한결 나른해진다.

"보니까 좋네."

"어?"

"좋다고. 얼굴 봐서."

나지막이 깔린 목소리로 읊조리듯 내뱉는 우현의 말에 하은의 얼굴이 멍해진다. 분명 귀로 똑똑히 들은 단어들이 제멋대로 겉돌아 무슨 뜻인지조차 잘 모르겠다. 아주 약간 입가를 말아 올린 우현이 너는 안 좋냐, 라며 손을 뻗는다. 제 볼을 약하게 꼬집는 우현의 행동에 하은이 거듭 넋을 놓는다. 두근두근, 벌렁거리는 심장을 가라앉히려 애쓰고 있자 빵 클랙슨이 울린다.

급한 대로 브레이크를 풀고 차를 출발시키는 우현이 한 번 더 어디 갈까, 묻는다. 드라이브를 말하는 것이겠지만 연습도 가야 해서 여유 부릴 시간은 그다지 많지 않았다. 보나 마나 아직 한 끼도 안 먹었을 우현을 고려해 하은은 일단 밥부터 먹자, 했다. 부드럽게 핸들을 꺾는 우현이 다시금 하은을 돌아본다. 뭐 먹고 싶은데. 다정한 목소리가 낯설어 대답이 떠오르지 않는다.

"진짜 괜찮아?"

"뭐 어때서. 앉아."

외식을 기피하는 우현이라 오피스텔로 가는 줄 알았다. 기왕 먹는 거 맛있는 걸로 먹자고 할 때도 배달로 뭔가를 시켜 줄 줄만 알았던 하은은 어느 건물 지하에 차를 대는 우현을 보고 화들짝 놀랐다. 심드렁한 표정으로 우현이 먼저 자리를 잡고 앉는다.

예전에 소속사 대표와 식사를 하러 온 적이 있던 곳이라는 설명을 들으며 하은도 얼른 맞은편에 자리를 잡았다. 개별 룸으로 이루어진 곳이라 다른 곳보다는 편하다고 하더라도 어쨌거나 외부였다. 불편한 맘을 추스르고 있으려니 노크 소리가 들린다.

"뭐 먹을래. 골라 봐."

"음."

공손하게 들어온 여종업원이 내미는 메뉴판을 받아 펼쳐 들었다. 영어와 일어 설명이 따라붙는 메뉴판은 왠지 모르게 복잡해 보였다. 한식과 일식이 절묘하게 합쳐진 퓨전 한정식집의 수많은 메뉴들을 하은이 알 리가 없었다. 그냥 알아서 시켜 달라고 하자 우현이 유심히 메뉴판을 살핀다.

딱히 할 일이 없어진 하은이 미리 내어진 물을 마시면서 고개를 돌리다가 멈칫한다. 살짝 긴가민가하는 표정으로 여종업원이 우현을 쳐다보고 있었다. 고개를 갸웃거리면서도 시선을 떼지 않는 폼이 필시 어느 정도는 우현을 알아본 것만 같아 불안해졌다. 적당히 골라 주문을 하는 우현에게서 여종업원이 끝까지 눈을 떼지 못한다.

모자가 영 답답한지 여종업원이 나가자마자 우현은 모자를 벗었다. 조금 눌리긴 해도 촤르르 쏟아지는 금발머리가 무척이나 밝고 화사했다. 대충 한 손으로 머리를 헝클어 흐트러뜨리는 우현을 훔쳐보던 하은이 얼른 안 본 척 한 번 더 물잔을 입에 댄다.

고작 하루 만인데 마치 아주 오랜 시간 떨어져 있다 만난 듯한 굉장한 반가움. 혹은 처음 만나는 것만 같은 설렘. 신기해. 너는? 너는 어때, 우현아? 응……?

"손."

"뭐?"

"잡고 싶은데. 잡아도 돼?"

꼴깍꼴깍 아주 조금씩 물을 마시던 하은이 갑작스런 우현의 말에 큽, 하고 사레에 걸린다. 급히 한 손으로 입을 틀어막지만 이미 단단히 막혀 버린 목으로부터 격렬한 기침이 터져 나온다. 본의 아니게 하은을 놀래킨 우현이 당황해 어쩔 줄을 모른다.

"괜찮아?"

"어, 콜록."

"물 더 마셔 봐, 자."

하은의 사레를 진정시키려 우현이 얼른 물을 따라 건넨다. 어깨를 들썩이며 기침하던 하은이 인상을 찌푸리며 물을 마신다. 얼마 안 가 기침은 가라앉았지만 얼굴이 화끈화끈 난리도 아니었다. 보나 마나 한껏 달아올랐을 거라 짐작하는데 우현이 웃는다.

"빨개졌다."

"어?"

"완전 빨개, 얼굴. 딸기 같아."

뭐 이렇게 귀엽냐, 라고 덧붙이며 우현이 입가를 픽 말아 올린다. 아주 미세하게 짓는 웃음이었지만 하은의 가슴은 그야말로 쿵쾅쿵쾅 요동을 친다. 귀엽다니. 그거 지금 나보고 한 말 맞아? 차마 되묻지는 못하고 빤히 보자 우현의 미소가 싹 걷힌다.

잠시 눈을 맞추고 있으려니 금세 어제의 일이 머릿속 가득 펼쳐진다. 좋아한다는 고백. 여러 번의 입맞춤. 이리저리 흔들리던 하은의 눈동자. 빠르게 스치는 기억들에 우현이 진지해진다. 다시 뭐부터 말해야 할까. 뭐부터 정리를 해야 되는 걸까, 지금.

생전 처음이라 그만큼 더 막막하다. 그래도 싫지 않다. 두근거리는 가슴이 제대로 가는 거라고 소리친다. 계속 더 가 보라고. 일단 떠오르는 대로 말해 보자 마음먹은 우현이 입술을 막 벌리려는데 노크 소리가 난다. 우현이 황급히 모자를 눌러쓴다.

"많이 놀랐어, 어제?"

한동안 묵묵히 식사를 했다. 음식을 먹다가 뭐라 말이라도 할라치면 또 다른 음식이 나와 버려 우현은 계속 타이밍을 놓치고 있었다. 그걸 몇 번 반복하다 보니 성질이 나서 아예 한꺼번에 갖다 달라고 해 버렸다. 그 음식들이 어느덧 절반 가까이 비워진 상태.

서두르지 않고 천천히 야무지게 먹는 하은을 잠시 내버려 두었다. 작고 귀여운 붉은 입술이 연신 움직여지는 게 어찌나 예쁜지 차마 말을 걸 수가 없었다. 서서히 느려지는 젓가락질을 보다가 조심스레 입을 열었다. 하은의 눈동자가 일렁인다.

"쫓아나갈까 하다가. 네가 너무 떨길래."

"그냥."

"도착할 즈음 전화해야지 했는데 잠들었어. 간만에 마신 거라 술이 한꺼번에 올랐나 봐."

"아……"

"그래도 술김은 아니었어. 어제 한 말들."

젓가락을 내려놓은 우현이 물잔을 집어 들며 눈을 맞춘다. 한 치의 어긋남도 없이 똑바로 와 닿는 우현의 시선에 하은이 그만 입을 다문다. 아주 조금의 장난기조차 엿보이질 않는다. 원체 농을 치는 성격도 아닌 우현이 진지해지니 정도가 꽤 심하다. 이글이글 타오르는 눈빛으로 자신을 보는 우현이 부담스러워 하은은 살짝 시선을 떨궜다.

솔직히 어제, 도망치듯 오피스텔을 빠져나온 이후부터 지금까지 생각과 감정들이 좀처럼 정리되지 않고 있었다. 언제 정리될지 기약도 없는 막연함에 하은이 바싹 마른 입술을 혀로 살짝 축였다. 그래도 일단은 튕겨. 무조건 받아 주지 말고, 알았어? 갑자기 수진의 말이 되새겨지는 건 무슨 이윤지.

아니, 그걸 다 떠나서 나도 궁금하기는 하니까. 답지 않게 밀당이니 뭐니 이런 걸 하자는 게 아니라, 바로 받아들이기엔 너무 길었잖아. 지나온 시간들이 정말. 그래서 말인데.

있지, 우현아. 너…….

"다시."

"어?"

"말해 줄 수 있어? 정식으로."

술 한 모금 들어가지 않은 맨정신으로 한 번 더 말해 달라며 하은이 눈을 빛낸다. 사뭇 조심스러우면서도 어딘가 모르게 매우 사랑스러운 그 눈빛에 우현이 순간 멈칫한다. 물끄러미 보는 하은의 눈동자가 여간 고운 게 아니었다. 하은이 재차 말한다.

"술김이 아니면 착각이나 혼동일 수도 있잖아. 편한 감정을 넘겨짚은 걸 수도 있고, 충분히."

"그런 거 아니야."

"어떻게 장담하는데. 내가 그걸 어떻게 믿냐."

"서하은."

"그러니까 말해 줘. 진심을 담아서. 응?"

그러면 믿을지도 몰라, 라고 하은이 작게 덧붙인다. 으스대는 낌새는 전혀 없었지만 어쩐지 낯설고 어색한 상황인 것만은 분명했다. 왠지 모르게 끌려가는 기분이랄까. 하은과의 사이에서 이런 느낌을 받은 적은 단 한 번도 없던 우현이 곤란한 표정을 짓는다.

확실히 술이 들어가지 않으니 용기가 작아진다. 마음이 작아진다는 말이 아니라 그 마음을 입 밖으로 꺼낼 수단이 너무나도 턱없이 부족하게만 느껴지는 거였다. 난감함에 우현이 잠시 시선을 내린다. 마른침을 한 번 삼키는데 어쩐지 목이 따끔거렸다.

하은은 재촉하지 않고 기다렸다. 싫은 건 진짜 죽어도 안 하는 성격의 우현이란 걸 알기에 던질 수 있는 일종의 도발이었다. 그냥 해 본 말이었다면 아마 다시 꺼내지 않을 테니. 재미 삼아 툭 건드린 감정이었다면 도로 펼치기가 쉽지는 않을 터였다.

그다지 큰 기대는 갖지 않기로 했다. 말해 주면 정말 죽을 만큼 기쁘겠지만 맨정신에 절대 못 하겠다 나온다면 그걸로 어쩔 수 없는 거라고 생각하며 조금을 더 기다렸다. 옅은 한숨과 함께 우현이 모자를 벗는다. 머리를 살살 매만지고서 고개를 든다.

"서하은."

“어.”

“하은아.”

“어……?”

“좋아해. 아주 많이.”

진지하다 못해 그윽한 눈빛으로 우현이 고백한다. 좋아해. 좋아해…… 라고. 듣는 순간 가슴이 세차게 울린다. 쿵 떨어지듯이. 그에 앞서 다정히 불린 제 이름에 하은이 멍해진다. 맹세코 이제껏 단 한 번도 우현이 하은아, 라고 불러 준 적은 없었기에.

그것만으로도 알 수 있었다. 지금 우현이 충분히 진심이라는 것을. 어렵게 결심했다는 것을. 정말 자신을, 좋아한다는 것을.

기쁘다는 말로는 표현이 되지 않을 만큼 마음이 벅차오른다. 표정 관리가 힘들어져 고개를 떨궜다. 우현이 조심스레 부른다.

“왜.”

“그냥.”

“고개 들어 봐.”

“잠깐……만.”

“서하은.”

너무 놀라 경황이 없던 어제는 눈물조차 나오지 않았다. 그저 넋이 나가 버려 몽롱한 정신으로 벌벌 떨기만 했는데 차라리 그게 나았겠다는 생각이 드는 건 왜인지. 감격스러운가. 그래서 이럴까. 목이 메어 오고 코끝이 시큰거려 하은은 입술을 꼭 깨물었다.

어떻게든 참아 보려 하는데도 시야가 흐려진다. 힘들고 지치던 예전 기억들에 자꾸만 가슴 한 켠이 아린다. 하루에 열두 번도 더 그만둬야지, 그만해야지, 했었는데. 이건 아니라고. 이런 식이면 곤란하다고 그랬었는데. 정말 많이.

우현아⋯⋯. 우현⋯⋯아⋯⋯. 하아⋯⋯.

왜 이렇게 늦었냐는 투정도 지금으로서는 할 수가 없다. 진심을 담아 고백해 준 걸로 이미 모두 다 보상받은 것만 같아 결국 눈물이 그렁그렁 고여 버린다. 좋아서. 기뻐서. 이제라도 마음을 열어 준 게 너무 고마워서. 좋아해 준다는 사실에, 감사해서.

그래도 흐느낌만은 새어 나오지 않게 안간힘을 쓰며 울음을 참았다. 이러다 언제 떨어질지 몰라 황급히 눈물을 훔쳐 냈다. 대충 손등으로 닦고 고개를 드는 하은의 눈에 심각하게 굳은 우현의 얼굴이 보인다. 아무렇지 않게 씩 웃는 하은에게 우현이 입을 연다.

"손만 잡을랬더니 안 되겠네."

"어?"

"뽀뽀하고 싶다고. 예뻐서."

뭐⋯⋯?

평소와 같은 무난한 어조와 말투로 흘러나와선지 뜻마저 보통 수준으로 알아듣던 하은이 멈칫한다. 뽀뽀. 예뻐서. 두 가지 단어가 자꾸만 바로 들어오지 못하고 겉돌고 있었다.

멍하니 넋을 놓는 하은을 보다 못한 우현이 몸을 살짝 일으켜 내민다. 부쩍 가까워지는 우현의 얼굴을 알고도 하은은 계속 굳어 있었다. 테이블을 양손으로 짚은 채 우현이 입술을 들이민다.

"한 번만 하자. 뽀뽀."

"나, 저기."

"빨리. 뽀뽀, 어? 와 봐."

답지 않게 칭얼대는 우현의 행동이 하은을 더 난감하게 만든다. 대놓고 떼를 쓰는 것 같아 보일 만큼 이런 식의 투정이 익숙지 않은 우현이기에 하은의 당혹감은 굉장했다.

명심해, 다 받아 주지 마. 그래도 수진의 세뇌가 효과는 있는 모양인지 자꾸 불쑥불쑥 떠올라 발목을 붙잡는다. 밥 먹는 중이잖아, 미안. 하은은 안 된다는 말 대신 괜한 핑계를 대며 급히 샐러드를 욱여넣었다. 그러자,

"읍."

몸을 한껏 더 일으켜 선 우현이 하은의 뒤통수를 잡아끌어 그대로 입을 맞춘다. 엉겁결에 놀라 벌어진 입술 사이로 우현이 곧장 혀를 넣는다. 이제 막 씹히려던 양상추가 갑작스런 또 다른 혀의 난입으로 이리저리 휘둘린다. 하은이 눈을 꼭 감는다.

뽀뽀만 하겠다던 애초의 계획이 순순히 지켜질 리 없었다. 부드러운 하은의 입술이 닿자 본능적으로 혀를 넣어 버린 우현은 다소 거칠게 하은의 입안을 돌아다녔다. 달달한 소스에 버무려진 하은의 혀가 너무 좋아 계속해서 쭉쭉 빨고 깊게 핥았다. 주륵, 하며 입가를 타고 소스에 섞인 타액이 흘러내렸다.

한참 후에야 우현이 입술을 떼어 내자 하은이 얼른 손등으로 입가를 훔친다.

"없어졌어."

"뭐가."

"입에, 어……?"

아무렇지 않은 얼굴로 양상추를 씹는 우현의 모습에 하은의 눈이 동그래진다. 무척이나 태연자약한 행동에 되레 더 놀라 버렸다. 입에서 입으로 옮겨 받은 음식을 아무렇지 않게 먹는 민우현이라니. 우현의 눈매가 살짝 휘어진다.

그렇게 눈을 맞추고 있는 내내 가슴이며 손끝이 간질간질 난리가 난다. 티슈를 뽑아 손짓하는 우현에게 얌전히 다가가자 살살

입가를 닦아 주기까지 한다. 후식 달라고 할까? 무슨 말인지도 모르고서 고개를 끄덕였다. 우현이 하은을 보며 귀엽단 듯 웃는다.

"저 혹시, 민우현 씨 맞으시죠?"

룸을 나설 때도 복도에 여종업원 몇 명이 서성이고는 있었다. 괜히 더 의식된 하은이 대신 계산해 주겠다고 했지만 우현은 신경 쓰지 말라며 카운터로 향했다. 카드를 건네고 사인을 하는데 여자 하나가 말을 건다. 뒤에서 연신 꺅꺅 소리가 들려온다.

"와, 너무 잘생기셨어요."

"실물이 더 근사하시고 어쩜."

"식사는 잘 하셨나요? 어떠셨어요?"

"맞아요, 저희가 신경 많이 써드렸는데."

"앨범 정확히 며칠에 나오나요?"

"쇼 케이스 준비는 잘되고 계신."

"수고하세요."

영수증은 버려 달라 말한 우현이 질문들을 싹 무시한 채 등을 돌린다. 시선을 끌까 염려스러워 조금 떨어진 곳에 미적거리던 하은이 가자는 우현의 말에 서둘러 걸음을 옮긴다. 문을 나서면서 자연스럽게 어깨에 손을 올리려는 우현을 하은이 말린다.

누가 보면 어쩌려고. 시끄러워져, 큰일 나. 하은의 염려를 수긍하면서도 못내 아쉬운 표정이 된 우현이 이내 차에 오른다. 주변을 샅샅이 살펴본 하은이 급히 조수석에 올라타 벨트를 맨다. 유난스레 구는 하은이지만 그런 모습조차 귀엽기만 하다.

"근처에서 나 먼저 내려 줘."

"왜?"

"같이 들어가면 이상할 거 아냐."

그러니 따로 가자, 라고 말하는 하은을 우현이 돌아본다. 연습 하루 빼먹자고 꼬드겼지만 취미생활로 시작한 게 아니니 그럴 순 없겠다고 강경하게 나오는 하은이었다. 이 녀석이 이런 면도 있었 네, 라며 우현이 고개를 끄덕인다. 하은이 한숨을 내뱉는다.

모르긴 해도 아마, 당장 크게 달라지는 건 없을 것이다. 우현의 마음을 알았다고 해서 공개적으로 손잡고 돌아다니고 이런 건 솔 직히 지금으로선 무리니까. 그저 여태까지 그래 온 것처럼 우현의 집에서 몰래 만나고, 얼굴 가린 우현과 몰래 거리를 걷고, 남들 눈 을 피해 극장 구석 자리에서 영화를 보고, 뭐 비슷한 수준일 거다.

그래도 심장이 이렇게 두근두근 떨려 오는 건 아마, 그래. 아마 도. 이제는.

"밖에서 안 보일 거야."

"응?"

"손 줘 봐. 잡게."

부드럽게 핸들을 꺾으며 우현이 오른손을 뻗는다. 달라고. 잡고 싶다고. 이런 적이 전혀 없던 것도 아닌데 맘이 참 벅차고 설레고 떨린다. 느릿하게 왼손을 내어 주자 우현이 정성 들여 꼭 잡는다. 가만가만 주무르듯 만지기도 하고. 매우 따뜻하게.

평소와 같은데 달랐다. 평소처럼 시니컬한 표정이면서도 어딘가 적잖이 온화하게도 보이는 우현이 하은으로서는 여간 신기한 것이 아니었다. 저런 얼굴도 하네. 저런 눈빛도. 들릴 듯 말 듯 작게 좋 다, 라고 중얼거리는 우현의 말을 듣다가 시선을 내렸다.

잡힌 손을 내려다보는데 문득 또 코끝이 시큰거린다. 어제 우현 의 입에서 고백이 터져 나온 그 순간부터 하은은 앞으로의 모든 시간들이 전과 같지 않게 흘러갈 것임을 직감했다. 그래도 속도가 너무 빨라 무서운 건 여전했다. 겁도 나고.

주는 사랑에만 익숙해진 자신이 받는 사랑을 잘할 수 있을까, 하는 걱정. 받아도 될까. 되려나, 하는 불안. 아직 채 아물지 않은 상처에 관한 염려, 근심, 고민들.

"물어볼 거 있는데."

엄지손가락으로 가만가만 하은의 손등을 쓸던 우현이 조심스레 깍지를 낀다. 천천히 하나하나 겹쳐지는 손가락들을 감격에 겨워 바라보고 있는데 우현이 말을 꺼낸다. 맞닿은 손바닥이 묘하게 부드럽고 뜨겁다. 하은이 느릿하게 시선을 들어 올린다.

"왜 싫다고 했던 거야?"

"어?"

"저번에. 너희 집에서."

물어볼까 말까 제법 고민한 듯 더디게 흘러나오는 우현의 낮은 목소리에 하은이 기억을 되짚는다. 싫다는 직접적인 말은 하지 않았지만 어쨌거나 우현을 밀어냈던 건 사실이었다. 좋아하는 줄 몰랐으니까. 당연하잖아. 대답이 들려오지 않자 우현이 재차 묻는다.

"말해 봐. 나 싫어?"

"아니."

"나랑 키스하는 게 싫은 거야, 그럼?"

"……아니."

"근데 왜 싫다고 했는데."

"쉬워선 줄 알고."

"뭐?"

"쉬워서 그런 거라 생각했어. 내가 쉬워 보여서."

이제 와 숨길 게 뭐 있겠냐는 생각에 조심스레 말을 꺼냈다. 좋아서 손을 잡고 무릎에 앉히고 허리를 끌어안고, 입까지 맞췄을 거라고는 차마 생각하지 못했던 하은이 속내를 밝히자 우현이 멈칫한다. 일렁이는 눈동자를 들키기 싫어 하은은 시선을 돌려 앞을 봤다.

쉬워선 줄 알았다니. 그게 무슨. 신호에 맞춰 조심조심 운전을 하면서도 우현은 하은에게서 좀처럼 눈을 떼지 못했다. 이렇게 보기만 해도 애가 탄다. 더 가까이 가고 싶어서 손끝이고 뭐고 온몸이 다 근질근질함에 우현은 매 순간 하은을 보는 것 자체가 고역이었다. 그게 저만의 이기적인 감정일까 싶어 꾹꾹 누르고 참아오다 터져 버린 거였다. 근데 쉬워서라니. 당치도 않잖아.

어쨌거나 싫어서 피한 건 아니란다. 좋다는 마음이 식어서 밀어낸 게 아니었음을 확인하자 안도가 되면서도 그 이상으로 맘이 아렸다. 가슴 한 켠이 욱신거리는 통증. 입 밖으로 내지 않았음에 저절로 만들어진 말도 안 되는 오해들이 실로 참 안타깝다.

얼마나 혼자 속을 끓였을까. 내치려는 모진 내 노력들이 너에게, 얼마나 더 많은 상처가 됐던 걸까. 미안하게도. 누군가를 상대로 미안하다는 감정을 가져본 게 얼마만인 건지. 잘 나가던 길에서 이탈한 우현이 골목길로 접어들어 차를 세운다.

"왜?"

"보고 싶어서."

"뭐?"

"얼굴 잠깐 보고 가자고."

도저히 운전에 집중이 안 된다며 우현이 벨트를 푼다. 아예 시동까지 *끄고* 몸을 돌리는 우현의 행동에 하은이 당황한다. 해가 막 저물고 있는 시점이긴 해도 아직 밖에서 보일 텐데. 조용한 주택가 골목 안쪽 끝이라고 해도, 누가 알아볼지 모르고.

어쩐지 쑥스러워 시선을 피하려 하자 우현이 나 봐, 한다. 좀처럼 못 쳐다보고 우물주물하자 우현이 하은의 벨트를 풀어 버린다. 갑작스러움에 고개를 돌렸다. 지그시 똑바로 쳐다보는 우현의 눈빛이 사뭇 진지하다. 우현이 느릿하게 하은에게로 손을 뻗는다.

"너 쉽다고 생각한 적 단 한 번도 없었어."

살며시 하은의 볼을 감싸 쥐며 우현이 말한다. 무척이나 조심스러운 그 손길에 하은의 심장이 두근, 하고 울린다. 정말이야. 그런 적 진짜 절대로 없었어, 나는. 진심으로 와 닿는 말들에 가만히 눈을 감았다 떴다. 우현이 혀를 내어 제 입술을 축인다.

"네가 쉬웠으면 건드려도 벌써 건드렸을 거야. 처음 입 맞춘 날 제대로 잠도 못 잤어. 떨려서."

"정말……?"

"그래. 나 너 쉽지 않아. 세상에서 제일 어려워, 서하은이."

"말 안 해 줘서 몰랐어. 꿈에도."

"안 싫지?"

"응?"

"내가 이렇게 만지는 거, 싫지 않지?"

나는 너만 보면 자꾸 만지고 싶어, 라며 우현이 살짝 미간을 좁힌다. 이제껏 너무 참기만 해서 그런지 더는 자신이 없다며 투덜대듯 중얼거린다. 싫어하지 말아 달라는 일종의 부탁같이도 들리는 말에 하은의 볼이 붉어진다. 싫지는 않은데. 그게.

우현과 눈을 맞추면 미친 듯이 가슴이 뛴다. 바라보는 것만도 좋지만, 우현의 손길이 얼굴이든 어디든 닿는 것은 견디기 힘들 정도로 몸과 마음을 달아오르게 만든다. 손만 잡아도 간질간질.

허리를 끌어안으면 죽을 것같이 좋고. 키스는 정말, 정말…….

말랑말랑 달달하고 촉촉한 입술과 혀를 떠올리고 있는데 우현의 얼굴이 가까워진다. 말 나온 김에 뽀뽀라도 해야겠다는 기세로 점점 다가오는 우현을 알아챈 하은이 황급히 우현의 가슴팍을 민다. 왜? 안 싫다며? 약하게 구겨지는 미간을 보다 입을 열었다.

"연습 늦어."

"짧게 할게."

"나중에."

"나중에 언제."

"내가 하고 싶을 때."

"뭐?"

너무 넙죽넙죽 주지 말랬으니까, 라는 말을 속으로 되새기며 하은이 벨트를 맨다. 혼자 갈 채비를 다 마친 상태로 앞을 보고 묵묵히 앉아 있는 하은의 모습에 우현이 멍해진다. 하고 싶을 때만 하겠다니. 그럼 설마, 거절당한 건가, 지금? 내가?

와, 서하은. 나는 어쩌라고 이래. 하고 싶어 죽겠는데. 그렇게 자꾸 입술 깨물면 돌겠는데. 야, 너…….

화가 나는데 화를 낼 수는 없고 답답함에 속이 터진다. 당장 입 맞추고 싶어 돌겠는데 아무런 생각도 없다는 얼굴로 앉아 있는 하은이었다. 전혀 조금도 아쉽지 않아 보이는 하은에게 서운해진다. 저만 안달인 건가 싶어 속이 바짝 타들어 가는 것도 같고.

우현은 억지로 끌어당겨 입을 맞출까 고민했다. 하려면 못 할 게 없지만 그랬다가 혹 하은이 싫어할까 걱정이 되는 것도 사실이었다. 좋아한다는 말을 꺼냈던 순간부터 은연중 결심이 세워진 거였다. 앞으로 하은이 싫다는 짓은 절대 하지 않기로. 그렇지만…….

하고 싶을 때. 하고 싶을 때, 라. 이거야 원, 유혹이라도 해야하나 난감해진다. 한숨을 내쉰 우현이 이내 차에 시동을 건다. 이 녀석을 진짜 어쩌면 좋을지. 감당 안 될 서운함과 그러면서도 드는 묘한 설렘으로 인해 입술이 바싹바싹 말라 온다. 우현이 미간을 찌푸린다.

8
변화의 시작

"잠깐 쉬죠."

살다 보니 이런 날도 다 있다. 오디오 쪽으로 걸어가기에 설마 했더니 진짜로 음악을 꺼 버리는 우현을 성태가 멍하니 본다. 뭘 잘못 먹은 건가. 오늘따라 왠지 분위기가 많이 다르다는 느낌을 아까부터 받긴 했는데. 못 미더운 얼굴로 성태가 되묻는다.

"진짜? 진짜 쉬자고?"

"싫어요?"

"뭐?"

"싫으면 계속 가든가."

"싫기는! 얘들아, 휴식휴식! 휴식!"

무심한 얼굴로 제안을 무르겠다고 나오는 우현을 만류하며 성태가 소리친다. 쉴 수 있을 때 쉬어 둬야지, 안 그랬다간 또 죽겠을 정도까지 이끌어 갈 우현임을 모르지 않기에. 성태의 외침에 기다렸단 듯 주저앉는 댄서들의 얼굴에도 너 나 할 것 없이 의구심이 비친다. 이미 몇 차례 쉰 직후라서 이상하다 여기면서도 좋은 기회를 놓칠 수 없으니 누구도 딴죽을 걸지 못하는 것뿐이었다.

아아, 하는 앓는 소리들을 가볍게 무시한 우현이 의자로 가 털썩 앉는다. 가방을 뒤적여 수건을 꺼내면서 우현은 저도 모르게 슬쩍 하은 쪽을 쳐다보았다. 땀에 흠뻑 젖은 얼굴로 벽에 등을 기대고 헥헥거리는 하은을 보며 우현이 미간을 조금 일그러뜨린다.

신경이 쓰여서 살 수가 없잖아. 너 힘들까 봐 채 다섯 번 연속을 못 하겠다, 내가. ……에이.

짜증이 나면서도 싫지 않은 기분이 낯설어 우현이 얕은 한숨을 내뱉는다. 뭐, 이렇게 쉬엄쉬엄하는 것도 나쁘지는 않고. 맘 같아서는 데려와 앉히고 땀이라도 닦아 주고 싶은 걸 꾹 참고서 수건을 펼쳐 들었다. 순간, 거두려던 시선이 그대로 고정되고 만다.

저게…….

"고마워 죽겠네, 아주 그냥."

"어?"

"덕분에 잘 쉰다고. 감사해요."

옆쪽에 가깝게 붙어 앉아 눈꼬리를 실실 내리며 건네는 승효의 말에 하은이 고개를 갸웃거린다. 덕분이라니? 무슨 뜻이냐고 되묻자 승효가 슬쩍 고갯짓을 한다.

느릿하게 돌아보던 하은이 저를 주시하고 있는 우현의 매서운 눈빛에 작게 움찔한다. 언제부터 보고 있었던 걸까. 아니 그보다, 왜 저런 표정을? 어찌나 강렬한지 무슨, 레이저라도 막 뿜어져 나올 것만 같은데.

"배우 해도 되겠단 거 취소. 티도 참 팍팍 내 주시네."

"티?"

"너만 계속 쳐다보잖아. 저러다 누가 눈치채면 어쩌려고."

"아……."

"네가 힘들어하니까 자꾸 쉬는 거야. 내 말이 맞을걸?"

오늘 왜 이렇게 많이 쉬지, 라고 속닥거리는 댄서들의 목소리가 막 들려오던 참이었다. 평소와 다름이 굉장히 많이 티 난다는 승효의 말에 하은의 미간이 구겨진다. 그런 거야? 그런 거였어? 편하게 가는 건 좋다만 괜히 저 때문에 연습의 흐름이 끊기면 곤란하다는 생각이 들어 착잡해졌다. 지잉 울리는 진동에 핸드폰을 보다 멈칫했다.

[좀 떨어져 앉아.]라고 써진 우현의 문자를 읽은 하은이 고개를 든다. 안 그런 척 수건으로 땀을 닦은 우현이 물을 마시다 힐끔 또 시선을 준다. 중간중간 연습을 하면서도 눈이 마주치긴 했지만 별다른 표정 변화가 없어 아무도 모를 줄만 알았었다.

우현이 곤란해지면 큰일이다. 내막을 알려 괜히 소란스럽게 만들고 싶은 마음도 없고. 답장을 뭐라 해야 할지 고민하던 하은이 어이, 하고 부르는 승효에게로 시선을 옮긴다. 한층 부드러운 눈매가 된 승효가 조금 더 당겨 앉는다.

"얘기 잘된 거지? 그래 보이는데."

목소리를 더욱 낮춰 속삭이듯 묻는 승효가 살며시 웃는다. 그 어떤 장난기도 엿보이지 않는 진중한 미소에 하은이 잠시 말을 아낀다. 침묵을 긍정으로 알아들은 승효가 혼자 고개를 주억거린다. 다행. 다행이라고. 애써 생각을 그쪽으로 집중시키면서.

"그럼 이제 사귀는 거야?"

"아마……도."

"축하해. 기분 째지겠다, 너?"

"어, 뭐."

"결국 나는 퇴짜구나. 하, 이것 참."

몹시도 속상해 죽겠는 표정으로 승효가 작게 툴툴거린다. 사뭇 칭얼대는 것도 같은 그 모습에 하은이 뭐야, 라며 웃는다. 그러다 또 마주친 우현의 눈빛이 아까와는 비교도 안 될 만큼 험악해져 있었다. 꿀꺽. 마른침을 삼키는데 우현이 인상을 쓴다.

배 아프니 너무 행복한 티를 내지는 말아 달라는 승효의 말을 받아치려는 순간 진동이 울린다. 자리에서 몸을 일으킨 우현이 굳은 얼굴로 연습실을 빠져나가고 있었다. [잠깐만 나와 봐.] 왠지 곧바로 따라 나가면 이상할 것 같아 미적거리고 있자니 몇몇이 담배를 태우겠다며 일어선다. 어디 가냐는 얼굴로 쳐다보는 승효에게 대충 얼버무린 하은이 댄서들의 뒤를 따라 연습실을 나섰다.

[어디야.]

"너는?"

[두 층 더 올라와서 밖으로 나와.]

건물을 두 층 더 올라오라는 말에 하은이 알겠다며 전화를 끊는다. 계단으로 내딛는 걸음걸음마다 심장이 조금씩 더 격하게 뛰어대는 게 느껴졌다. 목소리만 들어도 좋아. 정말 어떻게 이렇게나 좋냐, 너는. 올라가는 입꼬리를 참으며 서둘러 걸었다.

댄서들이 담배를 태우는 곳은 주로 건물 입구거나 같은 층의 옥외였다. 그보다 더 높은 곳이라서 남들 눈에 쉽사리 발견되진 않겠지만, 그래도 혹시 몰라 주변을 한참이나 두리번거린 후에야 문을 열었다. 어디 있지? 다시 전화를 하려는데,

"이리 와."

문을 막 닫자마자 옆쪽에서 손 하나가 튀어나왔다. 손목을 잡아 끌린 하은이 어, 하며 끌려가 난간 옆 벽에 밀어붙여진다. 놀란 마음에 커다랗게 떴던 눈이 단번에 질끈 내리감긴다. 미처 막아설 새도 없게 그대로 덥석 입을 맞춰 오는 우현이었다.

빈틈없이 진하게 맞물린 입술 사이로 우현의 혀가 들어온다. 살짝 거칠게 밀고 들어오는 혀에 반항 않고 입술을 열자 우현이 더욱 서둘러 안으로 깊숙이 파고든다. 촉촉하고 따끈한 혀의 말랑한 감촉이 고스란히 느껴진다. 우현이 미간을 찌푸린다.

뭐가 이렇게 달달할까. 어쩌면 이렇게까지 말랑말랑하고 부드러울까. 현실 세계에 존재하는 말로는 표현 안 될 오묘한 느낌을 체감하며 우현은 하은에게 입을 맞췄다. 뜨겁게 젖은 입안을 헤집고 미끈한 혀를 부여잡으며 쓸었다 내렸다 입천장까지 남김없이 훑어 버렸다.

참으려고 했지만 도저히 그리되지 않았다. 미친 듯이 타들어 가는 갈증에 다짜고짜 입을 맞춰 버린 우현이 하은의 허리 뒤로 손을 두른다. 바짝 밀착되는 몸을 느끼자 흥분이 이루 말할 수 없을 만큼 끓어오른다. 쪽쪽 물고 빨던 입술을 겨우 떼어 냈다.

"죽을 것 같아서……."

"어……?"

"키스하고 싶어서 죽을 뻔했다고……."

"하아……. 읍!"

힘겹게 차오른 숨을 몰아쉬는데 다시 한 번 우현이 입을 맞춰 온다. 원할 때 아니면 안 하겠다고 했던 제 말을 아직 기억하는 하은이었지만 결코 우현을 뿌리칠 수는 없었다. 입술이 닿고 혀가 얽힌 그 순간부터 이미 심장까지 제 것이 아니게 되어서.

손끝 발끝 어느 한 곳도 **빼놓지** 않고 몸 전체가 간질거린다. 뜨겁게 뱉어지는 서로의 숨결을 집어삼키려는 듯 우현과 하은의 입술이 더욱 진하고 농염하게 포개어진다. 젖은 입술들이 닿고 쓸리고 부딪히는 야릇한 소리가 끝도 없이 반복해서 들려온다.

한참 더 격렬하게 고개를 비틀어 가며 혀를 빨고 입술을 물어당기던 우현이 못내 아쉬운 듯 가볍게 입술을 부딪쳐 **뽀뽀**한다. 이대로 더 탐했다간 스스로를 주체할 수 없을 것 같은 불안함을 느꼈달까. 뻐근한 아랫배를 참으며 자연스레 하은을 놓았다. 할짝, 하고 마지막으로 우현이 혀를 내밀어 하은의 입술을 부드럽게 핥는다. 하은이 떨리는 입술을 참아 내며 눈을 뜬다.

"그놈이랑 가까이 지내지 마."

하은의 이마에 조금 남아 있는 땀을 손으로 살살 닦아 준 우현이 뒤쪽으로 물러서며 담배를 꺼내어 입에 문다. 아직 적잖이 남은 키스의 여운에 벌렁거리는 가슴을 억누르던 하은이 무슨 말이냐는 얼굴로 쳐다본다. 우현이 불을 붙이며 인상을 쓴다.

"지승효 말이야. 거슬려."

"어?"

"말도 섞지 말고 쳐다보지도 마. 짜증나."

"왜?"

"몰라서 물어?"

훅, 하고 하은과 반대편으로 연기를 뱉어 낸 우현이 있는 대로 구겨진 미간을 하고서 눈을 흘긴다. 어떻게 모를 수가 있냐고, 모르면 안 되는 거 아니냐고 되묻는 말에 하은이 잠시 입을 다문다. 진짜 싫어, 그 새끼. 툴툴대는 우현이 담배를 빨아들인다.

예전 같으면 아마, 그저 외롭게 하려나 싶었겠지만 지금은 사정이 달랐다. 신경이 쓰이는 거다. 천하의 민우현이. 것도 엄청. 보일 듯 말 듯 올라가는 입가를 애써 참으며 하은이 우현을 응시한다. 너무 좋아서 실감이 안 난다. 지금도 그저 꿈만 같은 게.

그러니까 말해 줘. 듣고 싶어. 몇 번이고 계속. 더 많이. 나한테. 응? 우현아.

"모르겠는데."

"진짜 몰라?"

"어. 왜? 왜……?"

"야, 서하은."

"왜 거슬리는데……? 왜 짜증이 나……? 어……?"

조곤조곤 매우 나긋한 목소리로 물어오는 하은을 보며 우현이 잠깐 멈칫한다. 뭔가 기대감에 가득 찬 까만 눈동자가 몹시도 반짝반짝 귀엽게 빛나고 있었다. 미치겠네. 저런 표정은 또 어디서 배웠을까. 우현이 마른침을 꿀꺽 삼켜 낸다.

자세히 설명해 주지 않으면 계속 모를 거라는 얼굴로 하은이 물끄러미 우현을 올려다본다. 조금 전까지만 해도 승효를 떠올리며 보기 싫게 구겨졌던 우현의 눈매가 어느새 한껏 누그러져 있었다. 짧은 한숨을 내뱉은 우현이 얼른 담배를 비벼 끄고 돌아선다.

신기한 것 이상으로 흥미가 치솟아 살짝만 도발해 보려 했다. 이러다 보면 또 좋아한다는 말을 해 줄까 싶어 몰래 웃던 하은이 점점 다가서는 우현을 알아채고 멍해진다. 어느덧 매우 가까워진 거리에 난감해져 뒷걸음질을 치려는데 우현이 손을 뻗는다.

밤공기가 제법 쌀쌀했다. 땀에 젖었던 몸이 식으며 약하게 추위를 느끼던 하은의 어깨가 미세하게 떨리는 걸 발견한 우현이 조심스레 하은을 품에 안는다. 제 가슴팍에 쏙 들어오는 하은의 이마에 짧게 입을 맞췄다. 하은의 심장이 두근두근거린다.

"왜 싫겠어. 너 좋다는 놈이니까 싫지."

"그냥 친군데."

"친구든 뭐든 거슬린다고. 너 흔들까 봐."

"우현아."

"아무 데도 못 가. 아무한테도 안 줘, 너. 못 줘."

그러니까 거리 둬, 라며 우현이 한 번 더 이마에 입술을 묻는다. 나지막한 허스키보이스가 너무도 감미롭게 귓가에 감겨들었다. 안 가는데. 아무 데도, 아무한테도. 대답은 필요 없을 것 같아 고개만 끄덕이는 하은을 우현이 조금 더 힘주어 꼭 품에 안는다. 은근하게 풍겨 오는 달콤한 우현의 체취를 느끼며 눈을 감았다.

조용한 어둠 속에서 우현의 품에 안겨 있는 지금이 정말이지 아주 조금도 현실 같지 않았다. 너무 힘들고 지쳐서 이루어 낸 망상은 아닐까. 내일 아침이면 모두 없던 일이 되지는 않을까.

두렵지만 기쁘다. 불안한 와중에도 행복한 마음이 조금은 더 크게 느껴진다. 괜찮겠지. 괜찮을 거야. 마냥 좋아해도. 떨리는 마음을 추스르며 우현의 등 뒤로 손을 둘렀다. 제게로 한껏 더 안기는 하은이 좋아 우현의 입가가 살짝 올라간다.

"다들 가볍게 맥주 한 잔씩 어때?"

"콜!"

"가요, 가요!"

열 시를 갓 넘기고서야 연습이 끝났다. 웬일로 중간에 가 버리지 않고 자리를 지킨 우현이 이쯤하자며 가방을 챙기고 있는데 성태와 댄서들이 뭐라 뭐라 떠들어 댄다. 저들끼리 술이나 한잔하려는 모양이라고 생각하던 우현이 멈칫하며 고개를 돌린다. 한 놈도 빠지지 말라고 엄포를 놓는 성태 너머로 애써 웃고 있는 하은이 보이자 우현의 표정이 굳는다.

설마, 가려고? 어떻게든 가지 말라고 눈짓을 주려는데 하은이 쳐다보질 않는다. 안 되겠어서 핸드폰을 꺼내 들던 우현이 문자를 적다 말고 잠시 생각을 정리한다. 억지로 못 가게 하면 싫어하려나. 실컷 땀을 흘리고 난 후에 마시는 시원한 맥주가 저 역시 끌리기는 한다.

그럼 뭐, 할 수 없지. 어쩌겠어. ……에이.

"나도 가도 되죠?"

"어?"

"맥주, 마시고 싶다고요, 나도."

에에에에에? 하는 소리가 댄서 전원의 입에서 일시에 터져 나온다. 그에 못지않게 놀란 듯 하은의 눈이 커다랗게 떠진 채 우현에게로 향한다. 가요. 전혀 아무렇지 않은 표정으로 우현이 연습실을 나선다. 성태와 댄서들은 얼어붙듯 굳어 있었다.

지금 무슨 말을 들은 거냐는 성태의 말에 누구도 대답하는 이가 없다. 대체 무슨 일이 벌어지는 건지, 어느 누구도 정리가 가능한 이 또한 없어 보였다. 뭐해요, 안 갑니까? 연습실 문을 도로 연 우현이 버럭 소리를 지르자 그제야 다들 급히 놓쳤던 정신 줄을 챙기고 하나둘 움직이기 시작했다. 진짜 오늘 왜 저런다냐. 댄서들의 수군거림에 하은이 바짝 긴장한다.

희귀한 일들이 소개되는 프로그램에 제보하고 싶을 만큼 술자

350

리의 분위기는 고요하고 삭막했다. 마치 처음 본 사람들만 잔뜩 모여 있기라도 한 것처럼 아무런 대화 없이 서로서로 눈치만 살피기 일쑤였다. 침묵. 또 침묵. 침 넘어가는 소리만이 가득한 와중에 분위기 전환을 꾀하려 성태가 작게 헛기침을 한다.

명색이 단장이자 가장 어른으로서 술자리 역시 리드를 함이 당연하다고 생각하는데 그게 참 뜻대로 되질 않는다. 괜히 데려왔다고 생각하며 우현을 흘낏 쳐다본 성태가 들리지 않게 한숨을 내쉰다. 참 알다가도 모를 일이다. 그렇게 친해지려고 기를 쓸 때는 쳐다도 안 보더니, 오늘 진짜 머리가 어떻게 되기라도 한 걸까. 이러다 내일 신문에 민우현 급사 헤드라인 뜨는 거 아냐? 오만 가지 생각을 하는데 우현이 돌아본다. 성태가 어색하게 웃는다.

"시, 실례합니다."

"시, 시, 실례할게요."

넓은 홀의 구석 자리를 차지하고 앉은 댄서들의 테이블로 곧 여자 두 명이 다가온다. 생맥주 여러 잔을 들고 와 힘들어서 말을 더듬는 거라고 보기에는 그녀들의 시선이 노골적으로 한 곳에 집중되어 있었다. 모자를 깊게 눌러쓰는 우현의 옆에 살며시 다가간 여자들이 조심스레 맥주를 서빙한다.

하나하나 제 잔을 찾아가는 댄서들과는 다르게 우현은 미동조차 않고 가만있었다. 부산스레 움직여 안주를 내어 주고도 알바생들은 계속 테이블 근처를 어슬렁거렸다. 분명 우현을 알아보고 조금이라도 더 얼굴을 훔쳐보려 안달이 난 듯했다. 보다 못한 성태가 그만 가 달라는 표시로 머쓱하게 웃는다. 우현이 뒤로 기대어 앉는다.

"안 마셔요?"

"어? 어, 그래. 마셔야지. 다들 잔 들어."

계속 더 지켜볼까 하던 우현이 먼저 잔을 들자 성태를 비롯한 댄서들이 일제히 따라 든다. 건배를 하자는 줄 알고 앞으로 쭉 힘차게 뻗던 성태와 댄서들이 저 혼자 훌훌 마셔 버리는 우현을 발견하고 난감한 표정이 된다. 하여간 이놈의 자식, 싸가지가 바가지라니까. 민망함을 감추며 성태가 맥주를 한 모금 들이켠다. 이내 나머지 댄서들도 벌컥벌컥 시원한 맥주로 목을 축인다.

내키지 않는 자리에 동석하는 것은 있을 수 없는 일이라고 치부해 왔지만 막상 해 보니 그렇게 나쁘지만도 않다는 생각이 든다. 그런 생각의 가장 큰 이유라면 물론, 주변 사람들이 죄다 불편하고 거슬려도 하은을 지켜볼 수 있다는 것에 기인하는 거겠지만.

스스로가 낯설고 신기하면서도 이미 엎질러진 물처럼 돌이킬 수는 없을 거란 짐작을 하며 우현이 넌지시 시선을 돌린다. 몰래 힐끔거리며 우현을 훔쳐보고 있던 하은이 눈이 마주치자 움찔 놀란다. 그 모습이 어찌나 귀여운지 확 웃어 버릴 뻔했다.

죽겠네, 진짜. 나 이제 어쩌면 좋으냐. 너한테서 눈이 안 떨어지잖아. 서하은. 나 정말 어쩌면 좋아. 어?

느릿하게 우현이 눈을 감았다 뜬다. 혹 누가 눈치챌까 싶어 얼른 시선을 거두는 하은을 우현은 그대로 조금 더 바라봤다. 어차피 모자챙으로 시야가 가려져 있기도 하거니와 우현의 눈을 똑바로 주시하는 이도 없었다. 우현이 입술을 살짝 깨문다.

봐도 봐도 보고 싶은 이런 마음이 대체 얼마나 가슴속에 가득 들어차 있는 건지 가늠조차 되질 않는다. 좋다, 좋다 생각하니 더 좋아지는 것일지도 모르겠지만, 어쨌거나 지금으로서 브레이크 따위는 존재하지 않았다. 좋아할래. 좋아할 거야. 이제까지 안 된다고 참아 왔던 것들 죄다 보여 주고 말해 줄 거야, 너한테. 하은의 붉은 입술을 한참 더 보던 우현이 핸드폰을 꺼내어 든다.

민우현과 맥주라니, 가는 길에 로또라도 사야겠다는 말을 하며 댄서 몇몇이 숨죽여 대화한다. 일어날 리 없는 희한한 사건으로까지 확대해석하는 그들의 태도가 하은은 어쩐지 썩 불쾌했다. 그래도 뭐, 같이 연습한 것만도 좋은데 이렇게 또 같이 있을 수 있음이 그저 행복하기에 못 들은 척하며 과자만 만지작거렸다. 그때,

지잉.

울리는 핸드폰을 꺼내 들자마자 화들짝 놀랐다.

우현아……?

"왜?"

"어? 아, 아니. 아무것도."

"왜 이래, 얘가. 뭔데 그래?"

대수롭지 않게 쳐다보던 승효가 빨갛게 달아오른 하은의 두 볼을 보고 덩달아 놀란다. 당장 소화기라도 대령해 뿌려 대야 할 만큼 하은의 얼굴에 화르륵 불이 나 있었다. 별것 아니라고 둘러댄 하은이 급히 맥주를 들이켠다. 승효가 시선을 옮겨본다.

여태 쳐다보고 있던 모양인지 우현의 눈이 하은에게로 고정되어 있었다. 남들이 보건 말건, 알아채건 말건 하등 상관도 없단 듯이 무척이나 태평하게 하은만 쳐다보는 우현이었다. 티 내지 말랬더니 아주 염장을 지르고 있네. 승효가 작은 목소리로 툴툴댄다.

"그렇게 좋냐?"

"뭐가."

"좋겠다고, 연애질도 하고."

"야, 쉿."

"부러워 돌아가시겠네. 아이고, 배야."

다른 사람들에겐 들리지 않을 크기라 해도 노파심에 얼른 주변을 살핀 하은이 승효를 째린다. 정말 질투 나 못 견디겠다는 얼굴로 칭얼대는 승효가 귀여웠지만 웃어 줄 여유라곤 없었다. 갑자기 떠오르는 아까 우현과의 입맞춤. 손끝이 미치도록 간질거린다.

힘주어 꼭 주먹을 말아 쥔 하은이 조심스레 우현에게로 눈길을 준다. 아무렇지 않게 맥주를 한 모금 마신 우현이 모자를 고쳐 쓰며 하은에게 짧게 한쪽 눈을 찡긋한다. 갈수록 태산이라는 말은 이런 경우를 두고 하는 게 아닐는지. 심장이 마구 뛰어 댄다.

그런 말도 할 줄 알아? 너, 민우현 맞아……? 세상에. 와. 이게 무슨. 너…….

조금 전 문자의 글씨들이 눈앞에 아른아른 떠다닌다. 말도 못하게 화끈거리는 볼을 잠재우려 하은이 열심히 부채질을 한다.

[언제 키스하고 싶을 거 같아? 난 지금.] 제대로 된 한글교육을 받았음에도 의미가 이해되지 않는 건 왜인지. 혹 잘못 읽은 건 아닌가 다시 봐야겠다며 핸드폰을 집어 드는데 또 진동이 울린다. 두근두근. 반사적으로 뛰는 심장에 하은이 긴장을 한다.

[입술 물지 마. 못 참겠어.] 난감함을 이기려 연신 베어 물던 것을 지적하는 우현의 문자에 하은의 얼굴이 한껏 더 달아오른다. 내가 못살아. 이 녀석이 이제 막 나가기로 작정이라도 한 걸까. 좋기는 무지 좋은데 너무 좋아서 심장이 터져 버릴 것만 같다.

이러다 죽으면 어떡하지. 나 무서워. 그만 좀 살려 주라, 응? 우현아.

"애들 왔다."

"오오, 여기여기!"

최대한 조용조용 술자리가 이어졌다. 단체석 가까이는 다들 꺼리는 터라 별다른 방해 없이 술을 마셨다. 그러다 몇몇 손님이 우현을 알아보고 사인을 요청해 왔지만 우현은 방해된다는 말로 그들을 돌려보냈다. 그러기를 얼마간 더 반복하고 났을 때였다.

테이블 근처가 다시 또 소란해졌다. 간만에 단합을 도모하기 위해 왔다기보다는 우현을 보러 왔다는 게 대놓고 티가 나는 여자댄서들이 우르르 한꺼번에 몰려든다. 구겨지는 우현의 미간. 성태가 우현의 눈치를 살피며 입을 연다.

"원래 오늘 다 같이 모이기로 한 날이라."

"단장님이 불렀어요?"

"어, 애들도 우리 식구니까. 괜찮지? 이해 좀 해 줘."

허락을 받고 말고의 자리는 솔직히 아니었지만 괜한 사달이 날까 염려된 성태가 우현을 달랜다. 뭐 이렇게 거슬리는 것투성인지, 원. 진심으로 싫어 죽겠는 얼굴로 마구 인상을 쓰던 우현이 성질을 내지 못함에 신경질적으로 모자를 푹 누른다.

다른 댄서들과 반갑게 인사한 여자댄서들이 너도나도 우현에게서 눈을 떼지 못한다. 연습실에 나타나는 것 자체가 거슬린단 우현의 말에 말 그대로 연습실 및 댄서팀과 생이별을 해 버린 상황이었다.

그래도 멋있다. 개 같은 성격에 개 같은 싸가지에, 인상 쓰고 찌푸린 얼굴이래도 어쩌면 저렇게 빛이 나게 잘생긴 건지. 슬쩍 하은에게로 붙어 앉은 승효가 자그맣게 속삭인다.

"엄청 싫은가 본데."

"어?"

"표정 봐. 썩는다, 썩어. 대박."

싫으면 진짜 싫은 티를 팍팍 내 주는 우현이 팔짱까지 겹쳐 끼고는 곱지 않은 시선으로 여자들을 째린다. 확 안 꺼지냐들? 꼭 이런 식으로 노려보고 있는 우현이었다. 그런 눈빛조차 여자댄서들은 좋다고 훔쳐보고 난리다. 하은이 작게 한숨을 내쉰다.

대체 왜 여자를 저리 싫어하는지 혹시 아느냐고 승효가 물었지만 하은은 대답할 수 없었다. 이 여자 저 여자 치근거리지 않는 건 좋다만 저렇게까지 적대시할 필요는 없다는 생각이 드는 것도 사실이었다.

물어볼까. 이유가 뭔지. 과연 우현이 대답을 해 줄까 싶다. 또 버럭 소리 지르고 불같이 화를 내는 건 아닐지. 이놈의 자신감이 참, 생기다가 말고 생기다가 말고 계속 이런다.

"뭐요."

"저기, 미안한데 사인 좀."

"귀찮게 진짜."

여자댄서 한 명이 용기 내어 우현의 곁으로 다가가 종이를 내밀었다. 최대한 조심스럽게 다가간 그녀를 우현은 한없이 성가신 눈으로 면박을 준다. 싫다고, 꺼지라고, 가까이 오지 말고 연타를 날려 주려던 우현이 저도 모르게 하은 쪽을 흘낏 쳐다본다.

혹 무슨 분란이라도 생길까 하은이 초조한 얼굴로 저를 본다. 걱정과 염려가 가득한 눈빛이며 표정이 괜히 또 거슬린다. 말썽나는 거 싫지? 남들한테 막 화내고 성질부리는 거, 싫은 거지?

……알았어. 결국 마지못해 우현이 종이와 펜을 받아 든다.

사뭇 기적과도 같은 일이 일어나자 자연히 다른 여자댄서들도 부랴부랴 우현의 곁으로 몰려들었다. 밀려드는 요청에 당황한 우현은 짜증을 꾹 참고서 사인을 해 줬다. 꺅꺅거리는 목소리들이 거슬리지만 어떻게든 무시했다. 화내면 안 된다고, 참자고.

이 거지 같은 시간이 빨리 끝나길 바라며 가까스로 사인을 마치자 이번에는 사진을 찍자며 달려든다. 이제 와 안 된다고 냉정히 구는 것도 어째 모양새가 우습다. 붙지 마요, 라고 확실히 선을 그은 우현이 인상을 벅벅 쓰며 카메라를 본다. 그러다가 결국,

"아, 쫌!"

"어머머!"

세 번째로 사진을 찍으러 다가간 사람은 다름 아닌 미현이었다. 민우현을 좋아하는 걸로 치자면 여자댄서들 가운데 단연 으뜸이라고도 할 수 있을 문제적 인물. 차오른 흥분을 주체 못 해 가까이 선 우현의 어깨에 살짝 기댄다는 게 좀 지나쳤던 모양이다.

살포시 볼을 대려던 미현을 알아챈 우현이 본능적으로 커다랗게 팔을 휘둘렀다. 덕분에 밀쳐진 미현이 의자에서 떨어져 버렸다. 저 새끼가 근데. 욱하는 화를 이기지 못한 댄서 하나가 급히 몸을 일으킨다. 미현과 공개적으로 사귀고 있는 정환이었다.

"누굴 밀쳐, 씨발놈아! 죽을래?"

"야, 박정환!"

"개새끼가 보자 보자 하니까! 어디서 누굴 함부로!"

"얀마, 왜 이래! 진정해!"

"놔 봐, 씨발! 야!"

애지중지하는 제 여친이 떠밀려 바닥에 주저앉혀진 광경에 눈

이 안 뒤집힐 남자가 어디 있겠냐마는, 아무래도 평소에 쌓아 온 악감정들이 한꺼번에 터져 나온 것 같았다. 당장 달려가 때려눕힐 것처럼 발광을 해 대는 정환을 주위 댄서들이 붙잡아 말린다. 참아, 인마. 뭘 어쩌겠다는 거야. 놔! 놓으라고! 어지간히도 진정 못 하는 정환을 데리고 댄서들이 얼른 밖으로 빠져나간다.

넘어졌던 미현을 다른 여자댄서들이 일으켜 주며 우현을 살핀다. 멋있고 근사한 건 사실이지만 이렇게까지 진저리치게 싫다고 나오는 녀석이 못내 야속하고 서운하다. 하여간 저만 잘났지. 이만 가 보겠다고 성태에게 말한 여자댄서들이 자리를 피한다.

침묵. 정적. 고요. 분위기 한번 끝내주게 살벌해진 술자리에서 성태와 남은 댄서들이 서로 눈치 살피기에만 급급해한다. 애초에 따라오는 게 아니었다고 결론 내린 우현이 핸드폰으로 진호를 부른다. 그리고는 애써 하은 쪽은 쳐다보지 않은 채 몸을 일으켰다.

"먼저 갈게요."

"우현아."

"내일 봬요. 갑니다."

"민우현, 인마! 야!"

매몰차게 등 돌려 멀어지는 우현을 쳐다보며 성태가 한숨을 내쉰다. 성격이 개차반 같긴 해도 이상하게 한 번씩 마음이 쓰일 때가 있는 성태였다. 이제야 좀 친해지나 했더니만. 가라는 말도 안 했는데 알아서 빠져 주겠다며 가 버리자 되레 속이 상한다.

덩달아 몸을 일으키려는 하은을 승효가 얼른 붙잡는다. 지금 따라 나가면 의심받에 더 사겠냐는 승효의 말에 하은이 주춤하며 도로 자리에 앉는다. 성격하고는. 주변에 사람이 있을 리가 없어. 댄서들이 수군거리는 말을 듣자 가슴이 못내 시려온다.

그런 거 아닌데. 서툰 것뿐인데. 나름 노력하는 건데. 우현이는, 우현이는……. 단지…….

"여보세요?"

[나 집에 왔어.]

맥주 500cc를 한 잔씩 더 주문하고 얼마 지나지 않아 우현에게서 전화가 걸려왔다. 화장실에 다녀오겠다며 몸을 일으킨 하은이 복도 끝 쪽에서 아무도 없는 걸 확인하고 통화를 시작한다. 착 가라앉은 목소리. 무슨 말부터 꺼내야 할지 몰라 잠자코 있었다.

[아직 거기야?]

"응."

[언제까지 있을 건데.]

"잘 모르겠어."

[나오라고 하면 싫어할 거지?]

더 있지 말고 따라 나오라고 하면 싫어? 하고 우현이 묻는다. 예전 같으면 싫어하든 말든 무조건 나오라고 성을 냈을 텐데. 아니, 라고 대답했지만 우현은 그저 한숨만 내쉴 뿐이다. 너무도 무거운 그 한숨 소리에 하은이 벽에 기대며 고개를 떨군다.

잠시 우현은 말이 없었다. 성질을 못 이겨 욱해 버린 자신 때문에 망쳐진 술자리를 미안해하는 것 같다고 하은은 생각했다. 굳이 직접적인 말이 없다 해도 이젠 어렴풋이나마 그 속내가 엿보이곤 한다. 솔직해지기로 했으니까. 좋아한다고 했으니까.

우현아. 너, 괜찮아? 괜찮은 거야……?

[술은 더 마시지 말고 자리만 지켜.]

"응."

[집에 가면 바로 전화하고. 알았어?]

"그럴게."

[서하은.]

"응?"

[보고 싶어. 벌써.]

많은 말들을 대신해 건네어진 보고 싶다는 짧은 한마디에 하은의 가슴이 두근, 하고 울린다. 너도 그랬을까. 너도 헤어지면 그 순간부터 내내 내가 그리웠을까. 보고 싶고, 그립고, 조금이라도 더 같이 있고 싶어서 맘이 아렸을까. 우현이 너도?

시큰거리는 코끝을 참아 내며 하은이 나도 보고 싶어, 한다. 그 말에 우현이 정말? 하고 되묻는다. 얼마나 보고 싶은데. 아주 많이. 사이좋게 주고받는 말들이 하나같이 아련하기만 하다. 심장한 켠이 간질거리는 느낌이 낯설면서도 그저 좋고 설렌다.

더 할 말이 없음에도 조금 더 통화를 이었다. 씻고 쉬라고 말하자 우현이 너무 늦게 들어가면 안 된다, 라며 거듭 당부의 말을 건넨다. 고개를 끄덕이고 나서 전화를 끊었다. 두근두근. 액정에 깜빡거리는 우현이란 글자를 내려다보며 하은이 미소 짓는다.

언제 키스하고 싶을 거 같아? 난 지금. 이런 순간 갑자기 우현의 문자가 떠오르는 이유란 무엇인지. 그야 뭐. 당연히. 주머니에 핸드폰을 집어넣은 하은이 가만히 눈을 감았다 뜬다. 키스하고 싶어. 우현아. 너무 하고 싶어. 어쩌지?

……미쳐. 얼마 마시지도 않았건만 술이 오르는 걸까. 아무래도 이만 돌아가야 할 것 같다. 하은이 서둘러 자리로 향한다.

"감사합니다."

오피스텔 입구에 도착한 택시에서 내린 하은이 거스름돈을 건네받으며 기사님께 인사한다. 경쾌하게 문을 밀어 닫자 부아앙 멀어지는 택시를 하은은 잠시 바라보고 서 있었다. 조심스레 뒤로 돌아서서 오피스텔을 올려다봤다. 침이 꿀꺽, 삼켜진다.

자정이 다 된 시각이었다. 술자리를 빠져나와 집에 가서 우현과 통화를 하고 샤워를 할 때까지만 해도 오늘의 일과는 모두 끝일 거라 생각했는데. 얕은 한숨으로 감정을 추스른 하은이 곧 걸음을 시작한다. 옹기종기 앉아 있는 우현의 팬클럽 아이들이 보인다.

으, 어쩐다. 왠지 모르게 죄 짓는 기분인데, 이거. 후우…….

우현 오빠 어쩌고저쩌고 수다 삼매경에 빠진 팬들을 뒤로하고 하은이 건물로 들어선다. 입구를 지키고 있던 경비아저씨가 인사치레로 요새는 늦게 오네, 하며 말을 건다. 머쓱하게 웃은 하은이 엘리베이터 버튼을 누르고 기다린다. 가슴이 두근댄다.

그냥, 갑자기 못 견디게 보고 싶어졌다. 헤어진 지 몇 시간이 채 되지 않았음에도 불구하고 우현의 얼굴이 아른거려 쉽사리 잠을 잘 수가 없었다. 그래서였다. 잠깐이라도 좋으니 봐야겠다는 생각이 들어 연락도 않고 곧장 우현의 오피스텔로 와 버린 건. 좋아서. 너무 좋아서. 게다가 우현이 저를 좋아하고 있다는 걸 알고 나니 그야말로 못 참겠어서. 헤헤.

우현의 얼굴을 떠올리며 흐뭇하게 웃고 있는데 곧 도착한 엘리베이터 문이 스르륵 열린다.

어라, 너……?

"우와, 간 떨어질 뻔했네."

"나야말로."

"민우현네 가는 거냐? 이 시간에?"

놀라다 못해 창백해진 얼굴로 승효가 묻는다. 대수롭지 않다는 표정으로 고개를 끄덕여 주자 승효의 미간이 살짝 구겨진다. 인상 펴. 오라고 한 거 아니고 내가 그냥 놀러 온 거니까. 묻지도 않은 내막을 지레 늘어놓자 승효가 누가 뭐래, 대꾸한다.

느릿하게 엘리베이터에 올라타려는 하은의 팔을 승효가 붙든다. 심심한데 편의점까지 같이 가 달라는 말에 하은은 시큰둥하게 쳐 다봤다. 아이스크림 사 줄게. 무슨 어린애도 아니고 그딴 걸로 꼬 드기느냐고 하자 승효가 어린애 아니었어? 라며 되레 놀린다.

이게 진짜 입만 열면 장난질이야. 가볍게 등짝을 후려치는 손길 에 승효가 쓰러지는 척을 하며 아이고 나 죽네, 한다. 입원해야 할 지경이라며 폭행죄로 고소하기 전에 편의점까지 동행해 달라고 잡 아끄는 승효다. 하은이 어이없어 픽 웃고 만다.

"먹고 싶은 거 골라."

"됐어."

"그 자식 갖다 줘도 되니까 골라 보셔. 얼른."

됐다는 하은의 등을 한사코 떠민 승효가 얼마든지 고르라며 선 심을 쓴다. 어차피 우현의 집에 웬만큼 먹을 것들은 다 있는 터라 하은은 전혀 감흥 없는 눈으로 대충 둘러볼 뿐이었다. 과자? 아이 스크림? 대꾸 않는 하은이 너 살 거나 사라며 카운터로 향한다. 좀 더 꼬드길까 하던 승효가 체념한 듯 담배를 골라 계산한다. 그 리고는 벌써 문을 열고 밖으로 나가는 하은을 얼른 뒤쫓았다.

빨간불이 켜진 횡단보도 앞에 도착한 하은과 승효가 나란히 멈 춰 선다. 늦은 시간이라 오가는 차는 많이 없었지만 신호를 꼭 지키고 싶은 승효였다. 빨리 보내 주기가 왠지 싫다. 질투든 뭐든, 괜한 시기든 뭐든 간에. 마음과 달리 파란불이 금세 켜진다.

저도 모르게 손을 뻗어 하은의 팔을 붙잡아 버린 승효가 돌아보는 하은의 눈빛에 멈칫한다. 왜? ……아냐. 얼른 손을 놓아주자 미련 없이 하은이 돌아서서 건넌다. 쿨한 척하기 더럽게 힘드네. 아냐. 한숨을 참아 내며 얼른 하은의 옆쪽으로 가서 걸었다.

"신경 쓰여서 가는 거구나."

"응?"

"아까 그렇게 가 버려서. 맞지?"

불편한 분위기로 마무리되어 버린 술자리를 언급하자 하은이 입을 다문다. 그 어떤 대답보다도 확실한 짐작에 혼자 고개를 끄덕이며 승효가 지극정성이다, 라고 읊조린다. 비꼬는 말투는 전혀 아니라서 작게 웃은 하은이 엘리베이터 버튼을 누른다.

꼭대기 근처에 가 있는 엘리베이터의 숫자가 하나씩 줄어드는 걸 물끄러미 올려다보는데 승효가 서하은, 하고 부른다. 왠지 모르게 부쩍 진지해진 낮고 굵은 목소리. 돌아보지 말까, 순간적으로 생각했지만 이내 애써 태연한 척 고개를 돌렸다.

"잘해."

"뭘."

"잘 지내라고. 민우현하고."

별것 아닌 걸로 다툰다거나 그러지 말고 사이좋게 잘 사귀라며 승효가 웃는다. 배 아파 죽는 저를 생각해서라도 알콩달콩만 해야 한다는 말에 하은은 조용히 따라 웃었다. 살짝 휘어지는 눈꼬리. 곱게 올라가는 입매. 하은을 향해 승효가 말을 잇는다.

"싸우기만 했단 봐. 뺏어 올 거야."

"뭐?"

"빈틈 보이지 말라고. 항시 벼르고 있을 테니까."

"지승효."

"걱정이 많다, 내가. 너 때문에. 으이그."

대체 어쩌면 좋으냐는 얼굴로 승효가 하은의 머리를 살살 헝큰다. 애틋한 표정과 눈빛이 승효와 어울리지 않는단 생각을 하던 하은이 조심스레 머리를 빼낸다. 쳇. 비싸긴. 빗나간 손이 머쓱해진 승효가 허탈하게 웃는다.

도착한 엘리베이터에 차례로 올라 버튼을 눌렀다. 23층과 24층 버튼에 빨갛게 들어온 불을 보고 있는데 승효가 말을 건다. 혹시 걔가 또 괴롭히면 말해, 혼내 줄게. 친구로서 흔쾌히 나서 주겠다는 승효를 보고 그저 웃었다. 이윽고 23층에 도착했다.

"참, 너 내일 뭐해? 바빠?"

"내일? 아니. 왜?"

"같이 점심이나 먹자고. 괜찮으면 우리 학교로 올래?"

닫히려는 문을 다시 잡아 준 승효가 점심? 진짜? 하고 되묻는다. 반가운 기색이 가득한 얼굴에 하은이 내가 쏠게, 한다. 이야, 당근 콜! 좋아 죽는 승효가 해사하게 활짝 웃는다. 잘 자. 손을 흔든 하은이 멀어지자 곧 엘리베이터 문이 닫힌다.

수진과 셋이 같이 밥을 먹으면서 자연스럽게 친해지게 만들어 줘야겠다고 하은은 생각했다. 계속 얼굴 보고 밥 같이 먹고 하다 보면 정이 쌓일 거라는, 고백이야 수진이 알아서 하게 놔두는 게 최선일 테고. 이러다 수진과 승효가 사귀게 되는 건……?

뺏어 올 거야. 빈틈 보이지 말라고. 항시 벼르고 있을 테니까. 장난 같지는 않았지만 장난이 아니라고 생각할 수도 없는 말들.

대수롭지 않게 여긴 하은이 고개를 저으며 생각을 지운다. 우현만 담기에도 벅찬 마음이다. 너무 벅차서 버겁기까지 하다.

이것 봐. 터질 것처럼 심장이 이렇게나 뛰어. 너만 생각하면 이래, 나는. 늘 이랬어. 우현아. 네가 너무 좋아. 좋아서 미치겠어. 보고 싶어. 많이. 아주 아주 많이.

"어?"

"짠."

현관 앞에 다다라 숨을 골랐다. 아직 얼굴 보기도 전인데 벌렁 벌렁 심장이 정말 난리도 아니었다. 전화를 걸까 하다가 일단 무작정 초인종을 누르고 기다렸다. 아까 통화할 때 작업 좀 하다 잔다던 말이 떠올라 못 들을 수도 있을 거라고 생각하면서.

예상대로 우현은 좀처럼 나오지 않았다. 한 번 더 초인종을 누르고 기다렸지만 한참이 지나도록 잠잠했다. 헤드폰 쓴 채로 작업 하나 보다, 란 생각에 결국 전화를 걸었다. 문 좀 열어 달라는 말에 두다다다 발소리가 들려왔고 이렇게 문이 벌컥 열렸다.

뭐야. 뭐야, 너? 서하은……? 입이 떡 벌어진 채 몹시도 놀란 얼굴로 쳐다보는 우현을 향해 하은이 살며시 눈꼬리를 내린다.

"미안. 보고 싶어서."

"뭐?"

"도저히 잠이 안 오더라고. 미안해."

쉴 새 없이 아른거려 와 버렸다는 말에 우현의 눈동자가 흔들린다. 참지 못해 불쑥 찾아왔다는 설명에 우현의 가슴이 세차게 요동친다. 보고 싶었다고. 잠이 오질 않았다고. 수줍게 내뱉는 하은을 바라보던 우현이 이내 손을 뻗어 하은을 잡아당긴다.

그대로 품에 끌어안는 우현이 밀린 숨을 하아, 내쉰다. 내내 보고 싶고 그리워서 집중이 되지 않던 건 우현도 마찬가지였다. 혹시 피곤할까 봐서 참았는데. 몇 번이나 다시 전화하고 싶어서, 오라고 하고 싶어서 미치겠던 참인데. 현관문이 달칵, 닫힌다.

잠시 그렇게 현관에 선 채로 하은을 안고 있던 우현이 조심스레 품에서 떼어 내려다본다. 인기척에 켜졌던 센서 등이 꺼지자 적당히 어두운 야릇한 분위기가 연출된다. 눈에 익은 어둠에 의지해 조용히 하은을 응시했다. 보기만 해도 좋은, 그 얼굴을.

목구멍 안쪽이 심하게 간지러운 착각에 우현이 침을 삼킨다. 커다랗게 꿀꺽거리는 우현의 목울대에 하은이 괜히 긴장한다. 뭔가 위험하다는 생각이 빠르게 머릿속을 스쳐 지난다. 그렇지만 싫지 않은, 오히려 한없이 설레고 좋은. 우현의 얼굴이 서서히 가까워진다.

쪼옥…….

비스듬히 고개를 비튼 우현이 살며시 입술을 포갠다. 얼듯이 아주 조심스럽게 와 닿는 부드러운 입술에 하은이 눈을 감는다. 뭉근하게 전해져 오는 우현의 체취에 심장이 점점 빠르게 뛴다. 입술 끝부터 느껴지는 온기가 점차 뜨겁게 달아오르고 있다.

가볍게 몇 번 부딪혀 뽀뽀하며 우현이 어떻게 왔어, 하고 묻는다. 나지막한 목소리가 너무 달콤해서 어깨가 약하게 떨렸다. 그냥, 하고 하은이 대답을 얼버무리자 우현이 작게 웃는다. 그리고는 잘 왔어, 하는 우현에게 하은이 응, 하고 대꾸한다.

속삭이는 동안 맞닿아 포개어졌다 떨어졌다 하는 하은의 입술은 정말 미치도록 말랑하고 보드라웠다. 여리디여린 그 촉감을 조금 더 느껴보려 우현이 이빨로 하은의 윗입술을 약하게 문다. 흐……. 가느다란 신음 소리가 하은에게서 불시에 터져 나왔다.

굳이 쳐다보지 않아도 알 수 있을 만큼 떨고 있는 하은이 느껴져 우현은 하은의 허리에 두른 손에 조금 힘을 실었다. 괜찮다고. 떨지 말라고. 다정하게 달래는 듯한 손길에 하은이 입술을 열자 우현의 혀가 천천히 들어온다. 우현이 차츰 혀를 움직이기 시작한다.

하아…….

안쪽으로 깊숙이 넣은 혀를 위로 한 번 쓸어 올렸다. 다소 약한 강도로 느릿하게 쓸자 간지러운지 하은이 어깨를 움츠린다. 이번에는 조금 힘을 실어 하은의 혀를 잡고 빨아 당겼다. 젖은 혀의 매끈한 감촉에 매료당한 우현이 미간을 살짝 찌푸린다.

할 때마다 좋다. 정말 매번 너무 많이 좋아서 정신을 못 차릴 정도로 맘이 온통 뒤흔들린다. 어떡하지. 미치겠는데. 촉촉하고 말캉한 하은의 혀에 아랫배가 슬슬 뻐근해짐을 느낀 우현이 조금 더 탐하던 끝에 살그머니 놓아준다. 쪽쪽, 작게 소리 내어 입을 맞춰 마무리하는 우현을 향해 하은이 눈을 뜬다. 하아, 하아……. 뜨거운 숨결을 내뱉으며 우현이 이마를 댄다.

"작업한다며."

"나중에."

"그래도 돼?"

"걱정 말고 앉아."

거실 소파에 하은을 데려가 앉힌 우현이 잠깐 기다리라며 부엌으로 향한다. 아까 마시다 만 술 생각이 났는지 한잔하겠냐는 우현의 제안을 하은은 기꺼이 받아들였다. 콩닥콩닥. 키스의 여운이 남아 괜히 이곳저곳 둘러보며 딴청이던 끝에 리모컨을 찾아들었다. 텔레비전 틀어도 돼? 하고 물으니 우현이 그래, 한다.

서둘러 전원을 켜고 마땅한 프로를 찾아 채널을 골랐다. 시간이
시간이니만큼 공중파는 이미 방송 종료가 가까웠다. 케이블 쪽을
이리저리 기웃대던 하은이 팝송을 소개하는 음악프로 하나를 찾아
낸다. 이거 볼까? 가요는 안 하나. 요새 참 뭐가 유행이더라.

기다리고 있자니 머지않아 우현이 자리로 돌아온다. 도수가 제
법 되는 위스키와 얼음이 가득 든 아이스 팅, 그리고 언더 락 잔
두 개. 하은 먹으라고 과자안주도 챙겨 온 우현이다.

"나 진짜 마셔도 돼?"

"응."

"많이 마셔도?"

"나랑 있을 땐 괜찮아."

그러니 원하는 만큼 실컷 마셔, 라며 우현이 잔에 술을 따른다.
얼음까지 넣어 내미는 잔을 받아 들며 하은은 우현의 표정을 살폈
다. 괜히 해 보는 말일까 싶었지만 너무도 흔쾌히 허락을 하는 우
현이었다. 여태 이래 본 적이 없어선지 기분이 얼떨떨하다.

우현과 이따금씩 술을 마신 적은 있었지만 절대 많이는 마시지
못하게 했다. 밖에서야 당연히 입에도 못 대게 했었고. 근데 갑자
기 원하는 만큼 실컷 마시라니 의아할 수밖에. 물어볼까 말까 잠
시 고민하던 하은이 결심을 굳히고 조심스레 입을 연다.

"이것도 좋아해서……야?"

"뭐?"

"실컷 마시라는 거, 나 좋아……해서, 허락해 주는 거야……?"

기어들어 가는 목소리로 하은이 띄엄띄엄 말을 잇는다. 여전히
우현이 저를 좋아한다는 말을 밖으로 꺼내는 것은 꽤나 어렵다.
부끄러워 어쩔 줄 몰라 하는 하은이 똑바로 쳐다보는 우현에게서

얼른 시선을 거둔다. 술잔만 만지작거리며 대답을 기다렸다.

본인 잔을 이제 막 채운 우현이 술병을 내려놓다 말고 멍해진다. 아랫입술을 잘근잘근 깨물기까지 하며 수줍어하는 하은의 모습에 괜스레 가슴이 두근거린다. 이 녀석을 진짜 어쩌면 좋아. 귀엽다 귀엽다 했더니 아주 한도 끝도 없이 귀엽고 있네.

예전과 같은데 다르다. 예전과 비슷하면서도 확연히 다른 그 모습에 우현이 참지 못하고 바짝 하은의 옆으로 당겨 앉는다. 영문을 몰라 고개를 든 하은의 얼굴을 부여잡고 그대로 입을 맞췄다. 질끈 내리감았던 눈을 뜨자 우현이 속삭이듯 말한다.

"귀여워."

"어?"

"예뻐, 너."

"치이."

"진짜야."

한껏 더 발그레해지는 하은의 볼을 보던 우현이 다시금 쪽 입을 맞춘다. 얼굴이 아주 당근 저리 가라 할 정도로 달아올라 버린 하은이다. 뭐야. 부끄러워. 칭얼대는 하은의 입술을 우현이 엄지로 살살 어루만진다. 우현의 눈매가 굉장히 누그러져 있다.

감정을 더는 숨기지 않겠다고 하자 곧장 표출되는 모양이었다. 미소가 결코 헤프지 않은 우현이지만 같은 무표정이라고 해도 아주 미세한 차이를 하은은 예전부터 눈치채 왔다. 지금 저 표정은 기분이 꽤 좋다는 얘기. 우현이 보일 듯 말 듯 입가를 말아 올린다.

왜 다른 곳에서 술을 못 마시게 했는지는 곧 있으면 알게 된다며 우현이 건배를 권한다. 예전엔 왜 적당히만 마시라고 했는지도,

지금은 왜 실컷 마시라고 한 건지도 모두 알 수 있을 거라는 말에 하은이 고개를 갸웃거린다. 그래도 뭐, 곧 알게 된다니까.

가볍게 잔을 부딪쳐 입으로 가져간 하은이 작게 한 모금 들이마시고 인상을 찌푸린다. 많이 써? 아니, 괜찮아. 이거 먹어. 가져온 과자를 하나 집어 내미는 우현을 빤히 보다가 얌전히 입을 벌렸다. 우현이 먹여 주는 과자라. 믿기지가 않는다.

"기분 별로였지, 아까."

천천히 비운 잔을 다시금 채워 건배했다. 술을 잘 못하는 하은으로서는 쓰디쓴 액체를 목으로 넘기기가 제법 고역이었지만 수시로 과자를 먹여 주는 우현 덕분에 버텨 낼 수 있었다. 넙죽넙죽 잘도 받아먹는 하은이 귀여웠는지 우현은 자꾸만 이것저것 집어 내밀었다. 조심스레 먹여 주고 입가를 살살 털어 주기도 하고.

어느덧 두 번째 잔을 비워 낸 하은의 두 볼이 붉어져 있다. 거실 조명을 살짝 낮춘 우현이 자리로 돌아와 리모컨을 들 무렵 하은은 넌지시 말을 꺼냈다. 아까 술자리에서의 일을 말하는 것이리라 짐작한 우현이 그냥, 하고 얼버무리며 대수롭지 않은 표정으로 채널을 돌린다. 하은이 우현을 향해서 손을 뻗는다.

뭐 묻었다, 라고 작게 읊조린 하은이 우현의 볼을 건드린다. 다가오는 인기척에 조금 움찔하긴 했어도 우현은 하은의 손을 내치지 않았다. 먼지라도 털어 내 주듯 살살 매만지는 느낌이 싫지 않은지 우현은 얌전히 볼을 내맡기고 있었다.

보드라운 우현의 볼을 조심조심 쓸어 주던 하은이 시선을 올린다. 남의 손길을 유난스럽게 싫어하는 녀석이 자신에게만큼은 절대 그렇지 않다는 걸 새삼 또 깨닫는다. 한층 낮아진 조명 밑에서 마주하는 우현의 눈빛이 그저 그윽하고 감미롭고 또 근사하다.

용기를 내 볼까. 물어봐도, 되려나. 다른 무엇보다도 우현에 대한 근심과 염려가 끝없이 밀려들어 결국 입을 열었다.

"우현아."

"어."

"여자가 왜 싫어……?"

희미하다 싶게 작은 목소리였음에도 불구하고 단번에 우현의 표정이 굳는다. 무척이나 조심스럽게 내뱉은 말이 폐부를 깊이 찌르는 송곳이 되어 버린다. 단순한 질문. 그러나 단순하게 받아들여질 수 없는. 급히 시선을 피하는 우현을 하은이 빤히 본다.

잠시 대답을 기다렸다. 이제껏 먼저 말해 주길 무던히도 기다려 온 하은이었다. 상처가 있다면 보여 주길, 같이 나누고 아파할 준비가 되어 있는 자신을 우현이 부디 알아줬으면 했는데. 아직 아닌 걸까. 아직도. 쓸쓸히 웃는 하은이 우현을 응시하며 말을 잇는다.

"말하기 싫구나. 알았어. 미안."

"……."

"곤란하라고 물어본 거 아니야. 난 그냥, 나도 여잔데 왜 난 안 싫을까, 싶어서."

"넌 달라."

"어?"

"넌 그냥 너야. 너라서 좋은 거야. 여자든 뭐든."

"아……."

뭔가 굉장한 고백 같다는 생각에 하은이 멍해진다. 미간을 살짝 구기긴 했지만, 적잖이 성난 표정과 얼굴이지만 내용만은 꽤 달달하고 감격스럽기 그지없었다. 나라서. 나라서 좋은 거라고. 술기운 인지 뭔지 한껏 더 달아오르는 얼굴을 하은이 감싸 쥔다.

마시자, 하고 우현이 잔을 들어 부딪혀 온다. 심기가 꽤 불편해진 안색이라 하은은 연신 우현의 눈치를 살피며 열심히 술을 홀짝거렸다. 빠른 속도로 잔을 비운 우현이 자리에서 일어난다. 담배한 대만 태우고 들어오겠다며 우현이 테라스로 나간다.

무슨 생각해? 내가 혹시 네 상처를 건드린 거야? 우현아. 너, 괜찮아? 응······?

주머니에 한 손을 꽂은 채로 밖을 보고 서서 담배를 피우는 우현의 모습을 하은이 물끄러미 바라본다. 각이 진 넓은 어깨와 살짝 움츠린 듯한 등이 왠지 오늘따라 더 안쓰럽다. 홀짝홀짝 술을 머금으며 우현을 보는데 괜스레 코끝이 시큰거리고 만다.

괜히 물어봤다. 가만히 잘 있는 녀석을 괜히 들쑤셔 아프게 해버렸어. 울컥 치솟는 자책감을 잠재우려 단번에 잔을 비워 낸 하은이 다시 가득 따른 술을 혼자 벌컥벌컥 마셔 버린다. 아파하지마. 슬퍼하지 마라, 우현아. 하은이 느릿하게 몸을 일으킨다.

"······."

길게 빨아들인 담배 연기를 훅 내뱉은 우현이 슬쩍 뒤를 돌아보다가 멈칫한다. 언제 다가왔는지 유리문 바로 앞에 서 있는 하은의 모습을 발견하고 깜짝 놀랐다. 얌전히 앉아 있을 거라 여겼던 하은이 유리문에 바짝 붙어서 우현을 쳐다보고 있었다.

빨갛게 물든 얼굴과 느릿느릿 깜빡이는 눈으로 뚫어져라 보는 하은의 모습에 우현이 마지막으로 빨아들인 담배를 대충 비벼 끈다. 기다리기 지루했나. 곧 천천히 다가가 문을 열려는데 하은이 딱 붙은 채로 떨어지질 않는다. 물러서라고 말하려는데,

응……?

말없이 바라보던 하은이 서서히 유리문에 얼굴을 가까이 한다. 그와 동시에 닫히는 눈을 질끈 내리감고서 입술을 쭉 내민다. 투명한 유리문 너머에 하은의 입술이 부딪혀 뭉개진다.

귀여운 모양새로 퍼진 하은의 입술에서 우현이 시선을 떼지 못한다. 입 맞추고 싶다는 걸 이런 식으로 표현하는 건가 싶다. 당장 문을 열어 버리고 싶은 걸 꾹 참고 우현이 조심조심 고개를 내려 하은과 눈높이를 맞춘다.

좋아. 네가 좋아, 서하은. 여자든 뭐든 그딴 거 상관없이 네가 좋은 거야. 너라는 녀석이. 나는. 그래도 아직은 힘이 들어. 입 밖으로 내기가. 아무렇지 않게 내뱉을 자신이 없어. 지난 일들을.

나중에. 조금만 나중에 해 줄게. 아직은 아파, 내가. 너무 많이. 그러니까, 조금만, 아주 조금만 더 기다려 줘. 나를. 언제일지 모르겠지만 그때 해 줄게. 너한텐 뭐든지 다 말해 줄게, 내가. 알았지……?

보일 듯 말 듯 입가를 말아 올린 우현이 천천히 유리문에 입술을 댄다. 찬 기운이 닿자 어깨가 작게 떨렸지만 그 너머의 하은을 보자 마음이 놓였다. 좋다. 그저 좋다. 왜 진작 털어놓지 못한 마음이었는지 스스로를 탓하며 우현이 눈을 감아 내린다.

이대로 시간이 멈춘 건 아닐까 싶을 만큼 가슴이 벅차오른다. 누군가를 향해 감정을 내보이고 마음을 표출한다는 것이 이토록 행복한 일인 줄 미처 몰랐었다. 더 많이 보여 줄게. 더 많이, 말해 줄게. 우현과 하은의 눈이 머지않아 동시에 열린다. 서로를 바라보려. 서로를 향해서.

"서하은."

"으응……?"

"하은아."

"왜에에……?"

자리로 돌아와 한 잔씩을 더 마셨다. 간에 기별도 안 가는 우현과는 달리 하은의 동작은 눈에 띄게 흐트러졌다. 자꾸만 고개를 이리저리 기우뚱하더니 후후 볼 바람을 넣어 연거푸 숨을 내뱉는다. 더운지 얼굴에 대고 살살 부채질을 하기도 하고.

그 모습을 유심히 지켜보던 우현이 제 잔에만 술을 따라 입으로 가져간다. 취한 와중에도 저만 쏙 빼놓는다는 걸 눈치챈 하은이 나도, 하며 잔을 내민다. 휘청거리는 팔이 적잖이 불안해 보여 우현은 잔을 빼앗았다. 하은의 미간이 아주 조금 일그러진다.

"그만 마셔."

"왜에."

"더 마시고 싶어?"

"어. 줘어."

"책임 못 지는데도?"

살짝 목소리를 깔고 위협적으로 말하는 우현의 모습에 하은이 잠깐 멈칫한다. 그 멈칫한다는 것이 입술을 조금 벌린 채로 눈을 동그랗게 뜨는 모양새라 우현의 눈에는 그저 말도 못하게 귀엽고 어여뻤다. ……미치겠네. 우현이 술잔을 단번에 비운다.

마지막으로 딱 한 잔만 더 마실 요량으로 우현은 제 잔을 채웠다. 이번에도 저는 빼놓았다는 사실에 마구 삐쳐 버린 하은이 리모컨을 든다. 심통을 부리듯 채널을 돌려 대다가 리모컨마저 빼앗겼다. 도로 달라고 우현을 향해 손을 뻗던 하은이 멈칫한다.

하아, 하아……! 들려오는 거친 숨소리. 하필 심야프로로 야릇한 영화가 방영되고 있는 채널이었다. 우현이 되레 더 당황해 버린다.

"아, 이, 왜."

"이거 보게에……?"

"야, 아니 그게 아니라."

"흐응……?"

사뭇 개구진 얼굴로 하은이 웃는다. 뭔가 이 상황을 즐기듯 재밌어하는 하은의 미소에 우현이 한껏 더 인상을 찌푸린다. 왜 지금 리모컨을 빼앗은 걸까, 젠장. 난감해서 얼른 다른 채널로 돌리려던 우현이 저도 모르게 하은에게 시선을 고정해 버린다.

듣는 것만으로도 장면이 상상 가능한 야한 숨소리를 배경으로 하은의 얼굴을 쳐다보는데 기분이 이상해진다. 가슴속에서 뭔가 뜨거운 감정들이 꿀렁꿀렁 빠르게 치밀어 오르고 있었다. 돌겠어. 못 참겠어, 더는. 우현이 하은의 얼굴을 감싸 쥔다.

"볼 빨개지면 무지 귀여워, 너. 알아?"

두 손으로 조심스레 하은의 얼굴을 매만지며 우현이 읊조린다. 나지막한 허스키보이스를 들으며 하은이 느릿하게 눈을 감았다 뜬다. 봐도 봐도 잘생긴 우현이 몇 번이고 눈을 깜빡여도 사라지지 않음에 기분이 좋아진다. 하은이 활짝 미소 짓는다.

"게다가 이렇게 웃으면, 진짜 완전 미쳐 버릴 것 같아. 그래서 마시지 말랬어. 딴 데서 너 웃는 거 싫으니까."

"왜에……?"

"왜는, 딴 놈들이 너 보는데 그럼 좋겠냐? 나만 보고 싶은데. 이렇게 예쁘고 귀여운 거 아무한테도 안 보여 줄 거야, 평생."

"현아……."

"뭐?"

"나 졸려, 현아……. 조올려어……."

"……."

고개를 살짝 뒤로 젖히며 하은이 칭얼댄다. 졸리다고, 자고 싶
다고, 또 볼 바람을 후후 불어 가면서 하은이 어깨를 흔든다. 그런
데 방금 뭐랬지? 현아? 현아……라고……? 살짝 멍해진 얼굴로
쳐다보는 우현을 향해 하은이 다시금 목소리를 낸다.

"현아……."

"어?"

"현아아……. 현……아……."

꿀꺽. 저도 모르게 마른침을 삼킨 우현이 서둘러 텔레비전을 꺼
버린다. 금세 조용해진 거실 안에 하은이 후후 부는 숨소리만이
가득 들어찬다. 이따금씩 현아, 라고 중얼거리는 목소리를 조금
더 듣던 우현이 결국 하은을 안아 들고서 침실로 들어간다.

조심조심 하은을 침대에 눕힌 우현이 옆쪽에 걸터앉아 하은을
내려다본다. 진짜 절대 다시는 어느 곳에서도 술을 못 먹게 할 거
라는 다짐을 강하게 하며 잠시 더 하은을 응시했다. 방 안이 너무
어두운 것 같아 스탠드를 약하게 켜자 하은이 살며시 눈을 뜬다.
침묵. 또 침묵. 한 치의 어긋남도 없이 와 닿는 하은의 나른한 시
선에 가슴이 철렁 내려앉고 마는 우현이었다.

무서운 속도로 치솟는 본능을 겨우겨우 참아 내며 우현이 손을
뻗는다. 하은의 볼을 가만히 매만지며 잘 자, 하고 내뱉었다. 몸을
일으키며 멀어지는 우현의 팔을 하은이 늦지 않게 잡는다. 두근.
하은의 눈빛이 촉촉한 듯 보여 가슴이 또 벌렁거린다.

"현아……."

"어……?"

"좋아해……. 아주 많이……."

귀 기울여 듣지 않으면 놓칠 만큼 굉장히 작은 목소리로 하은이 속삭인다. 숨결이 가득 섞인 나긋한 말투에 우현의 미간이 살짝 일그러진다. 하지 마. 자극하지 마, 더는. 나도 좋아해, 라고 응수한 우현이 하은의 손을 잡는다. 하은이 작게 웃는다.

"정말……?"

"응."

"정말 나 좋아해……?"

"그래. 좋아해."

"더 말해 줘. 많이 해 줘어. 많이이."

몇 번이고 더 말해 달라며 하은이 눈을 감는다. 듣고 싶어, 라고 덧붙여진 말까지 듣고서야 우현이 하은에게로 몸을 낮춘다. 좋아해. 좋아해, 서하은. 나지막한 목소리로 내뱉자 하은이 기뻐 어쩔 줄 몰라 한다. 어깨를 움츠리고 마구 부끄러워하면서.

이제 정말 재워야겠다며 몸을 일으키던 우현이 수줍게 아랫입술을 살짝 베어 무는 하은을 내려다보는 순간 또 멈칫해 버린다. 잘근잘근 입술을 물었다가 헤헤, 하고 작게 웃었다가. 눈을 반쯤 떴다가 질끈 감고 찡긋댔다가. 죽을 만큼 귀여운 모습들.

잠시도 가만 안 있는 하은의 옆에 우현이 살그머니 올라가 같이 눕는다. 그리고는 하은의 어깨를 잡고 제 쪽으로 돌려 눕혔다.

"키스할래."

"응……?"

"하고 싶어. 진하게. 해도 돼?"

네가 허락만 해 주면 끝도 없이 할 것 같다며 우현이 눈을 빛낸다. 취중이라선지 우현의 말들이 한 번에 이해되지 않아 하은이 무슨 말이냐고 눈을 동그랗게 뜬다. 우현이 들어 올린 손으로 하은의 입술을 어루만진다. 하은의 볼이 더욱 빨갛게 변해 간다.

더는 두고 볼 수 없어 하은에게로 가까이 다가간 우현이 그대로 입을 맞춘다. 진하게 하겠다는 말과는 다르게 살짝, 아주 살짝 톡톡 건드리듯 뽀뽀한 우현이 천천히 얼굴을 떼어 낸다. 얌전하게 감겼던 눈을 도로 뜨는 하은을 향해 우현이 넌지시 묻는다.

"서하은."

"응?"

"나 누군지 알겠어?"

"현이. 우현이. 우리 현이이."

"하아……."

혹시라도 기억하지 못할까 불안했는지 확인을 마치자마자 우현은 곧바로 다시 입술을 포갰다. 아까와는 비교도 되지 않게끔 힘을 실어 단번에 하은의 입술을 가르고 그 속으로 혀를 넣었다. 뜨겁고 촉촉한 하은의 입안을 마구 헤집는 우현이 살며시 한 손으로 하은의 뒤통수를 부여잡는다. 결코 도망가지 못하도록 단단히 부여잡고서 이내 조금씩 격렬한 혀놀림을 이어 갔다.

미끈하게 젖은 하은의 혀를 거칠게 뒤얽고 쓸어 올렸다. 아예 잡아 뽑을 것처럼 쭉 빨아 당겼다가 살살 어르고 달래듯 부드럽게 더듬고 핥았다. 다소 무리한 속도로 밀고 들어온 우현의 혀가 버거운지 하은이 이따금씩 끙끙 앓는 소리를 내뱉었다.

숨이 차올랐지만 멈출 수가 없다. 정신이 혼미해질 정도로 달달하고 감미로운 하은의 혀를 우현은 미친 듯이 물고 빨고 핥으며 끊임없이 탐했다. 아주 잠시도 놓아주기가 싫어 거듭 더 안으로 깊숙이 파고들기만 했다. 타액까지 남김없이 빨아 먹어 가면서.

오래도록 이어지는 키스의 영향으로 가슴이 쿵쿵 요란하게 뛰어 댄다. 사뭇 아릿하게 아파 올 만큼 대단한 흥분이었다. 집어삼키듯이 하은의 입술을 커다랗게 포갠 우현이 하은의 윗입술 아랫입술을 한꺼번에 쭈우욱 빤다. 흐……. 하은이 어깨를 떤다.

"조금만……."

"어……?"

"만질게……. 만지고 싶어……."

쪽쪽 가볍게 하은의 입술과 볼에 뽀뽀하던 우현이 살며시 손을 내려 하은의 허리께를 더듬는다. 이미 발동이 걸려 버린 건지 자꾸만 타오르는 갈증을 쉬이 가라앉히기가 힘들었다. 뭐를, 하고 하은이 작게 물음과 동시에 우현의 손이 조심조심 하은의 옷 안으로 향한다.

소름 끼치게 부드러운 하은의 맨살을 더듬는 우현의 손이 곧 하은의 가슴 위에 살포시 안착한다. 하은이 눈을 뜬다. 하아, 하아……. 키스의 여운에 황홀한 촉감이 합쳐져 이루 말할 수 없을 만큼 몸이 달아올랐다. 우현이 하염없이 하은을 본다.

처음엔 그냥 그대로 있었다. 속옷 위로 만지는 것임에도 아랫배가 뻐근해서 견딜 수가 없었다. 그냥 이렇게만 있어도 좋을 것 같다는 생각에 느릿하게 눈만 깜빡이는 우현을 향해 하은이 속삭이듯 목소리를 낸다. 현아……라고. 숨소리를 잔뜩 섞어서. 매우 야릇하게.

듣는 순간 손끝이 떨려 주체할 수 없어진 우현이 살살 손을 움

직인다. 브래지어를 위로 밀치며 그 속으로 불쑥 파고들었다. 말
랑말랑 봉곳한 여린 살을 대뜸 크게 움켜쥐었다. 작게 들썩거리는
하은의 가슴을 손안에 쥐고 있는 우현의 눈빛이 흔들린다.

"현아……."

"응……?"

"뜨거워……. 너무……."

"좋은데, 나는……."

"훗……."

아주 살며시 놓았다 다시 세게 그러쥐었더니 하은이 부르르 입
술을 떤다. 손안에 가득 들어온 살결의 촉감이 너무 부드러운 나
머지 우현은 갈수록 더 손에 힘을 싣고 있었다. 아파, 하고 내뱉은
하은이 다시금 뜨거워, 하며 어깨를 움츠린다. 몇 번 더 조물조물
대던 우현이 하은을 향해 더운 거냐고 묻는다. 느릿하게 고개를
끄덕거리자 우현이 천천히 하은의 옷을 끌어 올린다.

우현이 시키는 대로 얌전히 팔을 들어 올린 하은이 감았던 눈을
조심스레 뜬다. 역시나 빠르게 웃옷을 벗어 버린 우현이 다시 하
은과 마주 보고 눕는다. 약한 조명에 의지해 바라보는 우현의 눈
빛은 그야말로 녹아내릴 것처럼 매우 뜨겁고 또 강렬했다. 어찌나
뚫어져라 바라보는지 술김에도 뭔가 부끄러운 건 알겠어서 한쪽
팔로 살짝 가리자 우현이 그마저도 못 하게 막는다.

끌어 올려지던 옷과 더불어 속옷마저 벗겨진 상태라 하은은 지
금 우현의 시선이 제 몸 어디로 향해 있는지가 확연히 깨달아졌
다. 창피해. 그만 보면 안 돼? 가리고 싶어 어쩔 줄 몰라 하던 끝
에 또 본능적으로 들어 올린 하은의 손을 우현이 거듭 막는다.
그리고는, 이내 우현의 얼굴이 서서히 아래쪽으로 내려가는 듯하

더니,

"흐읏……."

하은의 허리를 감싸 쥔 채로 우현이 하은의 가슴에 부드럽게 입을 맞춘다. 파고들듯 누운 자세 그대로 다가와 살며시 입술을 대는 우현의 행동에 하은이 얕은 신음을 내뱉는다. 쪽, 쪼옥, 무척이나 조심스럽게 입을 맞추는 우현 때문에 하은이 쩔쩔맨다. 좋아서. 달아서. 부드러워서. 황홀해서. 쉴 새 없이 맞닿아 포개고 머금어지는 뜨거운 숨결에 하은이 눈을 질끈 내리감는다.

작게 오르락내리락하는 하은의 가슴을 우현은 조용조용 탐했다. 입술이 닿을 때마다 당장이라도 정신을 놓아 버릴 것처럼 뇌 전체가 뜨겁게 달궈지는 느낌이었다. 뭐가 이렇게 달달할까. 어떻게 이렇게 감미로울까. 우현이 슬쩍 혀를 빼어 훑는다.

할짝, 하고 매끄러운 피부를 쭉 쓸어 올렸다. 신음을 참는 듯 아랫입술을 질끈 깨문 하은이 경련이라도 하는 것처럼 손끝을 부들부들 떤다. 다시 또 우현이 할짝, 하며 하은의 가슴 위에서 동그랗게 원을 그린다. 견디다 못한 하은이 우현의 머리를 살짝 부여잡는다.

"흐읍……."

확 제 쪽으로 하은을 잡아당긴 우현이 하은의 가슴 끝을 덥석 머금는다. 입안으로 들어온 조그마한 돌기가 혀를 움직일수록 조금씩 딱딱하게 굳어지는 게 느껴졌다. 미세한 그 변화가 너무도 신기해서 우현은 계속 혀를 놀렸다. 돌리고 핥으며 계속. 끝없이.

이빨로 약하게 물자 하은이 아픈지 낑낑댄다. 아프지 않을 정도로만 물어봐도 연신 앓는 소리가 터져 나온다. 안 되겠어서 무는 건 관두고 입술과 혀로 쪽쪽 빨았다. 조금씩, 조금씩 더 입술에 힘을 실어 강하게 빨아 당기고 핥아 대자 아, 하고 하은이 새된 소리를 지른다. 와, 뭐가 이렇게. 뻑뻑하게 뭉친 아랫배가 너무도 뻐근해 우현이 잠시 입술을 떼어 낸다.

"현아……."

"어……."

"나 심……장이……."

"어……?"

"너무……. 아픈데……."

금방이라도 터져 버릴 것만 같다며 겨우 말을 잇는 하은을 향해 고개를 들었다. 미간을 잔뜩 찌푸리고서 쩔쩔매며 힘겨워하는 그 모습에 우현이 조심스레 다시 올라가 마주 본다. 아파? 많이 아파? 고개를 끄덕이는 하은의 얼굴을 살며시 감싸 쥐었다.

가볍게 두어 번 입을 맞춘 우현이 아프면 안 되지, 하고 속삭인다. 심장이 너무 아프다며 무섭다고 칭얼대는 하은을 우현이 곧제 품에 와락 당겨 안는다. 고스란히 맞닿은 맨살의 감촉에 머리는 위험신호를 알렸지만 이대로 더 탐할 수는 없어 보였다.

단 한 번도 상상조차 쉽지 않았던 여자와의 이런 것들이, 적정 이상의 욕심들이 왜 이렇게 기분 좋을까. 어떻게 서하은 너란 녀석은, 내 모든 불가능들을 가능하게 만들까. 어쩌면 이렇게까지 절실할까. 나는 네가. 하아…….

다리를 살짝 꼬아 성난 아래를 잠재우며 우현이 하은의 이마에 짧게 입을 맞춘다. 잘 자, 하은아, 라고 나지막이 읊조려 주는 우현의 목소리에 하은이 눈을 감고 잠을 청한다.

아마도 오늘은 행복한 꿈을 꿀 것만 같다. 눈물 나도록 참 행복한 그런. 오래도록 품었지만 차마 바랄 수는 없었던, 은연중 욕심 내는 마음조차 잘못이라 여겼었던, 누군가에 관한 그런 아주 아주 행복한 꿈을. 분명.

〈2권에서 계속〉

센티멘털리즘

초판 1쇄 찍음 2013년 9월 23일
초판 1쇄 펴냄 2013년 9월 27일

지은이 | 리 밀
펴낸이 | 정 필
펴낸곳 | 도서출판 **뿔미디어**

편집장 | 이재권
기획 · 편집 | 정시연, 주종숙
편집디자인 | 이진선

출판등록 | 2002년 9월 11일 (제1081-1-132호)
주소 | 부천시 원미구 상3동 533-3 아트프라자 503호 (우)420-861
전화 | (032)651-6513 / 팩스 | (032)651-6094
E-mail | dahyangs@naver.com
블로그 | http://blog.naver.com/dahyangs

값 9,000원
ISBN 978-89-6775-505-8 04810
ISBN 978-89-6775-504-1 04810 (세트)

ㄷ.
향

사랑, 그 설렘에 취하고 향기에 물들다.

다

향

사랑, 그 설렘에 취하고 향기에 물들다.